中国当代小说的生态批判

An Eco-criticism of Chinese Contemporary Fictions

黄轶　著

北京大学出版社
PEKING UNIVERSITY PRESS

图书在版编目(CIP)数据

中国当代小说的生态批判/黄铁著.—北京:北京大学出版社,2014.1
ISBN 978-7-301-23613-0

Ⅰ.①中… Ⅱ.①黄… Ⅲ.①小说研究-中国-当代 Ⅳ.①I207.42

中国版本图书馆CIP数据核字(2013)第308849号

书　　　名:中国当代小说的生态批判
著作责任者:黄　铁　著
责 任 编 辑:魏冬峰
标 准 书 号:ISBN 978-7-301-23613-0/I·2694
出 版 发 行:北京大学出版社
地　　　址:北京市海淀区成府路205号　100871
网　　　址:http://www.pup.cn
新 浪 微 博:@北京大学出版社
电 子 信 箱:weidf02@sina.com
电　　　话:邮购部 62752015　发行部 62750672　编辑部 62752926
出版部 62754962
印　刷　者:北京宏伟双华印刷有限公司
经　销　者:新华书店
730毫米×1020毫米　16开本　14.25印张　245千字
2014年1月第1版　2014年1月第1次印刷
定　　　价:36.00元

国家社科基金后期资助项目
出版说明

后期资助项目是国家社科基金设立的一类重要项目，旨在鼓励广大社科研究者潜心治学，支持基础研究多出优秀成果。它是经过严格评审，从接近完成的科研成果中遴选立项的。为扩大后期资助项目的影响，更好地推动学术发展，促进成果转化，全国哲学社会科学规划办公室按照“统一设计、统一标识、统一版式、形成系列”的总体要求，组织出版国家社科基金后期资助项目成果。

全国哲学社会科学规划办公室

目　录

序

丁　帆

黄铁攻读博士学位期间是做清末民初那一阶段的文化—文学转型研究的，尤其是对转型期的代表性作家苏曼殊有所专攻。2007 年春，她进入南京大学新文学研究中心做博士后，便开始学术转向，更注重涉猎当代文学理论与文学批评，其学术领域迅速扩大，并成长为年轻一代学者中脱颖而出的一位。期间她承担了几项国家级或省部级课题研究工作，发表了二三十篇专业论文，有的研究成果如《文化守成与大地复魅》《论世纪之交乡土小说的"城市化"批判》等受到学界的关注和好评。一开始我曾怀疑她是否有能力去完成如此繁重的任务，但是，她挺下来了，这全靠着她对学术的执着和顽强的拼搏精神。

关于生态文学理论和批评的研究也是黄铁进站以后才开辟的一个新的研究领域，即便对于学界来说，这也是一个新的学术领域，而且涉足这一领域的多为文艺学专业的学者，多偏重于纯理论研究。我十分赞同她与其他研究者不同的切入点——将其放在上世纪后期到新世纪以来新的文化转型和"新启蒙"的语境中来进行考察，其学术价值就远远大于一般性的基础理论研究和文本批评，其文学启示意义和现实批判意义也就大不一样了。在我看来，把学问做活才是一个理论者的最高境界。

我特别赞成黄铁所说的：在谈生态主义运动时，我们必须谈到知识分子的阶层分化，因为知识分子与现代性陷入了共同的危机。在大众运动、消费主义的时尚热潮经久不息的近些年，大学内外新一代的知识分子正作为现代性歧义的一部分而发展壮大，他们追求文化自主性、多样性，对于"技术专家治国论"统治的价值观产生强烈的反叛意志，他们最先参悟了技术本身的极权主义和破坏性，也反击了政治伦理在与技术专家阶层所代表的商业伦理合谋的过程中所体现的国家主义霸权，这是一支带有知识分子根性的"质疑"精神，虽然力量和效用并不强悍。这一点和生态主义的"反同一"和"反霸权"不谋而合。换言之，在大众文化刺激下成长起来的现代性的反叛精神，孕育了生态主义运动的中坚力量。

知识分子的工作一般必然通过意识形态霸权体系和其不同的调节形式的过滤——例如宗教、文化、教育等,反对意识形态霸权就成为知识分子精英主体意识的体现。当现代性的工具化价值观和世俗化价值观成为思想钳制的巨大力量时,它的对立面必然出现,这就是被不少学者称为“后现代主义”的思想形态,潜在的一个公共领域正在寻求突破和扩大,从“生态平衡”出发为自然界包括全人类的每一个“个体”争取“更好的”的生存权力和更为和谐的生存空间正是这种公共领域的声音,他们揭示了一个相当有争议的问题,那就是工业化和科学主义并没有最终提供关乎人类价值的最重要的东西,而且在进步中出现了“回报递减率”,它所许诺的“幸福”和“满足”并没有如期而至,这是一种现代性发展到一定阶段的批判性话语,或者在现代性发萌的时候即裂变出这一挑战,生态主义运动正是其行动后果之一。所以,“在全球化的反现代化思潮下,生态运动或许被命名为‘反启蒙’更容易被接受,这是一种历时性的命名方法,把‘现代化反思’作为‘现代’的终结与‘后现代’的开始”。

但是,黄轶认为,认识到这一点还远远不够,在生态批评中,不能将生态批判与现代文明批判混为一谈,二者并非重合,具体在生态小说研究上,前者外延更加广泛,而后者对生态危机的渗透或许表现得更为深刻——尤其对于中国生态现状和生态书写而言,生态批评绝不仅仅是一场随波逐流的“现代性反思”,或者说是一套紧跟西方理论的“反现代性”话语体系。于是,她将生态批判视为这一次世纪转型之交“新启蒙运动”的核心部分之一。在全书的“绪论”部分,她从三个方面论述了生态文化的“新启蒙”意涵:第一个逻辑层面是从发生学的角度,也就是从学理方面来阐释其原理,现代性论题本身是一个“歧义丛生、充满矛盾和对立的存在”,在逻辑的层面上现代性和“反现代性”常常是两位一体的,反思和批判启蒙运动,可以看作是“启蒙时代”的结束,也可以看作是“启蒙”对自身的一种矫正和延续,或者被表述为历史现代性与审美现代性的对应性话语,这是一种共时性的命名方法;第二个逻辑层面是更加侧重于生态启蒙的“未来式”意义,18 世纪源起于欧洲的启蒙运动被认为是将人从神权的桎梏中解放出来,那么生态运动则是“为了让陷入现代性迷狂的人类全面和深广地认识到生态危机的严重性和毁灭性”,以期将“自然”从传统强式人类中心主义的钳制下解放出来,这同样应该被视为一场启蒙运动,即“生态启蒙”,而且似乎更为艰巨;第三个逻辑层面是从中国目前前现代性、现代性与后现代性并存的发展阶段出发阐释其存在的意义,她认为:“在这样一个‘启蒙’被涂抹得面目全非的国度,我觉得尤其应该强调对生态思潮的‘新启蒙'价值的认识,即对其批判性思想锋芒的重塑。"正是由于这些思考,她才尝试从知识者的阶层分化、从知识分子的"批判性"来看取生态主义思潮的"新启蒙"定位。

《中国当代小说的生态批判》的另一独到之处是时时注重从探索"中国式生态危机的生成动因"来展开论述。在西方,从 1962 年蕾切尔·卡森的《寂静的春天》发表至今,文化思想领域针对科技、欲望、消费主义等现代工业文明的一系列价值理念提出了广泛质疑。随之,作为一种新的文本类型,"生态文学"对生态危机的发生也展开了深刻的追问,这说明通过文学的形式来探索人类的思想、文化和社会发展模式如何影响甚至决定人类对自然的态度和行为,这些态度和行为又进一步怎样影响甚至导致环境的恶化和生态危机的生成,已经成为知识界重新省察人类文化的发展历程、进行文化批判的重要途径。目前,海外生态主义学说层出不穷,翻译到中国来的著作也如汗牛充栋,如美国学者理查德·瑞吉斯特的《生态城市:重建与自然平衡的城市》、霍尔姆斯·罗尔斯顿的《环境伦理学:自然界的价值——对自然界的义务》、欧内斯特·卡伦巴赫的《生态乌托邦》、日本学者岩佐茂的《环境的思想与伦理》、岸根卓郎的《环境论——人类最终的选择》等等。可以说,从上世纪末开始,生态批评似乎业已成为世界范围内思想文化界一场对于"我们究竟从哪里开始走错了路"的集体反省。不过,黄轶没有过于倚重理论界对西方生态理论和批评话语的追随,而是出于对中国现代性问题的思考、对"中国式"生态危机的认识欲望以及对当代中国小说生态批判主题的翔实考查,站在对"中国问题"发言的立场上,审慎地提出了怎么认识中国生态危机的"生成机制"问题。

这就是说,一个方面,她与不少作家、批评家一样,对盲目追随西方的"发展模式"进行了批评,提出要建立新的发展理念、重塑新的发展模式,人类必须重新体认荒野的价值,找回对自然的虔敬、对大地的关怀。另一方面,她尝试探讨最不利于中国可持续发展的某些"个体"因素。关于后者,她认为进入近现代社会以来,中国最为严重的环境破坏阶段一是上世纪 50 年代到 70 年代,一个新生的国家面临着打破政治压力、突出经济重围的困境,以一些不切实际的"无序发展"来提振民心在所难免,但无论是"大跃进"大炼钢铁还是大批军团的边地屯垦,抑或知识青年上山下乡的宏伟壮举,违背自然规律造成的破坏性是巨大的,它所留下的"后遗症"在慢慢发作,这一点在具有生态意识的知青和边地小说家那里被无情揭示。另一阶段是 80 年代中后期特别是 90 年代末以来的经济大发展阶段,改革开放进一步深入、深化,不符合"可持续发展"观的掠夺性的经济开发模式造成的环境危机日益严重,比比皆是的生态事件再也没有办法完全归罪于“历史”,体制的弊端、技术官僚体系导致的科技至上、西方发达国家向发展中国家的危机转移、消费主义甚嚣尘上及欲望的膨胀等都是重要原因。

这些认识并非先入为主,而是来自于她收集、阅读二百多篇/部乡土生态小说以及多部田野调查和报告文学。在大量文本分析的基础上,她从生态理想与城市化批判、单一化生存批判与文化多元论、可持续发展与科技至上论和欲望化批判、生态伦理的基点与人类中心主义批判等四个向度对中国当代小说生态批判主题进行了系统研究,提出了这样的论断:中国生态危机的生成,除了现代化、城市化发展和人口剧增的客观因素外,其根源“或许和中华人民共和国成立以来几十年革命意识形态控制下缺乏民主的政治集权体制和极端的人类中心主义不无关系,改革开放后技术官僚体制和家长作风依然是重要因素。

对当代小说的生态批判主题进行研究,必然要涉及的一个重要论题就是怎么看待人类中心主义的问题,这一论题又和伦理学的生态转向密切关联。我们都知道,1935年,美国哲学家奥尔多·利奥波德写下了一部日后影响广远的自然随笔和哲学论文集《沙乡年鉴》,创立了一种生态整体利益的环境伦理思想——大地伦理或曰土地伦理。美国著名的生态整体主义伦理学家霍尔姆斯·罗尔斯顿认为生态系统每一个生物构成者都有其“内在价值”。1970年代,随着全球性生态危机的加剧,生态环境运动蓬勃发展,又出现了从生态中心主义出发的深层生态学。深层生态学的创始人之一纳什(R. F. Nash)认为,伦理学应该从只关心人(或他的上帝)扩展到关心动物、植物、岩石,甚至一般意义上的大自然或环境。作为一场理想主义的运动,深层生态学的意旨更加符合发达工业国家人们的内心需求,不一定适用于目前中国的状况,但其蕴涵的道德进步意义令人深思。在处理人与自然的关系时,如何面对动物的价值无疑是不得不面对的难题,西方的动物解放理论甚或动物中心主义学说的出现将伦理学的转型推向极致。随着人类社会向自然领域的扩张越来越深广,人与自然界动物的冲突日益严峻,许多动物面临着灭绝的境地,而这进一步加剧了整体生态系统的溃败,最终人类对动物的无情又反过来报复在人类自己身上。

关涉“动物价值”的一个核心性的理论观点,就是如何看待人类中心主义的问题。在生态主义者看来,工业革命使得科技成为新的宗教,人从自然中脱颖而出,丧失了对自然的敬畏之心,把自然看作社会发展必须征服和掠夺的对象,不再视自己为大地之子,不再体恤和善待自然万物,这种观念抹杀了自然环境自身的进化规律,也忽略了自然对于人类精神的价值,这是现代文明的深层弊端。德国学者F.厄尔克指认“人是地道的恶魔般的东西”,罗尔斯顿更是极端地说人类只是庞大的地球上生命整体中的一个毒瘤。由此,生态主义者对人类中心主义提出了强烈质疑和批判。受此理论影响,世界范围内以叙写动物来进行生态批判的小说层出不穷,在中国也出现了一拨“动物书写”的热潮,从80年代的《野狼出没的山谷》到新世纪的《狼图腾》,其势汹汹,此类文本的生态意涵也受到研究者的关注和开掘。老实说,生态主义是一种舶来的后现代思想,后现代思想为生态学运动所倡导的持久的见识提供了科学和意识形态方面的根据,其中对人类中心主义的批判有其重要的现实意义。但是,我们必须更加警惕人类中心主义批判理论走向极端所具有的反人类、反文明、反文化和反历史的本质。

就以《狼图腾》为例。这本小说风靡全球的时候,我曾经从“人性与自然悖论”的角度写过一篇文章,论及新的文化转型期此类小说所体现的文化伦理的蜕变。我认为“这种伦理的‘突变’,暗含着的却是一种历史的倒退,其本质上就是倒退到‘弱肉强食’的原始文化伦理基点上”,我完全不否认西方生态主义运动的价值和意义,也充分肯定真正的生态文学重建文明的理想主义精神,但文学创作如何处理“生态人”的“内自然”与“外自然”的平衡,是一个不能脱离具体文化语境、也无法忽略个人生命体验的“人”的问题。在《狼为图腾,人何以堪?》一文中,我再次强调过自己的人文主义价值观。发展的目的理应是使人更安全、更健康、更舒适地生存,而不是更加不安全。即便我们愿意拿狼来“驯化”人,那种原始生态也是不可复制的,每个历史发展阶段都有各自内在的逻辑。值得肯定的是,黄轶没有从单向度的人类中心主义批判出发来进行人与自然关系的再建构,而是提出了以“弱式人类中心主义”对“强式人类中心主义”进行修正和批判的观点。她认为,肯定人与自然万物的平等,提倡观照地球共同体的共同利益和共同命运,反对主体(人类)与客体(自然)的分离,这种生态整体主义思想无可厚非,人类需要对伟大的自然力充满尊重,但在实践中不能导向厌恶人类的思路,而且这种导致悲观、颓废、消极的厌世主义的思路理应被视为人类精神的危险滑坡。“当道德主题与自然主题相遇的时候,人类不应该在生态保护中被简单粗暴地看做一种污染物质,如果他对自然犯下了罪恶,并非因为他具有无法改变的原罪中的恶的遗传因素,‘现行的社会经济制度是更加可能的原因’”,所以,只有重建人的责任意识,凸显“人”作为人与自然协调共处的主体价值,使之重新担当起重建和谐的新生态。

正如一些学者所指出的,黄轶的学术道路是从近现代文学研究起步的,其相对扎实的知识基础使其思考当代的一些问题时也会多一些纵深意识,这是她的一种优势。在谈到生态批评的现状与偏误时,黄轶注意到了不同发展阶段、不同社会制度、不同文化传统的国家对于可持续发展内涵的理解并不一致,横亘在中国人面前的是另一种比西方更为复杂的现实景观,我们的生态批评不能忽略了中国当下文化土壤和西方后现代意义上的生态批评之间的本质不同。"'生态问题'在中国当前远远不仅是一个'后现代'的话题,它面对的伦理嬗变远远不只是'现代'转向'后现代'时期生态伦理学的扩张及其自身内在的悖谬,还有大面积的'前现代'区域在走向现代化过程所必然遭逢的文化冲突、异变以及断裂。"我们的生态批评既不能过分认同西方现代性文化,忽略了"资本主义文化矛盾";另一方面,我们也不可以过于追随后现代主义思潮,忽略了我们与西方发展的不同步。西方生态伦理学说的"利己主义"本质是西方意识形态话语浸淫的结果,它是以西方、以富国为利益中心的,生态批评关涉到生态正义,而生态正义要考虑到世界各国目前发展的状况,追求均衡发展,尊重发展中国家和落后区域人们的物质欲望和发展权利,中国生态批评在对"唯发展论"和"科学主义至上论"等西方发展模式的批评中,不应该忽略不利于中国"可持续发展"的个体因素。这里边其实关涉到一个她所论述的"生态正义"的问题,生态正义既有代际正义,即我们所说的"我们能给子孙留下一个什么样的地球";还有富国与穷国、发达国家与发展中国家的发展平衡问题,也即一个生态权利问题。

黄轶正是沿袭着这样的一种价值观来解剖中国当代小说生态批判的各种现象,获得了属于自己理论体系的创新论断,值得学界充分重视。当然,"在初创的生态主义理论话语内部,存在着自我伦理的悖论",而中国当代小说的生态主题意向在文本内也有时相互融汇,有时又对立冲突;有的体现出创作者艺术思考的广深,有时又暴露出其偏执的一面。《中国当代小说的生态批判》也有一些未曾厘清的问题,或者说有些难以化解的节结。就拿"生态文学"的概念和内涵而言,也是一个"仁者见仁,智者见智"的问题。再如,怎么辨证认识文化单一性和同质化与原生态文化、"文化多样性"的矛盾。包括在该书中黄轶稍有所及的"生态民主"话题,我们也知道,这个问题极其复杂,在某些区域与"本土化运动"息息相关。总之,生态文学研究正成为当前学界关注的新话题,还有许多的工作值得去做。

作为国家社科基金项目研究成果,黄轶的《中国当代小说的生态批判》是一部时有新见、研论扎实的学术专著,也体现了著者专业知识、学理思辨和性情才气的融通。这几年,我亲见黄轶对学术那种信仰般的热切追求,她的勤学和敏思都给我留下深刻印象。我也时常提醒她放慢速度,但她总也慢不下来。梁启超在给梁思成的家书中曾经说做学问要“优游涵泳”,他说:“凡做学问总要‘猛火熬’和‘慢火炖’两种工作,循环交互着用去。在慢火炖的时候才能令所熬的起消化作用融洽而实有诸己。思成,你已经熬过三年了,这一年正该用炖的工夫。不独于你身子有益,即为你的学业计,亦非如此不能得益。”因此,我期望黄轶在学术的道路上由踔厉骏发渐趋冲淡从容——步子慢下来,未尝不是一件好事。

2013 年 12 月 12 日于仙林大学城

绪论　生态批判:作为新启蒙运动的核心部分之一

在美国社会学家丹尼尔·贝尔看来,现代社会的社会结构和文化之间存在着惊人的分裂。受经济原则支配的社会结构通过给物(包括人)制定秩序来确定如何生产,包括自律、享受与约束的分界,而当今文化则抛弃了这种资本主义价值观,它是"挥霍无度、不加选择的,受非理性、反智性风气所主导"的。这一对立是资本主义经济体系本身运作的结果,也正是所谓的内在的"资本主义文化矛盾"①。以上丹尼尔·贝尔的表述,直指了现代性内含的悖论以及其造成的繁荣富庶的物质奇观与欲望膨胀、自然控制之间密切又对立的关系。生态主义思潮正是在这样一种对资本主义经济模式和文化结构的深层矛盾深刻认知的基础上兴起的,这也是资本主义文化矛盾的逻辑性结果,而其更为直接的原因也出自这种矛盾的直接"后果"——全球化的自然破坏和生态危机。乐观地讲,当下的生态主义思潮,也正成为"新启蒙"运动的核心部分之一,其间所体现的思想嬗变会成为影响人类"新文化"生成的巨大推动力;但从另一面讲,它也有可能走向偏激的歧路。

一、生态批判:"反启蒙"与"新启蒙"的思辨

从世界范围来看,人类目前的生存危机除了战争威胁,可能最广泛而迫切的就是人与自然的问题,而甚而战争的威胁本身有时也是人与自然矛盾的一部分。探讨人与自然的关系问题正成为"新启蒙"运动的重要核心部分之一,它立意建构一种新的理论范式,即生态主义——在这个全球化时代来临时,从人类意识的根本理想与良知出发,反思人类对自然造成的不可逆转的破坏,停止各利益团体之间无谓的纷争,建立全球性的"统一生

① 〔美〕丹尼尔·贝尔:《资本主义文化矛盾》,严蓓雯译,南京:江苏人民出版社2007年版,第50页。

态系统”，这在广义上被称为“第二轮启蒙运动”①。德国学者乌尔希里·贝克也曾屡次提出必须对现代性进行反思，提倡第二次现代化，呼唤生态启蒙，他认为生态启蒙是“启蒙的启蒙，它将自己的利刃磨得更为锋利，对第一次启蒙的苛求与普遍主义进行鞭挞，并在这种意义上成为第二次启蒙”②。相对于18世纪的启蒙运动，生态主义运动是关乎全人类的、更为开放也应该更为彻底的全球性运动，也是21世纪人类进程无法回避的问题。在国内，北京大学2009年8月召开的“生态文学与环境教育国际研讨会”上，学者们也响应了把生态主义思潮和运动作为“新启蒙运动”之一部分的口号。

在更广泛的意义上，生态主义被视为对启蒙主义的批判，那么，“反启蒙”与“新启蒙”认定之间的吊诡是值得深入探讨、辩证思考的议题。

技术、知识和权力的媾和“在全球范围内扩大了经济控制和政治控制，重新影响了我们的整个文化（包括我们的知识分子生活）。在启蒙主义价值观的引导下，技术必要性提供了一种人类进步观，这种进步观与不断增进的自然控制和似乎无限的物质商品的生产有联系”③。18世纪起源于欧洲的启蒙运动曾有过自己辉煌的历史，到20世纪，人类社会物质文明取得极大发展，科学的突飞猛进带来生存条件的极大改善；但由于启蒙运动过度强调理性与科学技术，最终走向了现代性的反面，并给日后生态破坏“合理化”埋下了祸根。技术、知识和权力的融合，是人类现代性时期的基本特征。所以我们说，20世纪也是一个人类对地球对环境负债累累的世纪，失去敬畏感的人们不再懂得感恩，以万物之灵的名义贪得无厌地攫取财富，对其他生命生杀予夺，造成的生态危机正成为阻碍人类健康前行最关键的问题。或许，这也标志着人类进程裹挟着荣光与罪恶正在向一个新的文明阶段转型，余谋昌在其《生态哲学》一书中将其命名为人类文明依次递进的自然文明阶段、人文文明阶段、科学文明（工业文明）阶段之后的第四阶

---

① 参阅〔美〕里夫金（Jeremy Rifkin）：《欧洲梦——21世纪人类发展的新梦想》之《全球时代来临之第二次启蒙运动》，杨治宜译，重庆：重庆出版社2006年版。

② 乌尔希里·贝克的理论散见于《自反性现代化》（北京：商务印书馆2001年版）、《自由与资本主义》（杭州：浙江人民出版社2001年版）、《风险社会》（南京：译林出版社2004年版）等著作中。这里参阅薛晓源、陈家刚：《从生态启蒙到生态治理——当代西方生态理论对我们的启示》，见薛晓源、李惠斌主编：《生态文明前沿报告》，上海：华东师范大学出版社2007年版，第40页。

③ 〔美〕卡尔·博格斯：《知识分子与现代性的危机·前言》，李俊、蔡海榕译，南京：江苏人民出版社2006年版，第5页。

段，即生态文明阶段。① 生态文明是一种正在生成和发展的文明范式。

不必讳言，现代人是工业文明的肇始者，也是工业文明的受害者。英国利物浦大学教授贝特之《大地之歌》对此有过归纳："公元第三个千年刚刚开始，大自然却早已进入了危机四伏的时代。大难临头前的祈祷都是那么相似。……全球变暖……冰川和永久冻土融化，海平面上升，降雨模式改变……海洋过度捕捞，沙漠迅速扩展，森林覆盖率急剧下降，淡水资源严重匮乏，物种加速灭绝……我们生存于一个无法逃避有毒废弃物、酸雨和各种有害化学物质的世界……城市的空气混合着二氧化氮、二氧化硫、二氧化碳……农业已经离不开化肥和农药……而畜牧业，牲畜的饲料里竟然含有能导致人中枢神经崩溃的疯牛病毒……"②据报道，在中国，这一系列问题都有出现，特别是水资源的污染和缺乏、空气污染的严重性、土地的荒漠化程度远远高于世界平均水平，而森林覆盖率却远低于世界人均水平，随着我国经济的快速发展，这些问题变得越来越让人忧虑。所以，在全球化的反现代化思潮下，生态运动或许被命名为"反启蒙"更容易被接受，这是一种历时性的命名方法，把"现代化反思"作为"现代"的终结与"后现代"的开始。

但是，将生态批判视为"新启蒙运动"的核心部分之一自有其深刻原因。其一，从发生学的角度讲，现代性永远是一个歧义丛生、充满矛盾和对立的存在，今天，反思和批判启蒙运动，可以看做是"启蒙时代"的结束，也可以看做是"启蒙"对自身的一种矫正和延续，本来现代性和"反现代性"（或被称为"后现代主义"）是两位一体的，在某些地方或者被表述为历史现代性与审美现代性的对应性话语，在逻辑的层面上来分析现代性的内在矛盾和张力，这是一种共时性的命名方法；其二，为了让陷入现代性迷狂的人类全面和深广地认识到生态危机的严重性和毁灭性需要一场新的"启蒙运动"即"生态启蒙"，或者说，18 世纪源起于欧洲的启蒙运动是让人从神权的桎梏中解放出来，生态运动则是试图将"自然"从传统强式人类中心主义的钳制下解放出来，这同样是一场启蒙运动，而且更为艰巨；其三，在中国目前的发展阶段，在这样一个"启蒙"被涂抹得面目全非的国度，我觉得尤其应该强调对生态思潮的"新启蒙"价值的认识，即对其批判性思想锋芒的重塑。在这里，我愿意尝试从知识者的阶层分化、从知识分子的"批

---

① 余谋昌：《生态哲学》，西安：陕西人民教育出版社 2000 年版，第 12 页。"生态文明"（ecological civilization）一词最早由美国著名作家和批评家罗·莫里森（Roy Morrison）1995 年在《生态民主》（*Ecological Democracy*）一书中明确提出。

② 参见王诺：《欧美生态文学》，北京：北京大学出版社 2003 年版，第 231—232 页。

判性”来看取生态思潮的“新启蒙”定位。

在谈生态主义运动时，我们必须谈到知识分子的阶层分化，因为知识分子与现代性陷入了共同的危机。我们面临着一个知识分子越来越科层化的时代，美国学者卡尔·博格斯将知识分子分为技术专家治国型、批判性和其他知识分子三个阶层。“技术专家治国型知识分子阶层的扩张是以高度工业化的社会为特征的，是深刻的不断变化的物质力量和文化力量的表现形式”①，这些物质力量已经摧毁了传统现代型知识分子的社会基础。同时，在大众运动、消费主义的时尚热潮经久不息的近些年，大学内外新一代的知识分子正作为现代性歧义的一部分而发展壮大，他们追求文化自主性、多样性，对于“技术专家治国论”统治的价值观产生强烈的反叛意志，他们最先参悟了技术本身的极权主义和破坏性，也反击了政治伦理在与技术专家阶层所代表的商业伦理合谋的过程中所体现的国家主义霸权，这是一支带有知识分子根性的“质疑”精神，虽然力量和效用并不强悍。生态主义的“反同一”和“反霸权”正与此不谋而合。换言之，在大众文化刺激下成长起来的现代性的反叛精神，孕育了生态主义运动的中坚力量。在西方，生态主义大致分为三类，即主张生态原始主义的生态中心主义、主张生态社会主义的生态学马克思主义和主张绿色资本主义改良派的欧洲主流绿党思想；或者并不严格地划分为生态社会主义、生态资本主义、生态现实主义、生态激进主义和生态女权主义等。这些反叛者将成为资本主义文化矛盾中的“有机知识分子”。知识分子的工作一般必然通过意识形态霸权体系和其不同的调节形式的过滤——例如宗教、文化、教育等，反对意识形态霸权就成为知识分子精英意识的体现。当现代性的工具化价值观和世俗价值观成为思想钳制的巨大力量时，它的对立面必然出现，这就是被不少学者称为“后现代主义”的思想形态，潜在的一个公共领域正在寻求突破和扩大，从“生态平衡”出发为自然界包括全人类的每一个“个体”争取“更好的”生存权利和更为和谐的生存空间正是这种公共领域的声音，他们揭示了一个相当有争议的问题，那就是机械化和科学并没有提供什么关乎人类价值的东西，而且在进步中出现了“回报递减率”，这是一种现代性发展到一定阶段的批判性话语，或者在现代性萌发的时候即裂变了这一挑战，生态主义运动正是其行动后果之一。

这种声音在表达现代性焦虑与反思时所提出的生态理论是对自然的

---

① 〔美〕卡尔·博格斯：《知识分子与现代性的危机》，李俊、蔡海榕译，南京：江苏人民出版社2006年版，第197页。

重新复魅。“复魅”或“返魅”的说法源于马克斯·韦伯“世界的祛魅”的观点。在韦伯的表述中其实有这样一个预设前提：世界特别是自然界以前是充满魅性的，是近代科学和技术的发展导致人们认为一切事物都可以通过计算或者技术进行计量和控制，不再相信世界上存在着“任何神秘、不可测知的力量”①，于是，现代机械论替代了古代的自然观、宇宙观，自然失去了它神秘的魅力。自然复魅所体现的浪漫主义、自由主义精神也正是“启蒙主义”的分内之意。因为，浪漫主义从来就是一种背离正统或主流的、对现实深怀警戒、向个性复归且充满悲剧意识的思想运动。悲剧意识发源于生命个体与外部世界的对立冲突，是否具有悲剧意识是衡量生命个体深浅和丰啬的标准之一。这个从现代性主流中裂变出来的充满浪漫与悲剧色彩的批判阶层并非传统学者阶层的转化，他们之所以能够传递反抗的力量，正在于他们在一盘散沙的知识者阵营中对国家主义和技术专制的反叛。虽然，有人对当下知识分子的批判力量不抱厚望，当代哲学家利奥塔一再声称：在后现代的时代里，与“近代”相关的“解放与启蒙的宏大叙事”这类雄心壮志不再通行，社会看重的东西从自由和真理这类普遍价值转向了能力；朱里安·本达在《知识分子的背叛》一书中也认为知识分子已经退居边缘，他激烈地批判了知识分子放弃职守、妥协的原则。② 但在萨义德看来，相信知识分子在“后现代”“不再有机会”本身就是一种“怠惰无能，甚至可能是冷漠”，他甚至尖锐地批评了朱里安·本达的“历史的终结”、丹尼尔·贝尔的“意识形态的终结”的观念。③ 在他看来，知识分子的行为准则就是“介入”，时时防备被各种势力所消音。在西方不时传来的这些批判的声音中，有一部分来自生态运动，生态主义倡导者对现代性的焦虑和反思先天性地决定了他们是批判的积极推动者，而且生态主义思潮越来越和政治上的主张公平和正义牵涉，甚至有人将其归入“西方大左翼运动”的范畴。④

在中国经济逐渐实现“资本化”的过程中，我们必须承认，生态主义是一种舶来的后现代思想，而且也弥足珍贵，值得我们充分认识和借鉴。倡导“建设的后现代主义”的美国学者大卫·雷·格里芬指出：“后现代思想

---

① 马克斯·韦伯：《学术与政治》，钱永祥译，桂林：广西师范大学出版社 2004 年版，第 168 页。

② 〔法〕朱里安·本达：《知识分子的背叛》，孙传钊译，长春：吉林人民出版社 2004 年版。

③ 〔美〕爱德华·W. 萨义德：《知识分子论》，单德兴译，北京：三联书店 2007 年版，第 22、110 页。

④ 参阅时青昊：《20 世纪 90 年代以后的生态社会主义》，上海：上海人民出版社 2009 年版，第 2 页。

是彻底的生态主义的，它为生态学运动所倡导的持久的见识提供了科学和意识形态方面的根据。事实上，如果这种见识成了我们新文化范式的基础，后世公民将会成长为具有生态意识的人，在这种意识中，一切事物的价值都将得到尊重，一切事物的关系都将受到重视。我们必须轻轻地走过这个世界、仅仅使用我们必须使用的东西、为我们的邻居和后代保持生态的平衡，这些意识将成为'常识'。"①

其实，横亘在中国人面前的是另一种比西方更为复杂的现实景观，正如丁帆在《"现代性"与"后现代性"同步渗透中的文学》②中所分析的，整体上，中国目前正处在前现代、现代、后现代并置的文化时空中，今天我们所面临的"后现代"文化讨论，是西方文化意识形态与我们的文化意识形态对撞和融合的结果。人类处在高科技文化语境之中的困境这一共同命题——资本主义和资本主义的文化矛盾已经先期抵达中国文化意识形态的彼岸。就社会文化结构而言，中国已经走出了农业文明的羁绊，在现代化的"补课"中，逐渐完成了工业文明的覆盖，而且随着后工业文明的提前进入，在沿海的大都市里，社会文化结构的某些部分在某种程度上已经提前与西方社会一同进入了人类新的文化困境命题讨论之中。所以，"生态问题"在中国当前远远不仅是一个"后现代"的话题，它面对的伦理嬗变远远不只是"现代"转向"后现代"时期生态伦理学的扩张及其自身内在的悖谬，还有大面积的"前现代"区域在走向现代化过程中所必然遭逢的文化冲突、异变以及断裂。所以，中国的生态主义思潮所面临的伦理转向包蕴着更深广复杂的因素，既有后现代伦理与现代伦理的冲撞，还包含着现代资本伦理试图对封建伦理秩序的覆盖，带有现代启蒙的一面。

在三种文明相互冲突、缠绕和交融的特殊而复杂的背景下，深厚的历史积淀涵纳了中国民族性的两极，从这个角度讲，我们其实看到了两种极端，一种是过分认同西方现代性文化，忽略了"资本主义文化矛盾"；另一方面，我们过于追随后现代主义思潮，忽略了我们与西方发展的不同步。中国当下文坛，"后现代"理论和创作方法已经汹涌而至，反映生态题材的乡土小说势头迅猛，这一创作在相当长时期内，也将是中国作家关注的焦点。但是这种创作在揭示中国生态危机的根源与现状、表达人文关怀、重塑生态理想的同时，一定程度上混淆了中国当前的文化阶段与欧美的差

---

① 〔美〕大卫·雷·格里芬：《后现代精神》，王成兵译，北京：中央编译出版社1998年版，第227页。

② 丁帆：《现代性与"后现代性"同步渗透中的文学》，《文学评论》2001年第3期。

异，追随了“新潮”风尚，那种西方后工业时代所产生的现代城市人的精神焦虑有可能被一些艺术家们进行了毫无节制的夸张性模仿。

这里边，更需要慎思的一面是，中国的生态写作既是对后现代主义生态思潮的追随，又带有对中国传统文化的复归和守成意识；同时，以传统文化复归为指归的“反现代”思潮与“反西方中心主义”也是胶着不分的，反思“现代”与反思一个世纪以来我们对西方文明的顶礼成了二而一的命题。这种从现代性本体裂变出来的力量的一支也被西方学者命名为“文化守成主义”①。在文化守成主义者看来，在“传统过去”与“动荡现在”之间是一个可怕的断裂，历史的链条被折断了——看来，不仅是被动式的走向现代化的中国才有这种痛感，进入20世纪时的西方人也是有的，伍尔夫就曾经说过一句堪称格言的话：“在1910年12月前后，人类本质改变了。”②这种复归与守成理想化的一面忽略了中国式生态危机（一定程度上是20世纪中期以来几十年历史进程中的“伪发展”因素造成的）和西方线性发展形态下形成的生态危机根源的差异，也回避了新的保守主义思潮在“重建过去”中“什么样的过去会被重建”之凶险，知识分子退回到束手无策或大力重申传统生存方式清高脱俗的理想，难免带有一点矫情避世的倾向。如果这种风尚过度蔓延，或许不仅无法遏制生态危机的扩展，还会导致知识者甘处“江湖之远”、放弃人间关怀。

这些是否都隐含了“启蒙”在中国生态主义思潮中的合法性存在？如果离开了新的人文精神、新的启蒙精神，或者说离开了新的思考者的警醒和观照，传统的专制主义遗存所形成的极“左”政策与波澜壮阔的现代化事业所孳生的拜金主义、享乐主义、消费主义、解构主义、工具理性至上……一起造成的生态弊端，就会被大众文化的喧哗骚动所湮没——从辞源学角度出发，“大众文化是伴随着工业革命的进程、借助于大众传播媒介、被文化工业生产出来的标准化的文化产品，其中渗透着‘宰制的意识形态’（dominant ideology），也是政治与商业联手对大众进行欺骗的工具”③。

我个人比较欣赏约翰·戴泽克（John S. Dryzek）对生态主义激进的“绿色话语”（green radical discourse）的区分，他将其分为“绿色浪漫主义”（Green romanticism）和“绿色理性主义”（Green rationlism）。如果说前者是

---

① 〔美〕艾恺：《世界范围内的反现代化思潮——论文化守成主义》，贵阳：贵州人民出版社1991年版。

② 引自金元浦编：《多元对话时代的文艺学建设》，北京：军事谊文出版社2002年版，第168页。

③ 赵勇：《大众文化》，见赵一凡、张中载、李德恩主编，李铁编辑：《西方文论关键词》，北京：外语教学与研究出版社2006年版。

试图改变人类个体的态度、价值和信仰，那么，关于后者，作者写道：

> 可以根据它对启蒙运动的价值观所做的有选择的、以生态意识为导向的激进改造来加以定义……理性是无限开放的，它批判地追问各类价值观、原则和生活方式——这打开了批判性的生态主义的追问大门。①

总之，生态主义观点并非是要推翻启蒙运动的传统及其一系列理论学说，也不会对批判理性的作用置若罔闻。它在反对"强式人类中心主义"、拒绝将人类与非人类进行二元对立的同时，也并非必然性地需要取其反，重新将自然或动物"神化"，提出所谓"自然中心主义"或"动物中心主义"，将人类置于不义之地。富有建设性的理念则是，要求人类"更加理性"地对待人类与非人类存在物之间的关联性——强调地球是一个生态整体，促使整个自然界（包括人类自身）向更生态化的方向发展，且希望能够对我们现存的弊端丛生的政治、社会、经济制度提出更新的方法。可以说，这是建立在一种我认为可以命名为"弱式人类中心主义"伦理观之上的生态主义理念。

以上对生态思潮成因的认识以及对其"反启蒙"与"启蒙"关系的辩证是笔者在生态主义纷纭的理论话语中的一份自我探索，将成为这部书稿评述当下中国小说的生态批判以及生态批评问题重要的理论出发点，有可能和学界热闹的"生态批评"的立足点有迥异之处，甚至在很大程度上涵含着对当前"主流"生态批评某些偏误的反思和批评。

二、生态危机下的伦理转向与"生态"书写

生态危机在 21 世纪将日益严峻已成不争的事实。其实，早在 19 世纪，就已有学者关注人类发展中的这一论题。正是在这一过程中，自然科学中一门新型学科"现代生态学"于 1866 年诞生，即德国生物学家海克尔（Ernst Haechel）提出的"Ecology"概念。之后，非人类中心主义的生态伦理观——"大地伦理"生态学概念出现，它最早来自美国哲学家奥尔多·利奥波德（Aldo Leopold，1887—1948）。1935 年，在曾被掠夺式农业经营方式榨干了的农场"沙郡"（或译为"沙乡"），利奥波德认真思考了人与自然的

① John S. Dryzek, *The Politics of the Earth* (1997), p. 172，本处引自〔英〕布赖恩·巴克斯特：《生态主义导论》，曾建平译，重庆：重庆出版社 2007 年版，第 10 页。

关系,写下了一部日后产生深远影响的自然随笔和哲学论文集《沙乡年鉴》,创立了一种生态整体利益的环境伦理思想——大地伦理或曰土地伦理。大地伦理作为现代环境伦理学的先驱,尝试了一种价值观的转变,通过重新评价"以自然的、野生和自由的东西为条件而产生的东西",来重新评价非自然的、人工的东西,开启了一些认识人与自然的全新视角:改变狭隘的人类中心主义认知观念,把道德引入到环境思考之中;把土地当成一种生物结构,树立全新的整体生态伦理观念;人类要关爱一切生命,维护大自然的和谐共生,倡导实际的长久的美丽。利奥波德在英文版的《序言》中这样说道:"土地是一个共同体的观念,是生态学的基本概念,但是,土地应该被热爱和被尊敬,却是一种伦理观念的延伸。"①大地伦理是要把作为土地征服者角色的人类变为自然共同体中和其他物种平等的公民,它暗含了对每一个共同体成员的尊重。无疑,《沙乡年鉴》和亨利·戴维·梭罗的《瓦尔登湖》在生态主义思潮史上占有同等重要的位置,但是,利奥波德的思想一直受到冷落,《沙乡年鉴》直到1949年作者去世后才得以出版。

1962年,美国海洋生物学家蕾切尔·卡森(Rachel Carson)发表了影响深远的生态学著作《寂静的春天》(*The Silent Spring*),在该书扉页的献辞上,卡森将此书"呈献给申明'人类已经失去预见和自制能力,人类自身将摧毁地球并随之而灭亡'之论的艾伯特·施韦策"。原美国副总统阿尔伯特·戈尔(Albert Gore, Jr.)在为此书所作的《引言》中高度评价道:"《寂静的春天》犹如旷野中的一声呐喊,以它深切的、全面的研究和雄辩的观点改变了历史的进程。如果没有这本书,环境运动也许会被延误很长时间,或者现在还没有开始",它"犹如一道闪电,第一次向人们显示出什么才是我们这个时代最重要的事情",那就是人类如何与自然融洽相处,减少长期以来习以为常的对自然的介入和干预,例如滥用杀虫剂等化学药品毒化环境。②

1970年代,随着全球性生态危机的加剧,生态环境运动蓬勃发展,出现了从生态中心主义出发的深层生态学。1973年,挪威哲学家阿伦·奈斯提出"深层生态学"的概念,倡导环境权和可持续生存道德原则,使自然科学实证研究和人文科学世界观结合。深层生态学的创始人之一纳什

---

① 〔美〕奥尔多·利奥波德:《沙乡年鉴·英文版序》,侯文蕙译,长春:吉林人民出版社2000年版,第6页。

② 〔美〕蕾切尔·卡森:《寂静的春天》,吕瑞兰、李长生译,上海:上海译文出版社2008年版,此处引文出自戈尔为该书所做《引言》。顺便提及一点,就是戈尔曾经呼吁发达国家为环保作贡献,著有《平衡的地球:生态和人类精神》一书。

(R. F. Nash)认为,伦理学应该从只关心人(或他的上帝)扩展到关心动物、植物、岩石甚至一般意义上的大自然或环境;利奥波德大地伦理学的承袭者、美国著名的生态整体主义伦理学家霍尔姆斯·罗尔斯顿在《环境伦理学》一书中认为生态系统每一个生物构成者的"内在价值";迈克尔·麦克洛斯基指出:"在我们的价值观、世界观和经济组织方面,真正需要一场革命。因为我们面临的环境危机的根源在于追求经济与技术发展时忽略了生态知识。而另一场革命——正在变质的工业革命——需要用有关经济增长、商品、空间和生物的新观念的革命来取代。"①1976年,绿色和平运动提出了《相互依赖宣言》,指出"地球是我们'身体'的一部分":"1. 一切生命形式都是互相依赖的;2. 生态系统稳定性取决于它的多样性和复杂性;3. 所有资源都是有限的,所有生命系统的声张也是有限的。"②

深层生态学运动无疑是一种理想主义的运动,其意涵符合发达工业国家人们的内心需求,不管对我们当前是否适用,其蕴涵的道德进步意义还是令人深思的。从西方哲学的角度来讲,从苏格拉底洞见"人是政治的动物"开始,哲学家的使命就是考察用城邦构建起来的、用文化组织起来的环境中的人;而神学将人类导入了与"人之城"雅典互补对抗的"上帝之城";笛卡儿以"我思故我在"的思想在政治城邦与上帝之城之外建立了"我"的存在,由此二元论思想确立。但是,就在人类阔步走向工业化、现代化的过程中,文化的雅典和天国的伊甸园都堕落了,物质世界和精神世界同时迷失,生命不再是一种恩典,人失去了大地自然,人类不得不自我反思——"我们究竟在哪里开始走错了路?"(出自乔纳森·贝特(Jonathan Bate)的《大地之歌》)——伦理学由此发生了转向,它应合着哲学的"走向荒野"。当然,我们也可以将此理解为一种深刻的文化转型。

在中国汉文里,"伦理"一词最早见于先秦汉初的《礼记·乐记》,书中这样写道:"凡音者,生于人心者也;乐者,通伦理也。"《孟子·滕文公上》中说"父子有亲,君臣有义,夫妇有别,长幼有序,朋友有信",这五种对应的人际关系即"父子""君臣""夫妇""长幼""朋友",就是"五伦",相应的"亲""义""别""序""信"这五种道德原则和规范,正是处理五伦关系的"伦常",即"理",它是我国封建社会基本的伦理道德关系。东汉经学家郑玄将"伦"与"理"分开理解,他解释"伦,犹类也;理,犹分也",也就是说

---

① 引自〔美〕唐纳德·沃斯特:《自然的经济体系——生态思想史》,侯文蕙译,北京:商务印书馆1999年版,第411页。

② 余谋昌:《生态哲学》,西安:陕西人民教育出版社2000年版,第12页。

"伦"是指人与人之间的辈分、亲疏关系等;"理"是指"条理""道理",即人与人之间的关系并非杂乱无序,而是有其固定的原则和标准,条理分明,不可随便僭越。所以,从本义上,"伦理"一词是指人与人之间相互的道德关系以及为促成这种道德关系的秩序化而约定俗成的一些原则和规范,因此,传统伦理学的研究对象仅仅是人类社会里人与人之间的伦理关系和道德关系。

伦理关系的特殊性就在于,它并非依靠法律、条令、行政强力等手段去调节和维护其原则,而是约定俗成的,依靠人们内心的信念和社会舆论来实现其功能。外来的"他律"与来自内心信念的"自律"相统一、协调,成为有社会约束力的伦理原则和伦理规范。① 伦理学的生态转向第一次打破了传统伦理学仅限于人类社会范畴的戒律,将伦理原则扩展到整个生物圈,这种转向对于人类文明发展来说将是一个意味深长的问题。指导生态主义道德理论发展方向的基本思想是:"(1) 非人类存在物值得给予道德关怀;并且——(2) 这部分地是由于它的非工具性价值——也就是说,非人类存在物的价值不取决于它对人类利益有无贡献。"②生态伦理学期待这一基本思想成为"有社会约束力的伦理原则和伦理规范"。

在伦理学、哲学转向的同时,以探索人类与自然的关系为指归的作家和作品大量涌现,"生态文学"作为文学领域的新成员渐起声势,它干预现实的出发点使其与生态主义运动息息相生。像蕾切尔·卡森,除了《寂静的春天》,还著有《海风下》《我们周围的大海》《海的边缘》,像德语作家莫尼克·马罗的《飞灰》,法国作家勒克莱齐奥的《另一边的旅行》《沙漠》等,都是著名的生态题材作品。苏联艾特玛托夫的《白轮船》《死刑台》,加拿大作家莫厄特的《与狼共度》《被捕杀的鲸鱼》等也享誉世界。随着人类对自然危机认识的加深和重构和谐的理想越来越强烈,生态书写的文体体裁也逐渐繁多起来,大的分类包括生态散文、生态报告文学、生态诗歌、生态小说等。加拿大作家麦克·奥塔杰主编的《破碎的方舟》是一部"动物诗集",他试图让人们通过阅读这本诗集,能够设身处地地感觉一下牢笼的滋味,同时也重新思考一下肩上贵重的裘皮;苏联作家阿斯塔非耶夫的散文集《树号》则直言:地球对待一切生物都是公平公正的,但是有生命之物中所谓的"有理性的动物",却并没有从大地母亲那里学会感恩和珍惜,肆意

---

① 参阅罗国杰主编:《伦理学》,北京:人民出版社 1994 年版,第 8—10 页。

② 〔英〕布赖恩·巴克斯特:《生态主义导论》,曾建平译,重庆:重庆出版社 2007 年版,第 51 页。

地制造垃圾和废弃物，使大地衰朽，处处狼藉。随着生态主义思潮和生态写作的影响日著，1992 年，美国建立了“文学与环境研究会”(Association for the Study of Literature and Environment)，接着，英国、澳大利亚、日本等国建立了分会。在新千禧年到来的时候，出生于伊朗的英国著名女作家多丽丝·莱辛在 1999 年推出了反乌托邦小说《玛拉与丹恩》，虚拟人类生态灾难的未来情境，表达对“乐园”失却的忧虑和怀念，这也可以看作是她一向钟情的科幻小说——她执拗地自命为“内太空”(Inner space)小说的延续，她 2007 年获得诺贝尔文学奖的原因被归结为“因其将自己的怀疑，激情以及幻想投入在对分裂的文明的审视上”。美国作家博伊尔的《地球之友》(2000)、日本女作家加藤幸子的《森林的诱惑》(2002)、加拿大女作家阿特伍德的《“羚羊”与“秧鸡”》(2003)都是新世纪有影响的生态题材小说。当然，在初创的生态主义理论话语内部，存在着自我伦理的悖论，特别是在涉及人类中心主义批判和生态中心主义及动物解放理论时。这是后话。

在中国大陆，20 世纪 80 年代中后期以来所产生的影响最为深远的历史性事件就是整个中国社会由半农业半工业形态向现代化、城市化转型，传统的农耕文明以及边地留存极为有限的游牧文明在这一转型过程中受到很大冲击。和历史上的移民开垦、边地流放、屯田戍边、灾变逃亡有着实质性区别，这次变革是全局性的、不可逆转的，是对传统文明的一次致命打击。随之我们看到，一方面是经济上的狂飙突进、日新月异；另一方面却是自然环境负载过重或者被肆意践踏造成的环境危机此起彼伏，污染事件层出不穷；再者则是人的精神随着“脱离大地”的生存境遇而堕入了文化的洪荒地带，对现代性挤压的体验与恐惧日益剧增。就如诗人苇岸不无遗憾写下的一段文字：

> 在神造的东西日益减少、人造的东西日益增添的今天，在蔑视一切的经济的巨大步伐下，鸟巢与土地、植被、大气、水，有着同一莫测的命运。在过去短暂的一二十年间，每个关注自然和熟知乡村的人，都已亲身感受或目睹了它们前所未有的沧海桑田性的变迁。①

生态主义思潮正是在这一“挤压感”和“沧海桑田”中渐次兴起，民间团体、媒体和政府都在以不同的方式、立体化地参与其间，在中国，这也正成为一个不可忽略的现象。民间环保组织如北京的“自然之友”“地球村”

---

① 苇岸：《上帝之子》，袁毅编，武汉：湖北美术出版社 2001 年版，第 79 页。

“绿色江河”“绿家园志愿者”,天津的“绿色之友”,云南昆明的“健康与发展研究会”等,梁从诫、廖晓义、杨东平、梁晓燕、汪永晨等一批环保人士为推动此类组织的组建和发展尽心尽力,不仅翻译引介了不少些国外的生态学著作,而且策划一些国内的环境保护行动,促动政府加强环保监管,成为世界范围内的民间环保组织中的一支。在他们的倡导下,一些企业家、商界人士也投身到环境保护事业中来,2004 年 6 月,中国近百位企业家针对北京沙尘暴问题,出资成立了内蒙古阿拉善 SEE 生态协会,他们以公益形式每年向这个区域投资 10 万元人民币,连续 10 年,以改善内蒙古的生态环境,换取北京市的蓝天白云。

科学的决策离不开媒体的风险沟通,媒体在环保问题上的参与不可小觑。近年来,“环境报道”成为各大媒体重要的关注内容,也是其打造文化内涵、保护弱者生存权益的重要举措。《中国环境报》等各级报纸纷纷创办《人与自然》《生态环境》《绿色周刊》等专刊;《绿叶》《大自然》《绿色大世界》《自然与人》等专门性杂志也相继问世,这些都是重要的生态宣传的刊物,起到非常重要的宣传作用。民间组织通过舆论影响到政府决策的案例越来越多,例如 2000 年,四川政府计划在都江堰杨柳湖修建水利工程,但是这一工程将对周边的生态系统造成严重破坏。针对这一工程计划,短短两个月之内,相关报刊上就出现了 180 篇(组)新闻报道和批评文章,在舆论压力下,地方政府不得不重新调整决策。中国境内关于修建拦水大坝与环境的对峙从来没有像在“怒江事件”上表现得那么激烈。怒江发源于青藏高原唐古拉山南麓,入云南省后折向南方,流经怒江傈僳族自治州、保山市和德宏傣族景颇族自治州。除雅鲁藏布江外,怒江是我国最后一条干流上未建水电站的大型河流。据专家估算,如果怒江流域的水资源得到全面开发,大概一年会有 2 万亿的发电量,占云南地区水域发电量的几乎一半,相当于七八亿吨的标准煤。所以,在这里开发水电项目曾一度被政府和电力公司看好,但大量建设的支流水电站已经使怒江的生态变得越来越脆弱。2003 年 8 月 13 日,有关部门曾牵头召集几大电力公司和相关部委,讨论怒江流域水能资源投资开发与建设的规划,自此引起赞成方和反对方的激烈论争,持续数年,中央部委、地方政府、专家、民间组织、电力企业均卷入了争论,引起国内外舆论密切关注。2006 年 6 月 18 日晚,北京民间环保人士张峻峰、王瑞卿、姚遥、金嘉满等作为原告方,在一份以“国家环境保护总局”为被告的《行政诉状》上分别签名。《行政诉状》提出对怒江问题最强烈的质疑,这也是 2003 年来怒江问题的争议首次上升到诉讼层面,矛盾急剧激化，最终以温家宝亲自出面签署“暂缓建设”的批示告终。[①] 在媒体参与方面，互联网的兴起是近年来不可忽视的力量，它正成为社会公益环保活动最为便捷和有效的“支持平台”[②]，例如在2012年10月28日前后的网易新闻网页上，就出现多条与生态或环境问题相关的新闻报道，不管是正面的还是负面的，都说明这一问题已待在议事日程上“无法下马”了，这里不妨列出来几条新闻的大概内容以飨读者：

《三个内陆项目投资上百亿被叫停》，主要是说国务院在各种压力下，最终决定对当前和今后一个时期的核电建设做出三项部署：稳妥恢复正常建设；“十二五”不安排内陆核电项目；提高准入门槛。

《宁波市政府：不上PX项目 炼化一体化项目停止》，是说浙江宁波镇海炼化扩建一体化项目遭到了当地部分民众的连续抗议，宁波市经与项目投资方研究决定：坚决不上PX项目；炼化一体化项目前期工作停止推进，再作科学论证。

《珠穆朗玛国家公园正式揭牌开放 门票180元》，珠穆朗玛国家公园将以珠穆朗玛峰景区、嘎玛沟景区等为重点，有序合理推进自然景区和乡村旅游等项目。至此，西藏形成了珠穆朗玛、雅鲁藏布大峡谷和纳木错三大国家公园，这种举措网友褒贬不一。

《近年来中国环境群体性事件高发 年均递增29%》，说自1996年来以来，环境群体性事件一直保持年均29%的增速，重特大环境事件高发频发，其中2011年重大事件比上年同期增长120%，特别是重金属和危险化学品突发环境事件呈高发态势，并指出“公众参与是解决环境问题不可替代的力量”，但目前我国环境信息公开制度尚不健全，相关法律规范不明确，有关规定过于原则抽象，操作性不强，难以满足公众需求。

《中国近九成沿海城市水资源短缺 18城极度缺水》，指出由3万多名海洋科技工作者历时8年多、航行200多万海里完成的“我国近海海洋综合调查与评价”专项（简称908专项），10月27日在北京顺利通过总验收，

---

① “暂停”或许只是权宜之计。据《南方都市报》消息，在怒江流域综合规划及环评缺失、移民安置规划未审核、国家尚未正式核准的情况下，2008年3月17日，六库电站以“新农村建设”为名悄然移民并动工，自由奔腾了千万年的怒江或将被大坝拦腰截断。但戏剧性的是，之后又不得不停工，相关的已经剪彩的耗资巨大的公路项目也不得不叫停。至今，围绕怒江主流的水利工程问题仍然没有两全的解决方案，自然保护与资源开发的矛盾在这一事件上得到全方位展现，开发方和保护方的对抗也势均力敌，相持不下。

② 李凡在《当代中国的自由民权运动》（台湾高雄巨流图书股份有限公司2011年出版）一书中，总结互联网对于环境运动以至中国自由民权运动的发展，他认为在以下几个方面互联网起到重要支持作用：即打破资讯封锁、新闻发布和资讯披露、对政府的监督和批评、意见表达和社会共识、网上维权和抗争、社会组织和社会动员等（参阅该书234—255页）。

标志着我国已基本摸清近海海洋环境资源家底。结果显示:“我国沿海地区水资源短缺日益严重,11 个沿海省(自治区、直辖市)所辖的 52 个沿海城市中,极度缺水 18 个、重度缺水 10 个、中度缺水 9 个、轻度缺水 9 个,近 90% 的城市存在不同程度缺水问题。水资源已经成为制约沿海地区经济社会可持续发展的重要瓶颈。”

《部分沿海城市填海建房热销》,指“在国家勒紧 18 亿亩耕地红线、加大楼市调控力度的情况下,当前部分沿海城市出现一股‘填海建房热’”,国家海洋局指认这是受暴利驱动,已偏离国家整体用海规划。

《核污染谣言袭扰沿海城市》,说是中国沿海一带还有菲律宾对日本核泄漏充满恐慌,政府和环保部门一再声明“事故产生的放射性物质主要影响区域为日本东北部及其以东的西北太平洋区域,不具备对我国东部海域影响的动力条件”;

《国土部取消重点项目违规用地豁免权》,说国土资源部规定,“2012 年 6 月 30 日前,违法用地已经整改查处并且办理了农用地转用审批手续,或已拆除复耕到位,消除违法状态,所涉及的耕地面积,不计入所在地政府的违法占用耕地面积比例”。这一政策相当于为地方政府“先上车后补票”提供了一个机会,是有些地方政府和企业“倒逼机制”的胜利,不过国土资源部明确明年开始终止为违规用地“补票”。

《相宜本草厂房距民房 30 米 IPO 前夜再遭环保责难》,说正在筹备上市的相宜本草最近陷入和一个普通上海居民的“战争”。因相宜本草上海宝山生产研发基地在建设过程中存在的诸多环保、施工等问题,从而遭到多次举报并受到政府部门调查,记者在文章开头有一个生动的比喻:“蚂蚁挡住了大象的路该怎么办?”

在民间环保组织、新闻媒体不断扩大自己影响力的过程中,政府环境保护、关爱自然的意识也有所增强,在制定方针政策方面,不得不做出一些让步,尽量更多把环保因素考虑在内,在一定程度上有助于公共决策机制的形成。

乔纳森·贝特在《浪漫主义的生态学》中认为,浪漫主义和生态学密切相关,浪漫主义的写作价值即是维护自然和人类的想象力和语言。从世界生态写作整体来看,生态叙事常常渊源于乡土浪漫派。显然,对于在现代高科技、物质文明拥挤下生活的人们来说,任运自由的天然人性具有原始主义的魅力,它的审美意境能够满足人们对于自然和人性的呼唤,这种审美精神体现在乡土浪漫抒情派所秉承的对于传统文化魅性的顶礼膜拜。乡土浪漫题材文学所提供的主体性、自然性内涵以及理想主义与民间立场,和生态思潮“反现代性”的思路及文化守成的意识形态存在一致性。在中国,文化主体的现代性焦虑是知识分子在“被动式”现代化过程中走不出的世纪迷津,所以现代性焦虑是乡土叙事的内在驱动力,城市与乡村、情感与理智的冲突是自“五四”以来乡土小说家身心异处的基本形态,这也更是生态题材小说的母题,深藏其中的正是可贵的个人主体性的敏锐,也表现出超越现实的生命意识和理想主义情怀。上世纪80年代以来的乡土浪漫派其实受“寻根派”的影响,带有寻找民族文化之根脉的倾向,而在地球变为地球村的当前,我们的乡土小说家探寻的不仅仅是民族之根,也是人类之根,即人类的大地本源。毋庸置疑,传统乡土和煦的“田园风”和相对于城市的“异域情”的渲染带着强烈的浪漫主义和理想主义特质,乡土浪漫派发展的根脉即在此盘根错节,汪曾祺正是由此奠定了他在当代文坛上的地位,张承志、张炜也是从浪漫派寻根文学中脱颖而出,透露出生态关怀的最早信息。张炜说:“我要从事艺术,就不能不更多地留恋,不能不往后看……假使真有不少作家在一直向前看,在不断地为新生事物叫好,那么就留下我来寻找前进路上疏漏和遗落了的东西吧!”①在全球化浪潮中,民族化与全球化的拉拔是必然情势,现代性反思是上世纪末至今中国思想界、文化界的重要思维路径,在一个民族竭力以异域的某种“已然”为蓝图时,必然会在其文化根部生成一种逆反的力量,因为民族的发展需要一种自信作为统合力,这种自信不可能来自对自我的否认,而是来自对民族文化的认同,来自传统乡村社会的“常”。面对着所谓的“传统文化的断裂”,知识分子认识到,必须利用好自己的文化传统才能实现对现实的改造。

当然,中国学界对于现代性反思与文化守成的思潮认识不一。有人认为,传统中国的精华在现代化负面影响下愈加显出重要的价值和意义,它对于反拨现代化过程中的弊端为西方提供了参照,东方的伦理道德和哲学思想能够为拯救人类做出新的贡献,因而,东方国家应该重视自身的传统,抵御现代化的钳制;也有学者认为,在当下语境中,批判现代性是一种反讽,是知识分子“非今从古”的群体性早衰和精神阳痿,或者是在与西方交流中产生的挫败感使之逃向怀古主义;也有人认为,这种思潮是以儒家集体理性主义的新保守主义的思想内核对抗现代文化的核心——个性主义。有学者分析,“九十年代文化保守主义的一个特点在于对中国近现代历史的重新评估,这一重估具有政治层面的意义,但无疑也触及到了文化的深

---

① 张炜:《芦青河四问》,见《美妙雨夜》,上海:上海文艺出版社1991年版,第420页。

层指向,具有历史批判和学理探求的双重意义,成为文化保守主义思潮中不可忽视的一个组成部分"①。

在作家情怀中,"乡上中国"本质上就是一个歧义丛生的命名,它的厚重与本分的禀赋、色彩斑驳的变数、生息不绝的活力与"大地"这个命名一样饱满而富有质地,可以说是作家寄寓文化理想或文化思考的象喻系统,而"浪漫"所传达的匪夷所思的暧昧性、传奇性、神秘性启迪,以及所透出的"不可为而为之"的乌托邦期待,更是一种家山回望的精神宣言。上世纪末以来,作家们纷纷把乡土大地作为寄情之所,某些"生态文学"作家和乡土浪漫派作家一样,在深山野林和荒凉大漠中感怀传统与现实撞击中那些不和谐的音符,表达对传统文化和生存方式的眷恋和卫护,这些"田园牧歌"里闪烁着浪漫主义和理想主义的光彩和精神,同时也体现着一代知识者在对现代化未来的无限忧虑中文化守成主义的姿态和现实批判的意图。这是一种为陷入了文明怪圈的民族进行精神"寻根"的行为,是对历史线性发展观的悲壮抗拒——厚古薄今是中国自春秋以来儒墨的文化价值传统,站在这个行列的人有时并非完全是真正意义上的保守派,他们对生态的关注呈示着对人类存在的终极关怀,正是出自分裂中的知识分子的现实责任担当意识。

总之,应合着世界性的生态主义思潮,中国文学特别是乡土小说既面临着种种思想和审美选择的挑战,同时又邂逅了重新整合"乡土经验"、走向新的蜕变的契机,生态书写的伦理指向和特定批判性显示了自身的卓异之处和特殊价值,生态批评的初兴及其局限也与其相辅相成。

三、"生态文学"与"乡土生态小说"的意涵界定

目前,谈起生态题材写作,在很广泛的意义上,学界用"生态文学"这个概念,但其实,这个概念的形成有一个在认知中逐渐完善的过程。

"生态文学"的学术概念命名多种多样,如美国学者倾向于称"自然文学"(Nature writing)、"自然书写"或"自然取向的文学"。"自然文学"这个概念最早出现于1902年美国学者费朗西斯·H·哈尔西所做的一篇评论文章《自然文学作家的崛起》("The Rise Of The Nature Writers"),她在该文中总结自然文学的主要特征有三点:一是放弃以人类为中心的理念,强调

① 张存凯、马征:《九十年代文化保守主义论争简述——兼论文化保守主义的思想内核》,《理论导刊》2005年第12期。

人类与自然的平等地位，呼唤人们关爱土地并从荒野中寻求精神价值的土地伦理（Land Ethic）的形成；二是超越种族、阶层和性别，强调“人的生存位置”在文学中的地位；三是具有独特的形式和语言。简言之，“自然文学最典型的表达方式是以第一人称为主，以写实的方式来描述作者由文明世界走进自然环境时身体和精神的体验”①。但是这一概念并没有得到大家的公认或者说充分关注，历经漫长岁月直到上世纪80年代，人们才“约定俗成”地把书写人与自然的非小说体的文学样式称为自然文学。自然文学的概念形成于当代，但自然文学的主题、文体和风格却要追溯到17、18世纪。美国作家乔纳森·爱德华兹被认为是名副其实的奠基人，而托马斯·科尔和爱默生则是自然文学的思想与内涵的奠基人，前者的《论美国风景的散文》和后者的《论自然》是代表作。德国学者最早将此类写作命之为“环境文学”。相较于“自然文学”，“环境文学”的文学形式更为宽泛，表达人与自然关系的小说、散文、诗歌、戏剧等均可称为环境文学。而“公害文学”的称呼则源自日本，另外还有“绿色文学”“大地文学”等等。台湾学者也倾向于将这类写作称为“自然书写”，表达“以书写解放自然”的生态理念，不过其内涵和外延都要小得多，偏重于命名江河绿野、花鸟虫鱼的散文或游记创作以及环境报道。这些命名对此类文学内涵的描述或者对个体特征的概括有一定趋同性，但环境、自然和生态，一定不是外延一致、内涵与宗旨相同的概念，其间的差异也可能和中西方文化对于生态危机的认识不同、理解不同、立场不同，或者说与伦理观、宇宙观、历史观以及发展阶段不同有关系。

在中国，1984年，作家高桦在《中国环境报》的副刊《绿地》上第一次提出了“环境文学”这一概念。高桦可谓中国环境文学的开拓者，她不仅首倡环境文学，而且为推动其发展做出了许多努力。1984年以后，《绿地》连续多年举办全国性的环境文学征文活动，编辑了成百万字的环境文学作品，凝聚了一大批环境文学作家，如黄宗英、陈建功、张抗抗、赵大年等，都深受《绿地》的影响。1990年，高桦又提出建立“中国环境文学研究会”，经冯牧、王蒙等从中斡旋，研究会于1991年2月成立，并于1992年创刊了专门性的环境文学杂志《绿叶》。孙犁、萧乾、柯灵、艾青、端木蕻良、骆宾基、韦君宜、陈荒煤、秦兆阳、严文井、周而复、吴祖光、袁鹰、汪曾祺、林斤澜、邵燕祥、唐达成、黄宗江、黄宗英、李準、陆文夫、从维熙、邓友梅、顾工、刘绍

---

① 程虹：《自然文学》，见赵一凡等编：《西方文论关键词》，北京：外语教学与研究出版社2006年版，第901页。

棠、李国文、苇岸、李存葆、艾煊、白桦、张贤亮、浩然、谌容、张洁、刘心武、赵大年、陈祖芬、蒋子龙、孟伟哉、叶文玲、霍达、陈建功、张扬、张韧、张炜、梁晓声、张抗抗、铁凝、池莉、莫言、王朔、余华等一大批老中青作家,当年都曾经荟萃《绿叶》。高桦还组织举行了“人与自然环境文学国际研讨会”、出版了中国环境文学丛书、开展中国环境文学评奖等一系列活动,提升了中国作家的环境意识,推动了中国环境文学的发展。高桦早年之所以不像日本、英国作家或学者那样提“公害文学”,而用“环境文学”这个命名,在她看来这是出于中国的国情,“我们不仅要揭露破坏环境的人和事,而且要歌颂为环境保护做出贡献的人和事”①,显然,“公害”就狭隘得多了。一般来说,环境文学更加注重对“环境现状”的揭示,所以常常更多是以报告文学的文学样式直接反映土地、河流、水质的自然情况,或遭受污染、流失与破坏的情况以及人口与资源问题,如90年代中期陈桂棣的《淮河的警告》和徐刚的《世纪末的忧思》等,都是影响非常大的优秀报告文学巨作。台湾的“自然书写”和研究者较为著名的有吴晟、陈玉峰、吴明益、林俊义、王家祥、凌拂等,他们多是散文文体写作,各自有着自己的书写特质,主要表现为与“在地”的环境保护事件密切关联——这一点是大陆生态写作正日益注重的;或者是抒写花鸟虫鱼、山水田园的奇趣美景,但从一定的哲学观念或生态理论出发、深入揭示人与自然的深层关系和人类目前发展的“文明境遇”,这种写作在台湾文学中比较少见。

国内较早涉足生态理论和批评的学者都从不同的内涵和视点进行概念厘定,而最终“生态文学”(Ecoliterature)这一命名比较广泛地被创作界和学界所接受。关于“生态文学”概念的界定,王诺在《欧美生态文学》中曾经说:“生态文学是以生态整体主义为思想基础、以生态系统整体利益为最高价值的考察和表现自然与人之关系和探究生态危机之社会根源的文学。”②虽然,“生态文学”这一概念的意涵比其他概念更为广博,更能体现出明确严谨的生态观念,不过,其概念界定在学理上也有需要商榷之处。如果我们把有关具有自然观念、生态意识的作品都归为“生态文学”,有可能失之泛化,也过于牵强附会。关键就在于,环境保护、生态保护在中国虽然已经到了一个岌岌可危的地步,但是,它和西方后现代意义上的生态问题是有本质不同的。目前中国的地理版图和精神版图上还清晰地标有农耕文明和游牧文明的标记,还在人与自然、人与机器的争斗和交往之中,我

① 参见杨颖:《绿叶还能绿多久》,《中华读书报》1996年9月4日。

② 王诺:《欧美生态文学》,北京:北京大学出版社2003年版,第11页。

们的物品还没有极大的丰富,一切"旧的背景"还没有消失,我们的人民还在大量地"操用器械和物件",否则就难以生存。就如丹尼尔·贝尔曾分析的:"前工业社会的'意图'是'同自然界的竞争',它的资源来自采掘工业,它受到报酬递减律的制约,生产率低下;工业社会的'意图'是'同经过加工的自然界竞争',它以人与机器之间的关系为中心,利用能源来把自然环境改变成为技术环境;后工业社会的'意图'则是'人与人之间的竞争',在那种社会里,以信息为基础的'智能技术'同机械技术并驾齐驱。"①因此,在调适我们的价值观的时候,就得充分考虑到中西"生态文学"的错位现象给中国小说带来的价值错位。

目前在中国,生态题材的创作,有一部分更适用"乡土生态文学"这一命名。之所以要提出"乡土生态文学"这样一个概念,而不直接套用"生态文学"这一命名,不仅因为大部分的生态书写属于乡土文学的范畴,还在于一切生态原本都是乡土的、自然的,即原始生态就是乡土。特别是小说创作,相对于依傍文化社会学的乡村生存形态写实的小说,"乡土生态小说"更注重人与"乡土"关系的原初性、自然性和精神性,所以,我们主张生态题材的创作者和研究者的主体思想从狭隘的"自然""环境"关注,进入深层次的价值考量和批判。在这个语义之下,本书涉及的生态书写合乎以上界定的,即选用"乡土生态小说"这一狭义的概念;指称较为广泛的生态叙事文本,则用"生态小说"这个称谓。也就是说,本书所要讨论的生态题材的创作更侧重于那些在强烈的"现代化"语境中批判工业文明造成的巨大污染和人性异化,表现人与自然的和谐理念,同时也能揭示人性与生态的悖论,体现出乡土小说转型中的文化伦理蜕变的叙事文本。这或许算是一种双向审视和批判的视野吧。

这里我们有必要梳理一下中国当代文学生态意识的来源问题。文学创作中生态书写的思想资源是多元而复杂的。首先,当前经济高速发展造成的生态破坏带给人们强烈的危机感,这种源自现实生存的迫压造成的刺激具有巨大震撼作用,它引导人们必须直面现实。媒体上关于水体污染、空气污染、植被破坏、土地沙化、水土流失、资源"稀缺"、野生物种濒危等一桩桩生态崩溃的例证不胜枚举,我们这里也就无须再列举,想指出的是:培养真正健全理性的生态精神需要一个过程,因为它不仅仅受限于认识的水平,也受限于不同历史发展阶段的生存现实,其间体现的反省意识是人

---

① 〔美〕丹尼尔·贝尔:《后工业社会的来临——对社会预测的一项探索》,北京:新华出版社1997年版,第126页。

类可贵的精神元素之一。在历史进入80年代后,上世纪50—70年代中国大陆在革命意识形态覆盖下进行的“大跃进”等运动所造成的生态破坏成为反思的对象,其结果必然成为参与塑造生态意识的资源——反思历史正是为了正视现实。到了90年代初,改革开放进一步深入、深化,比比皆是的生态事件再也没有办法完全归罪于“历史”,而是由社会转型期掠夺性的经济开发模式造成的,针对生态危机的现实批判的力量出现了。就这样,“历史反思”和“现实批判”在生态批判中联袂出演。其次,全球性的生态主义思潮的兴起和域外生态理论学说的引进及“生态文学”的译介也是促进中国当下文学生态意识生成和繁兴的重要因素。在这个过程中,一批翻译家可谓功不可没。例如徐波翻译的阿诺德·汤因比的《人类与大地母亲》,侯文蕙翻译的奥尔多·利奥波德的《沙乡年鉴》,何鉴翻译的岸根卓郎的《环境论——人类最终的选择》,由叶平翻译的霍尔姆斯·罗尔斯顿的《环境伦理学:自然界的价值——对自然界的义务》,肖晨阳翻译的查尔斯·哈珀的《环境与社会》,孟祥森翻译的彼得·辛格的《动物解放》……这些翻译都为生态启蒙运动在中国的兴起和生态文学以及生态批评的发展产生了重要推动作用。吴国盛主编的跨国界、跨学科、跨文类的大型丛书《绿色经典文库》(两批共16种,吉林人民出版社,1997—2000年),也对培养中国文学的生态意识有重要的引导作用。第三,就是中国传统文化中葆有“天人合一”的思想传统,也是当下生态意识生成的一种推力。中国上古的孟子曾有“君子远庖厨”的警戒,中古的张载揭橥了“民胞物与”的素朴的伦理观念;道家思想中的“齐生死,泯物我”“天地与我并生,万物与我为一”都包含着贵生思想或者生态意念,这些亦内化为中国作家的精神品格。还有,带有原始的多神论色彩的宗教文化也参与促生了当代生态意识的形成,例如伊斯兰教文化的生命神性意识,萨满教的“万物有灵”观,佛教文化中“不杀生”的训诫等。

中国当代注重生态批判的乡土小说,其伦理追求立足于人、朝向大地,其自然观既蕴涵着“天人合一”的传统伦理价值取向,又兼具后现代重建自由精神的企图;在思想意义追求和浪漫美学特征方面,正如前文我们所说的,乡土生态小说和我们谈论的世纪之交乡土小说的“浪漫叙事”有着交叉和重叠,有些乡土小说本身就具有两个方面的意义内涵,尤其是那些具有原始浪漫主义色彩的乡土小说。虽然蕴藉深厚的中国乡土生态小说在当下还未成气候,精品力作更不多见,但生态文学的重要特点即“生态责任、文明批判、生态理想和生态预警”①已成为乡土小说进入世纪转换以来意义指向和价值取向的重要组成部分，标示了生态题材创作所能达到的哲学命题的高度。

无疑，生态叙事是扩展文学表现领域、体现文学精神关怀和现实立场的重要维度；生态文化是一种新的文化创造，也必将带来人类对宇宙、自然包括人类自身更深入的认识，也可能对于人类一些行为有所修正。从这个意义上说，生态批判是必须的，生态批评作为一种文学批评对于生态批判的参与也是必须的，这个方面西方走在我们前列，有许多宝贵的资源和经验值得我们借鉴。生态批判的所有主题方向也都有其重要启示意义，但是我想强调的是，我们应该思辨地看待这些舶来的观念和论题，既要考察其在文学上的审美表现是否优秀，又要考虑它所带来的批判思想是否合理。另外，20世纪以来，文学理论的迅猛发展扩容和自然科学的惊人发展相一致，各个流派都尝试从不同理论和角度给文学理论上的问题以更科学和更深入的解释。不管人文学科还是自然学科，跨学科研究已然成为学术创新与发展的必然趋势，只有学科交叉才能整合学术资源，扩大学术视野，广开理论思路。当代小说生态批判思想的研究无疑是一门跨学科课题，它融会了生态学、社会学、哲学、伦理学、民俗学包括宗教学等相关学科的理论支撑。当然，目前生态写作和生态批评都存在着认识上的某些局限和偏误，这些问题我会在以后的论述中进一步展开。

① 王诺：《欧美生态文学》，北京：北京大学出版社2003年版，第11页。

第一章 中国当代小说“生态”视阈的开创

生态题材写作是域外特别是西方现代文学的重要内容,在当代中国,这一题材的书写则出现得比较晚。在“十七年”以及“文革”期间,中国作家在政治意识形态强大的辐射作用下,写作者对人与自然关系的思考很难超越“人定胜天”的模式,并不存在自觉的生态书写,甚至连自觉的环境意识也并不存在。但是到了20世纪80年代,特别是到了90年代,当某些批评家津津乐道于“文学是否已走向死亡”的沉闷话题时,创作界关于人与自然关系的生态追问与书写已悄然兴起,至新世纪初,这一创作业已成为乡土小说创作领域的生力军,其生态批判的思想旨归也逐渐被批评界所认识和评价。

一、革命话语下自然意识的“不自觉”呈示

中国当代小说生态意识的凸显是在进入80年代后,但是之前的“十七年”和“文革”时期的文学也应被纳入“生态批判主题研究”的整体论述格局,因为当初的主流意识形态话语和当前的“生态话语”形成鲜明对照,可以作为一种“反生态叙述”被历史记取,甚至可以说,其时文学“反生态”的话语模式给以后的生态批判提供了认识视角和论述资源,也提供了辩证解读中国生态危机成因的契机。所以本课题研究并非只关注新时期,也将“十七年”和“文革”期间的文艺创作纳入论述范畴,以作为一种“反面”例证。

中国传统文化的自然观念强调的是人与自然的和谐相处、天人合一,这种观念认为整个大宇宙都是一个大生命,人置身于宇宙这个大生命中,不过是大自然的一个组成部分,与大自然万物等齐。“天人合一”的思想观念最早由庄子提出,即“人与天,一也”,“天道无为”;老子也曾经提出“人法地,地法天,天法道,道法自然”的说法。这一思想到了汉代得以发扬光大,董仲舒将其发展为“天人合一”的哲学思想体系,其代表性著作《春秋繁露》体现了这一思想。“天人合一”思想在一代代后世学者的传延扬弃下,成为中华民族五千年来的思想核心与精神实质,流脉绵长,浸润广

远。既然中国人将"自然"视为一个生生不息的圆满的生命体,那么就不存在"物"与"我"的对应或对立,人要"赞天地之化育","与天地参"。无论是游牧为生,还是农耕劳作,春耕夏耘,秋收冬藏,人必须仰赖大自然对生命的惠爱,所谓"天地之大德曰生"。人是融于自然而敬畏自然的,人与自然这种辩证统一的关系决定了中华民族文化主体不容易产生征服自然的意念,中国古代的文人艺术例如文学和绘画也正体现了这一点,陶潜、王维、孟浩然等历代文人的田园情怀、自然情致影响深远。直到20世纪上半叶,以沈从文、废名为代表的"京派"的乡土诗情小说,不仅赓续了中国传统文化主张人与自然和谐共生的观念,也站在自然人性的立场发起了对现代文明的反思,以一种道德的、审美的方式介入了社会历史的进程。沈从文的《边城》《长河》等作品通过对两个经验世界乡村和都市的鲜明比照设置构筑他的小说世界,凭借独特的经验感悟,以生活在都市而"鹤立鸡群"的"乡下人"的评说姿态,开始了他对古朴的乡土文明的怀念和眷恋,展开了他对所谓的"现代城市文明"的挞伐。夏志清认为:"沈从文并没有提出任何超自然的新秩序;他只肯定了神话的想象力之重要性,认为这是使我们在现代的社会中,唯一能够保全生命完整的力量。……人类得和自然,保持着一种协调和谐的关系。只有这样才可以使我们保全原始血性和骄傲,不流于贪婪与奸诈。……除非我们保持着对人生的虔诚态度和信念,否则中国人——或推而广之,全人类——都会逐渐变得野蛮起来。"①"京派"在"乡土抒情"和"都市讽刺"的基础上,通过他们的民族民间传奇和历史传奇的重新叙述,开始了生命形式的重建,呼唤高贵的自然人性。"京派"另一位名家废名的《竹林的故事》《桃园》流荡着过往的农村寂静的美,"那农村少女动人清朗的笑声,那聪明的姿态,小小的一条河,一株孤零零的长在菜园一角的葵树,我们可以从作品中接近,就是那略带牛粪气味与略带稻草气味的乡村空气,也是仿佛把书拿来就可以嗅出的。"②真是一部美好的乡村传说!刘西渭在谈论芦焚的《里门拾记》时谈到沈从文的《湘行散记》和艾芜的《南行记》,他说:"他们从乡野出来,如今便把乡野送给我们。一份厚礼:这里活着的是博爱,是人类最深也最原始的情绪。当年对于作者,这也许是一块疮伤,然而痂结了,新肉和新皮封住了那溃烂的刀口,于是一阵不期然而然的回忆,痛定思痛,反而把这变成一种依恋。"③

---

① 夏志清:《中国现代小说史》,刘绍明等译,香港:香港中文大学出版社 2001 年版,第 162 页。

② 沈从文:《论冯文炳》,《沫沫集》,上海:大东书局 1934 年版。

③ 刘西渭:《读〈里门拾记〉》,《文学杂志》第 1 卷第 2 期,1937 年 6 月 1 日。

世易时移，现代文学史上这一浪漫主义的文艺创造并未能持续下去，在40年代的“土改小说”中，一个明显的风格变化就是自然描写、风景描写被做了大量压缩。在丁玲和周立波等反映“土改”的小说中，政治性自觉、“阶级斗争”成了文本中心，对自然的审美被政治审美所替代，虽写的是乡村，但其乡土味却是淡漠的，和三四十年代京派小说大量的风景描写、风情描写和风俗描写比起来，人对自然的观照显然退到了历史舞台的后场。《暴风骤雨》对“土改”前的田园风光曾有这样一段描述：“七月里的一个清晨，太阳刚出来。地里，苞米和高粱的确青的叶子上，抹上了金子的颜色。豆叶和西曼谷上的露水，好像无数银珠似的晃眼睛。道旁屯落里，做早饭的淡青色的柴烟，正从土黄屋顶上高高地飘起。一群群牛马，从屯子里出来，往草甸子走去。”作家描写这种自然性的风光不是为了呈示乡村的美，而是为了给一个即将到来的“新秩序”做铺垫，即从县城来的工作队即将进驻村庄，这里即将发生一场“暴风骤雨”式的运动。张爱玲出版于1954年的《秧歌》《赤地之恋》因带有强烈的消解“土改”运动政治进步性的意图，使得其中对景物风俗的描写成为一种戏谑和嘲讽，当然，这也是另一层面的政治化意味浓郁的乡村书写。在“土改小说”以及随后的文学创作中，人与动物尤其是作为农业劳动必不可少的“劳动力”的耕牛、马、驴子以及家禽家畜类等，在作品中也有所表现，这种人与动物的关系主要体现在人作为集体一员对于作为集体财产的牲畜的爱护上，例如《暴风骤雨》中写到人们对马的情谊。村民要做模范，怕自私落后被人瞧不起，但另一方面又想挑选中意的、少吃能干的、膘满肥壮的马骡，这其实只是对牛马作为劳动工具之能力的利弊权衡。1957年出版的《红旗谱》中写到的“脯红鸟事件”，以及发生在1964年的“草原英雄小姐妹”故事，其实也都和“热爱动物”完全不相干。

“土改”之后，是50年代全国性的农业社会主义改造，即农业合作化及人民公社运动，作家的写作重心亦发生了转移。一个新生政权面临诸多政治经济和国际情势的困境和压力，人与自然完全变成征服与被征服的关系，自然书写几乎断然绝迹。赵树理的《三里湾》、周立波的《山乡巨变》、柳青的《创业史》等反映了中华人民共和国建国后农村翻天覆地的变化，热情讴歌了新时代的主角——农民，勾勒出了历史巨变期乡村的发展脉络。但是我们看到，作家们都失去了青春泼辣的力量，以拘束、严密、慎重的态度努力紧跟形势，因应着社会主义现实主义叙事的规范。一方面，作家必须把视线投射在阶级斗争上；另一方面，浓郁的乡村风情风俗诱惑着作家的性灵之笔，这造成了他们内心的极大分裂，所以我们会发现《山乡巨变》中，在时代的重大题材遮蔽下，那些“情不自禁”出现的一幅幅清新明净的山水画面。1962年9月，毛泽东在中共八届十中全会上提出，“阶级斗争”要“年年讲，月月讲，天天讲”，并在1966年8月的中共八届十一中全会上又进一步重申，这成为党的“最高指示”，文学创作的政治色彩随之更趋浓厚。在浩然的《金光大道》“一鸣惊人”之后，“高大全”成为“无产阶级英雄”的典型，而且政治问题也越来越被道德化。浩然几乎可谓70年代中国唯一的乡土小说家，他身不由己地、当然也是心甘情愿地站在了文坛的顶峰，从而也将中国小说的自然书写推向了绝境。韦君宜曾经有一段话谈到那个阶段的创作：“像《伐木人》《铁旋风》《无形战线》《朝晖》《晨光曲》《钻天峰》……一年好多本，完全不能算艺术。但是，是这些作者有意逢迎上级，破坏艺术吗？不是。有几位作者很有生活，例如森林生活、农村生活、学校生活，有的段落写得很真实，很动人，但整体构思却完全是捏造的，作者不得不随波逐流地去捏造。”①

以上这些写作其实剥夺了乡村的“主体性”，谈不上人与自然关系的充分表达。当一种政治意识形态成为影响中国社会、文化、经济的最主要力量，人定胜天、战天斗地、征服自然成为响亮的时代口号，文学不得不竭力鼓吹和逢迎这种压倒性的意识形态，不仅在思想上失去了它的批判立场，在美学上也很大程度地丧失了自然书写的功能，也注定了没有人或者说没有一个空间可以供人来聆听大地、感恩自然，在对“人有多大胆，地有多高产”的神往中更是不可能体恤“上山下乡”“大炼钢铁”、边地农垦等对大自然的戕害以及可能造成的自然环境破坏的恶果，主题思想的外显和漫溢伤害了风俗画的美学特征，人与自然被拘泥于土地，一代作家亲近自然的艺术才情被戗杀了。即便如秦牧、杨朔、郭小川等擅长于写景状物的作家，有一些脍炙人口的写大地风物的名篇，洋溢着对自然的颂赞，但其实其本意不在于写本然的自然，而是推物及人、及伟大的时代。郭小川著名的长诗《甘蔗林青纱帐》这样写道：

> 我们的青纱帐哟，跟甘蔗林一样地布满浓阴，
> 那随风摆动的长叶啊，也一样地鸣奏嘹亮的琴音；
> 我们的青纱帐哟，跟甘蔗林一样地脉脉情深，
> 那载着阳光的露珠啊，也一样地照亮大地的清晨。

---

① 韦君宜：《思痛录》，北京：北京十月文艺出版社1998年版，第164页。

“浓阴”“摆动的长叶”“嘹亮的琴音”“阳光”“露珠”“大地的清晨”，是诗人回忆中的青纱帐，那些青春岁月战斗的艰辛都已经退去，弥漫在记忆中的是和今日“芬芳”的甘蔗林一样的美好。但诗人的立意不在于欣赏甘蔗林的自然风光，他只是借助甘蔗林与青纱帐的对比，唤起高耸入云的英雄主义豪情，字里行间奔涌的是革命的热血。

从历史实际出发，那个时代的文学承载着中国渴望实现“楼上楼下、电灯电话”“大踏步迈进四个现代化”的梦想，对工业化的想象弥漫在许多创作中，郭沫若就曾经热情讴歌作为现代工业文明象征的“烟囱”，说“那伸向蓝天的一排排高大的烟囱，就像一支支五彩的画笔，用美丽的色彩把祖国的天空描绘”。其实早在1920年，郭沫若就曾经在《笔立山头展望》中礼赞海港轮船的烟囱：“黑沉沉的海湾，停泊着的轮船，进行着的轮船，数不尽的轮船，//一枝枝的烟囱都开着了朵黑色的牡丹呀！//哦哦，二十世纪的名花！//近代文明的严母呀！”而在郭沫若和周扬一起编辑的《红旗歌谣》一书，也收录有四川开县的一首赞美烟囱的民歌：“炼铁炉，高又高，/青烟直上九重霄，/玉皇高叫受不住，/众神熏得眼泪抛。”刘白羽1960年在《红玛瑙》中所写下的几行诗句也正好反映了当时的社会主流思想：“地球是颗红玛瑙，/我爱怎雕就怎雕，/按着毛主席的好图样，/驯服山河建天堂。”地球，在“我”的意识中，只不过是一个可以任人雕琢的玛瑙珠子，山川大地也理所当然地是我们“驯服”的对象，“驯服山河”和“建天堂”被视为一种因果关系，没有对地球的征伐掳掠，自然就没有幸福美好的未来。

当然，在40年代末到70年代中后期，于无处不在的政治运动和时代激情背后，依然有写作者不时地会向大自然投去深情的一瞥，小心翼翼地温习人与大地之间的温情，以舒缓被迫压得过于紧张的神经，我们也可以认为这种写作本身是私密地向自由生存和理想主义表达敬意。这一部分创作多出自“地下写作”或“潜在写作”“抽屉文学”，如“文革”期间遭受暴虐失去创作权利的知识分子群体“七月诗派”，“上山下乡”知青中的“诗歌群落”如“白洋淀诗人群”，年轻敏锐的“地下沙龙”“地下诗社”思想者如食指等。曾卓的《悬崖边的树》和牛汉的《半棵树》《冬》等是“地下写作”的代表作。被风吹到悬崖边的那棵树，“似乎即将跌进深谷里，却又像是要展翅飞翔”，它倔强的生命力深深地震动了饱受磨难的诗人；在《冬》中，诗人写到严冬是“太阳短命的日子”，是谋杀“感情”“心灵”“幻想”“好梦”的“刽子手”，“寒冷，寒冷，尽量束缚了手脚，潺潺的小河用冰封住口舌，盛夏的蝉鸣和蛙声都沉寂，大地一笔勾销它笑闹的蓬勃”，但无论严寒怎样封锁，生命的乐趣依然在冬晚温暖的火炉边绽放；《半棵树》更是以泣血之笔描写那棵遭遇飞来横祸的残树：它生长在荒凉的山丘上，“被二月的一次雷电/从树尖到树根/齐楂楂劈掉了半边”，但是春天来的时候，它还是长出了“青青的树叶”，“还是一整棵树那样高，还是一整棵树那样伟岸”，它以坚韧和不畏再遭风暴的形象拯救了诗人！食指的名诗《相信未来》写到无情的蛛网、灰烬的余烟、深秋的露水、凄凉的大地……一幅幅萧条肃杀的人间景观，但是诗人用大自然界“美丽的雪花”“凝霜的枯藤”写下：“相信未来”。

在那近30年的时间内，也还有一些作家以诗情的文字表达着对自然的爱、对鸟兽草木的呵护，与大地、春风、阳光分享快乐，这主要是在极为短暂的“百花齐放”和1961年、1962年政策微调阶段。例如1962年孙犁创作的《黄鹂——病期琐记》指出，“虎啸深山，鱼游潭底，驼走大漠，雁排长空，这就是它们的极致”，大自然创造的每一个物种都有自己与环境巧妙结合和相互发挥的“景物一体”，这种境界不是人们可以恣意违背和破坏的，所以人类不应该虐杀翱翔的海鸥，不应该笼囚鸣叫的黄鹂，因为飞翔是它们的自然造化，是它们生命的“极致”。牛汉也曾经用“惊喜的目光/用赞叹的目光”注视在“金黄的麦海”里似飞似飘的麂子：“你为什么生得这么灵巧美丽/你为什么这么天真无邪”，当然作者也怀着悲悯情怀表达了对这只远方来的麂子的担忧：“你为什么莽撞地离开高高的山林”？这种温和健全的自然观在当时是难能可贵的。这个时期，赞赏大自然风物的篇章还有一些，如许钦文的《鉴湖风景如画》、丰子恺的《庐山面目》、公刘的《西双版纳组诗》、雁翼的《大巴山的早晨》等，特别是牛汉的《悼念一棵枫树》《华南虎》《巨大的根块》《鹰的诞生》等，章章都是脍炙人口的名篇，所以牛汉是这一时期重要的书写自然、礼赞大地的作家。

从生态理论视野来看，这些篇章并不属于“生态文学”，但是这里边也借助人对自然的领悟和解读发掘了人与自然之间沟通的秘密：作者通过对自然的凝视和礼赞获得了心灵的抚慰；换言之，是大自然郁郁勃发的无声话语唤醒了也温暖了他们疼痛到麻木的灵魂。当一个时代人与自然的关系变得讳莫如深，人不能舒展地依偎大地、放飞心灵，那一定不是一个人性正常发育的时代，也不会是一个文学可以崔嵬繁荣的时代——中国长久以来的人与大地的亲近、人对野地的尊重就这样在历史的岩缝中苟延残喘。

中国文学生态意识的萌芽还在孕育中，期待着适宜的土壤和气候破土而出、草长莺飞。

二、生态意识的萌芽与乡土生态叙事的初兴

有关中国生态文学的不少研究，把自古以来涉及“生命意识”的作家作品都作为研究对象，由于我们认为“生态问题”是一个现代性事件，生态写作自然也就属于现代以来的文学题材范畴，所以中国真正自觉的乡土生态小说是新时期以来才正式出现的。中国的生态题材书写之所以起步较晚且发展缓慢，自然在于其现代化进程起步较晚，直到上世纪70年代末80年代初，在对历史的反思中，这一境况才有所改观，也就是说中国当代小说生态批判主题造就的开端是以政治意识形态的“反思和批判”为立足点的，这一点是它不同于国际上其他国家这一类型写作的地方。1978年，黄宗英的《大雁情》，描写了植物园科学家秦官属为维护环境生态做出的努力和牺牲。这里，我们以孔捷生发表于1984年的《大林莽》等为例，对这一阶段所谓的“生态”写作的意涵进行粗略辨析。

《大林莽》的作者孔捷生原籍广东南海，1968年到广东农村插队落户，1970年转至海南岛长征农场当工人。1982年，他发表长篇小说《南方的岸》，描写几个知青经过动乱岁月的不幸后，怎么重新认识自身的价值，引起文坛关注。中篇小说《大林莽》叙述海南生产建设兵团简和平、谢晴、邱霆、冼四海及大陆仔等5名知青，奉上级命令进入茫茫林海即“大林莽”勘察，为将来砍伐大森林、种植橡胶林做准备，作品描写了这些胸怀时代重托的知青的虔诚、狂热以及精神上痛苦的裂变。痛定思痛的回忆总是沉重的，小说本意出自对“文革”的否定，也在灵与肉、生与死、情感与理智的冲突中探索着人性的力量，并对人与自然、生态进行了具体而微的思索。简和平在与被打成“反动”学者、下放到连队的热带作物学院教授的交往中，受到最初的关于自然的启蒙，他在大林莽中深切地感受到了大自然面前人的“渺小孤单”：“大雷雨劫掠的痕迹已被热带雨林无穷的生机轻而易举地抹平。这庞大的生命部族领受了洗礼，更是一派欣荣。繁茂枝叶挂满隔夜雨珠，怡然地吸吮晨光，荫翳处泻下百鸟无忧无虑的歌瀑。生物圈中唯有这几个进化到最高阶段的动物无法与周围的气氛调和。”虽然身领“征服大自然”的使命，但简和平和谢晴在对大自然生命永恒的体认中试图与其和解。在大自然无语的庄严之下，革命意识形态、现实生存的艰难一一退隐幕后，这一对“自然之子”的灵魂被一种伟力所征服、洗礼和提升，以致开始尝试阻止人们肆意开发大林莽，最终付出了生命的代价。和孔捷生的《大林莽》一样，梁晓声的《这是一片神奇的土地》也是写知青与凶险的大

自然搏斗的故事。不一样的是,《这是一片神奇的土地》更侧重书写严酷的自然环境下,北大荒的知青为开垦土地即“满盖荒原”而不畏艰难险要的时代精神,征服自然的人类意志盎然其间。在征服大自然的青春豪言和热爱大自然的生命体验之间,知青一代人生的意义可以说曾经是附着于前者的,其后的创作对自然神秘伟大的肯认依然依托于对青春价值和意义的辩护,昂扬的头颅、沸腾的热血、崇高的理想、嘹亮的誓言是那个时代有力的注脚,“青春无悔”是他们对历史的声明。这些创作整体上来说是站在伤痕文学和反思文学的政治底线上来“追忆逝水年华”,声讨政治运动对人的命运的播弄,肯定青春理想的内在价值,其“现代性立场”出自对个人与时代、个人理想与政治关系的思考,主观意图上很少出自对知青时代造成的环境破坏的自觉反思。在那个革命意识形态四海翻腾的时代哺育的必然是狭隘的人类中心主义,耳濡目染于时代氛围的上山下乡的知识青年必然要服膺于时代赋予他们的使命和价值认定——当然,如果说“错”,那不是他们的错。

也有不少右派或知青文学在表达对政治运动所造成的生活状态的不满时,一个直线型的思路即返回乡村的素朴、纯净和旷远,通过对当年乡村生活的回味以体恤和抚平现实与理想间的巨大悖谬,重张青春的价值和生命的美好,如张承志的《绿夜》(1982)、孔捷生的《南方的岸》(1982)、史铁生的《我的遥远的清平湾》(1983),包括黄宗英的《大雁情》《小木屋》(1983)等,张扬人与自然和谐相融的生态意识也绝非其文本主旨。不同于孔捷生等对知青生活“非常”一面的追忆,张承志对那段经历的“重回”则充满了对草原、自然、母性大地的神迷。草原曾经哺育了张承志的精气神,他重回“驰骋着自由酷烈的风儿的、开人胸襟的莽原”是为了以“茂盛的箭草、马镰草和青灰色的艾可草丛”来医治被城市的拥塞、污味、噪音、冷冰冰和下流语言折磨得疲倦的肉体。对于张承志这样具有浪漫主义情怀和文化批判自觉的作家来说,不管城市是不是一个被“现代化”毁灭的地域,他已先入为主地厌弃了城市;而他对城市文明的批判,首先并非城市化对自然生态和人文生态的破坏,而源自青春理想与现实间极大的张力和荒诞感。老鬼的《血色黄昏》(1989)最为典型地体现了这种来自精神层面的悖论。《血色黄昏》写“文革”期间,知青和复员军人组成“中国历史上空前绝后”的“青春大进军”队伍向莽莽苍苍的锡林郭勒盟进军,实现了开垦草海的壮举,其间正体现了青春肯认与生态反思的矛盾纠葛。一方面,开垦者亲眼目睹了这片辽阔壮美的草原在他们“无知、狂热和残酷”的开垦下如何变得面目全非:破败、凄然、丑陋、荒凉——“一片片牛皮癣般的黄沙侵袭着你的光滑肌肤；一挂挂锋利的铁犁划开了你广阔的胸膛……空旷寂静的草原呵，你古老的生命正被那遮天蔽日的黄沙一点一点吞噬！孤零零的茅草说明你毛发稀疏；举目皆是的盐碱地说明你伤口溃烂严重，裸露出白骨”；另一方面，作者却又以悲壮的心情认为“值得安慰的是，我们自己也吃了不少的苦头，付出巨大代价，甚至还有人献出了生命”，历史不能忘记“这块土地上，曾回荡过屯垦兵团的激昂号角，无数生命的怒涛也曾在你广袤的旷野上汹涌澎湃”！

所以，我们并不赞成一些研究者把知青文学、伤痕文学、反思文学中涉及“大自然”的创作不加分辨地放入“生态文学”。《大林莽》《这是一片神奇的土地》(1982)包括宋学武的《干草》(1984)等一定程度上都对革命权力机制违背自然规律，一味将人的意志强加于自然、对自然平衡造成破坏的事实有所批判，其间有对自然威力的敬畏，有对在大自然面前生命悲剧的悲悯。但是，根据我们对生态文学的理解，80 年代初的许多创作只能说蕴含有朦胧的生态意识，或者说其中对于人与自然关系的思考显现了中国文学最初的生态意识的萌芽，而并非真正意义上的生态文学，其创作意图并不在于对生态危机的强烈焦虑以及危机探源，不在于批判现代文明或者城市文明，不在于表达对人与自然和谐美好的生态理想的塑造，涵纳于这些文本的情感伦理还是站在不能使自然成为被人类所驯服的对象的抱憾。还应该坦率地承认，在今天的生态批评中，学界对那些 80 年代初萌发了生态意识的创作有着一些追认的意思，是一种附会。如果说《大林莽》《这是一片神奇的土地》《血色黄昏》等以其对“文革”反思的主题“间接地”质疑了那个时代肆行无忌的反生态意识和反生态行为，那么真正自觉地摆脱了“青春意义”追问的话题、站在自然生态的角度、出自生态伦理的视野对“大跃进”“文革”专制政治造成的生态破坏恶果进行批判是到了 80 年代中期以后的事。

在以上文学写作借助政治批判触及生态话题时，寻根文学则追怀着自然、纯净、悠闲的传统乡村生活，如李杭育 80 年代前期的《最后一个渔佬儿》《珊瑚沙的弄潮儿》《船长》等，通过展现生命的原始强力，批判了现代性的物化掠夺及其导致的生命自然力量的羸弱。但是，寻根文学也同样并非自觉的生态写作。

乌热尔图的《七岔犄角的公鹿》(1982)、阿城的《树王》(1985)如果被视为生态写作，是因其带着对民间朴素的生命意识的呵护。《七岔犄角的公鹿》以浪漫主义的笔致讲述了一个“我少年时代经历的故事”：“我”在失去了父亲之后又失去母亲，独自跟继父特吉生活。跟许许多多的猎手一样，特吉也喜欢饮酒，而且每次醉酒后都会对“我”拳脚相向。在13岁这年，“我”在挨过一顿暴打后终于被逼走上了冬猎之路。“我已经出了几次猎，对森林再也不感到畏惧和陌生了。当我走在它的身旁，从心里感到愉快，这是一种别人享受不到的愉快，愉快得使我忘记自己是失去父母的孤儿。”而这次出猎，“我”更感觉愉悦：“林子真好。天挺蓝挺蓝的，没有雾，也没有风。山坡上的雪真白，林子里静悄悄的，松树和桦树好像都在做着梦，准是美好的梦，也许它们正等待我来唤醒它们。”就在这种“美好的梦”中，“我”第一次遇到了那头健壮的七岔犄角的公鹿，它被“我”击中后一瘸一拐地消失在密林中。少年因为打中大鹿而心生狂喜，这是一个正在成长中的猎手自然而然的感情流露。后来“我”又三次与公鹿相遇，第一次“我”像一个“看热闹的孩子”一样目睹了公鹿与恶狼的智斗，“我的公鹿”胜利了，“我”被深深震撼了，它是“真正的男子汉，它就是死也不会屈服”！当它像一个凯旋的英雄一样骄傲地从“我”面前走过，“我”才猛然记起自己是个要通过猎鹿赢得继父尊重的小猎人，但“我”只是看着它渐去渐远。自此，“我时常想念我的七岔犄角的公鹿，常常梦见它”，它的优雅、安静、勇敢与尊严。打鹿茸的好季节春天到来的时候，“我”又一次在碱地看到了这头鹿，并再次放走了它，特吉抡起猎枪砸昏了“我”。第三次相见是在秋天，“放眼望去，雪白的树干，金黄的树叶，还有从树梢上透过来的紫色的光，像一条条透明的丝带，林子被秋天打扮得真够漂亮的”，就在这时“我”看到四只狼围困了这只公鹿，危急之下“我”开枪吓跑了狼，鹿“身上满是伤口，鲜血和汗水像小溪似地流着。我的心疼极了，想象不出它承受着多大的痛苦，也为自己对它无能为力觉得惭愧”，“我”最终救下了鹿，并以这种对鹿的执拗的爱护感化了特吉。《七岔犄角的公鹿》是一曲生命图腾的赞歌，这个少年故事写出了自然的灵性，召唤人们亲近自然，体悟自然的美好温润。在“我”眼中，自然不再是“为我之物”，而是“自在之物”。“我”也正是在自然的感化下渐渐觉醒了生命意识，以一种对生命疼惜的温情赢得了人的尊严，鹿因为“我”有意的施救而重生，而鹿在无意之间也解救了“我”，“我”和鹿、“我”和特吉、特吉和鹿在冲突磨砺中最终达成和解，这正体现了一种东方传统天人合一的哲学智慧。从另一层面来讲，这也是一个成长故事，是一头鹿引领一个鄂温克少年完成了成人仪式，它的美丽、阳刚、勇毅、果决引领“我”成长为一个懂得生命、懂得尊严的男子汉；而特吉也参与了这种成长，他脱胎换骨成为一个懂得疼惜、懂得温存、懂得尊重的人。

《七岔犄角的公鹿》张扬了自然生命的可贵，“自然”是引导人成长的

“父亲”,人是“自然之子”。但应该指明的是,《七岔犄角的公鹿》的背景是模糊的,体现的是边地民族原生态的对于自然的崇拜和民间素朴的贵生意识,并非如某些批评家所附会的,作者以森林的宁静永生对抗“都市的喧嚣”。甚至我们可以说,《七岔犄角的公鹿》中的“动物之爱”仅仅局限于那头公鹿,“我”在其他动物面前照样是个猎手,“我”之所以从猎鹿到放鹿逃生,是因为它虽然是一个弱者但桀骜不屈,就像“我”对待继父的心理一样,“我”从鹿的身上学会了怎么做一个有尊严的男子汉,所以,我们才可能把这篇小说作为一个男孩子的成长史来阅读。这也是为什么我们一再指出,在生态意识日渐强烈的今天,我们的“生态文学”研究与批评在谈论80年代的创作时总是有一些追认或附会倾向的原因。

1980年代中期,李悦的《漠王》、杨志军的《环湖崩溃》、谌容的《长河》、哲夫的《猎天》系列、郭雪波的《沙狐》系列、冯苓植的《沉默的草原》、张炜的《三想》等,成为中国乡土生态小说的先声,王凤麟的短篇小说《野狼出没的山谷》、中杰英的《猎杀天鹅》、邓刚的《大鱼》、丁小琦的短篇《红崖羊》等也都是当时产生影响的作品。

在笔者看来,这一时期最典型的生态小说代表作应该算是杨志军的《荒原》系列,尤其是《大湖断裂》(1985)和《环湖崩溃》(1987)。《大湖断裂》是一部中篇纪实小说,以道德危机映衬生态危机。文本预言青海湖因沿湖过度开垦造成水土流失、水位下降,环湖一千里将面临生态断裂。当时国人缺乏足够的生态意识,认为这一论断似乎是耸人听闻的胡扯,没想到十几年后一语成谶,青海湖湖体果然因水体下沉一分为几个小湖。《环湖崩溃》带有强烈的生态预警意识,它预言了青海湖一带广袤的大荒原的消失和青海湖沿岸生态的崩溃。小说写当年从城市去边地的“垦荒队”到环绕青海湖的原始荒野开边拓疆,那真是一片充满野性和激情的荒野,让这些城市外来者热血沸腾,他们要征服自然,但是面对大地的雄奇、庄严、神秘,“我们”那些恢宏精深的意志和豪迈感有时会失效,还是感到了人类在大自然面前的孤独无助、微不足道。这块令灵魂战栗的土地吸引了“我”,使“我”莫名其妙生出一种蔑视城市浮华嘈杂、渴望徜徉在大自然拥抱中的欲念。不过事情的发展更加出人意料,人类的持续垦荒让如歌如泣的荒原一天天萎缩了,让苍凉悲壮的大湖一天天变浅了,动物们将背影留给昔日壮阔的荒原,环湖地带竟然出现了沙漠。杨志军的深虑在于他在为一个“草原文明的陨落”投去崇敬的无奈时,也表达了对于草原游牧文明中某些不符合现代人性之处的清醒,例如“我”无论如何不能接受野性少女卓玛的婚恋方式。“环湖崩溃”不仅仅源自外力的环湖开发,还来自游牧之家内部的生存需求:“环湖的牧人年年都得用大量的牲畜换青稞,就这样,还是不够吃。”牧家于是变身为新的垦荒者。这些垦荒者由于缺乏农耕的经验,结果“播种”成了给予百灵和麻雀的“布施”。在自然和社会变迁的夹击下,西部人的生存困境变得越来越严峻。更重要的因素还在于,这些开荒的政策和行动有悖科学。这些区域不是缺少雨水滋润就是气候过于寒冷,根本不能正常种植和生长农作物,但“我们倔强地不去怀疑我们自身”,尤其是土地比以前更糟的时候,“我们更加确信:我们的整个精神都寄托在这里的贫瘠荒凉上”:人,无论如何,总不愿意否定自己,这是杨志军对盲目自大的人类的质疑。除了对盲目开垦的批判意识,《环湖崩溃》还体现了作者对博大的灵魂世界的探问,例如“真正的雄鹰永远是孤独的”等精神维度的思考是雄浑的、恢宏的,我们是不是可以说这也正是作者对一种如荒原一样阔大雄壮的人的精神的缔造?

张炜的短篇小说《三想》(1988)也是80年代礼赞乡土自然、表达对人类中心主义批判、体现出比较自觉的生态意识的创作,呈露了中国早期乡土生态小说对于生态理想的初塑。《三想》写离城几十里外有一个叫老洞山的地方,那里是封锁了的军事管制区。这个拒绝了人闯入的特殊区域在几十年与外界隔绝的情况下,依靠着大自然汤水的慢慢调养,如今草木繁茂、生机盎然,且野物麇集、怡然自得。于是,出现了故事里的三个“人物”:城里人、母狼呣呣和老白果树。一个“奇怪的城里人”到此一游,被大自然的瑰丽和生机所感动,心潮澎湃,浮想联翩,不得不由此反思现代人与自然的关系;在大雨滂沱中,一只叫呣呣的母狼回顾了自己历经艰辛的一生,它的不幸常常是被叫做“人”的两脚动物造成的,它对于人对自然的干预和破坏也进行了思考,在它看来,“真要说到平等,那么活动在茫茫原野上的狼与人的关系,就不是高级动物和低级动物的关系,更不是人与动物的关系,甚至也不是一种动物与另一种动物的关系。而是地球上的一种生命与另一种生命的关系。这才是真正的平等”;山崖下的老白果树以阅尽风雨沧桑的一生阐释了“万物灵长”的人对自然物种的肆意妄为,它对此深深感慨:“事实上,哪里林木葱茏,哪里的人类就和蔼可亲、发育正常。绿树抚慰下的人更容易和平度日,享受天年。土地的荒芜总是伴随着人类心灵上的荒芜,土地的苍白同时也显示了人类头脑的苍白。这之间的关系没有人注意,却是铁一般坚硬的事实。”三个物种,城里人、狼和白果树,或者说人、动物和植物,都面临着极大的生存困惑,君临万物的人并没有因为自己至高无上的地位就感到幸福和满足,那是为什么呢?正如那个城里人的忏悔:

> 我在请求大山的谅解和同情。人只有走到大自然中才会知道自己是多么渺小、多么孤单。要解除这些心理障碍,也只有和周围的一切平等相处。人在人群中常常有恃无恐,在大楼中更是神气活现。如果他有机会支配同伴,也就变得更加傲慢和愚蠢。……他的一切毛病,实在是与周围的世界割断了联系的缘故。

有意味的是,老洞山是被封锁几十年的军事管制区域,正如汪树东所分析到的,张炜用一个暴力控制下的军事管制之地的欣欣向荣,来显扬大自然在没有外扰下兀自生存的平衡和魅力,这是否与作者的生态批判意图生成反讽,说明人只有用暴力才能够约束自身、保护自然?① 我认为,其反讽之处还在于,一个暴力洗劫的区域如今生机蓬勃,那么自然的返魅就是可能的,并非不可逆的,这与张炜对人类造成的自然毁灭的声讨是不是也有所相悖?这一点恐怕是作家始料未及的。这不仅让我联想到最近看到的有关珍宝岛近况的报道,说是由于多年来的军事封锁,现在那里也是草木葱茏,一派生机。难道大自然只有在这种可怕的封闭中才能得以休养生息吗?应该说,张炜在80年代末已经具有自觉的生态价值观,不过80年代与90年代的乡土生态小说比较起来,早期创作对于生态理论有些强拉硬凑,生态伦理不能圆融地体现在文本之内,而是借人物之口发表长篇议论。张炜能够较为得心应手地处理生态批判的主题,是到了《九月寓言》(1992),所以,我们可以说,在世纪之交的文化—文学转型中,张炜是从1992年真正实现了自己的转型,真正开始了自己的"新世纪"。

在这里,作为对照,我们要谈及一点纪实性生态写作,看生态批判的主题在其他文类中的表现。比起80年代乡土小说不太自觉的生态意识,中国较早反映环境问题、表达人与自然关系的思考并引起轰动的,是纪实性文学作品,特别是报告文学。沙青创作的报告文学《北京失去平衡》(1986)、徐刚的报告文学《伐木者,醒来!》(1988)等都曾引起极大轰动,其影响远远超出了文化界、知识圈,也波及政策决策层面。《北京失去平衡》写北京城严重的缺水问题。该著在分析了城市盲目扩张、用水浪费、污染等以外,也指出了北京城包括中国许多大中城市在发展规划上缺乏科学性、前瞻性的痹症,例如"嗜水的"工业巨擘首都钢铁公司和"备战备荒"的产物燕山石油化学公司(原东方红炼油厂)恰恰建在贫水的西部。这是一个可怕的现实问题,但更为可怕的是当初建设者怎么就没有想到呢?是一

① 汪树东:《生态意识与中国当代文学》,北京:中国社会科学出版社2008年版,第376页。

种什么心态促使那些工程设计的"科学家"放弃了科学原则而迎合了"时代的要求"？这一违背科学的现象在当下是否就得到根除了？徐刚在《伐木者，醒来！》中直言不讳、一针见血地指出："一方面经历了砍伐树林炼钢铁的'大跃进'之后，农民又在上山烧荒伐木学大寨；另一方面知识和科学被视为垃圾，一大群学者、知识分子成为劳改农场、劳教农场、五七干校的廉价劳动力。在散发封建气息的土地上，无知和愚昧胶合成了一道坚实的篱笆。"[①]这种批判真可谓醍醐灌顶、振聋发聩，直指了政治运动对科学的肆意践踏。在1989年的《沉沦的国土》中，徐刚这样写到大西北的生存形态："大西北200个县、旗的人民，在风沙中挣扎，8级以上的大风，每年都要刮30~60天，森林覆盖率已不到4%，形销骨立的黄土高原每年的流失面积为28万平方公里，大西北风沙线肆虐处之3000万人民至今食不果腹，他们已经无事可做无地可耕，只有一间破屋子或破窑洞，坐在门口等着发救济粮。他们对于40年来几乎年年'吃皇粮、穿黄装、喝黄汤'已经心满意足。不要以为这里地广人稀，其实没有多少可耕之地，人口也正愈来愈密。无地可耕的老百姓还对计划生育不满意，饥饿的父母正在麻木地生养着饥饿的子孙。"[②]读到这些文字，我们不得不感到"触目惊心"四个字的沉重！这一拨的生态批判类报告文学体现了文学对于历史反思的深度和广度、对于现实的真切关怀，也体现了文学的尊严和力量——文学，太长太长的岁月没有这样扬眉吐气了！

特别是到了90年代，纪实文学强烈的现实批判意识成就了新时期现实主义创作的优秀篇章，影响广泛的作品有黄宗英的《天空没有云》(1991)、《没有一片树叶》(1991)，沙青的《绿色备忘录》(1992)，陈桂棣的《淮河的警告》(1995)，徐刚的《世纪末的忧思》(1994)、《中国另一种危机》(1995)、《中国风沙线》(1995)、《中国纪事文丛———拯救大地》(1996)、《绿色宣言》(1997)、《倾听大地》(1997)、《地球传》(1999)等，这些纪实文本从不同的角度和视野对目前中国出现的环境破坏、生存危机进行了真实具体的报告，并对其产生的原因进行了宏观探讨和细致入微的分析，以期引起政府和社会的广泛关注。陈桂棣的《淮河的警告》暴露了淮河遭受污染的惨状，引起巨大反响，成为这一阶段的代表性作品。著名生态报告文学家哲夫考察8省、行程万里，写下《黄河生态报告》；历时108天，横跨13省，行程2万多里，写下了《长江生态报告》(2004年)；而《世纪

---

① 徐刚：《伐木者，醒来！》，长春：吉林人民出版社1997年版，第3页。

② 徐刚：《沉沦的国土》，见《伐木者，醒来！》，长春：吉林人民出版社1997年版，第3页。

之痒——中国生态报告》(2002—2004)更是一部恢弘的长篇纪实文学大作。2003年,全国人民代表大会组织“中华环保世纪行”;2004年,国家林业局组织“百名文艺家下基层”活动,哲夫参与其中,走访9省林业基层,写下60万字的《世纪之痒》。哲夫在对大量生态危害和动物戕杀事实调查取证的基础上,对“高贵的人类”发出了痛心疾首的质问:“难道自然界还有比人类更残忍更万恶的生物吗?!”①

生态意识和自然观念的变迁是和时代新的“发展”主题相呼应的。进入90年代中后期以来,中国的改革开放在进一步深化,“发展是唯一真理”的观念在不断深入贯彻,但整个文化趋势向“无名”转型,时代前行失去了主流方向,生态破坏的原因已经不同于“十七年”和“文革”时期的极“左”政治强力所致,而是有各种各样的原因,例如体制的弊端、西方发达国家向发展中国家的危机转移、消费主义甚嚣尘上的情况下欲望的膨胀、技术官僚导致的科技至上等。这也正是下文我们会重点讨论的内容。

三、生态视阈的开创及其内在原因

20世纪中后期以来,现代性与后现代性互渗的文化语境预示着一个新的文学纪元的到来,以人与自然关系为书写向度的中国文学显示出空前的活力,如张承志、张炜、周涛、王英琦、李存葆、苇岸、周晓枫等的“生态散文”,于坚、昌耀、屠岸等的“生态诗歌”,徐刚、李青松、哲夫、陈桂棣、朱鸿召等的“生态报告文学”等。乡土生态小说无疑是生态主义思潮兴起中此一领域写作的主力,涌现了一批有着各自“生态”表现风格和批判立场的作家作品,特别是“边地小说”,更体现了作家对和谐大地的期待视野,如郭雪波的“大漠系列”、迟子建的“东北丛林小说”、杜光辉的“可可西里”小说、阿来的“机村”系列小说、陈应松的“神农架”系列小说、叶广芩的“动物系列”、董立勃的“下野地”小说、杨志军的“藏獒”系列、姜戎的“狼文化”小说,等等。

上世纪末乡土生态小说的繁兴有其深刻而复杂的现实因素和精神动因。第一点当然是中国工业化、城市化的强势推进所引发的“环境效应”。随着中国经济崛起的是资源的大开发,对自然的过度利用造成的生态环境事件屡有发生,其势汹汹已成不可挽回之状,在满足发展需要的情况下不少不可再生性自然资源例如煤炭、石油、木材等大量耗竭,甚至某些资源成

① 哲夫:《世纪之痒——中国生态报告》,武汉:长江文艺出版社2006年版,第39页。

为“稀缺”，更有无秩序无计划的开发所造成的触目惊心的环境破坏和污染，造成生物的多样化的毁灭性灾难。随着现代交通技术的日益发达，原材料供应、生产和消费市场越来越全球化。也就是说，一个地区的自然资源一旦被开发，会很快进入市场，成为广大区域甚至全球性的消费产品，大到大面积的森林资源的开发，小到对一些野生小物种的过度消费（例如商业开发大力宣扬西部高原草甸冬虫夏草的保健功效，以致大批民工集聚西部挖掘有限的冬虫夏草，就造成这些草地的水土流失和逐步沙化；例如欧美贵妇人酷爱消费中国西藏的藏羚羊羊绒披肩，青藏高原上大批的藏羚羊就遭受了杀戮的厄运）等，甚至如为了向更远的地方输送电力或者输送淡水资源的大型水库的建设，自然会破坏建库地区的自然生态环境，甚至造成一些物种的灭绝（如鱼类无法回游产卵），自然生存的多样化受到破坏。这些对自然的创伤，有的随着时间的推移可能会慢慢修复，有的则是不可逆的、无法弥补的伤害。我们看到，在这种情况下，一些发达国家为了转移生态危机，不仅肆意掠夺不发达或发展中国家的资源储备，而且还以各种欺骗手段恶意地向这些区域输出本土的工业废料和生活垃圾。这种国际性恶意事件屡有发生，据报道，在2006年，仅仅英国就通过各种手段向中国输运190万吨垃圾，以保障他们生活环境所谓的干净、整洁、优雅和健康。因此，防御和抵制生态危机已经不是一个国家或区域可以独善其身的问题，而是要在世界性的生态整体意识加强的情况下进行协调和合作。

其次，我们需要认识到，中华人民共和国建立以后，人口无计划繁殖（包括大力倡导生育和严格限制生育两个方面）造成的压力到20世纪末越来越表现出来。生态危机的问题说到底是一个人口消费和经济发展的问题，人口基数的庞大一直是制约我国经济健康发展的重大因素。这一点其实不难想象。单从人均占有自然资源来看，中国国情实在是不容乐观。目前我国人口是14亿弱，到本世纪中叶将达到15—16亿，这意味着人均占有资源将相应减少。我国的多数可再生资源人均拥有量不到世界人均值的一半，而且土地荒漠化的速度、面积和分布之广令人惊心。水资源人均占有量相当于世界人均水平的五分之一，被列为世界13个贫水国家之一，而且由于工业迅猛发展，污水排放量巨大，水污染程度十分严重。据水利部的调查统计，我国700条总长10万公里的河流，符合饮用水标准的不到三分之一，被污染的河段和水体占三分之二强。大气污染的严重程度更是不堪设想，1995年，中国参加全球大气监测的5个城市北京、沈阳、西安、上海、广州的总悬浮颗粒指标均进入世界污染最严重的前10名。① 排除我们环境科技上的落后因素、政策导向方面的失误、官僚腐败的因素所造成的资源浪费和环境污染，庞大的人口数量逼近了自然环境容量的极限也是一个要因。人口众多不仅是收入均数减少的问题，而且包括就业压力等，近些年老龄化问题又成为人口问题的新因素，这些反过来都还会把压力转向环境，转向对资源的挤榨。现代化是以大量的物质消耗为前提的，人的生存权利是生而平等的，那么，这么庞大的人口要在一个短期发展阶段过上衣食无忧、有尊严、有体面的生活，几乎没有实现的可能性，只能是最大限度地、只顾眼前利益不够后果地开发和利用自然。这种由于国家人口政策的失误所造成的巨大的资源需求及其危害将在中国长期存在，贫穷与生态恶化的双重压力将挤压着我们。这些问题一点点逼进作家们的关注视野，挑战着他们的心理极限，成为生态写作与批判的诱发因素。

第三，生态危机一定程度上也是一种人的精神危机，目前中国生态启蒙思潮以及生态写作与批判的兴起和这个纷繁嘈杂的时代的精神困境关系密切。（一）从全球来看，地球作为家园的破败使得人类面临着“失根”的威胁，“危机寻根”也伴随着一种精神寻根、文化寻根从生态叙事中得以发露；（二）随着中国城市化格局的出现，像西方一样，中国人与自然也处于脱离状态，这种人与自然的脱离一方面使得人的智慧得到充分展现，一方面当默默无言的自然在遭受失去敬畏心的人类的控制和摧残时，人们发现自己所追逐的物质盛宴远远没有原本所预期的那么美味可口，心理的落差造成一种精神悲剧感；（三）对自然无限的开发甚至掠夺造成的物质“稀缺”也必将拉住中国进步的后腿，根据1998年国家统计局专题组所编写的《98中国环境统计》（中国统计出版社，1999年），1997年我国石油消耗总量为1.85亿吨；根据中国科学院和国家计划委员会共同领导的“自然资源考察委员会”1990年所编写的《中国自然资源手册》（程鸿主编，科学出版社，1990年）介绍，我国已探明石油储量在1985年余25.3亿吨；根据2001年出版的《中国可持续发展研究》（滕藤主编，经济管理出版社），2000年我国剩余储油为22亿吨，那么，由此推算，我国已探明储油仅仅够用20年左右。既然发展必须以利用自然资源为前提，那么资源的耗竭反向说明了发展并不是无止境的，这使得经济发展与落后的矛盾更加突出，对人的精神的冲击也很剧烈。（四）“唯科学论”“唯进化论”、技术工具理性的负面因素所造成的生态问题，随着时间的推移愈加显现，例如，由于过分倚赖工业

① 参阅王诺：《欧美生态文学》，北京：北京大学出版社2003年版，第236—237页。

化肥，造成大面积土地板结，以致形成恶性循环；再如农田草场林木生长过程中，大量使用农药和除草剂造成自然免疫系统退化，益虫灭绝，土地和水源遭到严重污染等，这些都使得整个知识界对一元发展观念、对“科学万能”产生了深切质疑，人们的心灵陷入了矛盾、焦躁、无助和险恶的困境，不得不重新认识“知识的力量”。

再者，就是知识分子的阶层化问题，正如我们在“绪论”一部分所谈到的，新旧世纪之交的文化—文学转型中，公共知识分子即便蜕变，即便边缘，即便声音微弱，但现实观照意识特别是生态现实关注有所回潮，乡土小说对生态的关注正说明了乡土作家深深的忧患意识和对人与自然和谐图景的深沉期待。历经了改革开放30年天翻地覆的变化，商业化铺天盖地，消费主义、大众文化成为主流，精英文化被边缘化，但是越来越多的理论家、批评家、作家作为公共知识分子中的一支，意识到关注生态话题是切入现实世界和精神领地的重要途径，认为全球性生态危机真正的根源不在于生态系统，而在于我们人类自己的文化系统。不管这种认识是否存在偏颇，它表明了一种文化反思的勇气和对重建精神之家的承担意识。具有反省精神的人们重新发现了自然的伟岸、神奇、纯净、安详与和谐，也重新悟解了科技力量的两面性、人性欲望的可怕、传统伦理的局限和人文精神退化的悲剧，开始渴望重新回到大地母体的怀抱，重新寻找人与自然和谐共处的“诗意的栖居”，作家、批评家站在了“文学的立场”，“以诗性的、审美的态度对待自然，并将其渗透到作品中感染读者，真正的批评家是更高意义上的环境保护主义者”①。于是，文学把有关人的理想和信念以及复杂的心理矛盾和情感纠葛投入神性自然的描述，从中寻找人类心灵健康的新家园。

最后，当下中国乡土生态题材小说的勃兴和生态批评理论的发展也有重要关系。一方面，中国文化所固有的迥异于西方文化的“天人合一”的生命观念在生态危机下焕发出了新的光彩，它成为生态批评的一个重要的参照系统和哲学资源，甚至成为危机深重的西方反顾东方时“发现”的一个奇迹；另一方面，我国学者从西方引进的生态学理论以及对海外生态题材文学文本、生态文学批评著作的译介，对近年来小说创作和批评都有显著影响。理论引进方面，如美国学者唐纳德·沃斯特的《自然的经济体系——生态思想史》(侯文蕙译，商务印书馆，1999年)和霍尔姆斯·罗尔斯顿的《环境伦理学：自然界的价值——对自然界的义务》(叶平译，中国

① 王先霈：《文学与新时代的自然观》，《武汉教育学院学报》2001年第2期。

社会科学出版社,2000 年)、《哲学走向荒野》(刘耳、叶平译,吉林人民出版社,2000 年),法国学者塞尔日·莫斯科维奇的《还自然之魅——对生态运动的思考》(庄晨燕、邱寅晨译,生活·读书·新知三联书店,2005 年),英国学者布赖恩·巴克斯特的《生态主义导论》和阿诺德·汤因比的《人类与大地母亲》(徐波等译,上海人民出版社,1992 年),德国学者狄特富尔特编写的《人与自然》(生活·读书·新知三联书店,1993 年)、日本学者岸根卓郎的《环境论——人类最终的选择》(何鉴译,南京大学出版社,1999 年),彼得·辛格的《动物解放》(《光明日报》出版社,2003 年)等等,都是引起关注的理论翻译或研究著作,还有一些生态社会主义和生态女权主义的论著也颇为重要,如美国学者苏珊·格里芬的《女人与自然——她内在的呼告》(毛喻原译,重庆出版社,2007 年)等。翻译过来的书写人与自然关系的生态题材作品更是不胜枚举,许多外国生态文学家的名字逐渐被人熟知,甚至成为挂在生态批评家嘴边的词汇,如美国梭罗、奥尔多·利奥波德和蕾切尔·卡森,英国的乔纳森·贝特,俄罗斯的普里什文、列昂诺夫,法国的勒克莱齐奥等,这些引进对中国生态小说创作和生态批评的推动作用是毋庸置疑的。国内学者的相关研究论著如傅华的《生态伦理学探究》(华夏出版社,2002 年),佘正荣的《中国生态伦理传统的诠释与重建》(人民出版社,2002 年),王诺的《欧美生态文学》(北京大学出版社,2003 年),杨素梅、闫吉青的《俄罗斯生态文学论》(人民文学出版社,2006 年),鲁枢元的《生态批评的空间》(华东师范大学出版社,2006 年)和《自然与人文》(学林出版社,2006 年),张艳梅、蒋学杰、吴景明的《生态批评》(人民出版社,2007 年),薛晓源、李惠斌主编的《生态文明研究前沿报告》(华东师范大学出版社,2007 年)等,都带动了或正在推动着中国新世纪生态文学的创作和研究。

正是由于以上诸多因素的综合效应,上世纪末至今的中国乡土生态小说出现了一个小小高潮。这其中既有老作家对生命本位意识的强化,更有凭借这一创作题材成长起来的文学新人。乡土生态写作在现实生态批判之中蕴含着一种理想主义和浪漫主义的倾向。从一定意义上讲,浪漫主义文学正是现代的“文学的启蒙”,它既是对启蒙的反动,又与现代启蒙精神互动,它那“为艺术”的乌托邦梦想,那对自我情感歇斯底里的推重,都是现代自由精神与个性解放内容的一部分。“浪漫主义文学的奇特幻想,向往中世纪,喜欢妖魔和精灵,倾心大自然,偏爱原始荒芜,要求形式的绝对自由,乃至浪漫主义者的装疯卖傻、招摇过市的种种滑稽举动,都与建立在个性主义基础上的自由精神的张扬密切相关。”①具体到乡土生态小说,浪漫主义是以“感性乡土”的审美理想为指归的,所以,当下乡土生态小说的潮起和世纪之交文学创作感性审美的回归也有关联。乡土生态写作也有着某些与上世纪80年代的寻根文学共同的精神特征,首先体现出回归原始文化生态、称颂民间自在生存的审美哲学。在一个巨变的社会文化转型期,怀有浪漫情怀、立意发现生活真善美的作家总会与现实的芜杂、聒噪、纷乱产生隔膜和对抗,作家主体审美情致的实现往往需要倚重阅读大地的想象力的飞扬、或者说立足乡土家园的乌托邦的梦想才能得以平复,那些原生态的山野和草原、偏远的村镇和峡谷、辽阔的荒野和草滩以及乡村古老的民俗礼仪就容易成为从历史纵深处投向作家的诱惑,他们从过往的岁月中打捞能够体恤和治疗这个时代精神症候的善方,填补精神与现实间、历史与在场间存在的深深鸿沟,残缺的现实在有些“虚构”的历史信仰以及神话似的强韧信念扶持下,驱除了孤独的恐惧和实现的不可料知,在追寻梦想的过程中,理性的头脑借助浪漫的艺术使个人精神获得自由超越,让每一寸生命尽可能变得可感可触、滋润丰满。相对来讲,二者很不同的一个方面就是,“残缺的乡土”与“完整的乡土”的对照。上世纪80年代的“寻根”一代面对的是“完整的乡土”,他们心怀对未来的憧憬和梦想来抒写坚韧的民族气质和清洁的道德精神;但是上世纪末以来的经济变革和文化伦理蜕变已然使乡土变得残缺,而且再也“圆满”不起来。生态理想主义作家面对这种大地变迁,不得不以自己的文化理想对抗物质倾轧和文化殖民,试图回避“现代性自身可能蕴含的悖论,以想象性的完整与和谐的同步发展来弥合现代性内部的裂痕,使原本是相互矛盾相互分裂纠缠的复杂形态归于统一”②。写作者以封闭自足、自以为是的话语方式重造了现代性叙事内部的相对同一性,让被经济车轮撵伤的大地重新草长莺飞、绿意葱茏、万物百花盛开。

四、生态视阈开启的意义及生态批判的多重主题

20世纪末以来,中国本土的生态危机日益凸显,大地作为人类和地球同居者的“家园”,其破败催醒了中国人的生态意识,对于生态危机的寻根探源从生态叙事中氤氲而出。杨志军、阿来、迟子建、郭雪波、京夫、陈应

① 陈国恩:《20世纪浪漫主义文学思潮概观》,《四川外语学院学报》2004年第3期。
② 许志英、丁帆:《中国新时期小说主潮》,北京:人民文学出版社2002年版,第605页。

松、杜光辉、漠月、红柯、袁玮冰、温亚军等以人与自然关系为书写向度的创作渐成声势，他们试图探究生态危机生成的文化动因。综合来看，生态书写视阈的开启在当下复杂的文化语境中有着重要的启示意义，并具有相当的实践指导价值。其中有几个方面比较突出，笔者在前文的论述中也有谈及，这里再做一次简单归纳。

首先，作为文学一种新型的表现领域，生态书写既是对发源于20世纪20年代的中国乡土小说的赓续，又是为当代文学“重建宏大叙事，再造深度模式”①提供新的挑战和机遇。

自“五四”时期的乡土写实派小说专注于“国民性改造”的启蒙主义立场开始，乡土叙事在不断地探索新的叙事路径，推进着新的叙事范式的诞生，例如20年代中后期到三四十年代的“京派”乡土小说张扬文化综合和重构的热望，提示了“现代”范畴所具有的多维特性；再如“社会剖析派”乡土小说，试图将纷杂的历史事态和激越的时代风云囊括在叙事文本之内；又如50年代至70年代的乡土叙事基本上呈现出与政治话语胶着不分的状态；而80年代以来的“寻根”“新写实”“先锋”派乡土叙事一拨又一拨地参与到新时期的文化建构中来，以至于成就了文学作为“显学”的一个时代。但是自20世纪90年代以来，整个社会转型语境可谓“大众文化”独擅胜场，精英文化淡出，民间智慧活跃，“反智主义”论调再起风潮。1993年，在文学界开展“人文精神”大讨论时，关于大众文化的大讨论也展开了。有的知识分子坚持精英立场，批评大众文化的“反智”倾向；有的奉行“犬儒主义”，加入“反智”的合唱，反过来贬损知识阶层；有的希望发挥“大众文化在当前的积极性、正面性功能”，正视大众文化“对正统体制、对政教合一的中心体制的有效的侵蚀和解构”②。这些认识的分歧隐含着知识分子内部分化的种种征候，而知识分子的分化和边缘化趋向也标志着知识分子所掌握的文化资源或者说知识分子对生活的解释权越来越弱化。在小说创作界，小说家们站在所谓的平民立场，放弃了精英文化对于民族高端精神塑造的知识分子伦理价值，纷纷把眼光扫向庸庸大众，并认同于大众化的生活诉求，“解构崇高”、追求“零距离”成为一种流行的写实之风，小说叙事呈现出碎片化、世俗化甚至粗鄙化的特征。就乡土小说创作而言，表现手法和语言技巧的形式主义“高峰”过去了，在令人眼花缭乱的所谓多元和无名的叙述织网中，在“一地鸡毛”的现实面前，小说家精神冲击的

---

① 鲁枢元：《生态批评的空间·前言》，上海：华东师范大学出版社2006年版。

② 李泽厚、王德胜：《关于文化现状、道德重建的对话》，《东方》1994年第5、6期。

尖锐性和理性审视的穿透力一下子钝化了，他们陷入了集体“无语”或者“失语”的恍惚状态。

正是在小说创作期待新的题材空间和理论资源支持时，生态主义学说开始辐射中国，生态批判作为一种新的文化启蒙理念带来了新鲜的信息和气息。正如某些学者所认为的，生态学和伦理学之间并不存在必然的联系，“伦理学是一门研究人类社会内部的伦理关系以及调节这种关系的原则和规范的学说，是一门研究人类社会道德现象发生和发展规律的人文社会科学”①，但是在人类发展的过程中，作为自然科学的生态学的社会实践价值和作为人文学科的伦理学应对社会发展的需要产生了交叉，生态伦理学应运而生。那么可以说，90年代末到新世纪这些年，生态题材小说扩展了传统乡土小说的题材范畴和表现空间，也丰富了新世纪文学的精神领域、哲学蕴涵和伦理维度，为小说创作重新关注人类发展的重大事件以及心灵世界埋下了伏笔，也必然有助于促使小说在重塑“高端精神”时摆脱“俗化”和“碎片化”倾向，关注全球性的生态危机，再造其“宏大”的叙述模式和“叙事”深度。

其次，“生态文学”的“批判性”本质有助于乡土小说重寻批判现实主义的路径，有助于社会力量更多地监督经济发展中的环境问题，促进政府和管理机构制定更利于“可持续发展”的规划、策略；而且，有助于培养公共知识分子群体及其独立自主的文化批判精神。

生态主义理论家一致认为，欲望至上、唯发展论、技术迷信和无极限的消费主义源自工业化以来人们对自然敬畏之心的丧失，强式的狭隘的人类中心主义成为人们的行为宝典。所以，生态伦理学（或者环境伦理学、土地伦理学等）就是要重新对人类中心主义进行评价，提倡自然中心主义（自然中心主义学说在西方也流派纷纭、五花八门，例如动物解放学说、生态中心主义学说、生物中心主义学说等）；其城市化批判、欲望主义和消费主义批判、唯发展论批判、人类中心主义批判等思想对于培养人们新的自然观、价值观都有重要的引导作用，其遏制环境恶化、恢复或重建人与自然和谐的新图景也具有建设性意义。“生态文学”文明批判的本质决定了中国的生态小说无论是现实主义创作还是高扬理想主义和浪漫主义旗帜，实际上大多的乡土生态叙事文本是以生态现实批判为出发点、以浪漫主义为其艺术手法的。“生态文学”就是要利用生态伦理学说，找出造成环境破坏、资源稀缺和多样化生存消失的罪魁祸首、幕后推手，引导人们不断反躬自省

---

① 傅华：《生态伦理学探究》，北京：华夏出版社2002年版，第110页。

前行中的失误，“对症下药”地揭示和批判危机四伏的生态现状和成因，警醒人类的贪欲和盲目，反对人类急功近利、不计后果的社会发展模式，在“生态预警”的同时，尝试重建人与自然相融相乐的通道，使人类重新学会与自然和谐相处，唤起“疗救的希望”，重塑永续发展的信念。

再者，生态学的“人文转向”所孕育的“生态文学”，第一次将人文科学和自然科学紧密地结合在一起，从而开启了生态批评这一新的批评方法，生态美学、生态文艺学等新型的学科也将应运而生。

在德国生物学家奥古斯特·海克尔（August Haeckel, 1834—1919）1869 年提出了“生态学”（Ecology）的概念之后，慢慢地这一理论渗入到人文社会科学的各个领域。在生态学向人文学科转向之后，差不多每一门人文学科都建立了自己与生态学相对应的交叉学科，例如生态社会学（Ecosociology）、生态人类学（Ecological anthropology）、生态政治学（Ecopolitics）、生态马克思主义（Eco-Marxism）、生态社会主义（Ecosocialism）、生态女性主义（Ecofeminism）、生态伦理学（Ecological）、生态经济学（Ecological economics）、生态心理学（Ecological psychology）等等。创作和理论常常是相辅相成的，相互间的许多影响缓慢但深刻，“饱含绿色理念，绽放生命关爱，传承生态文化，弘扬生态道德”①的“生态文学”作为文学园地的新成员，也进一步促进了新的小说理论范式和批评范式诞生。这里我们拿生态女权主义及其创作做一简单分析。随着生态主义思潮作为一种启蒙意识弥散在文学关怀中，西方生态运动中出现了女权主义运动的新支流，即“生态女权主义”（或生态女性主义）。它诞生于 20 世纪 70 年代末到 80 年代初，蓬勃兴起于 90 年代，是在频发的生态灾难中逐渐“浮出历史地表”的。生态女权主义不是生态运动与女权主义的简单合成。它在理论上基于男权统治、经验上基于生态灾难，认为资本主义男权统治与科学至上、自然毁灭三位一体，正是男性的霸权主义意识、暴力和欲望导致了“征服自然”的狂妄。在西方生态女权主义者看来，男性的霸权观念、征服欲望在破坏两性和谐的同时也破坏了自然，没有自然的解放，倡导其他一切形式的女性解放都将是无济于事的。

生态女权主义批评家认为，女性与自然的关系是人类起源即融洽的。法国作家弗朗索瓦丝·德奥博纳的《女权主义或死亡》《生态女权主义：革命或变化》是这方面的代表性作品，她认为：女性是真正的“自然性”的人，

---

① 中国野生动物保护协会编：《生命的喟叹——作家为生灵代言·前言》，北京：中国林业出版社 2006 年版。

男性作为“企业武夫”和“军事武夫”的统治削减了地球的生命力，人口过剩对于女性、对于地球来说都是灾难，地球遭受了和女性同样的毁灭性灾难，“一个更接近女性的地球将变得对于所有人都更加郁郁葱葱”①。著名的美国生态女权主义学者苏珊·格里芬以诗体散文写就的《女人与自然》一书也指出，正是以男性为主宰的西方科学对人类的身体感知、感觉和“主观”经验的控制的自然化和正当性，以及无法精确研究的产生这种形而上学和认识论的理论和社会实践，导致了我们当代的生态灾难和社会不公平。② 生态女性主义文学召唤崇拜女性与大地，致力重建“神性自然”，从中获得灵感与力量，恢复自然界造物主的“雌性”性质，在小说叙事中常常是重叙原始游牧的民族童年，其风俗画、风情画色彩浓烈，带有宗教文化或原生态民族文化色彩，富有地域性和“异域情调”。生态女性主义文学特别倾情于氏族生存形态下女性形象的塑造，以此来追溯人与自然母亲的亲密融洽，从而达到对男人领导的城市化、工业化环境危机的批判。

生态女性主义小说在中国刚刚萌芽，我认为可以作为生态主义女性叙事文本或者说标志了中国生态女性主义小说初萌的，是迟子建的《额尔古纳河右岸》。描述东北丛林的汉族作家迟子建是近年来女性作家中卓然而立的乡土守望者，她出生于中国领土的最北端漠河，在寒冷地带的丛林中长大，也对周围山林中生活的游猎为生的少数民族有相当的了解，对在那片黑土地上生活的人的心灵世界有不同凡俗的体悟，也有一种心有灵犀的深切情感，这成为她文学创作的不竭源泉。迟子建近年来创作颇丰，中短篇小说有《五丈寺庙会》《鸭如花》《芳草在沼泽中》《酒鬼的鱼鹰》《相约怡潇阁》《格里格海的细雨黄昏》《雪坝下的新娘》《微风入林》《蝌蚪游向大海》《草地上的云朵》等，长篇小说有《越过云层的晴朗》《伪满洲国》《额尔古纳河右岸》等，可以说，迟子建正在以她的创作向她黑土地上的前辈作家萧红致敬。

迟子建出生与成长的黑龙江漠河给作家本身留下了最早的关于我国少数民族鄂伦春、鄂温克人氏族生存形态的生活图景，《额尔古纳河右岸》通过鄂温克最后一位酋长遗孀（其实几十年来也是真正意义上的酋长）、这位百年氏族史亲历者的回忆，展示了原始游牧生存中人与自然的和谐，特别是女性与大地之间包容、美好、温馨的相处。作家其实构造了一个“母

---

① 参阅金莉：《生态女权主义》，见赵一凡等主编：《西方文论关键词》，北京：外语教学与研究出版社 2006 年版，第 475—485 页。

② 参阅〔美〕苏珊·格里芬：《女人与自然——她内在的呼号》，毛喻原译，重庆：重庆出版社 2007 年版。

系神话”。氏族生活中最重要的角色都是女性，氏族与氏族之间通婚，女儿们长大后一般招赘女婿。其中最丰富饱满的三位女性形象即叙述者酋长夫人“我”，治病救人、从容舍己的妮浩萨满，不满丛林寂寞又厌倦城市的鄂温克女画家依莲娜，她们最终都化为森林与大地的一部分。在塑造依莲娜时，作者借笔下人物表达了对男性主宰的城市的厌倦，对女性温爱的丛林生活的礼赞。依莲娜从小就表现出画岩画的天赋——当她发现岩石上也可以“长出”驯鹿，她在岩石上画下了调皮的驯鹿，“这是神鹿，只有岩石才能长出这样的鹿来”。这条画画之路从开始就是由大自然教会的。从此她迷恋上画画，而且“太想念岩石了，在那上面画画，比在纸上画画要有意思得多了”。而依莲娜后来从北京的美术学院毕业，嫁给一个水泥厂工人，一年后就离婚了，和同居者也是整天吵架酗酒。每当她从城市回到丛林，就喜欢和驯鹿待在一起，而且她的画总少不了驯鹿、篝火、河流和覆盖着白雪的山峦。我想强调的是，这个文本正是调用各种各样充满魅性的民俗生活描述，揭示了女性天然地与大地更为密切的关系，反省和批判了男性化特质的现代化进程对于自然的肆意掠夺和戕害。科尔沁旗草原的蒙古族作家郭雪波先后出版了长篇小说《皈荒》《大漠狼孩》《火宅》《锡林河的女神》以及中短篇小说《沙狼》《沙狐》《大漠魂》等等，新世纪以来又推出了《天出血》《天海子》《银狐》等。他的《大漠狼孩》2000年获得全国民族文学“骏马奖”，2003年获得中国首届环境文学奖，《父爱如山》2002年获得台湾“中央日报”宗教文学奖。郭雪波的《银狐》作为一部动物题材的生态小说也在无意间涉及生态女权主义指向。村子的一大群男人在权欲的驱使下完全丧失了人性，对一群生活在坟场的狐狸生杀予夺，而且牵连出人与人之间的无数纷争，作为文本最中心、最体现动物神性力量的是处于母系生活方式的姹干·乌妮格银狐家族；而最能感应到自然神性魅力，最后追随银狐遁入莽古斯大漠的是女人珊梅。

还有一个重要的方面就是生态书写呈现出乡土美学的一个新视界。美学总是会为陈腐老调的、单向度的日常生活打开解放的另一维，在现实秩序之外提供另一个“可能性”的开放世界。世纪之交的生态文学是在日常的多元、无名的嘈杂中探寻着乡土美学的新视界。在生态伦理学说的引导下，它所谓“生态美学”①或“荒野美学”的浪漫禀赋为乡土小说赢得了久

---

① “生态美学”的提出可以参照两位学者的学术成果，一是李欣复于1994年在《论生态美学》一文中提出“以当代生态存在论哲学为理论基础的”生态美学论题；二是徐恒醇于2000年出版了《生态美学》一书，标志着对生态美学的探讨进入了一个更加系统和深入的阶段。

违的诗情画意,梭罗对荒野价值的体认对美国自然文学和世界范围内的“生态文学”都有重要影响,他提出了“只有在荒野中才能保护这个世界”①的观点。目前来看,作为美学学科新的生长点,“生态美学”的发展仍然在初步建构中,其合法性还颇受质疑,但作为一种可以探讨的美学形态,有可能对中国乡土小说的创作和研究产生影响。透过当下生态叙事繁复的话语网络,我们应该怎么明辨“文化批判”在重建人与自然和谐方面的美学功能才更为适宜,这正是我们需要厘清的话题。

“文学性”是文学之为文学的基本属性。一种形式只有它完美地表达了创作主体的审美思考,才能淋漓尽致地达到一个作家的哲学运思所能抵达的文化穿透力,叙述技术的完善和审美力量的丰沛并不矛盾,但是,新时期乡土小说在与政治藕断丝连的告别中不是陷入以追逐艺术形式而损伤审美意蕴这种主次颠倒的境遇,就是在扫描世俗日常生活的“一地鸡毛”时严重影响了审美的掘进力度,风景画、风情画、风俗画这些乡土小说的生命内核常常缺席。90 年代以来,关于汉语文学是否既能褒有历史内涵又能在实现文本的文学性方面有所作为,许多有才情又有思想的作家企望通过回到底层民众的苦难生活,来建构文学的思想力度与审美表现力,以多元化的表现手段如通过叙事角度的调度、反讽或语言的局部修辞来解放叙述;而另一方面,在一个物质化和科层化越来越严密的时代,作家身处消弭个性和人格标的之俗化洪流中,其主体伦理处境的两歧性和对时代的整体性迷惘与碎片式把握,深刻制约着乡土小说家的美学方式;或者说,以伦理的态度代替审美的批评,制约了现代乡土小说的审美立场和美学风范,因而,既拥有本土性的深厚力量,又拥有美学上的独异品格的翘楚之作并不多见,许多创作甚至有问题小说的嫌疑。特别是一些文本人物性格、审美角度、语言风貌都比较单一,语言粗糙,好像只有这样才能更准确地书写底层人物的真实生活;或是欠缺对小人物精神境遇的开掘,停留在义愤的表达和苦难的描述上,意蕴的单薄是一个通病;“完整性和持续的单向度的叙述时间还是使他们的作品受困于现代性美学的范畴”②,大量对话、直叙、群像素描、细节耽溺等叙述方式就证明了这类小说的“原生态”味道,精致细腻的沉思和深入灵魂的悲悯更是缺席。

但是,生态主义书写恰恰以怀恋和审美、以守望和排拒体现出反抗现实、对抗平庸、拒绝异化的人文魅性,所以生态叙事重铸乡土小说的美学品

① 参阅程虹:《宁静无价》,《文景》2005 年第 9 期。

② 陈晓明:《乡土中国与后现代的鬼火》,《文艺报》2004 年 2 月 26 日。

格则成为可能。这主要体现在三个方面:(一)乡土生态小说对“自然”的着意关注使得乡土小说的本质特征即地方色彩、异域情调在世纪之交的文坛回升,重张了乡土小说的诗性审美风范。当生态学家、伦理学家、文艺理论家和作家同时领受着现代化名堂下的喧嚣、嘈杂、功利、快节奏,他们气喘吁吁,痛心疾首,不约而同地向满目疮痍的大地投去忧虑而深情的一瞥,一束灵光在他们心有灵犀的灵魂深处击起了雷光闪电,他们共同发现了在现实的龌龊外栖息心灵的一个宁静之所——荒野。作家动情地说:“只有在真正的野地里,人可以漠视平凡,发现舞蹈的仙鹤。泥土滋生一切;在那儿,人将得到所需的全部,特别是百求不得的那个安慰。野地是万物的生母,她子孙满堂却不会衰老。”①乡土生态小说徜徉于诗性大地的酣畅诗行间,沐清风,吮甘露,慢慢褪去世俗的假面与霓裳,重回淳朴与宁静,“抚琴弄操,欲令众山皆响”,大地的诗意与乡土作家的内心“琴瑟和鸣”。他们矗立的基点都是“大地”,逃离的渊薮均为现代城池,而达致的梦想均为自然属性的自在自为的诗意生存。(二)神性色彩是以“风俗画”作为乡土生态小说最耀眼的另一美学形态。生态小说对“自然”的着意关注还原了乡土大地古老的带有原初宗教形态的民俗画卷,重张了乡土小说的神性审美风范。在历史祛魅的过程中,现代作家对宗教文化怀有一份复杂心理,而到20世纪末,现代社会所造成的种种压力促使心神不安的人们越来越需要宗教来作为心理安慰和疏导的媒介。中国文学又一次开始寻找自己的宗教,“乡村”的生态“有意无意地承担了正面的典范”②。在对乡村生态其“正面”意义的强调中,升腾起一种新的信仰——带有“泛神论”色彩的大地崇拜、动植物崇拜,其叙事策略常常是“重叙大地神话”,即通过铺展风俗民情重新还原自然的神话史和人类童年在自然哺育下的成长史。宗教返魅也丰富了乡土美学的多重维度。特别是20世纪末以来边地文学的崛起,凸显了一种神性色彩的美学特征。(三)在诗意的美学、神性的美学之外,我们也不能忘记了乡土生态小说作为“生态启蒙与文化批判”的生态理想,那么,“批判的美学”更应该是其重要的美学意义之一。一个方面,生态小说在对城市文明、工业文明的清算中灌注着“批判”的思维方式,在历史批判、现实批判等各个方面及欲望批判、征服自然批判、科技至上批判等各个层面显示了自己的明确立意,其批判思维以美学的新话语和新视野去考察当今的文化转型,成为乡土生态小说重建乡土美学的重要方面。

---

① 张炜:《张炜自选集·融入野地》,北京:作家出版社1996年版,第341—342页。

② 南帆:《启蒙与大地崇拜:文学的乡村》,《文学评论》2005年第1期。

与此密切关联的是,在“批判的美学”的视野下,婉约和豪放在乡土生态小说的浪漫抒情中达成默契心心相印,它们一个向传统风俗礼仪、伦理道德的文化“旧帮”寻求拯救人类精神灾难的药剂;一个把人性放在漫漫风沙中磨砺得更加尖锐犀利,绽放出人性人格的理想之光。正如有的学者所说,“人文文化”“是以生命、人性为基点所构成的生命意识、信念伦理及其以想象和通悟与世界(自然、社会)进行沟通与对话的独特能力和方式”①,乡土生态书写(常常是带有文化守成倾向或民粹色彩的浪漫派)倡行一种自然本土的人文文化,以返归古朴本然的方式将自然生态的问题转化成为对精神生态问题的关怀,以依存民间的生命活力来参与中国的现代化文化建构。因为在民族认同与向外借鉴中,总是隐含着本土文化因为更接近生命的本相,或者说更联通自然的秘密,而具有了高超精神性的语义。在生态批判的语义下,生态文明作为继工业文明之后人类文明的又一个阶段,确乎是一种正在逐渐生成和发展的文明范式。在生态主义者看来,生态文明倡导全球治理和世界公民理念;人类的经济系统是生态系统的一部分,科学技术从征服自然的工具可以变为人类修复自然生态系统的助手。这些显示了他们人文关怀的自觉性。

不管是寻找乡土的诗性或复归大地的神性,抑或批判现代文明对乡村的“祛魅”,本质上,乡土生态小说的美学意义都在于其“复魅”。但恰如有的学者所认为的那样,中国“乡土”和“大地”在文学现代性书写中实际上是缺席的,“我们在现代化过程中遗失了乡土生活的丰富性指认,而将大地单向度化了:一是愚昧化。乡土成了愚昧的代名词,大地上除了蒙昧什么也没有,它死气沉沉,没有生机和活力,没有自我革新和拯救的可能;二是苦难化。大地是苦难的来源和承载者,它是人类幸福生活的反对形式,这里根本没有福祉可言;三是伪浪漫化。乡土和大地成了一些人寄托出世情怀的幻想之地,他们笔下乡土是只有感情世界而没有社会生活的”②。这种论断虽然过激,但也并非无稽之谈。前两个方面并非我们课题所论述的关键,姑且不论,第三点的“伪浪漫化”应该算是中的之语。在生态作家把乡土和大地作为“寄托出世情怀的幻想之地”、拒斥现世的纷扰、颂赞自然的诗性时,它重塑了乡土美学的审美标杆——实际上,它应该更加硬朗而不是更加虚幻。换言之,乡土美学建构的是乡土世界的自然美、社会美、艺术美,乡土世界的日月星辰、山川草木、鸟兽虫鱼、衣食住行、宗教信仰、文

① 孔范今:《中国现代新人文文学书系·总序》,济南:山东文艺出版社2005年版。

② 葛红兵:《乡土诗性书写传统的复活》,《文艺报》2006年1月26日。

化习俗成为休闲化的城乡平民大众的一种性情陶冶和精神寄托，这种定位其实还值得商榷，起码，这并非进行生态批判的乡土生态小说所唯一值得秉奉的。如果“生态文学”将其美学建构的重点放在了“自然”生态的纯然审美上，那么就事实上将它放进了书斋里，“从而感受不到它与现实接轨和直面重大现实问题的新鲜空气，从而就失去了它的新鲜生命”①，这正是当前乡土生态小说家所面临的哲学和美学困境。甚至，“生态美学”“荒野美学”的合法性问题也并非无可置疑，除了那些特别发达的阔步进入“后现代”的国家，在世界范围内，有人说当前热热闹闹的“生态美学”是一门“虚拟美学”也并非毫无道理。

中国文学对生态的自觉介入使得文学创作和研究获得了新的视角与价值标杆，证明了文学只有更多地拥抱现实，与现实生存和终极关怀相联系，才能有所作为。人始终是文学演绎的最重要也是最终的对象，文学作为“人学”，对影响到每个人生存现实的生态问题自然不会视而不见，人经由自然生态的描述再次发现了迷人的自然人性化的文学景观。而必须指出，世纪之交乡土生态小说的现代化想象把“乡土中国”做了简约化处理，它对大地—乡村—农民作为“根”的频频眷顾似乎试图突破“现代”的重围，回到民族的文化“本色”，但宗法制文化传统中的愚昧、野蛮、苦难又使他们陷入了价值的困惑。这种张力和矛盾正是乡土生态题材多元化的前提，或许也会成为它前行的羁绊。“每一个文化，与广延、与空间，都有着一种深刻的象征性的、几乎神秘的关系，经由广延和空间，它努力挣扎着要实现自己。这目标一旦达到了——它的概念，它内在可能的整个内蕴，都已完成，并已外显之后——文化突然僵硬了，它节制了自己，它的血液冷冻了，它的力量瓦解了，它变成了文明。”②现代文明的生成也正是文化变迁和冷凝的结果，虽然我们认为这种“文化僵硬”“血液冷却”的说法过于悲观，把文化看成了一个缺乏遗传基因的阶段性产品，忽略了文化更延的动态性和混杂性，但毕竟说明了一种真相，即每种文化是有其历史阶段性的，“现代”文化也一样，一旦它成熟成为“文明”，其更新的活力就会越来越弱，老迈期不可避免的弊症就会越来越显现。

现代性建构和现代性反思本来就是一体两面的，现代性本身具有强大的自我反思和自我淘汰功能。对照于当前，现代文明呈现出的不合人意的

---

① 钱俊生、余谋昌：《生态哲学》，北京：中共中央党校出版社 2004 年版，第 474 页。

② 〔德〕奥·斯宾格勒：《西方的没落》，陈晓林译，哈尔滨：黑龙江教育出版社 1998 年版，第 96 页。

地方确实越来越多。从1962年蕾切尔·卡森的《寂静的春天》发表至今，针对科技、欲望、消费主义等现代工业文明的一系列价值理念，西方生态文学对生态危机的发生展开了广泛而深刻的追问。英国著名生态文学家乔纳森·贝特在《大地之歌》中发出"我们究竟从哪里开始走错了路?"的质问，说明"生态文学"的重要内涵就是"通过文学来重新审视人类文化，进行文化批判，探索人类思想、文化、社会发展模式如何影响甚至决定人类对自然的态度和行为，如何导致环境的恶化和生态的危机"①。中国小说生态批判的主题也是多层面多角度的，集中在工业与科技批判、欲望化批判、城市化批判、发展观批判、单一化批判、自然观批判等，在这其中涵盖着批驳唯发展观、反省人类中心主义、批判技术至上、呼吁多样化生存、展示生态理想等生态论题。有论者将生态批判与现代文明批判混淆，其实，现代文明批判与生态批判并非重合，具体在生态小说创作的体现上，前者外延更加广泛，而后者或许表现得更加深刻。本课题主要从生态理想与城市化批判、单一化生存批判与文化多元论、可持续发展与科技至上论和欲望化批判、生态伦理的基点与人类中心主义批判等主题向度进行分析研究，而这些主题意向在文本内有时相互融汇，有时又有所对立冲突，体现出创作者艺术思考的广度，但也常常暴露出偏执的一面。

---

① 朱新福:《美国生态文学批评述略》,《当代外国文学》2003年第1期。

第二章　大地返魅的生态保育理想与“城市化”批判

当代文学史上的城市书写一波三折。1950—1970 年代，与其说当时革命话语宣传的“实现四个现代化”是一种理想，不如说是一种设想和空想，无法落在实处，只不过是在非常复杂的国际形势下中国经济必须快速增长罢了，所以，当时整个中国充满着对工业化、城市化的向往。那个时代的不少小说如柳青的《创业史》和周立波的《山乡巨变》都写到农村在社会主义改造中其未来蓝图的规划实际上是以城市为向往目标的。但工业强国并不等于城市认同，特别是在一个农耕经济特别普遍且历史悠久的国度，在不少阶段，固有的农耕文明对于城镇文明依然有排拒，这当然也是对当时政治运动的配合——贬低城市的目的其实在于表现社会主义时代农民的精神面貌，例如 1958 年在河南上演的豫剧《朝阳沟》就是一个例子。当然，主流文学还是以征服和改造大自然为方向，“喝令三山五岳开道”。政治宣传上的“农村观念”并不等同于人们内心的真实想法，城乡区隔造成的城乡“身份”差别一直是农村人的隐痛，直到 80 年代初，城市、城市户口、城市工作、城市里的汽车等等对于农村人来说，依然是神秘的向往，铁凝的《哦，香雪》(1982)和迟子建的《沉睡的大固其固》(1985)都生动地表现了这种微妙的情思。铁凝笔下的香雪淡淡的忧伤来自与外部世界的讯息交通，迟子建笔下的大固其固是一个温暖又偏执的等待唤醒的世界。到了 90 年代，城市慢慢从“神坛”走了下来，一方面，那么多的农民工为了更好地生存不得不漂泊到了城市，城乡的差距其实越来越大；另一方面，在生态主义思潮和文化守成主义思想影响下，首先从知识群体开始生发了对于城市无限扩张的反思。上世纪末以来，生态写作以“朝向大地”的情怀对城市化进行批判，既体现了一种自省意识和超越眼光，同时也怀着农耕思想以及城乡二元对立观所持有的偏见。张炜、贾平凹、阿来、迟子建、韩少功、李佩甫、赵本夫、陈启文、姜戎等作家都参与了这种类型的书写，虽然其文化意涵颇为复杂多样，但他们笔下的土地都是正被“城市化”和“工业化”这个现代怪物鲸吞蚕食的土地，也是失去了野性和活力的土地。面对各不相同的“大地灾难”，作家怀抱的是和上世纪三四十年代艾青面对“饥馑的大地”时同样的赤子之心：“为什么我的眼里常含泪水，因为我对这土地爱得深沉。”所以，当代小说真正生态批判意义上的“城市化批判”是从上世纪 90 年代开始的，我们的论述也从这里起步。

一、以自省精神和超越眼光探寻自然与人性的和谐

整体而言，我们说 20 世纪是人类社会物质文明取得极大发展的世纪，不过这个世纪所留下的对地球的累累创伤更让人类蒙羞。面对环境污染、资源耗竭、土地沙漠化、生物多样性破坏、人文解构和退滑等生态问题，“生态文学”反省人类“在哪里走错了路”这一主题的确立有其深刻的现实启示意义。所以，乡土生态小说是以一种清新和高雅的姿态在转型期文坛逐渐绽放出风采的，重塑人与自然的关系是当下中国文化转型期乡土小说努力的方向。作家抱持自然为本的生态本位观，或探索社会文化的弊症，期望人类保持健全的审美情感和理性力量；或聆听大地的呼吸和脉动，感应荒野神秘力量的召唤；或将道德概念从人类伦理学扩展到一切生命形态，呵护地球家园生息着的万物；或追寻精神原乡，憧憬人类重新回归大地母亲怀抱的温馨与恬静，其自然灵气的文字在充满喧嚣浮躁与价值缺失的文坛里有声有色地绽放着，表现出拒斥媚俗、返归本真、崇尚风范、关注深度和追求精神的人文视野。在这其中，“文化西部”的书写是不容忽视的存在。

“文化西部”这个概念是由《中国西部现代文学史》一书提出的，这里所指的“西部”是一个“由自然环境、生产方式以及民族、宗教、文化等因素构成的独特的文明形态的指称，是以游牧文明为背景、为主体的文明范畴”①，可见是相对于中部区域的农耕文明和沿海区域的商业文明而言的。很大程度上，是文化艺术包括文学赋予或认定了“文化西部”的意义内涵，或许是外来者、异质体才常常具有发现文化差异的眼光，当代的“文化西部”是伤痕文学和反思文学“发现”的。一代和西部有着密切关系的作家那“剪不断，理还乱”的西部情结成为新时期可贵的文学源泉，《绿化树》（张贤亮，1984）、《黑骏马》（张承志，1982）、《黄泥小屋》（张承志，1985）、《金牧场》（张承志，1987）、《我的遥远的清平湾》（史铁生，1983）、《插队的故事》（史铁生，1983）、《在伊犁》（王蒙，1983—1984）、《桑树坪纪事》（朱

---

① 丁帆：《中国西部现代文学史·序言》，北京：人民文学出版社 2004 年版。

晓平,1985)、《冈底斯的诱惑》(马原,1985)等,与其说是对那段逝去的青春韶光的吊唁,毋宁说带来的是西部文化的审美冲击。“西部”古来似乎是中华民族的气运、命脉所系,历史上这个区域发生过太多文治武功的大事,同时,这块神奇的土地直到20世纪中期,依然是尚未开化、古风犹存的,现代的飓风还并未在此登陆,那里焦黄的高原或浩瀚沙漠上原始古拙的苦难生存与天地一样悠久悲壮,并似乎天经地义。但是上世纪末,中国改革开放逐步深入,边地这块“现代”之外的处女地迎来了经济大变革的契机,“西部大开发”开始在国家意志的强力推动下展开。所谓“西部大开发”,范围包括陕西省、甘肃省、青海省、宁夏回族自治区、新疆维吾尔自治区、四川省、重庆市、云南省、贵州省、西藏自治区、内蒙古自治区、广西壮族自治区12个省、自治区和直辖市,面积为685万平方公里,约占全国总面积的71.4%,目的是“把东部沿海地区的剩余经济发展能力,用以提高西部地区的经济和社会发展水平、巩固国防”。2000年1月,国务院成立了西部地区开发领导小组,“西部大开发”正式开始推动,边疆地区九死一生地踏上了追逐现代化、市场化的不归路,民主、自由、富足的现代福音的叩问逐渐取代了“文化西部”所固有的民俗信仰、生存形态。在很短的时间内,各种开发项目和文化形态都纷至沓来,在这片土地上一一上演。就在这么短暂的几年时间内,人们见证了一套文明规则被另一套文明规则置换的迅猛节律,如果拿“前不见古人,后不见来者”来注解这个巨变一点也不为过。于是,千百年来边地混沌的原生态的宁静氛围即将被打破了,这些在中国大地上唯一可以聆听天籁、感应神灵的区域即将被现代化的战车碾过,更为可怕的是,在经济发达地区出现过的生态灾难也必然会在这里重新演出,各种利益集团、权力阶层也将粉墨登场。中国西部包括其他边地的生态环境其实是非常脆弱的,最大的危机就是水土流失和干旱,这二者很多时候是密不可分、结伴而行的。徐刚在《中国风沙线》中对西北干旱荒漠区可怖的沙化有过惊心的描述,“当犁头划过草原,尘暴就会接踵而至,甚至随后就是灰头土脸、精疲力竭的流浪的难民”,这话一点都不夸张。当草皮、丛林被剥开,大地的躯体就暴露在光天化日下,沉睡在植被下的沙土就被唤醒了,滚滚地跑到地表来“游行示威”。沙化的土地无雨就是干旱,庄稼无法生长;有雨就有水土流失,沙土变成汤汤黄流,卷裹走土壤和养分,使土地变得更加贫瘠。失去土地的人们只能变成流民,寻找新的立足之地、果腹之餐,一顶顶毡棚找不到可以放牧牛羊的驻扎处,一个个村落消失在沙海铺成的地平线上……

中国上世纪90年代所展开的边地开发有类于美国1930年代中期掀

起的“西部大开发”的狂潮，当时美国西部的大量矿山、滩涂、森林在政府的支持下、在现代性魅力的蛊惑下，变成了来自东部、南部的外来者的宝藏，却并没有充分考虑到自然自我更新的限度，违背科学规律的开发狂潮带来的是东部经济的新一轮复苏，却不是许诺的西部区域人民的幸福美好，留给当地的是一系列环境事件造成的大地与人心共同的累累创伤，大面积的原生林带和草地滩涂植被遭到破坏，沙尘暴像从地下翻身的恶魔一样开始到处肆虐，“尘暴意味着草死了。小小的旋风，像幽灵似的带着尘土，吸干了西部的麦田，这就是上面提到的鬼魂”[①]，这是阿奇巴尔德·麦克利什做出的描述。美国的西部开发带来的负面影响不断发酵，促使“边疆生态学”[②]的诞生。在经过了早期的怀特、林奈、洪堡、莱尔到达尔文时代之后，生态学最终闯入了“尘暴”这一公共问题领域，变成了一个我们地图上、在明确界定的区域内大家很熟悉的名词。这个名词本来应该成为现代化“后起之秀”的中国的“前车之鉴”，但是事情的发展有时候偏离预期很远。中国会不会以智慧赢得开发的正面效益，并且避免重蹈美国西部开发生态破坏的覆辙，还是难以预料的。

这份“难以预料”的悬想正是文学所牵挂所不安的。这片可以聆听自然呼吸节拍的大地将和东南部一样被精耕细作吗？那些蝼蚁般的人群将拥堵密集在这一个个边地小镇吗？鳞次栉比的现代化城市会将这里覆盖吗？川流不息的铁道和公路会划开大地的肌肤吗？一个个工厂会把河流变成臭气熏天的沟渠吗？一个个矿井会把大地的肌肉掏空造成可怕的塌陷和滑坡吗？一群群淳朴的边地人会被金钱所荼毒和扭曲吗？……于是，西部作家的心灵灾难在“西部大开发”的经咒下降临了，一个前所未有、与众不同的“文学时代”来了，写出“这一代”迥然于“那一代”的生命感验既是宿命亦是责任，更夹杂着内心不可不倾吐的矛盾交锋和壮怀激烈。上世纪 90 年代以来，边地文学在经历了张贤亮、张承志那一代作家创造的辉煌之后，在经历了 1990 年代短暂的间歇、整合之后，出现了阿来、刘亮程、石舒清、郭文斌、迟子建、郭雪波、红柯、董立勃、陈继明、叶舟、漠月、张学东、卢一萍、温亚军等一大批小说家，这蔚为壮观的作家队伍成为世纪之交乡土小说创作生机勃勃的新力量，还有数量可观的诗人和散文家，他们的文字间都流荡着一种纯粹深切的悲凉之

---

① 〔美〕唐纳德·沃斯特：《自然的经济体系——生态思想史》，北京：商务印书馆 1999 年版，第 411 页。

② 同上书，第 189 页。

美，与喧哗骚动的东部文学形成鲜明对比，成为新旧世纪交替之际文坛一道靓丽的风景带。

在边地作家的心目中，他们一向徜徉漫游的大地是“大德无言”的，它以“沉默”的禀赋接纳八方来客，因此，在现代性生存模式向游牧与农耕混杂的边地文明发起冲锋时，开天辟地以来第一次，边地文学大批量地出现对少数民族、丛林、荒原、旷野、湿地、沙漠、山区的关注和观照。在可以脚踏草原大漠、昂头朗日苍穹的所在，作家们长歌当哭，不管是重叙边地历史纵深处的猎猎风云，还是抒写清洁人间的苦难哲学；不管是怀恋荒原绿野的浪漫牧歌，还是忧虑开发造成的生态破坏；不管是以敬畏苍天的姿态表达皈依般的情感，还是抒发大地上男性雄迈的气质豪情；不管是悲悯动物世界的逐渐萎缩，还是感慨区域文化的幕落花凋，都涵容着抵御异化、反抗经济威权、维护生态正义的理想和执念。在这些对“大地”“苍天”的书写中，红柯和姜戎是有代表性的。出身汉人的红柯闯荡新疆十年，那里早已经是他的第二故乡，也是他的心灵牧场。他在水草丰美的精神世界扬马跑沙，以《西去的骑手》《跃马天山》《黄金草原》《美丽奴羊》《奔马》《吹牛》《哈纳斯湖》《库兰》《古尔图荒原》《大河》《金色的阿尔泰》等“边地小说”向他父亲般的大地致敬，男子汉的豪迈激情与大地苍天相得益彰，从而开拓出自己的一片文学园地。他的文字宏大雄厉、如泣如诉、慷慨悲凉，那些地老天荒的风景在文字间依然魅力四射，倔强地对抗着世俗的流风，嘲讽着城市人的精神疲软和工业化的乌烟瘴气。

对生态问题的关注是来自川坝藏汉杂居地的阿来在新旧世纪之交小说文本的意义诉求之一。书写西部藏地文化的阿来在 1998 年出版《尘埃落定》后处于酝酿状态，陆续发表了一系列中短篇小说，井喷期终于在新世纪到来，其“机村人物素描”和“《空山》事物笔记”系列反响较大，2009 年又推出了新作，即重庆出版社策划的“重叙神话”系列中的《格萨尔王》。阿来新旧世纪之交的多部小说都是书写相传于乡野中的故事，包含着作家对自然世界朴素而又深刻的看法，也包含着他对一个世纪以来几个社会文化转折点的清醒和慎思，也包含着他对各种名堂下的外来破坏的义愤以及对少数民族民间文化的回护意识。在《遥远的温泉》中，阿来回忆童年时的“我”，常常自由自在地徜徉在宽阔的高山牧场，独自唱着悠长的牧歌，“我”那长长的尾音震颤着一路越过高山、峡谷、草地和雪野，穿梭在群山之间梭磨河畔绿色的草原上，那里河流闪着亮光犹如缎带；穿梭在茂密的冷杉、杜鹃、野樱桃、桦树的丛林间，有四处可见的草地杜鹃花、伏地柏丛、溪流草地、落叶松、比房子还要大的冰川碛，有温顺的小鹿、蛮力的野牛、健硕的女子、多病的村人在一处水域洗澡……那就是传说中神奇的硫磺温泉，"我"满怀对它的向往。但是，等到多年后"我"终于长大成人了，终于有机会去造访措娜温泉了，才知道野心勃勃的政治家已经将其开发为钢筋水泥的旅游场所，那处温泉慢慢就没有可以治愈百病的泉水流出了，"我"再也听不到温泉如琴般的美妙之音了！阿来的《空山·随风飘散》中现代文明洪水一样流过了机村生活的表面，机村加入了"进军现代"的行列，一时间修路开林、鞭炮炸响，但是这个遭遇了外来文明的美好机村从此流言飞播；《空山·天火》中，机村人信仰本土神灵，却与"破四旧"的革命宣传相冲突，猎人格桑旺堆批判外来文化的无理："他们都是自己相信了一种看不见摸不着的东西，就要天下众生都来相信。他们从不相信，天下众生也许会有自己想要相信的东西。"但"胳膊终于扭不过大腿"，美轮美奂的森林和天湖在无知亦无耻的破坏下毁掉了。

2004 年，是姜戎的吉利年，这个以前名不见经传的北京人在这一年以皇皇 50 万言的《狼图腾》一鸣惊人、名利双收。1967 年，姜戎曾经以"知青"的身份自愿到蒙古额仑草原插队，这一去就是 11 年，这让他有充分的时间了解少数民族的文化和信仰，游牧民族的生存哲学他也了然于胸。带着皈依大地的情怀，《狼图腾》阐扬草原游牧文化的"狼图腾"精神，直逼农耕文化民族性格深处的弱性；同时，从生态整体主义出发，批判汉族农耕文明对草原文明的破坏，其文字之间充满对"狼文化"的顶礼膜拜。《狼图腾》横空出世后，在文学批评界掀起轩然大波，有两种声音针锋相对，一种是"挺狼派"。在《狼图腾》封底，孟繁华把激情的美誉赋予《狼图腾》，认为它是中国当代文学整体格局中"灿烂而奇异的存在"，"是一部情理交织、力透纸背的大书"[①]。不同的发言则来自以顾彬（Wolfgang Kubin）、丁帆为代表的激烈的"灭狼派"。两位学者对《狼图腾》的批评角度有所不同，但是批判的立场总体上是一致的，都尖锐地强调了该小说文本体现的反人类、反文明、反人道的本质：一向强调文化的"同"而批判"异论"的顾彬，强调"《狼图腾》对我们德国人来说是法西斯主义，这本书让中国丢脸"[②]，这揭示了《狼图腾》在后现代主义思想外衣下的"后殖民主义"寓意，体现的是一个德国知识分子的反省精神；丁帆把《狼图腾》作为社会转型期"文化

① 参阅《狼图腾》封底，武汉：长江文艺出版社 2004 年 4 月第 1 版。以下有关《狼图腾》引文同出此版。

② 据 2006 年 12 月 11 日《重庆晨报》报道，德国汉学家顾彬在接受《德国之声》采访时论《狼图腾》语。

伦理蜕变”的文本来解读,认为《狼图腾》在后现代思潮推波助澜下以“先锋”的面目出现,暴露了当今“知识价值和人文价值的沦丧”,强调了“人性与自然的悖论”,重彰了现代人文精神的启蒙。① 这种批评蔓延至今,参与之众真乃蔚然大观。中国每年出版长篇小说两三千部,为何一本写草原狼的小说就会引起如此大的震动?这个现象确实值得思考。这里暂且不谈其张扬狼性精神的反人类本质和主张重回游牧文化的反文化倾向;也不论“挺狼派”的先锋性以及“灭狼派”的文化批判责任感,仅就《狼图腾》从生态整体主义观出发阐释草原的“大命”与“小命”的辩证关系而言,这部小说的可取之处则是作者对草原生态恶化问题痛彻心扉的忧患。作者以草原代言人毕力格的讲述重现了昔日草原生机勃勃、“风吹草低见牛羊”的壮阔动人景观,那时,草原牧人相信草原神明“长生天”的护佑,格外珍惜“长生天”每一点恩赐,爱护草原每一寸牧场;草原人在和草原上的图腾“狼”千百年的斗智斗勇中,学会了狼与大自然和谐共存的生存之道,也学到了狼精诚团结、强韧不屈的精神。在姜戎的描写中,几百年前的大草原、草原图腾、草原人彼此是相得益彰、相互依存、各取所需的,人与大地自然和谐共生,在自然的哺育下人性也是纯正、质朴、勇毅和自信的。姜戎批判了汉族对草原的劫掠以及“文革”时期的政府政策、下到草原的城市知识青年违背草原生态规律对蒙古草原图腾信仰的亵渎、对草原文化的破坏、对生态和谐的摧毁。小说以触目惊心的语言文字描写了一个多世纪以来草原牧场在移民和农垦下严重沙化、荒漠风暴肆虐的情景,期望以此唤醒人们对自然生态的关切。《狼图腾》对于中华农耕文化中封建帝王专制精神的批判、对于自由强悍的草原精神的张扬无疑提供了反思中国传统文化的一个视角,体现出一种自省意识和超越眼光。当然,该小说文本漫漶的“狼性精神”以及发展观、价值观等文化伦理方面的蜕变则是另一个侧面。我们会在以后的论述中进一步展开。

杨志军的《环湖崩溃》、董立勃的《静静的下野地》、红柯的《古尔图荒原》、袁玮冰的《相约荒原》等,则在赞美大地魅力的同时抒发了对于“荒野”的神往。面对浩瀚的西部或边地,作家们通过用多情而昂扬的笔致歌咏大地、边地人的阳刚禀赋,大地在他们笔下就像“父亲”一样,懂得峻伟的山脉、开阔的草原、一望无际的滩涂和蓊蓊郁郁的丛林,也懂得牛羊、野狼、藏獒、骏马、驯鹿和牧羊犬,也懂得人与自然相处的最高境界,因此森

① 丁帆、施龙:《人性与生态的悖论——从〈狼图腾〉看乡土小说转型中的文化伦理蜕变》,《文艺研究》2008 年第 8 期。

林、牧场、河流，或者是野性大漠和原野是这些小说的主人公。叙述者在对大地皈依的情感支配下聆听大地父亲似的宣讲，从中获得生命的智慧、灵气以及敞亮与率真的胸襟，他们的思想从此脱胎换骨、起死回生，为生命极限寻找到另一重生机。这些都是边地的“传奇”。之所以在西部开发的狂潮中它们能够带给我们震撼，是它在点醒着我们的“荒原”价值，是因为这些恰恰是“都市化”的东部和南部乡土所失掉了的——在精耕细作的黄河中下游平原文明发祥繁衍地、在人际逼仄的东南沿海大都市，而“荒”这个字眼总是带有不够“文化”的语义指向，同时也含有一种无名的旷古感。所以，荒原是人类的始源地，“荒”成为一种“文化”是现代以来的事，而世纪之交的乡土小说对边地“荒”的意象的抒写更体现了生态关注的精神指归。在《环湖崩溃》里，杨志军就曾写道：

> 没有什么比荒原更能给人以博大的空间意识了。旷野无垠，遥远的地平线上，在一片荒原蜃景无声的鼓荡中，观潮山独自挺立，像上帝劈开两腿，仁慈而坚毅地鸟瞰苍茫大地。锥状岩石闪烁着第四纪全新世金刚光泽，在“上帝”的两腿间出世了，以永恒的精神横亘于大气之上，大地之上，喷出一道人类黎明的曙光。于是，在上帝面前骤然开出的几朵荒原精神花，瞬刻绽放，以女性的姿势舞蹈唱歌，凭借地球至高点的优势，将芬芳播向田野，遍布世界的石灰岩块因此而软化成了人类的祖先。

这些豪情与荒凉、温暖与心心相印的肌理，只有融身其间的人才可感验到它的魅力。陈应松借助《牧歌》这篇小说，表达了他对于人与大地相互联系性的思考，他认为：“我们”早就带着对人和大地的亲密关系深深的狐疑、猜度和敌意，“在对大地的凌辱中，以为大地不会说话而忘记了被施暴对象的存在，其实这种施暴，像迎风泼水，那水会飞回到你自己的头上。沉默的山冈愤怒无声。我们人类罪孽深深”。从大地上拔身而起的人类以及我们的文明都已经成熟到可以自诩强大、自以为是了吗？失去了自然的护佑的人类还可以褒有自己热爱自由、捍卫自由的精神吗？

当然，在“父亲般的大地”与“传奇似的荒原”之外，还有迟子建那种对边地风情的温婉叙述。辽阔而苍茫的东北丛林孕育了迟子建，也孕育了她的文字。有时汹涌澎湃有时风雪覆盖的黑龙江、层峦叠嶂的原始森林、神奇无边的北极光、温顺勤劳的驯鹿、凶猛粗笨的黑熊，还有鱼汛、篝火、雪橇、猎犬和萨满的法器……这些都灌溉了迟子建的文学“后花园”，更使她从小就和天地自然有着不可言喻的亲密感。迟子建关涉到生态问题的大部分作品如《额尔古纳河右岸》《原野上的羊群》《酒鬼的鱼鹰》《芳草在沼泽中》等，都对山林游牧部族渐去渐远的背影充满了依依不舍的哀挽，她唱出了一曲又一曲的怀恋之歌；而且，在对逝去文明的献祭中，是她对纯朴清爽的自然的追慕。《芳草在沼泽中》的男主角叫刘伟，他在空虚浮躁的都市感到万分压抑，到葳蕤的野地寻找“吃了它，就没有烦恼”的“芳草”，后来终于如愿以偿；《酒鬼的鱼鹰》中，那只通人性的鱼鹰就像浓阴遮蔽的一处湖水般，神秘、寂静而又美丽，它成为小镇人间世相的窗口和心灵的写照；《原野上的羊群》中，“自然”是医治“我”受尽钢筋水泥的城市重创的灵魂的灵丹妙药……除了迟子建，书写东北森林游牧文化的还有蒙古族作家格日勒其木格·黑鹤。他的《狼獾河》将笔触深入大兴安岭原始森林深处的敖鲁古雅，那里的鄂温克族与自然浑然一体的真实生活，表达了作者对于自然温婉的热爱和对现代“欲望生活”的排拒。

无论是抒写对大地沉默的赞美，还是抒写对荒原野性的向往，抑或感叹自然对心灵的温情救赎，逃离城市、撤离浮华、逃避喧嚣是这些作品的理想人文意趣，也是文本以情感、理想、审美伦理超越现实秩序的表现之一。乡土生态小说在大地意象的升腾中追思出人性与自然生态和谐的“过去式”，当然也是对其“未来图式”的一种营造，其中寓言性的故事、意象性的描述以及叙述者的悲悯情怀和皈依神秘图腾的悲壮，都体现出一种自省精神和超越眼光，有着高标独异的乡土审美价值。

当然，乡土生态小说对自然的观照、对人类自身局限的超越也还存在着许多盲点和误区。作家的伦理歧境是不得不面对的问题之一。在哲学资源的发掘上，在文本的精神向度上，在乡土美学的建构上，都可以看出作家的游移不决和惶惑不安，例如缺少应有的批判审视的文化态度和眼光，在“反抗现代”的征途上并没有找到合适的价值立场和新的文化认同，以传统的价值观念和文化心理反观现代文明时就显得捉襟见肘、左右为难。从另一方面来讲，自从有“人类”这个同样属于自然的儿子降生大地以来，“自然”其实就已经不再是自顾自的存在，而是一直与人并存的，这一点我们无法忽略不计。“返回内心”理应是这类创作的精神通道，但“聆听自然天籁的歌唱”过于散漫辐射、无边无际，难以冲出大境界。如何让思考和抒写既能保持对大地神性和诗意的敬仰视角，又不至于思维固化、叙述散漫，还真是这类寻求“超越”的写作要好好体会的。

二、“朝向大地”的生态情怀与城市化批判的多重向度

在文化转型期小说文本对大地情怀的塑造中,其“城市化”批判的意向是极为明显的,对田园风的呼唤占据了生态主义思潮的主流。

对“城市化”的批判其实由来已久,英国高级教士与作家威廉姆·拉尔夫·英奇(William Ralph Inge,1860—1954)曾经批评:“工业革命产生了一种全新的野蛮主义,全无过去的根基……一代人正在成长起来,他们并非没有受过教育,但是,他们所处的人文教育,在其历史发展过程中,与欧洲文化几乎没有任何联系,不教古典作品;不教圣经;教历史也不考虑任何后果。更严重的是,没有社会传统,现代城里人是无根基的。”①英国“花园城镇”运动的创始人埃比尼泽·霍华德认为大都市如伦敦是一座公开的罪恶之城,让如此多的人挤在一起是对自然的亵渎,因此,他在 1898 年提出了“制止伦敦发展计划”,随之形成一套强大的摧毁城市的思想。霍尔姆斯·罗尔斯顿在阐释他的环境伦理学时,关于“文化”与“城市”的关系,有过这样一种辩证:“文化是为反抗自然而被创造出来的;文化和自然有冲突的一面。……我们重新改变了地球,使之变成城市。但这个过程包含着某种辩证的真理:正题是自然,反题是文化,合题是生存于自然中的文化;这二者构成了一个家园,一个住所。”当然,罗尔斯顿并没有阐释清楚:为什么我们走向了“创造文化”来“反抗自然”的道路? 为什么“文化”与“自然”未能“合题”?

中国知识者更是有一个“贵乡村、抑城市”的传统:或出于“三纲五常”诸端规约使得一个读书人永远不可能真正脱离乡村,或出于传统中的贱商重农,或出于读书人作为乡村“叛逃者”的一种复杂心理,如赵园曾经谈到知识分子在面对城市时的某种集体无意识——对乡村的一种歉疚之感:“那种微妙的亏负感,可能要一直追溯到耕、学分离,士以‘学’、以求仕为事的时期。或许在当时,‘不耕而食’、居住城镇以至高居庙堂,在潜意识中就仿佛遗弃。事实上,士在其自身漫长的历史上,一直在寻求补赎:由发愿解民倒悬、救民水火,到诉诸文学的悯农、伤农。”②即便如此,在现代化过程中,乡村似乎是一个必然要格式化的区域,工业化、城市化也成为世纪

---

① 参阅 http://wenhuapeiyu.blog.163.com/blog/static/61816073200831636795 4/,《清明·节密码:哀悼中的“喜笑颜开”》,2008-04-01 06:57:54。

② 赵园:《地之子》,北京:北京十月文艺出版社 1993 年版,第 17 页。

之交乡土小说家不遗余力批判的事物。细分起来，城市化批判主要的有四个角度：

（一）在世纪之交的中国乡土小说创作中，有的批判者是从城市化格局下的工业生产造成的污染和开发造成的自然毁灭为着眼点的。张炜当是其中最为用力者之一。在上世纪80年代，张炜就特别与原野上蓬蓬勃勃的草木刷刷的声响、在芦青河畔稻花香中游弋的夜莺、草地上流淌的月华和晚风这些自然造物更为亲近，这片大地是完整的，上边的人、河流、野草、庄稼地和夜莺似乎是浑然一体的，张炜以一种纯粹的爱饱览这片土地，似乎是一个多情的郎君欣赏自己美丽动人的新娘，任何落难的灵魂都可以在野地里得到拯救和抚慰。但是，他的乡愁很快到来，在改革开放发端之后，人们的笑容还未及彻底绽放，社会生活中就出现了越来越多难以克服的矛盾，沉积在文化传统血脉中的一些毒素在新时期发酵滋长，新的难题却也又积了一大堆，“我们笑都没有功夫。我们需要思索了，需要另一种回顾”①。这正是张炜著名的《古船》诞生的思想背景。《古船》之后，张炜的创作出现了明显转向，因为现实更加急转直下，经济转轨强大的冲撞力撞碎了地理空间和精神疆域的界碑，人性的贪婪和新的意识形态媾和，对于历史一切形式和途径的审思和借鉴似乎都无疾而终，他从《古船》的文化批判退守到对大地精神的拥抱、对现代性的质疑，也就是说文化批判和社会批判让位于文化坚守，作家主体的人文精神立场也渐显其悲壮的轮廓。从爱恋野地到乡土的文化批判再到重塑野性的大地，张炜似乎是走了一个回环，却并非简单的返回，而是一套“螺旋式上升”的思维。大地是他出发的哲学，只有在那里他才是接地气的、安全的，但“城市是一片被肆意修饰过的野地，我最终将告别它”，这是张炜在《九月寓言》的代后记《融入野地》开宗明义点到的。

在《九月寓言》中，张炜动情地回味他“曾经”的野地：“谁见过这样一片荒野？疯长的茅草葛藤绞扭在灌木棵上，风一吹，落地日头一烤，像燃起腾腾的火。满地野物吱吱刷刷奔来奔去，青生生的浆果气味刺鼻。兔子、草獾、刺猬、鼹鼠……刷刷刷奔来奔去。”这些现在已经逝去，他沉浸在“重造”的冲动中：“千奇百怪的动物在花地里狂欢，嘶叫，奔跑，互不伤害地咬架。它们的鸣唱使云彩变得彤红，使天空的太阳微微颤抖。从早到晚，皓月当空，动物们在花地上狂欢。……月光如水，浇泼着这漫坡草地，让你听得见嘶嘶的渗水声……”而热恋中的小村青年在山坡上搂抱交欢，日月星

① 张炜：《问答录精选》，济南：山东友谊书社1996年版，第35页。

辰见证了他们的幸福甜蜜。只有在野地，生命的汁液才会如此丰沛，因为万物饱吮了大地的乳汁。但小村人的好光景并非天长地久，在历史境遇的变迁中，作者让乡村世界、物质世界、宗法世界三元并置，相互映衬出“异己”文化的面影：“乡村世界”终于抵挡不住“物质世界”的诱惑，人性慢慢被腐蚀，传统文化束缚下的宗法世界对其无能为力——小村附近发现了矿藏，开发商为了经济利益疯狂攫取地下资源，象征着工业文明的矿区正逐步推进着自己的战场，招募小村人参与，异见纷呈，最后一个生机盎然的小村轰隆隆地塌进被掏空的大地，小村人被迫开始流亡。《九月寓言》之后，张炜对城市扩张造成的自然毁灭的抨击不遗余力。有人说《刺猬歌》是张炜一次“抡圆了的写作”。野性而温存的棘窝镇是《刺猬歌》中张炜倾心打造的一处清净之地，也是野物喧哗之地，张炜发挥了奇诡绮丽的想象力来描述他心仪的大地自然：

> 在这片临海山地莽野上，人们自古以来就不嫌弃畜生，相反却与之相依为命，甚至与之结亲。海边村子里只要上了年纪的人，谁说不出一两个有头有尾的故事，谁不能指名道姓说出几个畜生转生的、领养的、活脱脱降下的人名啊。有人是狼的儿子，有人是野猪的亲家，还有人是半夜爬上岸的海猪生下的头胎娃娃。海猪不是海豚，不是人们耳熟能详的那类可爱水族，而只是这里的渔民才见过的稀罕物件：全身黢黑长毛，像母熊一样，以鳍为脚，慢腾腾走遍整个海滩，等月亮沉下时趴在一团茅草里生产。她在为一个一生守候鱼铺的老光棍生下唯一的子嗣。

在浪漫精神已经极其匮乏的今天，张炜固执地播撒浪漫，在他笔下，刚烈的珊子对“俊美青年”良子的爱与恨都火热、坚韧；“刺猬的孩子”美蒂与廖麦的深厚情爱是大自然所恩赐的奥秘，是“这个时代最为稀有之物”，“他们这样日日相偎的日子只有十年，她每一天里都是他的新娘”。无情的现实是，村里的工业“领军人物”唐童在他们的野地里修造了“紫烟大垒”，——建筑工人们“掘一个朝天大坑，里面打上水泥桩子、铺上钢筋水泥，然后再往上、往横里盖”，“这青魆魆硬邦邦的物件一天天垒起来了，看上去就像塌了半边的山包、像悬崖、像老天爷的地窖、像被关公爷的大刀砍了一宿的怪物头颅，龇牙咧嘴，吓死活人”，“山地和平原的人从今以后只要一抬头，就会看到那片隆起的黑灰色建筑群”。更让人丧气的是，这个水泥“怪物”里面装了唐童从洋人那儿弄来的“放屁的机器”，一股股一绺绺紫色的烟雾从“一片古怪东西”的一些突起处、小孔里冒出，“只要一仰鼻子，就会闻到一种熟悉的巨大气味”，从此“人们进入了真正的沮丧期，他们彻头彻尾地沮丧了。……因为一种弥漫在大地上的、无休无止的、羞于启齿的、古老的——气味……?”

（二）如果说上面引用的《刺猬歌》的文字是针对城市化、工业化造成的空气污染，也是针对工业化的扩张造成的资源破败，那么有些作品则是极写了城市“吃人”的罪恶或者人性“异化”，例如《太平狗》。在作品中，陈应松有一段程大种看到的城市“实况”的文字：

> 一辆大卡车撞瘪了一辆小汽车，死人血淋淋的从车里拖出来。刚才还是个活人，瞬间就成了死人，比山里的野牲口吞噬人还快呀！一溜的红色救火车催逼人心赶往一个地方。两个在人行道上行走的男人无缘无故地打了起来，打得头破血流，看热闹的人刹那间围了过去，像一群见了甜的山蚂蚁。一个挑担小贩跑黑了脸要甩掉一群城管。城市里充斥着无名的仇恨，挤满了随时降临的灾亡，奔流着忐忑，张开着生存的陷阱，让人茫然无措。

在通过一只狗的遭遇揭示城市的罪恶或曰人性的罪恶方面，少有作品能够和陈应松的《太平狗》相比肩。小说对太平的忠义和人心冷漠的对比刻画震撼人心。一条叫“太平”的神农架纯种猎狗（即俗称神农架“赶山狗”）本来宁静安详地生活在神农架山村，但是，当其主人程大种不得不为改变生活境况去武汉打工时，它竟然恋恋不舍，即便被主人恶打仍执意追随，但带一只狗走显然不可能，最后被踹昏后装入一个蛇皮袋子才带到了汉口。结果，太平在城市里遭遇了一系列难以想象的摧残——开始是主人在自身没有生存之计的情况下投奔亲戚，遭遇姑妈的谩骂，太平也遭受抛弃和凌辱；接着，万般无奈下主人把太平卖给了以杀狗为生的狗贩子，被囚禁在笼中等死。小说描写的囚笼中狗们的生存情状之惨烈让人不忍卒读，由于环境恶劣，狗与狗为争夺生存空间而暴发的恶斗更让人头皮发麻。就在太平命悬一线之时，一个当年曾经到过神农架、认识这种赶山狗的知青把太平买下了。但是，在城市养一条狗比在山村难多了，这位下岗的、处在生活最底层的老知青养不起它，只好送给了一位身有残疾的朋友，朋友也无法好好养活它，最后遗弃了太平。在太平仓皇流浪的日子里，它历尽一切城市的暗算，但始终要寻找主人的踪迹，最后在一个工地与程大种偶遇。主人感慨万千，但恰恰由于太平的出现，程大种丢掉了工作。后来程大种被骗到有毒的工厂工作,那里嗡嗡作响、气味刺鼻,味道比神农架令人惊骇的瘴气凶悍一万倍,里边的工人永远没有出离的可能,只要有病就被扔在一个肮脏处被老鼠啃啮而死。太平为了救出主人而备受恶打,凭借智慧而脱逃,但屡救主人而不遂。程大种最后丧命,太平伤痕累累地回到故乡神农架……这是一曲感人的令人心碎的动物之歌,同时陈应松不遗余力地揭露了城市的罪恶。太平始终不能明白的是,人们"为什么要这样对待一条狗呢?为什么对这条狗有如此深的仇恨?"其实,作为"人"的程大种和作为"狗"的太平的命运何其一致!"太平狗"的绝无"太平"在这里其实就有了一种喻指的作用。

乡下人渴望经过打拼实现身份的转换,融入城市的过程充满挑战,也常常换来歧视、辛酸和痛苦,甚至最终一切落空,如范小青的《像鸟一样飞来飞去》和墨白的《事实真相》,其中的人物怀着对生命的真诚进入城市寻找乐园,而个人生存就是理想与现实纠缠不清的世仇,它把你逼进命运的错误之境,你永远没有足够的余裕和智慧揭开事实真相,找到幕后元凶,所以城市乐园是这些异乡人找不到安全感的"外景地",无措中生命本体只能充满恐惧和分裂。那么为什么乡下人饱经肉体与精神的苦难却死守在城市?因为像孙慧芬的《歇马山庄的两个女人》和邓建华的《蒙娜丽莎的笑》中的乡下妹妹做了"小姐"回乡就无法重拾尊严?或如吴玄《发廊》中的方圆,她苦留城市仅仅是因为自贱吗?或者是乡下人都变得"像城市人一样爱浮华爱享受"?大概这些都只是表象。在乡下人进城的主题内涵中,其实就包含着乡下人眼中农村异化的倾向,乡村在这代人心中不再是文学家心中的那个精神故园,更不是海德格尔那个"诗意的栖居地",而是一个复杂的观照对象。《发廊》说得很明白:"我的老家西地","它现在的样子相当破败,仿佛挂在山上的一个废弃的鸟巢",它"什么资源都没有,除了出卖身体,还有什么可卖"?那些流落在城市边缘的民工说:我们这些来到城市的异乡人,生来就想抛弃身边的东西,生来就对哪怕是隔壁的村子充满了向往。城市文明以巨大磁力吸引着来自乡野的农民执著地留在城市,在他们以血肉之躯支撑起中国现代性繁荣的同时,却未能分享都市生活积极健康的一面!

江苏作家赵本夫的《寻找月亮》也探讨了这个精神难题。钱坤自小在城市长大,有一段时间他开始对"郊外"这么一个存在充满兴趣,每个周末他都会跑到郊外去,他的意愿很简单,就是想欣赏欣赏郊外的月亮罢了,因为城市里已经很难看到月亮的起落了,"月亮已经从城市里消失,已经从人们的生活中消失了","就像嫦娥的故事一样遥远"。现在谁还会在乎月亮圆不圆、亮不亮呢？钱坤这种“看月”的行为无疑被视为怪异、可笑。一个乡下的女孩儿月儿也常常来林子里看月亮，钱坤有一天“英雄救美”。原来月儿三年前本是个清纯的山野妹子，因为向往城市，在诱骗下成了城市娱乐中心的舞女，她乡下人的野气给她的老板带来了好运，因为享受腻了灯红酒绿的城市人高兴欣赏这一点“野味”。月儿，她活在了城市，却是以保存并出卖乡下人的“品性”为营生，“城”与“乡”在月儿身上鲜明对立，“乡村”只不过是供给“城市”消费闲情的一个春梦……

（三）从城市吞噬乡村后使人们脱离土地、失去“本根”的“反生命本质”角度（即从精神性出发）批判城市者更多。我们仍以张炜为例。

> 把泥土的气息与人隔离开来，把各种植物从泥土中萌发、成长和成熟的过程遮掩起来……那时候，一个现代人所需要的所有智慧、灵活、无与伦比的想象能力，都将受到损害。——《龙口手记》
>
> 城市真像是前线，是挣扎之地，苦斗之地，是随时都能遭遇什么的不测之地。人类的大多数恐惧都集中在城市里。——《你在高原·西郊》
>
> 每一个熟人旧友都在短时间内显露了另一面，那是生计的现实、商业社会一分子的；而前不久他们还统统都是情感的、艺术的、夸张的和有趣的。个性的人隐匿了，现代城市流通领域的大烘干机把他们烤成了干枯的标本。——《能不忆蜀葵》
>
> 一回到那些山村，回到人群，特别是回到那座城市，我们马上就会泄气。因为那里正是一个彼此隔绝的世界，在这种隔绝的世界中一切都给毁掉了、弄糟了、弄错了，弄得已经没法重新开始，完全没有办法——你明白我的意思吗？——《怀念与追忆》
>
> 我每挨近了城市都小心谨慎，不得不住在城郊。除非为了买书要飞快地进一次城，其余时间总是绕行。我对他的恐惧和厌恶是从小养成的——只要逃出城去就会获得一次欢乐。——《远河远山》

以上几段集中反映了张炜对土地是人的精神之家、城市永远无法让灵魂安妥的执拗看法。由于强烈的逃离城市压迫的欲念，张炜系列小说里的人物也都一次又一次离城漂泊，但这个地球上到处都变成了城市派遣出的挖掘场，他们又一次次败退：《柏慧》中的“我”厌倦了城市生活，义无反顾地回到故乡葡萄园，可是那里也正被权力与跨国公司一起举起的“龙头拐杖”横扫；《外省书》里的史珂从京城迁到省城、又从省城迁到海湾，想追逐自己耕耘的美好，但是海湾里却开来了推土机；《你在高原·西郊》中的“我”禁不住惶恐焦虑，“作为一个生命，我宁可是一棵树；可是一棵没有根的树到底能活多久？”在工业化、城市化的狂潮中，一个藏身在城市高楼大厦中的人只不过就是一棵没有根的树罢了，而且做一棵树都充满风险！《刺猬歌》浪漫主义的叙事风格也突显了张炜“朝向大地”的生态意识，其间土地的传奇、爱情的童话、民族的寓言、繁衍的神秘、精神的自由和生长的刺痛等，融合成一种反抗现实的能量。在这里，我想谈谈张炜的语言。张炜并不刻意追求形式，不刻意追求策略，他把注意力放在了语言上，他调用语言造成冲击力，他制造了自己的语言系统，恐怕他的字词语句的想象力和创造力是无人匹敌的，散发着张炜的魅力和天分，有时让人想到一个词：惊艳！是的，惊艳——不是色彩，而是语言的怒放，如“秋后的北风扫过她（珊子）裸露的胸口，胸口就变成了火焰色，那正好是男人烤手的地方……”，如“我谜一样热恋的宝物啊，你这会儿心跳为何如此急切慌促？悲伤？绝望？愤恨？不，肯定是无边无际的爱情——这个时代最为稀有之物，今夜仍在诱惑你和我”。他肆意饱满、清新刺激的语言风格是一种冲荡阅读习惯的汉语语势，时而失控，时而节制，时而波浪翻滚，时而潺潺清流，时而酣畅淋漓，时而柔媚如丝。当然这是从每一个细部出发——它的每一个细部都完美无缺，而整体的语言感觉却并非无可挑剔，那些动静波折的曲线被强势的语言狂欢压下去了，我们感到一种拨不开层次、拨不开年代、拨不开人物、拨不开情节的混响，如果每一字千钧、每一句如血，合起来紧张繁复一冲到底，它就伤害了起伏，伤害了节奏，伤害了阅读快感。我们或许可以这样说：正是这种语势，匹配了张炜满腔的对野地的深情、对城市化和工业化的焦虑。

（四）《怀念狼》等小说则是从城市造成的“人种退化”的忧虑出发来声讨城市：

> 清晨对着镜子梳理，一张苍白松弛的脸，下巴上稀稀的几根胡须，照照，我就讨厌了我自己！遗传研究所的报告中讲，在城市里生活了三代以上的男人，将再长不出胡须。看着坐在床上已经是三个小时一声不吭玩着积木的儿子，想象着他将来便是个向来被我讥笑的那种奶油小生，心里顿时生出些许悲哀。咳，生活在这个城市，该怎么说呢，

它对于我犹如我的灵魂对于我的身子,是丑陋的身子安顿了灵魂而使我丑陋着,可不要了这个身子,我又会是什么呢?

在作家笔下,城市化和“人种退化”是息息相关的,甚至被作为最重要的原因或条件,对城市的批判正是建立在“人种退化”的担忧之上,这也是沈从文曾经开创过的传统。

当然,除了以上那四类主要的城市化批判思路以外,有些小说则致力于批判城乡二元身份制度造成的不公和不义,包括心理伤害。这虽然和我们的生态批判有些游离,不过也顺便做个剖析。在城市化的时代,乡村意味着贫穷,意味着落后,也意味着道德的负值,乡下人要挣脱这个与生俱来的身份耻辱需要历经太多精神挣扎。薛舒的《阳光下的呐喊》是一个值得推荐的短篇,它呈现了出身乡下家庭的孩子走进城市的精神历程,也是一篇充满亲情和悔悟的“励志”小作。“我”是一个来自长江对岸苏北的穷苦乡下人的子弟,“我”的父亲在这个街上是一个修鞋匠,这多少叫“我”小小的心灵感到害羞,“我”每当走过修鞋摊时都要躲着他,生怕被人看见。乡下人改变自己命运最好的选择是读书考大学,当然其前提是父母能供养得起你,“我”当然不会多想父亲为了供养“我”每天修鞋多么辛苦,“我”更不知道他其实罹患癌症。当“我”终于拿到吉林大学的录取通知书,那已经是父亲告别人世一周之后了。“我”就在那一刻长大了——“我”再也不想虚构和想象自己的出身了,“我的先祖,是农民,贫穷、蛮荒,而且,从来就是!”无疑,《阳光下的呐喊》是对长久以来的城乡身份制度、贵贱等级制度的一种质疑,不过有意味的是,“我”对乡下人身份的认同其实是发生在“我”找到了“通向罗马”的道路之后。

以上从几个方面大致分析了乡土生态小说的城市化批判主题,其中乡村和城市与人的精神联系在某些作家笔下更为突出。对于这一问题,我们需要进一步分析其批判意义。在“至善、神圣”传统的伦理形态中,精神控制肉体,天理克制人欲,精神与肉体的对决是其突出特征,但是不少作家“谋求一种隐喻以把好的纯朴的自然状态与(假设的)邪恶的人为行动和科学工业世界的败落及世界观相对比”①,对“传统”的返回恰恰是借助乡村和野地放飞了人的全部的爱的才情和善的华美,成为对抗现代物质伦理的重要砝码。在这里,城市和乡村被设置在了一架天平的两个端点,一端是代表现代社会物质文明的城市,一端是代表精神栖息之家的乡村田园。

---

① 〔美〕查尔斯·哈珀:《环境与社会》,肖晨阳译,天津:天津人民出版社 1998 年版,第 46 页。

不少生态批判的乡土小说文本提出了这样一个理论，即所谓的现代化、城市化一定程度上提高了人们生活的方便和舒适度，但是却让人付出了太大的代价，例如健康，例如亲情，例如自然心，例如与自然打交道的睿智和灵气；而且，随着物质的丰富，它不断刺激人们对于舒适、财富、幸福的期望值，但人性的不满之感、不适之惑是无上限的，我们从来没有觉得我们已经“够”满足，期望值越高失望就越大，人的幻灭感也就更强，如《刺猬歌》中一方诸侯似的唐童“什么都不缺了”，比“当年霍老爷财大气粗多了”，可一闲下来就觉得“冤得慌！委屈啊！”；第三，城市的本质是狭隘和限制、是拘束和不公，人们很多时候会发现创造与幸福是背道而驰的。“浪漫者的还乡就是回到自我，回到一度被世俗生活与现代文明遮蔽的精神世界，回到人类曾经拥有的自然健康的心灵之家”①，这种将城市与乡村表述为“正好相反”的思路其实也同样是一种“体、用”二分的模式。关键是“乡村”是否是可以回去的？回去是否就意味着“找到了家”？

汪淏《鸟儿的翅膀》其实给我们提供了一个思考问题的侧角。小说中“诗人”在生活和感情的“围城”里都活得疲惫不堪，他觉得必须离开城市、离开家，才能重新活成个“人”或者是活成个“男人”的样子。于是他一个人就像个逃亡的罪人似的来到了浮戏山上，他的愿望很简单，就是想在青翠的山峦、淙淙的溪流、随处可闻的鸟语和开满鲜花的林木和庄稼地里，养一养被城市折腾到虚脱的身体。在初来乍到的早晨，这个城里来的诗人坐在绿莹莹的山丘上，眼看着鲜红的朝阳一点点地从对面的山峰上冒出来，冉冉地升上去；黄昏时，诗人坐在溪流旁，目送着夕阳恋恋不舍地落入西边的山坳里；夜晚，诗人仰望着满天的繁星和皎洁的月亮，心情是静谧中的感动、是感动中的祥和，他“好像回到了童年，也像是回到了遥远的故乡”。随着在山里生活的日子越来越多，他经年不愈的失眠症竟然好了，蓝天、白云、飞鸟常常造访他的梦境。这样的清净闲适本可以“长此以往”，不幸的是他有点思念起城市的好了，例如它的便捷，例如那些朋友，还包括他身体的渴望。他不知道他的桃花运来了，一个“仙女似的”乡下姑娘出现在他的周遭，她纯朴、自然、不谙世事，她在他的面前似乎像一只惊鹿，她崇拜着他的诗才，也崇拜着他逃离的那个遥远的叫做“城市”的地方。这，再也不是沈从文笔下的那个“三三”了，三三听到妈妈说“城市是给城市人预备的”时，就不再贪恋地“想象”那个“有几百个戴白帽子”的女护士的地方，但是，这个“仙女”却是想挺进城市的。那么，乡村的风光还适合疗伤吗？

---

① 陈国恩、张健：《中国现代浪漫主义者的怀乡意识》，《广西民族大学学报》2007年第1期。

乡村的爱情还诗意盎然吗？诗人可以勇敢地放弃城市永不回头吗？对城市隐形的精神反抗还有意义吗？这真是一种悖论，现代人就像两只脚分别踏进了异向行驶的两辆列车。

世纪之交的乡土书写无疑呈现了作家一厢情愿的守持，作家努力维护他心灵中的原生态农耕文明的和谐宁静，但在商品经济的大潮下，现代城市文明时时诱惑着这片乡土上的芸芸众生，特别是渴望打破祖祖辈辈的生存定律、期望走出不一样的人生轨迹的年青一代——当然，这些渴望背井离乡出走者还并没有太多鲜明的自觉意识。那些无有学识、虚荣心较强的乡下妹子，她们唯一能够证明自己与众不同的方式就是披金戴银地回到家乡。那么，故乡有他们的标准，这标准因应着一切“变”，“常”与“变”产生了交锋，即便不动声色，也许只是东家大娘、西家二婶的一次嚼舌，却也把乡村的传统伦理观念传播给了那些不能安分守己的年轻人。不过，他们毕竟开创了与“留守者”不同的另一种人生图景，不管这开创伴随着多少屈辱与磨难，多少挣扎与苦恼，在闯荡江湖、开阔眼界中有可能被现代洪水冲撞开思想的闸门，唤起他们掌握自己命运主动权的意识——这条路确实充满血泪和屈辱。就这样，上世纪 90 年代以来的不少小说有可能成了作家以“乡下人”身份反抗、声讨城市绝对话语权的“宣言“，这里边“道德正义”的意味非常浓烈。不过，我倒想到某位学者的一句戏言：文学如此迷恋乡村，迷恋田园和荒野，那么我们抬眼看看作家们有几个不是逗留在城市？这话有些刻薄，不过也问到了痛点。

三、“城市化”批判的德性坚守及其二元偏见

所谓的“现代化”，落在实处常常就是一个“城市化”的过程，是一个农村人口不断滞留或移民城市的过程，是一套将生产和消费不断集中在“一个地方”的运作方式，这个过程和人口的增长、价值观、消费观、生活的成本和便捷程度、获取财富和幸福的机遇、人口受教程度、政策驱使、科学发达程度等等都有关系。说到底，“城市化”是一个社会学的大课题。一个国家从古典形态迈向现代的步伐有早有晚、有缓有急，但从世界范围来看，现代化的实现似乎都有一个农村人口向城市人口进行地域转移的过程。这个过程会打破以往的生存秩序、带来极大辐射性影响，但似乎只有乡下人的分化与流动才能实现农村大量剩余劳动力向第二、第三产业转化。

中国城市化的具体经验有些复杂。在新时期以前，“城市”在政治话语的扶植下曾经身价颇高，颇为藐视乡村，但另一面也有乡村对城市的改

造,这些不但不能肃清城乡之间的隔阂,恰恰还加重了二者的对抗。改革开放以后,浩浩荡荡的两亿多农民进入城市才成为最主要的社会转型景观,它标志着稳态的乡土农耕文明社会结构正在加速解体。进城者是突入城市的"异质",城市将是他们一代甚至几代人的"异乡",而乡村也将不能再安妥其被城市文明招安的灵魂,他们遭遇到了空前的文化身份认同的困境,在自愿非自愿地接受着身份的"异化",本质性的一个"异"字恰切地突出了这一介入、冲突和挣扎的精神历程。城市异乡者终将成为当下社会结构中一个新社群、新阶层,这是一个相当漫长的相互渗入与融合的过程。一个方面,"城市化"以其特有的一套社会分工体系重新铸造了"城市新人"的职业伦理架构和律例规范性,将城市特有的现代性质素注入他们的精神之中,同时为他们提供应有的知识启蒙以及基本权益保障;另一方面,新移民也在以庞大的群体力量、固有节奏感和价值观参与论述城市的美丑好坏,他们身上保存的某些传统因子作为"异质"倔强地参与了城市新性格、新节奏的形成。但是,和谐并非常态,在城市的经济强权逻辑下,"城市异乡人"是公平和正义的阳光最不容易覆盖到、照耀到的弱势群体,他们也会以自己的方式甚至"以眼还眼,以牙还牙",来报复盘剥他们体力却带给他们羞辱感的城市。这种冲突会长期存在,成为所谓"城"与"乡"二元对立的文化心理。

面对这一社会转型,90 年代末的小说进入一个日益世俗化的杂色文学场,作家主体在以现代视角观照乡土背景时,理性审视不够坚决,更多的是主体的低调和精英意识的隐藏,甚至是戏弄或否定价值,或对形式的关注大于思想含量。其实,越是在高度现代化的国度,站在一个人类发展阶段的高点审视由"乡"入"城"的历史,乡土越是应该呈露其参照意义或审美力量;也正因面向大众或面向市场的文本汹涌澎湃,才显示了精英意识的必要。文学应该成为对抗世俗化和人文精神下滑的堡垒,调整好其间的矛盾才能使此类创作呈现应有的思想力度。新世纪以来,不少作家通过回到"底层"来建构文学的思想力度与审美表现力,以多元化的表现手段使汉语文学既褒有历史内涵又褒有文学性;而另一方面,作家在身份上已经逃离乡土,对时代的整体性迷惘与碎片式把握深刻制约着乡土小说家的美学方式,在描写乡下人时总以伦理的态度代替审美的批评,因而"完整性和持续的单向度的叙述时间还是使他们的作品受困于现代性美学的范畴"①。

---

① 陈晓明:《乡土中国与后现代的鬼火》,《文艺报》2004 年 2 月 26 日。

如果说“城市化”相对乡土中国是一个逐渐陌生化的过程，其实在城市物化环境的强烈刺激下，张炜们逃离都市、回归野地的还乡之旅是与时代主潮逆行的另一种“陌生化”，这注定了是一种悲壮之旅。“大地”成为一代作家的生命哲学，“大地是这样的静谧，这样的博大，这样的深邃，这样的神秘，只有夜晚，大地才充分显示出了这超然的气质，包容着所有依附于它的生灵，也包容着所有的合理和不合理的，完整的和残缺的，强大的和柔弱的一切，以及所有的生生死死、轮回周转。”①他们在对大地完整性的回想中审视自我、警示人类，呼唤新的土地伦理观念的诞生。张炜说：“我深知，当我书中的主人公在为一个梦想而痛苦万分的时候，我却一直想使自己生活在梦想里。于是，我明白，全部的‘你在高原’最终也许只是重复着这样一句话：我有一个梦想……”②

所谓“大德载物”，只有乡土大地才拥有这样的胸怀，但是张炜们的城市生态批判文本不能说没有对城市的误读，将乡村文化视为传统文化的核心，将城市视为现代文明的洪水猛兽，其中充满文化抉择的二律背反。所以，当张炜们将全部的激情、风情和痴情都赋予野地，将全部的怨怒、愤激和讥嘲都加注在城市化、工业化上，毁灭性的打击就来得尤其猛烈、不可抵御。在《刺猬歌》中，新兴工业巨子唐童指挥人们“砍树烧荒”“开采金矿”“大兴土木”，工业的魔爪伸向棘窝镇，一辆辆掘土机和载重汽车轰隆隆开来了，三十多个轮子的大汽车也开过来了，土地、家园被“现代工业”侵吞蚕食，到处插满了彩旗，一个个村庄被迫搬迁。在这个过程中，棘窝镇以往的野性和风物都在变质，金钱的逻辑开始代替了以往的“家园”意识，一个新兴的现代化的城镇将取代棘窝镇。在改革开放初期，“棘窝镇”变成“脐窝镇”，它有了一套现代化的命名：“进取路”“攀登街”“开拓巷”；接着又从“脐窝镇”变成了“鸡窝镇”，街道名又被“锦鸡大街”“斑鸠大道”“凤凰路”所取代。其中两个女性的变化意味着家园的彻底毁灭，一是精灵似的珊子变成了珊婆，和渔把头狼狈勾结谋财害命、和唐童产生畸恋……她终于在世风日下下变成妖婆，并参与制造了“世风日下”；美蒂的改变则更为致命，在经济利益的驱动下，她不仅把苦心开拓经营数载的田园转让给唐童的天童公司，转让给当年逼迫自己丈夫廖麦背井离乡的仇人，而且还支持女儿以一种含混暧昧的身份到天童任职，让廖麦痛苦愤怒、苦不堪言的是，这一切似乎是天经地义、水到渠成，他没有理由能够阻拦得了妻女，只

① 郭雪波：《郭雪波小说自选集·天出血》，南昌：百花洲文艺出版社 2002 年版，第 88 页。

② 蒋楚婷：《张炜：我有一个梦想》，《文汇读书周报》2004 年 7 月 2 日，第 2 版。

能选择再一次离开。其实,从1992年发表《九月寓言》始到《刺猬歌》再到后来的《你在高原》,张炜的神经一直紧绷,对恶浊的工业文明的到来有一种本能性的恐惧,对人性物化充满道义愤懑。

说到"道义愤懑",我们有必要回到"绪论"中所谈到的知识分子与现代性危机的话题。现代性可谓20世纪的"元话语",它并非一个单面的建构模式,而是预示着现代精神的多层面需求,也就是说现代性不断地制造发展的奇迹,创造科学的神话,满足人类光怪陆离的各种幸福愿望,开拓新的认知空间,但同时,现代性本身也在呼唤一种反思和批判的力量,只有如此,它才能建构起多元的精神结构空间。台湾自由主义思想家殷海光认为,保守主义者常常是"泛道德主义者",他们都有着强烈的道德声威及集成"道统"的历史使命感,而且,他们有时将道德看做人类文化的唯一必修课。① 在这批怀有文化保守主义倾向的人文知识分子看来,中国的文化激进主义是从谭嗣同那一代肇始,到五四一代更进一步激化,上世纪80年代改革开放以来,新的一套经济法则的实施最终给传统伦理以致命一击,我们遭逢了价值真空、社会失序、民族凝聚力丧失的厄运,启蒙运动被指认为这一系列变局的罪魁祸首,似乎它逻辑性地导向道德破产。随着现代化、城市化的进一步推进,传统文化中某些值得肯定的伦理规范也都在一一凋敝,好像善良、斯文、爱、忠诚、感恩等都变得无关宏旨,在激烈的改革家那里变得一钱不值,甚至被视为人类历史的罪恶和未来进程的绊脚石。乡土作家作为知识分子的一部分对现实的绝望与诅咒就带有了对现实葆有警醒和距离的价值,而且,在患有现实焦虑症的知识者看来,这种道德坚守也是他们葆有独立思想与创造意识的体现。既然人类欲望驱遣下的庞大的现代都市怪兽造成对德性的戕害,那么知识分子理所应当视之为人类进入现代社会以来最为严重的精神悲剧事件,于是,表现伦理嬗变、文明范式更新中的非人性因素和人性的异化自然而然成为文化审美主义者揭示城市化弊端的入口,在他们看来,传统与现代化是水火不相容,前者代表着人性,而后者代表着非人性,人类只有走出"现代"的迷雾才能看到人性的曙光。

当然,指认现代罪恶还不是道德批判的核心价值,在"寻找野地"的这批作家内心,道德批判更能表达知识分子的知性独立。在不少具有自由精神的知识分子那里,知识分子必须把个人自由作为价值体系的顶点,知识者的天职是针对现实的创伤、叙说普遍的价值,如果他让精神层面的东西

---

① 参阅殷海光:《殷海光全集·论认知的独立》,台北:桂冠图书股份有限公司1990年版。

委身于世俗，甚至也不再有超越政治世俗的热情，他就在取消人心的启蒙和批判意识的发展，那么他绝对是背叛了自身的天职。① 像朱里安·本达这样把个人的思考放在首位、对赤裸裸的精神背叛予以痛击的知识分子，无疑体现了一条将知识者本我定位在“脊梁”或“良知”的思路。

从这种认识基点出发，张炜在他反思现代性的系列小说中，塑造了一批具有自省意识和反省精神的孤独的知识分子形象，他们构成张炜小说一个富有意味的群像。这些知识者包括《家族》中的“我”、《外省书》和《柏慧》中的史珂、《刺猬歌》中的廖麦，也包括《能不忆蜀葵》《丑行或浪漫》中曾经背弃初衷、流于世俗而最终痛苦煎熬的桤明、淳于、赵一伦等等。在泥沙俱下的时代，他们以明知不可为而为之的偏执来对抗主流文化的洪潮，这场胳膊与大腿的角力悲凉慷慨，知识者精神操守的坚贞闪耀着人性的华美。这群知识者在作家的文字间左冲右突，以浪漫主义和理想主义的追索向城市的喧哗、工业的污浊、商业的阴险宣告着不平和义愤。《刺猬歌》中的廖麦，对抗棘窝镇惊天动地的“现代化”事件，更耻于妻子万不得已时对仇人的屈服、女儿父仇未报而“认贼作父”，为了证明自己“宁为玉碎，不为瓦全”，绝不会同这个商业的罪恶污浊的小镇同流合污，他最终带着“爱、感恩和亏欠”离开自己痴爱的妻女。《家族》《九月寓言》通过对先辈自由磊落、任性而为的人生图景的展露，表达了对道德主义清洁精神的张望。这些出走的知识者身上无疑有张炜的影子，张炜说：“我如果能像一个外人一样遥视自己，会看到这样一个图像：一个人身负行囊，跋涉在一片无边的莽野之上。对我来说，这是一次真正的奔赴和寻找，往前看正没有个终了……”②而这种出走，在作家的伦理观念中被允诺为知识者的德性，它既是一种自在而为的自由精神和独立意识的发扬，也是一种拒绝世俗、甘于边缘行走的自主自觉。饶有意味的是，文本的叙述内部产生了一种背离，那就是廖麦等本来是作家倾心打造的乡土大地原有秩序的守卫人，但同时，叙事的原动力恰恰又来自这批人物是乡土伦理的僭越者，是传统社会人伦的打破者，例如良子与廖麦的桀骜不驯，正是由此，他们走上流徙异地的崎岖路。无独有偶，贾平凹的《土门》《高老庄》《怀念狼》以“仁厚村”“神禾塬”“高老庄”等揭橥了民间传统遗存对于现代生存的哲理意味；李佩甫的《城的灯》《生命册》《等等灵魂》等都在探讨着“城”与“乡”之间寻找家园

① 〔法〕朱里安·本达：《知识分子的背叛》，孙传钊译，长春：吉林人民出版社2004年版，第50页。

② 张炜：《我跋涉的莽野——我的文学与故地的关系》，见黄轶编选：《张炜研究资料》，济南：山东文艺出版社2006年版。

之路，这也是一条漫长的人性之路。

在对城市化的批判上，迟子建和张炜有诸多相通处，但如果说张炜是追梦野地的自由、守护知识者的良知，迟子建则是渴望人性的温馨、回护丛林文化的多元。《额尔古纳河右岸》作为第一部描述我国东北少数民族鄂温克人生存现状及百年沧桑的长篇小说，无疑是迟子建为童年时在山镇周围共处过的鄂温克游民唱出的一支最宽厚最苍凉的长歌，是迟子建对那些童年印象最苍凉美好的追忆。东北山地丛林地带的游牧民族如鄂温克族、鄂伦春族，是依靠放养驯鹿和捕猎野物为生的民族。他们以一种亲吻森林、和自然相知相融的姿态在丛林中行走，千百年来过着自由自在、行止无拘的生活，驯鹿、树木、河流、月亮和清风是他们的伙伴。他们给大山命名、给大树命名，也给驯鹿和熊瞎子命名，就像给自己的孩子命名一样；当一只驯鹿或一个人遭遇不测，他们的神灵师萨满同样会跳上一曲歌舞；他们以大岩石为画布、以红石块为颜料画下淙淙的河溪，也画下漫山的驯鹿，他们从来也没有想到当一个叫做"现代"的怪物走到山下，矗立起了一个个叫做"城市"的楼群，他们的生活一下子变了：成千上万的伐木工人进了原本属于鄂温克的山林，"林木因砍伐过度越来越稀疏，动物也越来越少，山风却越来越大"，"驯鹿所食的苔藓逐年减少"。

随着山林的缩小变矮，游牧民族亘古千年的生活方式在新的叙述逻辑下甚至变得有罪了：乡干部说，"驯鹿游走时会破坏植被，使生态失去平衡，再说现在对动物要实施保护，不能再打猎了"！在牧民看来，这真是荒唐透顶的逻辑，因为与那些如潮而涌的伐木工人比起来，鄂温克和鄂温克的驯鹿只不过是水面上轻轻掠过的几只蜻蜓，"如果森林之河遭受了污染，怎么可能是因为几只蜻蜓掠过的缘故呢?"无论那个女酋长如何说明"我们和我们的驯鹿，从来都是亲吻着森林的"，她的族民终究抵挡不住"干部"的威权，也抵挡不住山下崛起的冷冰冰的水泥建筑，"我们"和"我们的驯鹿"被迫下山定居。走出山林的鄂温克人注定要走一条漂泊的人生路，这不仅指生活也更指精神。例如那个鄂温克部族唯一走进城市格局中、颇有前途的画家依莲娜，她富有异域情调的画作淳朴而高贵，让人们惊艳，但城市有着太多无聊的东西，例如"流不完"的人流、车流，看不到边的高楼，充斥耳目的喧哗，落不尽的尘埃，还有油腔滑调、虚伪矫情的男人。依莲娜于是得返回山林，来疗救她的心伤，但山林的闭塞却阻碍她的事业，在反反复复地迂回后，于是她选择逃亡——逃向丛林中的母亲之河贝尔茨河，她投身其中，不再起来，就像那河里的游鱼。弗洛姆的警告如雷贯耳，他在《健全的社会》一书中警告说，如果历史的道路不改变进向，全世界的人类会在不自觉中就丧失了为人的品质，成为无灵魂的机器人。① 迟子建温婉的文字间没有声嘶力竭的质问，没有痛心疾首的批判，却也蕴含着对城市化造成的多元文化毁灭沉痛的反思。

“乡村和都市应当是相成的，但是我们的历史不幸走上了使两者相克的道路，最后竟至表现了分裂。这是历史的悲剧。”②以往所谓的现代化是将城市放置于优先考虑、高于乡村的位置，这已经造成了目前整个社会生存环境的巨大困惑，现在在生态批判中将城市文明置于乡村文明之上、回过头来将城市“打入十八层地狱”，这种“以眼还眼，以牙还牙”的思路只能说还没有走出根深蒂固的二元对立的窠臼。只有“破除城乡间简单粗暴的二元对立和非正常错位，追寻乡土中国的自然生命和精神生命的融合，饱蕴感性、灵魂和血泪，从现代性的立场重构人类生命永恒的家园”③。“作为避免世界单一化、机械化、人类成为机械的奴隶的必须的解毒剂，艺术是必要的。”④乡土生态小说正是通过对人的生存方式、社会文化的思考，通过它的批判功能，来探究人与自然和谐的图景渐去渐远的原因，其现实批判性在大众审美文化时代显示着文学的内在精神。当然，在人性与自然的悖论中，在“乡村启蒙”和“皈依大地”的悖论中，作家和他们的文本不得不呈现出复杂的甚至相悖的意涵。

《刺猬歌》也同样呈现了主体思想的混沌复杂。毋庸置疑，张炜一方面是绝对“乡土”的，他灵动鲜活的文字营构的生灵鲜活的大地在20世纪末的文坛上可谓独特的一景；另一方面，他是最没有农民乡土趣味和特征的乡土作家，在野地之上，他凌风高蹈如智慧的精灵，他对大地的聆听和阅读是天生避嫌了“泥土味”的，避嫌了世俗大地的混沌与蒙昧。张炜一方面执迷于农耕文化的井然有序、张扬回归大地的形而上的浪漫期待，一方面乡村秩序之内在的蒙昧和野蛮也使得作家形而上的理想大打折扣。所以，当张炜对野地的向往走向了极端，他内心的矛盾也走向了极端。90年代以来的文学史上不乏乡村智人或知识者的形象，如《秦腔》中的夏天义、《白鹿原》中的白嘉轩、《羊的门》中的呼天成，但张炜笔下的“乡下人”却明显是出于大地而不属于乡村的，是乡村的“异类”。廖麦住在野地，追求的

---

① 〔美〕埃里希·弗洛姆：*The Sane Society*（New York，1955），参阅艾恺：《世界范围内的反现代化思潮》，贵阳：贵州人民出版社1991年版，第223页。

② 费孝通：《乡土中国》，上海：上海人民出版社2006年版，第131页。

③ 丁帆：《中国乡土小说史》，北京：北京大学出版社2007年版，第369页。

④ 〔法〕朱里安·本达：《知识分子的背叛〈安德烈·洛夫的序〉》，孙传钊译，长春：吉林人民出版社2004年版，第15页。

是一种“晴耕雨读”的士大夫幽情雅致,他要给心爱的女人麦蒂写一部《丛林秘史》。他以为至死不悔的爱恋就可以抗得住城市化的重压、抗得住商业欲望的异化,但他的爱情却夹杂着另一种不和谐的音符,即太多传统知识者的性爱伦理观念,使他丧失了“性自然”,他将对美蒂的“爱”与性的忠贞合二为一,但他却视自己的情感背叛为无罪,“爱的执著”于是变得模棱两可,只有再次背弃。于是,在“守护”与“背离”这种叙述张力中,可以看到人物在自恋自虐中陷入了传统道德的“洁癖”。绝对的道德抵触和非理性偏向暴露了作家文化思考的荒漠地带,我们看到了作家主体内心痛苦的分裂,“廖麦的绝望不是对某一个人、某一件事的绝望,而是对于整个世界的绝望,是对于大地、自然、乡土和人类本身毁灭前途的绝望”①。作为现代性省思同路人的批评者,我们必须承认向着野地的回归有可能是一种终极性的精神文化策略,“乡土还原”的思考本身相对于文化激进主义的狂飙突进是另一形式的“矫枉过正”。不过,我们对于这种批判城市、回归乡土的思路内部对启蒙理性的虚妄回避以及日趋加重的道德意味也应该有进一步了解的必要:对“野地”的迷恋是否表征了小说家对“现代”、对“城市”认识的片面性?他们在质疑了一种“神化”的历史狂欢的同时是否也陷入了另一类“神化”?“返回式”的历史观、发展观可能会成为一种社会未来的方向,“诗意的栖居”也并非一种痴心妄想、痴人说梦,但毕竟,我们回不到所谓的“高贵的原始人”那里去,必须有“经过”才能有“超越”。这一点我们在同样从农村出来的贾平凹和李佩甫的身上也能找到对应。他们站在城市光辉炫目的霓虹灯下回望故土,双重视角产生双重的背离,在一系列的分裂、对立、矛盾中,《土门》《高老庄》《秦腔》《城的灯》都流露出作者“对土地的偏执固守”的两面性,可喜的是笔者在《生命册》中看到了李佩甫正在走出一种执迷,在探索着城乡之间那条道路的多元可能性。

最近笔者关注到一些学者的讨论,那就是城市化是否就必然造成物种稀缺、动物失去栖息地。一个与以往生态批判相反的意见是,我们过多关注人对自然的介入,认为人类占据了本属于自然的空间,这样其实是把自然“凝固化”“静止化”了,忽略了自然也在不断的变居更新中,动物和植物也有个适应人类的过程。他们提到的例子就是,当城市一步步向周围领域扩展时,不可避免地,自然也在将自己刺入城市腹地。野生生物专家指出,一些种植在城区的树木,可能由于土壤结构和水分营养的原因,其生长极其迅速,甚至是郊区的多倍;随着全球范围内的城市化工业化发展,众多的

① 吴义勤:《悲歌与绝唱》,《文艺报》2007年2月6日。

肉食性动物适应了这种变化，并且生活得很自在，它们渐渐靠近城市，依赖城市的资源如垃圾、水果、啮齿动物、鸟类、宠物、家禽畜、路上的死尸以及人类有意留存的食物生活，努力让本族类在城市繁衍生息。所以，未来的城市或许将成为野生生物的栖居之所，这并非奇谈怪论，在欧洲某些边远小镇已经出现了这种局面。这种认识其实也确实颇有道理。事实上，只有城市化的现代性发生后，其“生态文学”才具有参照物，生态批评才具有主体意识。——也许可以说：回归荒原是心灵的需要，但走出自然是生存的需要。如果我们的批评家认识不到这一点，那么正如我们前面谈到的，所谓的生态美学就具有了某种虚拟性，生态批评就丧失了它的主旨。

在社会学领域，有一个词汇叫“风险社会”。中国人口已经超过了土地承载力，人均资源短缺，环境容量狭窄，但是经济却以高消耗、高污染为代价在飞速发展，也就大跨度地迈进了“风险社会”的门槛，城市文明与生态文明的悖论将更加突出，如何构建生态文明，如何构建社会主义初级阶段的生态文明模式，确实是一个迫切的问题。其实，在城市化问题的思考中有着另外一条思路，那是加拿大女性学者简·雅各布斯在《美国大城市的死与生》中所提供的。她在深入考察了都市结构的基本元素以及它们在城市生活中发挥功能的方式之后，加深了对城市的复杂性和城市应有的发展趋向的理解，批评了源远流长的“反城市”思想，认为当下城市改造的经济法则只不过是一个骗局，“缺乏研究，缺乏尊重，城市成为了牺牲品”。雅各布斯指出：用一种伤感的眼光看待自然是危险的，“自然”被赋予了善良、高尚、纯洁的特性，不具有虚构特征的城市与这些想象格格不入，于是被视为邪念横行的地方，就是自然的敌人。其实，这种伤感情调从根本上说含有一种没有被注意到的对自然的漠视，例如，美国是伤感眼光看自然的冠军，同时也就是乡村和自然的最大漠视者和破坏者，这种精神分裂症状的指向出于“不相信我们以及城市的存在本身就是自然不可分割的、合法的一部分”，把自然“非自然”化成了风花雪月、鸟虫鱼禽。她认为我们应该记住植物学家埃德加·安森提醒的：作为“智人”，我们需要做的是接受人是自然的一部分这样一个事实。① 雅各布斯从怎样使城市街道安全、什么构成街区、街区怎么发挥多样化功能等几个问题上评估了城市的活力，无疑可以成为生态主义思潮城市批判别有意味的借鉴。

时至今日，理智和理性也在不断地创造出其他选择。城市化过程中的

---

① 参阅〔加拿大〕简·雅各布斯：《美国大城市的死与生》，金衡山译，南京：译林出版社2006年版。

一个显著现象，就是城市掏空了乡村的“有用人口”，不太有知识的做了城市和厂矿的劳工，有些知识的渴望混迹在城市的写字楼、文化圈、公务员阶层或者其他“有面子”的领域。从年龄层次上来说，涌进城市打拼的多是乡村的中青年，老人和孩子留守在乡村，这导致乡村成了“空心村”，出现一系列社会问题。但是，在一些发达国家或地区，青年返乡已经成为一种“移民”新动向。在台湾，近年来经济不景气，城市失业率持续攀高，青年人越来越感到在高楼林立的城市无用武之地，普遍有一种低迷情绪；另一面，早些年台湾经济腾飞阶段，农业耕地“过劳”，自然肥力丧失，大量使用化肥、农药后土壤黏性减弱，粒化严重，于是政府要求大片土地进入休耕，特别是南方，有些地方土地已经休耕多年，一直没有利用；再一个情况是，这几年政府和环保部门以及很多民间团体在提倡“有机农业”，发展“有机农业”看似低成本，但是由于产量不够高，就需要更多的土地投入生产才能满足粮食需求。正是由于各方面因缘辅凑，这两年台湾出现了在城市打拼的青年返乡的现象。这个时代的年轻人虽然没有他们的前辈那样浓烈的“在地意识”，但是，与其在冷漠无亲的城市苦拼苦打还拼不到一个有尊严有身份的位子，那么索性回到乡下去继承祖辈的“一亩三分地”，或许运用自己学到的一些知识还能闯出一条路子，或许还会推动地方农业的发展变化，这也是人生价值的实现。其实，没有乡村的良性发展，城市最终会走向崩溃，现在台湾刚刚出现的这种“返乡现象”应该说是一种好现象，年轻人反哺乡村、反哺田园会带来乡村经济新一轮的复活，也为过于拥挤、难题累累的城市松了松绑。如果这种势头向更好的方向发展，城市和乡村在未来或许会相得益彰，各有支撑。

第三章　单一化、同质化批判与文化多元论

社会文化的所有方面共同构造了我们在世界上的生存方式,我们必须了解"我们的"生存方式,才能对这个世界进行有意识的自主自觉的探索。上世纪末,中国的现代化高歌猛进,"现代"所到之处,就像剪草机一样"修整"出一样的城市、一样的工厂和一样匆匆忙忙的人群,"修剪"所造成的环境破坏、生态危机日益暴露,恶性环境事件不断曝光,大地家园千疮百孔,城乡差距日益增大,贫富悬殊愈加明显。现代化所许诺的幸福美好要用这样一种沉重的代价来换取,这让一批具有浪漫主义情怀和生态意识的作家感到焦虑不安,郭雪波、杨志军、阿来、迟子建、京夫、陈应松、杜光辉、雪漠、袁玮冰、温亚军等一批作家的生态自觉就此萌生,他们试图以审美的演绎来探究生态危机生成的文化动因,其中一种重要的批判思想就是反对文化同质化,吁请文化多元论。

无疑,单一化的现代经济发展模式和文化霸权对多样化生存是致命伤害,杨志军的《环湖崩溃》、迟子建的《额尔古纳河右岸》、萨娜的《达勒玛的神树》、郭阿利的《走进草原的两种方式》等揭示了边地在被迫现代化的过程中原始经济的解体、古老生存模式的消亡。

一、原初大地多样化生存生态的消逝与追忆

动人的故事容易产生在文化交汇的地带,这是阿来的认识。四川阿坝属于藏区,但在过去,其地理位置、政治位置、宗教位置都非常特别——如果说拉萨是"政教合一"的藏区中心区,那阿坝属于"边地的边地"。就像阿来在《尘埃落定》中所言:"汉族皇帝在早晨的太阳下面,达赖喇嘛在下午的太阳下面",而川地阿坝则是"在中午的太阳下面还再靠东一点的地方",这个位置别具一格的意义在于:"它决定了我们和东边的汉族皇帝发生更多的联系,而不是和我们的宗教领袖达赖喇嘛。地理因素决定了我们的政治关系。"《尘埃落定》所展示的是阿坝藏族文化区末代土司制度在历史大潮冲撞下的覆灭,其挽歌的情调可以说有民族反顾中的眷恋,但更恰

当的说法则是对历史道路可能性和可行性的探索。我一直认为阿来把藏地本土信仰和自然的关系写得神采飞扬,是因为在原初文化保存的神秘之中蕴含着人与自然的对话密码,也隐含着文化多样性和生存多样性的最初标本。他通过对原初大地生存形态的追忆和描摹返归到一个人神共在、万物祥和的至境,表达着对文化霸权的批判。

阿来新世纪创作的《空山》也有对《尘埃落定》的中心主题即"人与权力"话题的延续,进一步揭示政治文化即一个叫做"国家"的事物到"异文化"区来带来的翻天覆地的变化。但这两个文本在切入历史和现实的维度上很是不同,《尘埃落定》运用了一种解构主义的方法,对于宗教在权力欲望下的荒唐和变质予以毫不留情的嘲弄和讽刺;《空山》对20世纪文化交汇地带民间社会的"礼崩乐坏"和信仰变异的漫长过程予以深切关注,探究了现代政治强权和强势经济模式对边地人民生存状态的侵袭以及由此导致的生态危机。《空山》叙述结构独特,由三部6篇小说构成花瓣式的长篇,每两篇组成一部,即《随风飘散》《天火》组成《空山》第一部,第二部则包括《达瑟与达戈》《荒芜》,第三部则由《轻雷》和《空山》构成,每部间的故事线索既有偏离又有连接和承延,"貌离神合"。虽然有评论者认为《空山》的结构和一般意义上的长篇颇为不同,有点散乱,但我认为这部小说整体上显示了阿来思想的敏锐和笔力的丰沛,也显示了调配语言网络的功力。小说围绕小小机村的人与事、精神与物质的变迁展开,以穿越一个世纪的叙事抵达那片土地的神奇内核,展现了一幅边地乡村巨大而立体的世纪图景:那曾经是一个一半是神一半是人的世界,随着社会巨大变革的到来,信仰与利益之间的冲突、乡村伦理与民族文化的崩溃、生态保护与脱贫致富的矛盾纷至沓来……

《空山》的第一部《随风飘散》以原初魅惑的大地为起点,以一个孩子的成长为线索,书写了小小机村人情温馨与矛盾的统一与解构。机村原本是一个自在自足的小世界,这里有本土化的佛教的照拂,也有原初信仰的神性加持福祉,生活在这里的人们卑微但知足,他们相信神灵、崇拜自然,并以自己独特的方式彼此间宽容、包涵与怜爱,当然也会有无关痛痒的好恶、歧视和嫉妒。主人公格拉是一个私生子,他和自己有些痴傻的母亲桑丹相依为命。在"新的社会"来到之前,机村收留了他们,也并没有歧视桑丹的傻和格拉的出身不明。机村人的神灵世界就是机村周围的森林,那里的山峦、树木、草地、野鹿和溪流都有各自所属的灵异,大地以森林的形式在精神、肉身、伦理等各个层面与人合一。当然,除了机村充满神性的大地,机村还有另外一个神的世界,那就是佛祖。和尚恩波和修行深湛的师父（即其俗世的舅舅）江村贡布住在香火旺盛的寺庙里，那里的金妆佛像辉煌耀眼，这让他的母亲感到幸福安然。不过，“新的社会”来了，外部强权到来的首要任务似乎是和机村的神“作对”——作为神圣象征的机村庙宇被毁，连金妆佛像也未能幸免，江村贡布和恩波不得不还俗，动摇了这个小村子的多元化生态机制。恩波娶亲似乎宣告了这个时代佛祖真的不再光顾机村了，这让恩波的母亲有些惶惑，她既渴望恩波继续做神的儿子，又欢喜还俗的恩波带来的世俗的欢乐。对于格拉来说，厄运就像从遥远的外边世界吹来的怪风一样防不胜防。恩波对自己病弱的儿子兔子宠爱有加，额席江奶奶很喜欢格拉和自己的孙子兔子一起玩耍，有一次格拉带他玩耍后发病，恩波错误地认为格拉故意把他带到野外、被花的精魂蛊惑，这竟然掀起了村人对格拉母子的厌恨。还好，当他为自己的身世和母亲的痴傻感到浅浅的伤怀，当他为母亲莫名其妙收到男人送来的猎物而感到淡淡屈辱的时候，他会去到林间，他的伤痕很快就愈合了，况且村人们很快意识到了自己的错误，默默地向这对母子表达忏悔。生活虽然艰辛，但格拉就像机村周围山林里的树木一样，在一点点长大，也一点点积累着自己与森林细密交流的秘密。格拉这个丛林里野长的孩子“停下脚步，竖起耳朵”，就能进入森林野物们的世界：“一只野兔正在奔跑，三只松鸡在土里刨食，一只猫头鹰蹲在树枝上梦呓。”格拉一年四季在林中狩猎，却并不见林子里的野物减少，反而越来越多，猎杀似乎“刺激了野物们的生殖力”。格拉和一只野鹿的友谊令人感动。当格拉来到野地，那只鹿就会走过来，“舔他的手、他的脸”，他“喜欢那种幸福一般的暖流，从头到脚，把他贯穿”。

不幸的是，随着欢迎“新的社会”的到来，从外边传来了叫“鞭炮”的东西，有一天当格拉带着兔子和一群小孩子玩耍，有人就拿起一个纸炮放在病弱的兔子的衣领处，有孩子立即诬陷是格拉所为，最终可怜的兔子死掉了，机村变成了谣言肆虐的地方。在特殊的文化语境下，遭遇了流言飞语与恩仇算计的自然之子格拉终于明白自己在机村呆不下去了，他像额席江奶奶一样在绿幽幽的丛林、青绿的草地上回归了神灵的世界。可悲的是，由于要给很远很远的、据说像皇帝一样的人建筑“万岁宫”，伐木队进山了，恩波加入了为建造宫殿砍伐林木的行列，游荡在森林中的额席江奶奶和格拉的灵魂不知会不会受到惊扰。一切都“随风飘散”了，包括爱和恨，包括世俗和神佑，这个多元生活形态并存的机村从此不再。

《随风飘散》让我想到阿来早此的一部短篇小说《鱼》。本来，信仰苯教和藏传佛教的藏地民众（包括东北一些边地民族）都葆有很多禁忌和自然崇拜的传统，“吃鱼”就是他们禁忌中的一种。因为他们有一些把邪恶和不洁驱逐到水中的习俗，那么水中的游鱼就成了邪祟的宿主，人们如果吃鱼，人世邪恶就无处藏身，就会出来造恶生事，这一带有神秘色彩的原生态的“神话”使得自然神性昭彰。在20世纪50年代以前，这一习俗还保存良好。之后，移居藏地的汉人肆无忌惮吃鱼的举动开始是让藏人讶然，然后是耳濡目染下的亦步亦趋。《鱼》打破了现实物象与精神世界的界限，透过“鱼”这个小事物写出了文化交汇地带精神世界的变异，揭示出藏民族敬畏自然的嬗变史。当汉地朋友教“我”钓鱼，“我”起初是诚惶诚恐，接着就心不跳脸不红了。“我”能听到那些“鱼”的嘶叫，它们是孤独和恐惧吗？或许它们是在与逝去的神性告别。“我”开始对钓鱼的技术驾轻就熟，这时“我”有一种奇异的感觉——

> 不是我想钓鱼，而是很多的鱼排着队来等死。原来只知道世界上有很多不想活的人，想不到居然还有这么多想死的鱼。这些鱼从神情看，也像是些崇信了某种邪恶教义的信徒，想死，却还要把剥夺生命的罪孽加诸于别人。

《鱼》中“画龙点睛”似的这段话实在可以看做阿来对“不能自由行走”的特殊年代世俗龌龊的暗喻。一定意义上讲，《鱼》在一种历史与现实、可知与未知之间叩击了一个民族心灵的隐秘。

《随风飘散》写出了人情的变异，《天火》中，阿来对格拉与鹿、格桑旺堆与熊、多吉的烧荒祈雨的演绎是非常具有地域风情的，揭示了这个千百年来封闭的小山村充满神性的生存生态。《天火》写机村周围是连绵的群山，山上是一直蓊蓊郁郁的一望无际的森林。森林是机村的天然屏障，千百年以来他们在这片森林的恩赐下繁衍生息，他们在森林的边缘放养牲畜，森林里有取之不尽的野物，机村人和野物形成一种默契，他们懂得什么时候可以进山打猎，什么时候一定不要干扰它们，甚至机村人和野物成为朋友，例如老猎人格桑旺堆总会到林中去走走看看，他并不是为了猎取野兽，只是为了探望一下他的老朋友——一只大熊，那是他年轻时曾经试图猎取但最终双方达成默契互不伤害成为“莫逆之交”的一只熊。在山峦和森林的环抱之中有一处高山湖泊即色嫫措，色嫫措清澈圣洁，招引来两只金野鸭，这两只野鸭最懂得湖水的变化，所以直到上个世纪初，金野鸭依然保佑着机村的平安幸福。这个有着佛教、自然多神论等多重信仰的机村就在这样的自然环境下世世代代生生不息。阿来倾情塑造了机村巫师多吉这个形象。机村的自然神崇拜者多吉是一名巫师，按照他的信仰，大地万物都是富有神性的,森林、色嫫措和山下的牧场都有神的注视。巫师有些特异功能,可以理解神的暗示,他懂得天象变化,懂得人与自然相处的规则,如测定风向,呼唤火神和风神,等于是本土神祇与俗众之间的灵媒。不过,在普遍接受了藏传佛教的藏民中,“旁门左道”的巫师这个角色算是少有的敢于公开蔑视佛门的人。但是,小小的机村既能接受江村贡布和恩波带来的佛的辉照,也能接纳多吉以另一种方式传达神的厚爱。就像每年秋季,林木凋零、野草枯黄的时节,多吉都会在机村的草场边跳神烧荒,以祈求地神赐予机村水草丰美,这样众神才能保佑草场来年长得更为茂盛,当然按照科学的解释是草木灰会成为下一年春天草木复苏的肥力。

毁掉机村这种多样性自由祥和的生存生态的是外来的伐木工人,他们成为导致机村多元世界毁灭的罪魁祸首。藏在大山中的机村迎来了“国家”之后,森林、草地、湖泊都属于“国家”了,而且他们再也无法按照自己的意愿过活了。巫师多吉的命运极有代表性。像往年一样,多吉屡次冒着入狱的危险给枯萎的草地烧荒,但是就因为这样一个朴素的认识和造福机村的行为,多吉被地方武装逮捕,罪名是“破坏国家财产”,从来就与森林、山野和神灵打交道的机村不明白:

> 他们祖祖辈辈依傍着的山野与森林,怎么一夜之间就有了一个叫作国家的主人。当他们提出这个疑问时,上面回答,你们也是国家的主人,所以你们还是森林与山野的主人。但他们在自己的山野上放了一把火,为了让牛羊可以吃得膘肥体壮,国家却要把领头的人带走。

伐木工人以及测量矿脉和地质状况的技术员在森林里到处乱窜,他们根本不懂得森林的生命,不懂得大地独特的话语,在山间点炮炸石,处处惊扰机村的神灵,保护机村的金野鸭因为森林的砍伐也飞走了。这些工人和外来的干部也带来了没完没了的政治学习和批斗会议,使得机村人开始争权夺利的斗争,没有人真心地去关心机村和其自然财富。终于有一天机村的森林着了大火,在“全国山河一片红”的“文革”中被逼成逃亡犯的多吉藏在山洞里还要发功祈雨,期望以微薄神力熄灭肆虐森林的大火。但那些外来人却把“开会”、传达“上面的”指示看得重于一切,终于在火势蔓延到不可阻挡的时候,一个所谓的技术工程师建议用火药炸开色嫫措湖岸,让湖水漫流以浇灭森林大火,最终导致了机村的灭顶之灾:色嫫措湖底塌陷,湖水顺着塌陷点流到深深的山洞,溢出的有限的水根本解决不了森林大火危机。天灾人祸,森林被毁,神湖不再,机村人在外来权欲的刺激和政治文化压制下与自然疏离，失去了神性护佑的机村逐渐变成了一个人心险恶的世界。

《空山》第二部延续了第一部描述多元化生态消逝的路子。《达瑟与达戈》《荒芜》中的机村神性已经解体，由于森林中的大树木被肆意砍伐，针对动物的血腥猎杀也不断出现，储存水体的湖泊也没有了，山雨引发的山洪、泥石流时常爆发，机村的生存环境变得越来越恶劣。更为严重的是，机村完全被另一套话语系统所吞噬了，那个多种信仰、多种文化交汇的机村在一场场政治运动中权欲的争夺渐趋复杂和激烈，明争暗斗时有发生，人心顷废，精神"荒芜"，人与神性自然和谐共生的局面再也无法复原。政治意识形态强暴了人们的习俗，"唯物论"或曰"无神论"成为唯一不可违逆的信仰，多元的生态被一元中心所戕杀。

比起阿来笔下多元化生存形态破坏的现实描绘和文化批判，迟子建也试图以温婉的笔致重回原初的自在大地，虽然她也在返回中不断失落信念。"丛林也是一种文化"，这是《额尔古纳河右岸》告诉我们的。在历次政治运动和30年来的经济变革中，以西方为蓝本的一元化的发展模式所造成的生态多样化、生物多样化的破坏是不言而喻的，伴随着这种自然生态多样破坏到来的是文化破坏。在原初生态区域，自然和人文二者其实是相辅相成、互为主体的，对自然的破坏久而久之就变成是一种"文化灭绝"。

童年的记忆流淌在迟子建的心灵河流中，迟子建在《原始风景》中说："我十分恐惧那些我熟悉的景色，那些森林、原野、河流、野花、松鼠、小鸟，会有一天远远脱离我的记忆，而真的成为我身后的背景，成为死灭的图案，成为没有声音的语言。"《额尔古纳河右岸》向我们呈现了这个丛林少数民族生存的风景画、风俗画和风情画，我们能从迟子建的鄂温克民族寓言再造中寻绎她对边地民族历史遭际的疼惜和哀婉，因为必然性的，民族生态的灭绝即意味着文化灭绝(ethnocide)；同时，我们也可以把这部小说看做迟子建的"还乡之旅"。在鄂温克语中，"鄂温克"的意思是"住在大山林中的人们"。"住在大山林中的人们"祖祖辈辈逐驯鹿觅食而搬迁、游猎，在享受大自然恩赐的同时也饱尝生存的艰辛。《额尔古纳河右岸》是以民族最后一位酋长夫人"我"用一天时间回忆、并向"风"和"火"来讲述这个民族的百年历史来展开叙事的。在一个历经沧桑的老人口中，鄂温克流徙的苦难和猝不及防的死亡是一种温馨宿命。鄂温克生来就拥有一种与自然相得益彰的天赋，他们一方面敬畏自然，同时又能巧用自然，自然赋予他们这种大气、清醒，鼓励着人与历史和现实都有着瓜葛而都不俯首称臣，"主体和客体、精神与物质、形象与理念、人类与自然都还是浑然不分的"①。东北森林地带非常严寒,鄂温克人依赖熊油补充能量,需要熊皮预防寒冷,所以猎杀熊是鄂温克男人狩猎生涯的必修功课,但是他们从来不把熊油、熊掌、熊皮等视为财富,这些只不过是生活必需品罢了,如果不是生活亟须绝不轻易猎杀,有时还会为冬眠醒来饥肠辘辘的熊提供食物。他们选择适当的季节猎捕猎物,以避开它们的繁殖期。如果万不得已捕杀了熊,他们会用约定俗成的仪式来祭奠熊的亡灵,吃熊肉时人们会学着乌鸦呱呱地叫,相信熊的魂灵会被乌鸦带走,会把人的罪过赦免。按照鄂温克民族的习规,如果一个属于丛林的人要选择上吊的方式结束生命,吊死的人和吊死人的树要一同火葬,所以,觅死的人会尽量找到一棵已经枯萎的树,这样他就不至于因为自己的罪过而殃及另一个生命。金得因为母亲的暴戾和婚姻的不如意选择放弃生命,他"不想害了一棵生机勃勃的树",所以他选择了一棵枯树。鄂温克女人对待月经、怀孕、生育都有自己的一套认识。"我"还未长大成人时,每每看到母亲在柳丝飞舞的春天都要在河岸采集、晾晒一些柳树皮,觉得有些神秘的意味,直到有一天"我"月经来潮,母亲拿来一些晒干的柳树皮的丝线垫在"我"的身下,"我"才明白原来它们是用来吸吮女人的青春泉水的,而"我"的母亲兴奋地把"我"揽在怀里,对父亲喊着"林克,我们的小乌娜吉长大了!""成长"是一件多么让心灵悸动的幸福啊!鄂温克女人避孕的方法是把天然麝香挂在身上,如果人们看到一位女性挂着麝香,大家就会明了她的心事。对于鄂温克人来讲,当你忧虑的时候,你甚至会发现,"春光是一种药,最能给人疗伤"。"我"在丈夫拉吉达离开以后,"心底不再洋溢着那股令人滋润的柔情",很奇怪,当"我"在岩石上画完画后,心底又泛滥起温暖的春水了,"好像那颜料已经渗入了我贫血的心脏,使它又获得了生机和力量。这样的心脏无疑就是一朵花苞,会再开出花朵来的"……但是,正如在"城市化批判"一章中所述及的,大兴安岭一带可供自由放牧的丛林渐渐减少,人们不得不下山生活。他们不能明白:为什么山下城里的生活就算是合理合法的生活,而鄂温克民族流传了千百年的生活方式就被指认为不合理了呢?为什么"别的人"就不能够容许其他人有自己的生存形态和文化习俗呢?

达斡尔民族是一个聚居在内蒙古自治区和黑龙江省的少数民族,"达斡尔"意即"开拓者",小小的边地民族曾经创建了"辽国"。信仰萨满教的达斡尔民族没有自己的文字,自康熙初年开始学习并使用满文,到清代末

① 鲁枢元:《生态文艺学》,西安:陕西人民教育出版社 2000 年版,第 75 页。

季,达斡尔族人开始学习并使用汉文,也曾经出现以俄文字和拉丁文字为基础创制的达斡尔文字。近年来,达斡尔文学尤其是女作家萨娜对额尔古纳河畔的描写开始引起文坛关注,也因为达斡尔文学具有自然灵气和人文关怀的品格,被称为"文学的幽静的后院儿"。萨娜曾经在大兴安岭生活多年,她的系列小说《你脸上有把刀》《达勒玛的神树》《伊克沙玛》《蓝蓝的天上白云飘》《山顶上的蓝月亮》等为她带来声誉。《达勒玛的神树》写年轻时的耶思嘎与达勒玛争强好胜爱顶嘴,使得"盘旋在头顶的乌麦神最终绕开两个本该相爱的年轻人飞走了",在各自建立了家庭并又都失去了家庭的垂老之年,却因为民族风俗而不能结合,但两位老人在心灵上相互支撑,也使生活充满喜乐。小说更为重要的主题则是写大兴安岭森林的破坏造成的传统游牧生存方式的渐趋消亡。故事的开篇是"达勒玛醒了。她听见森林里的小火车张开大嘴狠狠咬她一口,然后发出歇斯底里的尖叫",衰老的"准备另外一次灵魂的漂泊"的达勒玛想到怎么安葬自己的事情,风葬是最好的让灵魂乘着清风飘向天堂与逝去的亲人会面的方式:"趁着铁轨还没钻进安格林森林腹地,没有喝油的铁锯嗡嗡尖叫,没有蛇皮绿的帆布帐篷遍布林子,她放心地离开人世多好。"风葬需要茁壮成长中的大树。在土著人的心里,天上飞的,地上跑的,还有石头、河流、空气、风雨、彩虹都是神灵,更别说那些大树,但外来的工队什么都不怕,所以森林越来越糟糕,在梦中动物们纷纷来告别,令人感伤,达勒玛的三个儿子到处奔波才找到四棵白桦树勉强搭起风葬架。看到自古生生不息的森林萎缩得不成样子,达勒玛开始深怀大恨地破坏那些工人的劳作,耶思嘎和她站在一道,比如砸坏油锯,比如在地上挖个土坑用树枝掩护等待着运木车掉进去,两位老人兴奋极了,结果耶思嘎被强行带走。逝去的母熊乌森的灵魂引导着达勒玛来到一个参天大树旁,她按照"神灵的旨意"钻进树洞,端庄地坐下,"她睡着了,梦见自己和古树融汇在一起,永不分离"。和《额尔古纳河右岸》一样,这是一曲森林文化地带游牧民族的哀歌,充溢着苍凉与温情的力量。

既然人与自然的和谐是一场"虚梦",原生态文化的保存终究成空,在乡土生态小说叙事中,"精神原乡"成为对现实和理想非常醒目的叩问方式,渗透着深刻的自然本真情怀,也表达着对"同质化"的深入反思和批判。在文学研究中,"原乡"常常作为一种隐喻或者象征,我们一般把超越了特定地理位置、对原始故乡的血缘、亲情、风俗、文化等的认同与回归称为"原乡",无疑,它是建立在民族文化心理基础之上的民族故土、文化故乡和精神故园。"原乡形象是指作家们创造的或直接呈现'原乡'面貌,或诱发人想象‘原乡’面貌的审美形象”[①]，“原乡”意味着对一种精神文化、一种习俗的继承，由此成为多元文化差异中的隐喻或象征。

在乡土生态小说中，“精神原乡”首先是以“回忆”作为重要的传达手段，可以说，“回忆”有时就是意义本身。无论是阿来，还是迟子建，都是如此。“回忆是立足于现实需要而产生的，由现在触发的，过去被唤醒的同时已经隐含了当下的向度，回忆必然是现在的感觉和过去的感觉的叠合，回忆既是向过去的沉溺，找回过去的自己，更是对现在的我的确证和救赎，是建构在此在的我。”[②]追忆往事让迟子建的丛林游牧民、阿来的川坝黑头藏民的秘史渐渐显出了粗略的轮廓，辉映出边地民族久远的寓言和神话。这主要可以从三个方面来谈：

首先是通过“追忆”重塑自然与人文和谐并在的多样化生存生态。阿来“原乡回忆”的文本很多，除了前文谈过的《格拉长大》《随风飘散》《遥远的温泉》外，还有《老房子》《消失的森林》《奥达的马队》等等，每一个文本都可以作为阿来对童年时生于斯长于斯的那片勃勃大地的凄美怀念。《格拉长大》中有这样一段话写到格拉在丛林中的历险，这是一个生活在深山老林、信仰自然神的男孩成长为一个男人的历险：

> 他奔跑着，汪汪地吠叫着，高大的树木屏障迎面敞开，雪已经停了，太阳在树梢间不断闪现。不知什么时候，腰间的长刀握在了手上，随着手起手落，眼前刀光闪烁，拦路的树枝刷刷地被斩落地上。很快，格拉和熊就跑出了云杉和油松组成的真正的森林，进入了次生林中。一株株白桦树迎面扑来，光线也骤然明亮起来，太阳照耀着这银装素裹的世界，照着一头熊和一个孩子在林中飞奔。

12 岁格拉的森林狂奔和其母亲桑丹生产时的大呼小叫相叠加，就在这一过程中，格拉一下子成长为男子汉——似乎是为了安抚母亲又生下一个私生子的疼痛和不安，他试着像父亲一样和妈妈说话，试着给妹妹起名字，而且要像父亲护卫妻女一样躺在母亲的床边。《格拉长大》其实是《随风飘散》的一个缩略版，笔者在阅读这两个文本时，一直尝试把格拉个人的“成长史”解读为一个边地民族或边地村寨的“成长秘史”。格拉母子简陋而本真生活的再现是作家对于文明与道德、虚伪与浮饰的反讽，从而以新

---

① 黄万华：《文化转换中的华文文学》，北京：中国社会科学出版社 1999 年版，第 76 页。
② 吴晓东：《记忆的神话》，北京：新世纪出版社 2000 年版，第 11 页。

的伦理立场来追寻一种自在本真的自然生态和文化生态美。

其次,民族语言、民俗仪式以及歌谣是一个民族的文化标签甚至文化本体,这些是他们创世神话的一部分,这些场景在追忆中一一呈现,重现了这些民族的生存本相和精神世界。对于原乡者来说,民族语言、民俗仪式等是“人的存在之家园”,是他们返归自然、接近灵魂的必由之路。民俗仪式与宗教文化之间的密切关联,会在下一节展开论述。这里来谈谈民族语言。说到语言,会让我们想到《额尔古纳河右岸》中西班的形象。迟子建是一个汉族作家,对于少数民族失去或者不能自由运用自己的语言、文字进行表达的内心世界,她是一个旁观者,她只能通过揣度来书写出这种语言流浪感,但她还是敏感觉察到语言是一个民族统合力的“粘胶”,是民族文化的载体。像许多少数民族一样,鄂温克族拥有自己的语言,但是却没有自己的文字,一个没有文字记载自己历史的民族迟早会在现代化、全球化的潮流中销声匿迹。在迟子建娓娓的叙述中,当鄂温克人都下山定居的时候,老祖母执意留在了山林里,她要化作森林的一部分,年轻人西班自愿留下来陪伴老人,也是因为他的心魂是属于森林和驯鹿的。当西班听说如此美妙动听的鄂温克语却没有相应的文字纪录时,他诧异了,他决心创造鄂温克文字,于是他迷上了造字,他梦想着有一天,能够用自己创造的真正属于鄂温克的文字把鄂温克语流传下去。无疑,他把自己视为鄂温克文化的传承者,但他的设想和奉献并不被氏族的人们引为同调,在他们看来,这纯粹是无事生非:“现在的年轻人,有谁爱说鄂温克语呢?你造的字,不就是埋在坟墓里的东西吗?”谁能懂得西班的语言乡愁呢?谁能明白西班的努力是在保存民族的生命延续呢?

相较于“旁观者”的迟子建,生长于嘉绒大地的阿来的语言乡愁峻急而沉郁——因为他是一个“流亡在别人的语言”中的作家,个体生命的隐痛也会蕴藏着民族的隐痛。在同胞眼里,阿来并非纯粹血统的嘉绒人,因为他用汉语写作而不会用母语书写,这甚至被某些人视为藏民族的耻辱,人们对他排拒的目光让他心寒。我们知道,20世纪德国著名诗人保罗·策兰(Paul Celan)出生于德国一个讲德语的犹太人家庭,这使得他对于语言的感受异常敏锐,1945年发表代表作《死亡赋格》,由此也被称为20世纪“最伤的诗人”。策兰曾经表达过这样的意思:只有用母语才能表达出自己的真理,一个不用母语的诗人,永远只是在说谎!阿来的语言乡愁意识特别浓烈,他曾经这样写道:“我们这一代的藏族知识分子大多是这样,可以用汉语会话与书写,但母语藏语,却像童年时代一样,依然是一种口头语言。汉语是统领着广大乡野的城镇的语言。藏语的乡野就汇聚在这些讲着官方语言的城镇的四周。每当我走出狭小的城镇,进入广大的乡野,就会感到在两种语言之间的流浪。看到两种语言笼罩下呈现出不同的心灵景观。”占有强势话语权的语言种类必将覆盖掉其他语言,人类发展史上本来是有多少民族大概就会有多少种语言,但现代,千百种语言共存的局面渐渐消逝了,或许自己从小就化在血脉中的民族语言也在消逝之列,“世界上会有越来越多的人加入这种体验”①。阿来在语言之间的流浪体验成为他一种深深的文化焦虑和身份苦恼,当他说“我在两种语言之间流浪”时,他一定是懂得——在别人的文字中寻找自己的灵魂支点,在别人的文字中寻找自己的故乡,在别人的文字中寻找认同和尊严,这个人,将永远是“生活在异乡”。于是,带着这种困惑,阿来让他的故事人物跟他一起流浪,并借题发挥要一把“自己的语言”。他选中了《天火》中的喇嘛,让他面对着“文革”时的汉地领导发表了一通意见。机村这时发生了一场毁灭性的“天火”,按道理讲,既然汉地干部口口声声说山地、草场、森林、河流都是“国家财产”,那发生火灾时应该赶快组织人力扑灭火源、抢救森林才对,恰恰搞笑的是,这些干部却忙于花样翻新的各种批斗会,无暇顾及火灾以致大火蔓延。喇嘛依靠自己既可以说藏语又可以讲汉语的优势质问领导们的行为:“你们在这里为一些虚无的道理争来争去有什么劲呢?多吉已经死了!不管是不是封建迷信,也不管他的做法是不是有效果,但他的确是为了保住机村的林子,发功加重内伤而死的。……我们只是迷信,你们却陷入了疯狂。”这是他用藏语讲的一段话。用藏语讲不仅仅是因为那是他的母语,他是脱口而出;还因为汉地领导听不懂他的藏语,这正好合乎他的意思——他不是为了让对方听懂这几句话,而是嘲弄他们:你们连我们的语言都不懂,怎么能够懂得我们的文化?又怎么懂得森林和机村?那你们的指挥自然是瞎指挥,比所谓“迷信”的异端邪说还可怕!疯狂的你们自然没有能力为多吉的“迷信”定性。穿行于两种语言之间的喇嘛表达了他对单一性话语权的质疑。在《鱼》中,这种语言的原乡意识也有闪现。当贡布扎西说“我还以为你钓过鱼”时,“我”敏感地意识到他是在谩骂“我”:“在很多其实也很汉化的同胞的眼中,我这个人总要比他们都汉化一点点。这无非是因为我能用汉语写作的缘故。现在我们打算钓鱼,但我好像一定要比他先有一段钓鱼的经历。”

和语言的保存一样,歌谣也是具有古老生存模式的民族颂赞自然、祈祷神佑、超度灵魂、排遣困惑的方式,每一个民族的童年包括浪漫、坚韧、善

① 阿来:《我是一个用汉语写作的藏族人》,《文艺报》2005年6月4日第3版。

良、生机酣畅以及生命意识的悲壮，都藏在那些流传久远的神歌中，它凄凉的散去则意味着一种生存模式的逝去。歌唱不是表演，就是生活本身，反过来又晕染了人与自然相通的情怀。“让风吹向树神厌弃的荆棘和灌木丛，让树神的乔木永远挺立，山神！溪水神！让烧荒后的来年牧草丰饶！”这是多吉在烧荒时为大地所献上的祷歌，他深深地跪拜在草地上，歌声苍凉而神圣；“……我的新房为你开出鲜花的时候，你却用荆棘将我刺伤”，这是央金的悲情哭泣，她迷上了外来的伐木工人“蓝工装”，但却遭到伤害，她以歌哭悲悼自己如花的青春，也质问男人的无情无义，她不懂，在这无情无义背后还有深如渊薮的文化阻隔。《天火》中机村的每一个人都认识格桑旺堆的仇友，即那头大熊，他们之间“像英雄相惜一样念念在心”，就像是一对故人而已。在作家笔下对应出现的是从外边来的“蓝工装”，当他看到熊从身边踱过，恐惧得“雄鸡在吓缩了脖子的同时，把那点使他无故激越的东西吐出来了”。

第三，对“自然人”自然本真的生存情态的追怀是乡土生态小说的主要审美功能，这和生态伦理学的重要目的之一即倡导回到简单的生活是一致的。无论是阿来、姜戎，还是迟子建、张炜，他们都愿意调动丰富细腻的想象力，在追忆中稍稍沉醉于过往的魅力，而对过往的沉醉正是对未来的憧憬，“憧憬是想象力的飞翔，是对现实的一种扬弃和挑战”①。静观远距的追忆既具有去蔽功能，也具有遮蔽功能，会给历史披上了理想的外衣，迟子建的“原乡”书写以温情削弱了文本的悲情色彩，形成了小说文本“独特而宽厚的人文伤怀”②；张炜则在对远逝的野地乐园般的情景追忆中发掘敞开心灵的自由空间，使那些被现代技术“污染”了思维的人们在对现实的颠覆中，重新获得审美主体的快乐。

怀着对多样化生存的理想生态的怀恋，乡土生态小说就是要使这些森林啊河流啊鸟儿啊鱼儿啊的故事走上前台，拒绝其成为背景，一个理想的生存图式和文化图式跃然而出，在大地意象的升腾中生活的审美升华为艺术的审美。

二、自然“神性”的复魅与文化多样性关切

要说文化单一性的焦虑和多元性的重构问题，就无法回避宗教文化，

---

① 迟子建：《必要的丧失》，《迟子建随笔自选》，南宁：广西民族出版社 1998 年版。
② 施战军：《独特而宽厚的人文伤怀》，《当代作家评论》2006 年第 4 期。

因为太多发生在大地上的故事其实都源于宗教文化的差异、冲突和融汇。从生态批评的角度谈文化多样性,就更无法忽视乡土小说文本中的宗教情怀,一是因为是否能够客观地理解和包容作家的宗教意识、泛神论观念是"多元性"的分内之意;再是因为不少生态批判文本是通过对"万物有灵"的大地神性的重塑来为自然复魅的。

自进入近现代社会以来,宗教与科学、神学与理性哲学之间的紧张关系一直是西方的一个老问题,其中的纠缠非常复杂,在今天,我们似乎也遭逢了这样一种现实。但是,罗兰·斯特龙伯格(Roland N. Stromberg)指出,在欧洲,"启蒙运动的多数参与者都坚定地信仰上帝"①,18世纪的哲学家如伏尔泰对于宗教的立场就带着"自然神论"的色彩,他甚至认为世上所有的宗教都源自一种普世的、原生的、悠久的宗教,它是简单而理性的,那就是"自然崇拜"。实际上,生态主义思潮中绿色政治理论的形式之一就是以宗教为基础的"托管"(stewardship)②。就像人们以前做过的那样,"托管"仰赖于人们对宗教信仰历史有效性的解释,它也拓展了宗教的基本道德主张,而并非反思这些主张,所以,以宗教为基础的"托管"具有其吸引力。20世纪末到21世纪初,中国的经济发展与精神失衡的状况比刚刚"改革开放"时期要糟糕得多。改革开放之初的上世纪80年代,市场经济刚刚打开局面,传统文化价值体系和伦理道德正遭遇现代商业文化的挑战,人们心理上的焦虑和恐惧更多只是来自于对新生事物的隔膜感、陌生感。到20世纪末,旧的伦理观念似乎土崩瓦解,社会阶层分化急剧加大,其中,工业化、城市化所造成的负面影响也在迅速扩张,如环境恶化、金钱万能、人伦败坏、人性异化,甚至以前那些被定义为"资本主义本质"的负面效应如通货膨胀、金融危机等等也有降临在"社会主义初级阶段"头上的危险。对于知识分子来说,现代性的物质恶欲造成的生态恶化使"诗意的生存"永远成了梦境,宗教顺理成章地成为自然救赎和精神救赎的救命稻草。在对现代化的反思中,宗教文化开始了对大地的复魅——知识分子和艺术家阶层将创生信仰注入日常生活,观照心灵世界的失落,重塑自然的神秘生机,倡导爱生惜物,正如章太炎先生曾说的:"以宗教发起信心,增加国民之道德。"③有史以来,宗教文化第一次和生态问

---

① 〔美〕罗兰·斯特龙伯格(Roland N. Stromberg):《西方现代思想史》,刘北成、赵国新译,北京:中央编译出版社2005年版,第135页。

② 根据〔英〕布赖恩·巴克斯特:《生态主义导论》(重庆:重庆出版社2007年版)第8页介绍,"宗教托管"主张最早见于 herman Daly and John Cobb, *For the Common Good* (1990).

③ 章太炎:《建立宗教论》,《民报》1906年第9号。

题紧密地结合在了一起。

在世纪之交的乡土生态小说中,将(原始)宗教文化的大地复魅体现得最为动人的是带有自然神论色彩的一批少数民族作家的创作:藏族作家阿来,蒙古族作家郭雪波、满都麦,鄂温克作家乌热尔图,哈尼族作家朗确,满族作家叶广芩,达斡尔族作家萨娜等,是其中的代表作家,而汉族作家张炜、迟子建、红柯等的生态叙事文本也致力于重建神性大地,使人"找到回家的路"——即返归自然,回到荒原,回到神。其中,阿来的《空山》、郭雪波的《银狐》、姜戎的《狼图腾》、萨娜的《达勒玛的神树》、红柯的《美丽奴羊》、袁玮冰的《红毛》、张炜的《刺猬歌》和《鱼的故事》、迟子建的《额尔古纳河右岸》、胡廷武的《忧伤的芦笙》等是带有宗教文化色彩的生态书写的代表作。

在地域闭塞、恍如隔世的地方如青藏高原,人是无助与渺小的。所以,意大利学者、著名的西方藏学开创者图齐(Giuseppe Tucci)这样说:"西藏人生活在一种惶惶不安的焦虑之中,每次身体或心灵的纷乱、每次疾病、每次不安全或危险的处境,都鼓励他狂热地追寻这些事件的原因以及避免这一切的方法。"[①]出生于川藏交界处阿坝地区的阿来,其宗教情怀比较暧昧,他小说中的宗教文化气息既有来自佛教的,也有来自天主教的,而他多部小说中的多神世界则属于民间"泛神论"的本教宇宙观,可见他对藏地本教持有一种认同感,但他的认同不同于扎西达娃。以《西藏,系在皮绳扣上的魂》《西藏,隐秘的岁月》而名世的扎西达娃对民族、社会、历史有着自己的反思和忧虑,同时也怀有一种"缓慢"的希望,他也曾经对佛教寄予过期待,但他最终还是选择揭示现代文明与宗教的冲突,揭示宗教对人性的摧残,他走向了对现代的叩问。阿来自始至终对佛教的现实超越性都抱持怀疑态度,在《灵魂之舞》《尘埃落定》中他已经奠定了自己对宗教的立场。《尘埃落定》中,阿来对神圣的佛教态度暧昧,对佛教的现实超越性持怀疑态度,因为它在现实面前节节败退,"宗教"只是为"权欲"的表演提供一个大背景、大舞台。要知道,阿来一直反对将他成长的"那方土地"神化,他写了"神性",却恰恰拒绝写神。很显然,阿来希望自己的小说文本站起来的是人,而不是神,历史反思和现实批判是他最为关切的维度。可以这样认为,直到《空山》时期,阿来还是站在"文化交汇处"看待宗教情怀作为一种精神世界的寄托所带来的自然魅性,也重视这种魅性的破灭造成的心灵扭曲和自然灾难,而且越往后来,阿来似乎越向"自然的生命神性"靠拢,

---

① 〔意〕图齐等:《西藏和蒙古的宗教》,天津:天津古籍出版社1989年版,第218页。

藏地本土民间信仰在他笔下显得神采飞扬，当然那已经不是作为生命价值观的一种信仰。

《空山》中的多神世界正体现了属于民间的苯教自然观，这里边有很多非宗教的和民间的因素，这些"自主性"因素总是面临着被其他更强势的东西覆盖的危险。当神性附着在叙事的"神龛"之上，民间的厚重与复杂、人性的高贵与卑贱、生存的苦难与韧性、心灵的孤独与忧伤都获得了重新被叙述和诠释的机遇。《天火》中的巫师多吉有些特异功能，会根据山上的水雾测定风向，会呼唤风神和火神，他觉得维护机村丰美的牧场是他的天职，不过让巫师多吉困惑的是，"新的世道迎来了新的神"，"新的神"来了以后就是不停地让人们开会和读报纸，至于这些边民世世代代信仰的神灵怎么安放、机村的牧草到春天长得茂盛与否……似乎不是"新的神"关心的事。在"全国山河一片红"的"文革"中，多吉这种身份的人或者服法悔改，或者潜逃到荒山野岭里与野兽为伍。多吉最终被逼成逃亡犯，潜藏在山洞里，即便如此，在机村森林要被肆虐的大火吞没时，他还在偷偷地发功祈雨。多吉为了机村祈雨直至困累而亡，自称是正宗格鲁巴佛教徒、一向看不起"邪魔妖道"的巫师多吉的江村贡布，竟然怀着一派庄严"屈尊为他超度"，而且发了誓，只要自己活着一天，就要替多吉"蓄起长发"。《轻雷》显示了民族、传统、民间文化底蕴强大的生命力和延续性。《空山》第六卷则着重于对藏族人的心灵和信仰"变"与"常"谨慎而有深度的观照。这些其实已经超越了"苯教"信仰本身，文本意义抵达宗教文化与当代中国政治文化语境的冲突，也指向了一种"对于断裂性的现代性的思考"①。

相对而言，萨满教文化乡土小说更富有自然崇拜色彩，也最能体现出文学对生命神性的关切。萨满教是我国北方的一种原生性宗教，分布区域特别广泛，主要流行于阿尔泰语系地区，信奉这一宗教的语族、民族众多，如蒙古语族的蒙古族、通古斯语族的满族、突厥语族的维吾尔族等。"萨满"在女真语中是指"晓彻""晓知"的意思，专指神与人之间的灵媒巫妪。著名的中国岩画考古学家盖山林经过非常周详的田野考察后得出结论："北方民族的自然崇拜观念与自古以来北方草原上牧民崇拜的萨满教息息相关。"②这主要和萨满教的宇宙观有关系，"万物有灵""万物一体""万物神圣"是萨满教信仰的核心。正是由于这种对自然古朴的认识，北方不少民族都敬畏自然，包括风云雷电、日月星辰甚至江河湖海、花鸟虫鱼等，他

① 刘大先：《2007：少数民族文学阅读笔记》，《民族文学》2008 年第 1 期。

② 盖山林：《蒙古族文物与考古研究》，沈阳：辽宁民族出版社 1999 年版，第 139 页。

们或以某种动物为图腾,例如鄂温克、鄂伦春人对森林熊就怀有非常深的敬畏。萨满教在以后的宗教、政治斗争中渐趋消隐,特别是近一个世纪以来,一方面是自然植被的退化、森林的大面积消失,这一区域流行的狩猎生活方式遭遇困扰,伴生于游猎的萨满教深受影响;一方面是社会生活即所谓文明标准和道德习惯的渗透、聚居点的建立使这个部族与大自然无法继续水乳相融;还有就是"无神论"意识形态的强制推行,自然神性崇拜的萨满文化渐趋消亡。不过,近年来,随着思想领域相对开禁、文化空间渐趋活跃、多元文化理念的渗透,萨满教也稍稍有了复苏的迹象。当然,这也是萨满教"崇拜长生天、崇拜长生地、崇拜永恒的自然"的自然崇拜,与当今社会思潮如生态主义思潮有所对应的表现。

20 世纪小说史上,渗透着萨满教文化因子的小说不绝如缕,主要集中于东北作家如端木蕻良、萧红的创作中。近些年,鄂温克作家乌热尔图、鄂伦春作家敖长福、达斡尔族作家萨娜、朝鲜族作家禹光勋、汉族作家迟子建和郭雪波的作品则带有较为突出的萨满教文化的精神遗存。迟子建这方面的创作有《清水洗尘》《亲亲土豆》《与水同行》《微风入林》《世界上所有的夜晚》《北极村童话》《额尔古纳河右岸》和《伪满州国》等,郭雪波的如《大漠狼孩》《沙狐》《天海子》《天出血》《大漠魂》《银狐》等,其中《额尔古纳河右岸》《伪满州国》《大漠魂》《银狐》等具有代表性。从生态批判的角度来看,他们的创作多以萨满教"万物有灵"的宇宙观表现了对当下人与自然关系的深切关注。一是这些作品呈现出一种"泛神"的、"泛灵"的神性色彩,也充满"异域风情";二是这些萨满教文化乡土小说体现出一种对生命的终极关怀意识;三是萨满教文化乡土小说表现了边地过往生存形态的"魅性"以及合理性,这使萨满教乡土文化小说显示了与其他宗教文化小说不同的人文气质。

民俗仪式在生态叙事文本中有着特殊的叙事功能,是乡土叙事返归自然的一条通道。在 20 世纪文学史上,仪式描写有一个耐人寻味的变迁史。在 20 年代的启蒙主义思潮下,以鲁迅为代表的作家虽然也写到一些民间仪式,但多是被作为一种麻木、无知、愚昧、反文化的思想现象予以批判;到 40 年代至 70 年代,"仪式"被定性为封建迷信,主流的"农村题材小说"都不再热心民俗仪式描述,或者说是由新的"革命仪式"替代了;80 年代末以来的乡土小说,仪式又重新登临,尤其是在边地小说中。巫术表达了人与自然"共处"的童年信息,既包含着人类对自然的虔敬,又蕴含着人们对自然神秘的探寻和排解愿望,所以,不同的地缘生态会产生人与自然不同的共存形态,也会孕生不同的宗教因子,反过来这些宗教仪式又会成为一个地域人们生活的一部分，成为一种民俗民风，不同区域、不同民族、不同宗教信仰的民俗民风又构成了文化多样性的一部分。由此，在许多地方，民俗和自然是相共生的，《空山》中兔子的火葬、多吉烧荒时的颂歌和跪拜、江村贡布为多吉举行葬仪、达瑟的天葬，迟子建和郭雪波小说中一系列的为逝者祭酒、为病者驱邪、为婚者歌舞、为猎物风葬、祭沙祈雨、拜火、送灵、捕鱼、放鱼等等民俗仪式，都和地域性的自然神信仰有关。朱鸿召在《东北森林状态报告》中写道："民俗，东北民俗是与东北森林相共生的经验形态的民间文化。无论木帮、狩猎帮，还是采参人，都奉山若神，表现出对森林的深深敬畏与对环境资源的合理利用。……遗憾的是，半个多世纪以来我们将此一概视为'封建迷信'。"①正是由于对敬畏大自然、对爱生护生民俗的破坏，人们变得肆无忌惮，进一步威慑到了文化的多样性。这也正是目前具有萨满教文化因子的乡土小说所致力呈现的。《大漠魂》《锡林河的女神》《银狐》《额尔古纳河右岸》《逝川》都描述了大量民俗仪式，特别是常常通过萨满神歌的吟唱来书写"人"并未从"物"中脱颖而出的原始生存形态，其间的审美意识、诗性表述传达的浓浓的"乡愁"正是现代社会人与自然疏离关系的写照。

在古老的岁月中，草原人民为求得生活的安定、畜牧的丰产与疾病的痊愈，都是通过巫师萨满举行沟通天地、人神的原始宗教仪式，祈祷万物诸神的保佑。《大漠魂》逼真地呈现了这种风俗。内蒙古西辽河流域是辽代契丹族的古文明发源地，在历史沧海桑田的变迁中，也融会了鲜卑、东胡、鞑靼、女真、蒙、汉、满诸文化，这一带形成了独特的萨满信仰，即所谓"安代"。位于西辽河哈尔沙河的"哈尔沙"村，有两位著名的"安代"，一位是民国时期有"安代王"称号的老双阳，一位是"安代娘娘"荷叶婶。1940 年，哈尔沙河流域发生极为严重的旱灾，"驱邪消灾祈甘雨"是世代"安代"的职责，即便冒着耗竭生命力的危险，所以，一个壮烈神奇的场面出现了：大漠苍茫，山峰沉寂，村庄破落，烈日炎炎，沙丘高耸，沙土炙热，几百个衣衫褴褛的穷苦农人围绕着炎炎沙丘赤脚狂奔，发出呼唤天地的呻叫，"安代王"和"安代娘娘"登场了，为"安代"奉献了一生的荷叶婶"绚烂的舞姿跃出历史阴沉的夜幕，扫荡着理性的呻吟和宿命的悲戚"②。这一悲壮的开场场面，推出了主人公以"安代"为命的传奇人生。因为从事这个行当，"安代"历经诸多磨难，新时期以后，荷叶婶最后一次受邀跳"安代舞"祭沙

---

① 朱鸿召：《东北森林状态报告》，《上海文学》2003 年第 5 期。
② 冯敏：《力量的现身——关于小说〈大漠魂〉》，《小说选刊》1999 年第 2 期。

祈雨，已经将“安代”内化为生命的荷叶婶开始极力拒绝、最终同意再跳“安代”，一是为了为村子祭沙祈雨，二是因为电视台提出重新挖掘并保护“安代文化”，三是可以给村子换来一批返销粮。“安代曲”在整部小说中出现了12首（次），那无边无际的神秘与沉重，是人对天即大自然的叩问与交流。最终，荷叶婶因为祈雨的舞蹈而逝去，与其一生悲欢离合的老双阳为荷叶婶祭酒，他唱道：“……我把那满腔的‘安代’唱给你哟，你好打发那无头的愁无好的命！”本来，萨满教的“跳神”一方面是人对天地生灵的敬畏，一方面又证明了人类在面对天灾人祸时主动抗击宿命的精神，郭雪波在以他的文字为萨满教文化精神复魅的同时，也激扬着人类与自然灾难抗衡的坚韧意志。1996年，《大漠魂》获得台湾《联合报》中篇小说奖，评委们的意见是比较中肯的，既肯定了《大漠魂》所展示的民俗文化的美学意义，又提示了民俗表相的“一体两面”：

> （《大漠魂》）描绘一种文化残余的美学并发扬其民俗意义的感情，无疑也是世界上任何地区，特别是第三世界要求“本土化”所需实践的基本共同课题。……在这部小说中，人们唱跳安代歌舞，因为遭受致命的荒旱灾难，想天降甘霖。作者一方面细致描绘这种盲目的宗教层面的民俗表相，一方面粗犷坚实地展示生命底层的愿望；这事实上才是任何民俗活动的根源。①

郭雪波的《银狐》更是将银狐作为荒原精灵甚至图腾象征，淋漓尽致地展现了蒙古萨满·孛文化在科尔沁旗草原生生灭灭的历史流变，更是揭示出草原变成浩瀚沙漠的缘由，即缘于势利贪婪的人类对自然生命神性的玷辱、对萨满“万物有灵”观念的践踏。“安代曲”也是《银狐》传达古朴宗教情怀的一种手段，第四章就有6处出现“安代”，其中如“你知道天上的风无常，啊，安代！……”这首《萨满教·孛师》“安代曲”，在《大漠魂》和《银狐》中都有引用，在呈现出一种神秘的宗教文化色彩的同时，也表达了最底层的民间向不可知命运的抗争，而草原的博大、沙海的狂野、银狐的美丽和神奇，还有沙漠边缘人们的痛苦和欢愉、无知和坚韧，在悲怆的歌舞中融入了萨满教文化的悲悯和神幻。

在迟子建笔下，有关仪式的叙述不像郭雪波那样悲壮、激烈，更偏重于书写仪式本身的人情美好和原始自然属性，这样更凸显了传统民风民俗作

---

① 东年：《评审意见》，见《大漠魂》，北京：中国文联出版社2001年版，第8—9页。

为一种生存方式的合理性，才更加切近了“文化多样性歼灭”的荒谬性。《额尔古纳河右岸》中的妮浩是鄂温克这个丛林部落20世纪的“末代”萨满了，随着政策的驱动、森林的减少、人心的嬗变，一个部落维持“游牧”的生活形态已经力不从心。但作为萨满，神灵的信媒，妮浩依然虔诚地信守一个萨满的天职，其神性魅力的传达既是向神的献礼，也是向生命的致敬。是神性的森林和山峦赐给了鄂温克人可以仰赖的生存条件，赐给他们可以搭建住所的林木、可以运输和食用的驯鹿、可以提供保暖的皮毛和御寒油脂的大熊、可以防御野兽和抵御风寒的火种……所以在他们眼中，这一切都是神奇的。由于相信万物皆有灵魂，所以鄂温克在丛林中的游牧生活便是在与神灵打交道，他们既坦然又庄严。当生养的孩子不幸夭折，他们用布袋装好抛到山坡上，让山神把他收回；当为他们冬夏搬迁时驮运神器的驯鹿玛鲁王死去，部族萨满会为其献上祈祷的歌，表达感恩和忧伤；当憔悴衰老的生命就要逝去，他们会选择围绕在氏族崇拜的火种前舞蹈，让生命在且歌且舞的旋转中飞扬到神那里去；当为了生存的必要猎杀了森林熊，他们为其举行隆重的风葬，跳神、唱歌，以祈求宽恕：

熊祖母啊，
你倒下了，
就美美的睡吧。
吃你的肉的，
是那些黑色的乌鸦。
我们把你的眼睛，
虔诚地放在树间，
就像摆放一盏神灯！

萨满这个职务，绝对不是世俗所谓的荣光，当危难降临到一个人的身上时，萨满必须义无反顾，甚至面临着牺牲。妮浩萨满为了自己神秘而庄严的使命先后在对别人的施救中失去了自己的三个孩子，一个是从树上跌落，一个是被群蜂蛰死，一个是跳神时造成流产。她知道，神要她的孩子顶替另一个人而去，她无法让他留下。交通天地的妮浩深怀从容舍己的美德，她对一切生命的敬畏、对神职的虔诚，使得她作为20世纪末游牧部族最后的萨满而光彩照人。1998年，是这个鄂温克部族举行的最后一次宗教祭天仪式——为燃起大火的森林祈雨，妮浩唱起生命中最后一支神歌，当山火熄灭，妮浩的生命升华为自然流转的生生不息的万物。

之所以要不厌其烦地分析这些小说中的宗教民俗仪式，是因为源远流长的“有灵论”的宗教和“生态文学”自然复魅的宗旨密不可分。迟子建《逝川》中的“放生泪鱼”仪式舍弃物质层面的介入，只在精神意义和心理暗示的层面发生，同样带着原始宗教文化色彩，呈现了人间习约与自然生灵的契合融洽。每年有一个节令，逝川会有泪鱼一路“呜呜呜”哭泣着下行。这里的人们总是在泪鱼下来的那晚守在逝川旁，把蓝幽幽的哭泣的鱼儿捞上来，撒在木盆里，次日凌晨再放回逝川。经由了人的慈悲爱抚，这种奇异的鱼再次入水时，就不再发出哭声了，会好好地活下去。村子里的人们一直信守着这个与自然生物的习约，认为哪一家哪一年如果没有参与捞泪鱼就会遭灾。这一年，当泪鱼下来的那天，会接生的老人吉喜虽然非常想参加每年一次的泪鱼崇拜活动，却无法去河边了，因为一个村妇要生产，人命关天，她不得不留下来。当疲惫不堪的吉喜接生完毕，泪鱼已经过完了，村人已经离开了逝川。感人的是，村人没有让吉喜错过这个放鱼的仪式，当忙碌完毕的吉喜赶到河边，发现自己的木盆里盛着清澈的河水，水里游弋着数条蓝色泪鱼！《逝川》中流荡着的震撼人心的东西正是那种人与自然交融共存的感动，而且对自然的敬畏转化为对人性善良的默然守护，这是那片黑土地上的精魂。

不管是阿来、迟子建还是郭雪波，站在人与自然和谐重构的立场上来传扬民间宗教文化内蕴的生命神性意识自有其道理，泛神论下人与自然的共鸣隐隐透露着对人类中心论的质疑。本来，“神秘性”就是人类精神和文化遗产中重要的组成部分，乡土小说对神秘的深入体验和传神表现，形象地揭示出中国传统文化“天人合一”的深层奥秘，但需要指出的是，灵异古怪和自然神秘是两回事，如果“生态文学”的书写和生态批评的路径导向对神秘文化的崇拜，那并非其正途。不用回避的是，现代社会的本质是非宗教性的，当下的宗教意识回潮其实并不能提供一套共享的核心价值观来统一和稳定社会，因为世俗性是现代化一个重要的构成部分，它终究对精神性的宗教是“排异”的，指望宗教的劝谕唤起人类对自然神秘的恐惧，或者指望宗教中“爱生护生”的意识以神秘惩戒的形式重新成为人类的行为指南，已经失去警戒效用。作家应该充分明辨和谐与混沌、生态平衡与止步不前的关系，明辨天道和人力、文化与迷信之间的关系，这样对于生态文明的参与才更有意义。

我们是否可以说，世界上或许需要的是这样一种“宗教”：它的律令即是让每个人做个“义人”，做个热爱自然、热爱生命的人。

三、历史回溯中的文化单一性、同质化批判

借助《尘埃落定》《空山》《格萨尔王》，在对历史的回溯中，阿来的文化心理倾向有一个不断调适的过程，且触及了宗教文化在不同社会和历史境遇中的价值重估问题。阿来说自己的创作“不是那种不及物的路数”①。很明显，宗教特别是佛教不是《空山》的主角，阿来把神佛世界作为机村的历史与现实对照并不在于宣扬一种宗教救赎，其目的在于“历史回溯”以及借助这“回溯”表达对文化单一性、同质化的批判。

具有特殊的“宗教地缘身份”的阿来向读者展示了边缘藏区的独特风情和特有心灵，对于藏族人心灵和信仰的“变”与“常”，作家采取了谨慎而有深度的观照，叙述人内心既有宁静、安详，又有低回、忧伤，体现了世纪之交民间宗教文化生命意识的回流。在《生命神性的演绎——论迟子建、阿来新世纪乡土书写的异同》以及《我们究竟从哪里开始走错了路——生态文学“社会发展观”批判主题辨析》②两文中，我从《空山》所蕴涵的生态批判意识肯定其“及物”的问题：以机村民间文化和自然大地败落的个案来对边地生态破坏进行历史反思和现实批判，揭示强权政治对底层生存的挤压。不过，比起《尘埃落定》的思想向度，《空山》显示了阿来对“非正宗”的民间原生性宗教文化越来越多的体恤与尊重，有向“不及物”转向的可能。

如果说从《尘埃落定》到《空山》，阿来游弋于苯教和佛教之间，且有意在民间原生性宗教文化驻足，到《格萨尔王》，阿来的宗教文化心理和审美偏向好似出现了一个逆转。继苏童的《碧奴》、叶兆言的《后羿》、李锐的《人间》之后，阿来的《格萨尔王》作为重庆出版社承接的全球合作出版项目“重述神话”的中国系列之一，于2009年9月出版，可以说这是一本久被期待的书。据说，从广袤无垠的青藏高原到辽宁的喀喇沁，从天山南北的卫拉特，到伏尔加河的卡尔梅克，从青海湖畔到贝加尔湖的布里亚特，是一条宽阔的传唱《格萨尔王传》的史诗带，150多万行的《格萨尔王传》是世上最长的也是唯一还在“活着”的史诗。阿来的《格萨尔王》“重述”了藏民族原始部落联盟到格萨尔称王的这段历史，分神子降生、赛马称王、雄狮归天三个部分，围绕两条线索展开：“故事”一条是格萨尔降生人间、斩妖除魔、建立岭国，最后完成使命，回归天庭的故事，这是虚写的部分；“说唱人”一

---

① 阿来：《有关〈空山〉的三个问题》，《扬子江评论》2009年第2期。

② 分别载《文学评论》2007年第6期、《当代作家评论》2008年第3期。

条是当代牧羊人晋美得到“神授”成为“仲肯”，踏遍格萨尔王的土地即古时的岭国如今的康巴大地传唱格萨尔王史诗，并且追寻传说中的格萨尔王遗留的宝藏，并度过浪游的一生。两条线索并行推进且时有交叉，“故事”即是叙述人的讲述，也可谓说唱人的讲述，直至格萨尔一次次进入晋美的梦中，最后晋美失去“神授”的故事流落寺院，格萨尔在超度了地狱的万千亡灵后飞升天界。

无疑，要使西藏的“现代”与“历史”进行对话，要进入藏民族的历史和内心，作为传统重要内容的宗教文化是必由之路。格萨尔的故事显然离不开与宗教的纠葛，阿来写作中参照的史诗《格萨尔王传》也正是苯教与佛教漫长的斗争历史中产生的，且偏重于颂赞佛教，所以《格萨尔王》中才会有通晓神变之术、陷害格萨尔母子、屡试奸计谋害勇士嘉察协噶、意欲霸占岭地称王的晁通，才有到处兴风作浪、为害大地苍生的各路邪魔；才会有莲花生大师对格萨尔的一次次启示和助力，有观世音菩萨对格萨尔的种种点拨，有阿须草原寺庙的喇嘛在活佛指导下排演藏戏，有当代说唱格萨尔的“仲肯”最终落脚于活佛寺院里演唱“雄狮归天”。阿来其实演绎了“崇佛诽苯”的宗教斗争思想。从对民间宗教文化的辩难到对“主流”宗教的回护，这期间究竟是一种怎样的心理曲折？阿来在故事开篇借历史学家的嘴说，家马与野马分开不久即是后蒙昧时代，“在绝大多数情况下，‘后’时代的人们都比‘前’时代的人们更感到自己处在恐怖与迷茫之中”，比起“家马与野马”分开的“后蒙昧时代”，我们现在显然是更加“后”了。或许，“恐怖与迷茫”的人类真正的心灵灾难要降临了？真的需要复魅宗教以救赎人心？

“拒绝被定义被期待”的阿来这一次为他自己下了“定义”——这或许并非是他“期待”的。很显然，从《尘埃落定》到《空山》再到《格萨尔王》，阿来虽然“及物”，但越来越“不及物”。从这个侧面讲，我们可以说：阿来，“故事应该结束了”！当然，《格萨尔王》中的“故事应该结束了”有着其他的意涵或者解读途径——否则，阿来就真的不必“重述神话”了！自然，阿来借助“重述神话”继续表达了自己对历史、对文化多样性的思考。2009年8月，阿来曾带着全国近30家媒体的记者和数名读者代表驱车从成都、雅安、二郎山、康定、甘孜、玛尼干戈一直走到阿须草原，寻访格萨尔王的踪迹。往返于自然与文化之间，阿来对历史对藏族文化的重新认识，总会涉及文化多样性的立场。在其间的访谈中，阿来强调自己“重述”格萨尔并不是要解构或颠覆什么，相反，他要借助这本书向“伟大的藏族传统文化、艺术致敬”，希望更多的人通过读这本书，“读懂西藏人的眼神”。无疑，

《格萨尔王》是对“历史的回溯”，通过格萨尔王的神话重叙，阿来切入的是少数民族族裔文化的过去和未来的探问。对于多元文化的消逝，阿来曾经声言他并没有过多的悲悼，因为文化不是一个单独的问题，它不可能独立存在于一个绝无外扰的空间，消逝的文化“大多是因为停滞不前而导致其在现代社会中适应性，也就是竞争力的消失”；需要深究的是，对于传统文化，为什么我们打碎了很多，但并没有建构起来比以前更好的新的文化？这在《空山》中表现得非常显著，在《格萨尔王》中，我们依然看到阿来对旧文化破碎、新文化无望的关注。人间王国里那些尊者争端纷扰、刀兵四起，众生则变得像“逆来顺受的绵羊”、听天由命，格萨尔领天命下界岭噶就是要降福祉于人间，建立一个与别的国“不一样的国”。他向佛法深致之处探索，试图不再有兴师讨伐之事，让“猎人要收起弓箭，渔夫要晾干渔网”，让危害岭噶的众魔被降服，变作岭噶的护法神，人与人之间和睦相处。但正如故事中所说的，其实那个“百姓永享安康”的伟大的岭国早已不复存在，在格萨尔征讨过的地方，如今到处是石头的、泥土的、黑铁的、不锈钢的格萨尔像，还有画在画布上的、图书上的、CD 里的……但是又有多少人真正懂得格萨尔？当晋美漫游到一处四周土地与草原严重沙化、将要干涸的湖泊时，他发现这就是格萨尔王故事中的盐湖，他看到人们用巨大的铁船在捞盐，当他试图问“古代是不是有两个国争夺过这个湖中的盐”，对方的回答很干脆：“快滚吧！”演唱《格萨尔王传》已然悄悄变味，在康巴赛马会上，晋美被一个学者发现，给他录音照相，最后把他作为“一个国宝”介绍给地方领导们，建议在赛马前让他在广播里唱“赛马称王”，但领导们把说唱人比喻成从地下冒出的地鼠；商人在赛马会上把真正的骏马买到城里去，每天比赛，很多人押赛马的胜负赌钱；晋美被学者带到广播电台，但“又脏又丑”的晋美对主持人的好感被大家唾弃，委屈中只好放逐自己；在樱桃节上，晋美的演唱不再是“一段故事”，而被镇长理解为水果节所图的一个“好结果”而已，晋美又一次离开；国家给钱、盖房子，把艺人们养活起来，让他们在广播中说唱英雄格萨尔，但真正的艺术是在民间、在口头的说唱中才有生命……不管是故事中的晋美还是故事外的阿来对阿须草原的探问，都只能是一种失望。

在关于《格萨尔王》的访谈中，阿来说，他对文化多样性的理想不抱希望，“今天，全球性的经济危机，正是资本的无止境的贪婪所致，资本贪婪时，连普通百姓的生计都抛之于脑后，还遑论什么文化的保护”①，但就像看待人的生命的死亡一样，我们需要的是对于这种消亡拥有足够的尊重。在“华语文学传媒大奖”的获奖感言中，阿来也说他写作的主要意义是想让人们明白，“一个刚刚由蒙昧走向开化的族群中那些普通人的命运理应得到更多的理解与同情”，不幸的是，许多美好的东西被涂抹得面目全非，没有多少人真正在意普通人的心灵灾难了。所以，阿来在对宗教文化传统的回眸中似乎有了更多的深情。

悲悼旧的不是为了排斥新的，而是对新的寄予更高的希望，使其更人道、更文明。② 所以，阿来对文化多样性的悲观其实源于他对人性的悲观。在《格萨尔王》的叙述中，阿来让民间传说中的英雄格萨尔的“神性”渐渐向“人性”转化，而且晋美在说唱故事的过程中和格萨尔王之间心领神会，最终一个倦怠于英雄伟业，一个也厌倦了说唱，“神”与“人”同时意识到“故事应该结束了”，由此，阿来使得《格萨尔王》在神性的祭坛之外呈露出人性复杂的深景。正是这样一种叙事设置，使我们阅读《格萨尔王》时，不至纠缠于阿来的宗教文化心理，而且也不必执拗于《格萨尔王》如何像《西游记》一样以神来之笔描述一场场引人入胜的征伐——单单为了宣扬“更为纯粹的宗教”，单单为了通过神采飞扬的艺术描写把民间说唱的“格萨尔”英雄故事描述得更加撼天动地，显然不是阿来的目的——他写出了“另外一种格萨尔”。小说中格萨尔和晋美的疑惑其实正来自对人性的质疑：既然人的欲望特别是恶欲是无止境的，魔是住在人心深处与人捣乱的，那么魔的出现就是无止境的，人性的转好似乎也是不可期的。这或许也正是阿来对人性及未来绝望的由来：人类的蒙昧何其漫长！人的心灵的痛苦有没有终结？这不仅是阿来对共同的人类的悲悯，也蕴含着一个古老的民族的慈悲。

由以上分析可以看到，阿来（也可以说是晋美）以充满魅力又庄严的语言讲述了一个与传统史诗“不太一样”的故事，从“人性”的维度重塑了格萨尔，使得古老的神话与“当下”相关联，其间是阿来对文化传承和人性悖谬的深思远虑。不过，在“重塑”中，阿来并没能够贯彻前此创作特别是《尘埃落定》的思想维度，在加浓宗教意味的同时也在很大程度上削弱了“当下性”。或许确如阿来所说，作为一个少数民族知识分子，阿来面对自

---

① 出自阿来在法兰克福书展中德文学论坛发表的演讲《全球化趋势下如何保持民族文化》，参见 http://www.china.com.cn/book/txt/2009-10/20/content_18733864.htm。

② 阿来：《有关〈空山〉的三个问题》，《扬子江评论》2009 年第 2 期。

身民族的弱小、自身文化承受力差的问题,必须"重建信心,而不是反思",因为大多数人还不具有"反思"的能力,"你能怎么办呢?"阿来在问自己,当然也是一种自我慰藉和开脱:"放弃现实"并非个人意愿,只是在整体上当别人都没有达到理性思考的层面,对它的批评不但不忍,也似乎是为强势助威、使弱者更弱,这不但会很麻烦,而且毫无效应。要走"以美育代宗教"的理想之路的阿来,认为宗教是不断从政治淡出的历史,《格萨尔王》表面是写"王"的征讨掳掠,却是"去政治化"的,是为政治祛魅,淡出政治的宗教"反而能成为人们纯粹的信仰"①。这样,阿来不得不和大多数人一样,"往历史回溯"。况且,像《格萨尔王》这样的题材,把现实处理得轻一些是符合题材的,"但回到现实中去,回到我们经历的这个时代,常常的感觉是好像是用不着写小说了。写小说干吗?如果我们有足够的能力、足够的勇气,这个社会又有足够的表达空间的话,我们完全可以用非虚构的方式呈现一些更有力的东西","非虚构作品才有力量"。这个"不取决于我个人"的问题确实是个大问题!我们就处在这个时代,所有知识分子都面临一个表达空间的问题。由此,我们看到了阿来多年来内心挣扎的痛苦,最后发现他在尝试一种自救——寻找原始的情感、思维和勇气。如果站在"借这本书向伟大的藏族传统文化、艺术致敬"的角度看,阿来的这次"重述神话"是极为成功的,《格萨尔王》对精深博大的藏民族文化"经典"的揭示也是对世界范围内的跨文化交通的卓越贡献。我们之所以把不能称作"生态小说"的《格萨尔王》详加分析,实在因为它和我们谈论的"生态多样性"问题相关联,其实,我们也可以说,阿来的《空山》更多关注对自然生态在一个世纪的沧海桑田中如何变迁,而《格萨尔王》则更多关注到神性大地的覆灭和人的精神生态的关联。

阿来对于弱势文化消亡的态度我觉得比较理性和审慎,在谈到《空山》时他说:"文化不是一个单独的问题,而是与政治与经济紧紧地纠结在一起。任何一个族群与国家,不像自然界中的花草,还可以在一些保护区中不受干扰地享有一个独立生存与演化的空间,文化早已失去这种可能性了。基于这样的认识,我不悲悼文化的消亡。但我希望对于这种消亡,就如人类对生命的死亡一样,有一定的尊重与悲悼。"②阿来的《格萨尔王》可能正好展现出了作者主张的"大地神性"其实正是对文化多样性的维护,对于"回到神",怀抱启蒙理想的阿来是清醒的。

---

① 阿来、孙小宁:《多年写作,我的内心总在挣扎之中》,《北京晚报》2009 年 9 月 1 日。

② 阿来:《有关〈空山〉的三个问题》,《扬子江评论》2009 年第 2 期。

《狼图腾》让“后殖民”“乌托邦”联袂演出，披的是“后现代的外衣”，“后现代思想是彻底的生态主义的”①，人与自然关系的思考便贯穿了《狼图腾》始终。人与自然的关系说到底也就是人与人的关系，因为它常常就是经济利益的前方战场。《狼图腾》中额仑草原由“习俗经济”到“指令经济”再到“改制经济”，历次变革带来的更多是折腾是伤害，当然这有其道理，不过，“狼书”通过这条潜在的“历史”线索在表达对政治乌托邦的批判的同时走向了极端，带着强烈的反文明的本质，而李小江评论《狼图腾》的专著《后寓言：〈狼图腾〉深度诠释》有意避开了评断，“从经济学看：‘劳动’距‘富强’有多远？”即“劳动与财富”的关系来思考这一问题，进一步以“内殖民问题”来认定狼书文明诉求与反文明“自相矛盾”间的“史学意义”。当然，我认为“内殖民问题”的提出非常犀利尖锐，它提醒研究者重新思考对“自然”危机的某些论述。我个人曾经认为，中国式自然危机的深层原因并非“发展”和“科学”，而多半是国家政策失误如50年代的赶超战略和人口政策、新时期改革开放中一些偏误、当前政策调整中的一些迟疑等，还有全球化背景下的“新殖民”危机造成的环境问题，例如废料转移、例如低端技术出让等造成的，对于内部资源的“再分配”，一般更多停留在多样化生存的思考方面，在公平发展的问题上，对于“文化西部”的现在和未来的危机感弱化了。② “内殖民理论”的介入使一些问题的思想意涵和文化意图一下子明朗起来，例如“国富”与“民穷”的问题，例如“城”与“乡”的二元对立问题，例如“发达”与“落后”的认定标准问题。借助“内殖民”现象分析，还有助于揭示一个民族或是一个国族群体在丧失了话语权之后的悲剧。前文讲到，语言文字很大程度上就是一个民族的共同体和身份证，是一个民族统合力的“粘胶”。没有留下文字的民族，没有书写下自己历史的民族，离开了原生之家后就不得不在母语之外的汪洋漂泊一生，它们将“失去”自己的历史，严格说是失去言说自己历史的权力，这些认识使一些边地作家的乡土文本充满了语言的乡愁。《狼图腾》中毕力格老人无私地教诲知青陈阵认识草原，懂得草原狼性精神，然后能够为蒙古人写书，因为“汉人写的书尽替汉人说话了，蒙古人吃亏是不会写书”③。没有为自己民族立言的写书人，这是《狼图腾》总结的草原文明被覆盖的

---

① 〔美〕大卫·雷·格里芬：《后现代精神》，王成兵译，北京：中央编译出版社1998年版，第227页。

② 参阅黄轶：《我们究竟在哪里开始走错了路》（载《当代作家评论》2008年第3期）、《论世纪之交乡土小说的“城市化”批判》（载《文艺研究》2010年第4期）。

③ 《狼图腾》，第3页。

一个重要原因,从世界范围看,这是所有非发达国家的“语言乡愁”。而李小江想说的是,语言绝不仅仅是交流的工具,在过去的“威权时代”,丧失话语权的又何止一个草原民族!而在当前的全球西化时代,“内殖民”和平同化的力量是何其巨大,历史可以在没有“事件”的情况下无声无息中就被改写了!不过,“内殖民话题”的提出仅仅是为弱势文化壮威而立言文化公平吗?大概并非如此简单,在“从政治学看:你用什么武器征服草原?”中,著者分析了《狼图腾》描写外来民工(同样的蒙族人的后代)猎杀天鹅的一段文字,她牵扯出围绕“信仰”的三个问题:身份认同问题、信仰革命问题、新的信仰即“最高指示”的权威问题;在对猎杀事件各种人等态度的寓意分析中,她解析出了权力关系、意识形态问题、阶级关系、民族关系。① 所以,经常从“人与自然的关系”或曰生态伦理视野或曰宗教文化进行探讨的话题,其实无不被社会政治意识形态的“华盖”所荫蔽。怪不得对《狼图腾》一直足够克制和回避、“引而不发”的批评家终于毫不客气地说:《狼图腾》体现的自由精神带着强烈的暴虐倾向和“非自由”潜质,“它质疑‘文革’中‘大一统’的意识形态机制和专制的政治体制,却并没有给出一个更民主、更自由的理想选择”,随之追问:“这世界上还有什么政治是‘为人民服务’的呢?”

这里有必要谈到马丽华,关于“文化多元”和“生态多样化”,马丽华是有发言权的,她对西藏文化有着深入了解。马丽华对藏文化的认识有一个变迁的过程,那就是从早期的“审美眩晕”,之后进入到“审美困惑”,最终确立了新型的西藏认知体系,即从好奇、惊讶到虔敬的讴歌、赞颂、融入和洗心革面般的彻悟再到质疑、反诘与逃遁和理性审视。人们常常说马丽华通过17本散文和文化人类学著作拥有了“自己的西藏”,她发现了一个正在“告别中的西藏”,一个在“发展的西藏”。质问者有权力发出这样的问话:“一手拿着手机、一手拿着相机的西藏,我们还有必要看么?”但马丽华有自己的认知:“这话要是藏族同胞听到了,非得吵起来不可。让一个地区保留成为前现代的博物馆,供后现代的人们来欣赏,这一要求对于当地来说是非道义的。”②可以说,马丽华主要从“精神性”探询藏地宗教文化,她给我们提供了认识佛教的一个范例,但其从文化多样性与发展的角度对宗教文化的认识,则有助于我们思考生态问题。同样的思考也出现在具有生

---

① 李小江:《后寓言——〈狼图腾〉深度诠释》,武汉:长江文艺出版社2010年版,第322—324页。

② 李国文(记者):《作家马丽华:在那如意高地上》,《今日中国·中文版》2007年第2期。

态意识的散文家李存葆的笔下：

> 由贫困向着富裕挺进，是人类共有的情结。从这个意义上说，任何人都无权责怪迪庆各民族的父老乡亲对现代物质文明的追求。当我们当中的一些人，已住进了宽敞的小楼，坐进了私家的轿车时，还再让香格里拉的藏胞，用牛粪去点燃炊烟，用脊背去驮载沉重的水桶，用酥油灯去熏黄古老的梦境，实在是不公平，不人道的。①

生态伦理学认为，生态危机正是由于人类把自己看做地球的主宰者、不再敬畏自然造成的，要重建人与自然的和谐就要重新敬畏自然的神性。少数民族的宗教文化所体现的泛神论思想和贵生观念正成为中国文学生态意识的生成源头之一。在这些作家看来，我们把边地民族的生存形状命名为“边缘”缺乏理由，存在本身已经决定了一切，我们更没有依据认为不同于我们现代文明的其他文明就是落后，多元性是现代性的本质，也应成为这个世界足够宽容和理性的标志。其实，生态文学的单一性、同质化批判也与“科技至上”批判主题密不可分，这一部分将在下文具体论述。

---

① 李存葆：《净土上的狼毒花》，《当代》2005年第6期。

第四章 “科技至上”论与“欲望主义”批判

现代技术的扩张是人类进入工业化革命以来的并发症，自然的问题一直被局限于技术的层面，或者说科技至上和欲望无限造成了生态系统的失衡和资源的枯竭。后现代主义思想家让—弗朗索瓦·利奥塔德（Jean Francois Lyotard，1924—1998）认为，启蒙运动促使科学求真与自由解放两套“堂皇叙事”合法化，二者冲突对立、交互出现，为制度化的科学研究辩护，最终“导致了科学的迅猛发展和主体性极端膨胀，出现了始料未及的后果：科学在追求真理的要求中，一方面逐步解拆牛顿式宇宙论殿堂，同时，使科学更进一步地占领人文科学地盘，并宣告作为同源叙事的人文最高范式和整体叙事的失效”①。

生态批评认为，在现代化的过程中，科技主义和欲望主义是一对孪生姐妹，我们一味倚赖科技更新、昧着良心为“发展”“进步”歌功颂德，鼓吹消费，张扬欲望，张炜的《刺猬歌》、赵本夫的《无土时代》、袁玮冰的《大鸟》、杜光辉的《哦，我的可可西里》、京夫的《鹿鸣》等对此都有所揭示和批评。

一、科技的两面性与科学主义批判

科学技术在人类发展史上的价值是怎么估计都不为过的，它使人类解除蒙昧，获得解放。科技的生成来自对自然的认知欲望。世界各民族的创世神话其实有一些共同的生成来源，那就是先民对自然的畏惧、抗争和想象。中国古代神话中，无论是盘古开天辟地，还是女娲补天，无论是夸父逐日，还是后羿射日，无论是鲧禹治水，还是精卫填海，包括龙王、雷神、雨神、土地爷等等传说，其实都蕴藏着先民对自然暴虐一面的诚惶诚恐。正是出于恐惧，他们敬畏天象，渴望认识自然，渴望有能力限制或者改变自然。自古以来，人类和自然的斗争诞生过许许多多可歌可泣的故事，千万年流传

① 朱立元主编：《当代西方文艺理论》，上海：华东师范大学出版社2005年版，第373页。

于民间,成为民族文化、民族心理的一部分,并由之产生了不计其数的以此为素材和蓝本的艺术作品——不夸张地说,是早期人类对大自然的这种既敬又畏的心态创造了古文明,创造了艺术。人类与自然这个时而温情款款、时而暴虐无度的父亲(或曰母亲)小心翼翼地相处,并一点点变得更为智慧和理性,直到 17 世纪以前,人类哲学的目标就在于探问"世界的本质是什么",这种不断的探问出自他们对自然不可解的着迷。

到 17 世纪,欧洲哲学经历了一个重大转向,那就是从关注"世界本质是什么"转向"我们如何知道世界的本质",这就是人们常说的"认识论的转向"。这是西方哲学的一大突破,同时也可以理解为:人类对世界本质的追问是一件近乎徒劳无益、永远没有终极答案的事情,"世界"不弃不馁、兀自存在,而人类已经走累了,它必须再辟蹊径才能重新启动探索真理的步伐,那就是人类在对世界做出判断之前,应首先考虑认识的可靠性和可能性。到 19 世纪末 20 世纪初,哲学的又一次转向即为"语言论转向",语言论哲学关注"我们如何表述我们所知晓的世界的本质"。从锲而不舍地追问本质到调整思路、考量认识的可靠性和可能性,再到寻找对已知世界合理的表述方式,这既可视为人类才智不断成熟的表现,也可视为人类面对自然的千变万化感到充分认识和表达有一些力不从心,只好步步后撤,以期找到更好的"抵达"的路径。在笔者看来,现代科学是这其中最为重要的"路径"之一。

在 20 世纪,科学主义和人本主义是纷纭复杂的西方哲学的两大主潮。人本主义,是德文 Anthropologismus 的意译,是一种把人"生物化"的形而上学唯物主义学说,即把人看做哲学研究的核心,也视为出发点和最终归宿,世界的本质及其相关的哲学问题都可以通过对人本身的探讨来进行解释。相对于人本主义,科学主义把人类所有的精神文化现象均归源于数理科学,即认为只有用自然科学的原则和方法才能更客观、更精确地研究世界,所以是以科学法则和科学精神为旨归。这两种思潮一个世纪以来此消彼长,既有矛盾对立和冲突,同时又互相吸纳、融合和支撑。科学作为一种"主义"传入中国是在新文化运动时期。新文化运动的发难者《新青年》大力"反对旧文化,建立新文化""反对旧道德,提倡新道德",时人指责《新青年》"破坏礼教",1919 年 1 月 15 日,陈独秀以编辑部名义在《新青年》刊出《本志罪案之答辩书》,坦然承认罪名,但指出:"追本溯源,本志同人本来无罪,只因为拥护那德莫克拉西(Democracy)和赛因斯(Science)两位先生,才犯了这几条滔天的大罪。"就这样,他理直气壮地为中国请来了两位洋先生,以后人们就常以"德先生"和"赛先生"这两个非常中国化的名称来代指“民主”和“科学”,二者作为新文明理想的代名词在中国启蒙运动中深入人心。“新青年”一代对民主、科学的建构依赖于自己的学理,这个学理依据有尼采主义、杜威实验主义、赫胥黎存疑论等西方理论,但是德先生在中国的命运一波三折,赛先生的命运要好得多,但质疑也从未间断,也曾经引发了20年代一场著名的论争,即1923年的“科玄论战”。

“科玄论战”是科学与玄学论战的简称,也被称为“人生观论战”。挑起论战的双方主角是张君劢和丁文江,其发生似乎出自朋友间偶然的争议,最终成为上世纪20年代轰动思想界的大事件。1923年2月4日,张君劢陪同德国学者杜舒里博士从南京北上天津和北京讲学,当时清华学校有一批学生正好要出国留学,吴文藻邀请张君劢为他们做一场“人生观”的演讲。张君劢欣然应约,做了《大思想家的人生观》的报告,后来讲词登载在《清华周刊》第272期。张君劢在演讲中强调,科学并非是万能的,人生的许多东西非但科学不能解释,也并非科学能够支配的,人生观就是其中之一。他讲到,科学和人生观是两个范畴的东西,科学是客观的、以论理的方法支配的、以分析方法下手、为因果律所支配、起于对象之间的相同现象,科学的精神在于讲原理、求证据;但人生观是古今中外最不可统一者,以主观、直觉、综合、自由意志和单一性为特点,科学的尺度无法对各种各样的人生观进行度量。丁文江是张君劢的好朋友,他是一位地质学家,以拥护科学为己志。当他看到在一个“彰明科学”时代,张君劢竟然有科学不能支配人生之“荒谬”言论,顿时勃然大怒,好友间展开两个小时的唇枪舌剑,但谁也说服不了谁。丁文江一气之下就撰写了万字长文《玄学与科学——评张君劢的“人生观”》,批驳张君劢的“谬论”。该文全面分析了人生观与科学之不能分裂,最后引用胡适在《五十年来世界之哲学》中的一句话作为总结,即“我们观察我们这个时代的要求,不能不承认人类今日最大的责任与需要是把科学方法应用到人生问题上去”,并犀利地指出:张君劢“那‘主观的、直觉的、综合的、自由意志的、单一性的’人生观是建筑在很松散的泥沙之上,是经不起风吹雨打的。我们不要上他的当!”张君劢怎么也没有想到,自己很平常的一次以人生观哲学为内容的演讲,会引起好友如此激烈的批评,作为反驳,也作为探讨,张君劢发表长文《再论人生观与科学并答丁在君》,这篇驳议所针对的核心议题,仍在于人生观与科学的界线。这时他们共同的师友、文化思想界的宿将梁启超看到二人打笔战,本欲调解,发表了《关于玄学科学论战之“战时国际公法”——暂时局外中立人梁启超宣言》一文,谁知激起更大波澜。论战从1923年2月开始,历时近两年,胡适、陈独秀、吴稚晖、唐钺、林宰平、朱经农、邓中夏、王星拱等众多学者和文化名人都参与其中。虽然梁启超似乎站在"中立"的立场,但他还是在思想上偏向玄学派一边。不过,玄学派还是势单力薄,科学派对玄学派近乎形成围攻之势,"赛先生"从此走入国人脑海深处。一场演讲竟然点燃了规模巨大的"科玄论战"似乎出乎意料,其实和新文化运动以后中国社会对西方科学和民主的崇尚之心愈来愈烈密切关联。

"科玄论战"已经过去这么多年了,但论战提出的问题却依然是我国思想文化领域、哲学领域无法回避的课题。在21世纪第二个十年开始的今天,我们又分明地感觉到了"科学"与"玄学"再一次的夹击和交锋。我们不得不承认,科学是一把双刃剑,它在缔造人类幸福的同时也会带来灾难,这些灾难有的是与幸福相伴而生、始料未及的,就像药物的副作用一样;有的是人类过于信仰科学,倚赖机械,造成人类越来越脱离大自然,形成生存新的困局;有的则是科学发展到极端后脱离了科学造福人类的轨道,成为罪恶的帮凶。在我们对科学的追求和崇信中,科学似乎被奉为一种新的宗教,科学技术正和政治权谋与商业运作产生越来越广泛而紧密的互渗,使得科技成为战争、时尚、消费的效忠犬,用一种无处不在的流行文化将世界化为一体。在经济利益的驱动下,一种新技术很快会在全球推广,对"新"的追逐、对机器的依赖和对消费的推崇泛滥成灾,对科技的信仰让人们失去了理智和独立思考的能力,成为科技至上论的牺牲品,陷入"一种无限丰富的虚无";在科技造就的"地球村"里,我们失去了国籍,也失去了自我,全人类似乎都在追逐"美国化"。科技文明最终一定程度上废弃了文明的精神,废弃了人作为科学主宰的理性本质,而成为一个无限繁殖的怪物。揭示科学造成的新的迷信,批判人对科学的倚赖、对自然的疏离、对人的自然性的背弃,成为生态写作对"科技至上论"批判的重要内容。蕾切尔·卡森的《寂静的春天》无疑是一本揭露高科技"副作用"的有力之作,它揭示了当林业、农业和牧业为了杀灭虫害,轻率地用大规模的喷药代替了局部的有节制的控制时,将会造成多大的危害。在下雨的时候,过多使用了灭草剂的土壤变质,不再具有保墒的功能,水土流失严重,随着这些水流到河流中的,则包括田地里喷洒过的各种农药和化学肥料,河里的鱼虾龟鳖、青蛙游虫在这些遭受污染的水里生活,农药残余的毒素慢慢沉积在它们体内,它们也成了被害者。毒素在它们体内一点点堆积,一代代相传,最终这些毒素又经过草木食物进入牲畜和人的口中。这样,不仅陆地上、河流里的各种动物面临变异和灭绝的命运,即便人类也无法逃脱它四处蔓延扩散的毒害,甚至当毒素达到一定数量时就导致了悲剧,这种事情变得防不胜防，例如现在多发的不孕症、无精症以及各种奇奇怪怪的疾病可能来源就是如此。当春天来临的时候，本该有的草长莺飞、虫鸣鸟叫却销声匿迹了，大地陷入“寂静”，这种寂静不是以田园的宁静与安详做底子的，它是可怕的。《寂静的春天》这本科学著作之所以在世界范围内产生巨大影响，成为生态批判里程碑似的经典，正在于作者运用广泛的调查和研究，揭示了任何一种对自然掉以轻心的科学滥用可能造成的植物—动物—人之间一代甚至多代一系列的连锁反应，看起来触目惊心。因为，“地球生态环境的演变与恶化，从来都是牵一发而动全身的，它细密地互相关联着，似一张网，像一根链，环环相接，既微妙而又真实”①，这就是所谓的“蝴蝶效应”。

器械与自然的矛盾在《哦，我的可可西里》里有初步表现。我国西藏北部羌塘草原的部分区域，青海昆仑山以南地区，新疆同西藏、青海毗邻的地区统合起来有一个漂亮的名字叫“可可西里”，著名的可可西里自然保护区则位于青海省西南部的玉树藏族自治州，这里曾经是面积为4.5万平方公里的无人区，各种各样的野生动物生活在这一区域，主要是食草动物黄羊、牦牛、藏羚羊、野马、斑马等，自然生存状态和谐安详。在“文革”期间人类初来乍到这个区域，营地周围是数以万计的食草动物，它们根本不知道人是多么厉害的东西，所以全然不在意人的存在，一边慢悠悠地寻觅着草吃，一边不时抬起头朝人们觑望，它们大概把进驻这片区域的人也视为值得信任和亲善、可以相安无事的“同居者”，甚至有动物会跑到人的面前，似乎是要来一个欢迎仪式。人的到来当然不是为了和它们争草吃，却是为了草皮下面埋藏着的丰富矿藏，“我们”是配合总参测绘大队来对可可西里进行测绘的。然而测绘队给养不足，人们需要动物作为给养的一部分，人性与自然发生了深刻的矛盾：人类“作为地球上智商最高，拥有最现代化屠杀武器的动物”，使“可可西里无人区响起了开天辟地以来第一声枪响”。杀戮开始了，是作为科技进步标志性的器物——枪支，最终导致这片土地再也没有宁静。这是一场不公正的战争，“对手”手无寸铁，只能逃亡或坐以待毙，人的胜利是毫无悬念的。

而致力于现代性批判的张炜在《刺猬歌》中更是揭示了现代科学技术、机器生产对“风情的野地”生命力的摧毁。《刺猬歌》采用了开放式的、时空交错的叙事结构，将历史与传奇交织，现实与神奇相连，从而展现了人人“都与林中野物有一手”的棘窝镇近百年的风云变幻，可谓一部瑰丽多

① 徐刚：《边缘人札记》，广州：广东人民出版社2000年版，第79页。

彩的神性大地的百年传奇。在张炜笔下，人与自然是不分的，或者说“自然人”是具有其神性的。结交野物是棘窝村的传统，“世上的万千生物都有自己的美好岁月，毛色鲜亮、浑身泛着油脂的驹子，欣欣向荣的菊芋花，都在享用自己的华年”。“传说村里最大的财主霍公，他二舅是一头野驴。”这里的许多东西都姓霍，包括每一条河水溪流每一棵树，“有人说偶尔碰见一两个起早溜达的狐狸，问它们姓什么？它们毫不犹豫就回一句：‘俺姓霍。’”男主人公廖麦是一个真爱的履行者，他的人生理想其实并不复杂，或者说他奢望过一种乡间读书人“晴耕雨读”的简约生活——与自己心爱的女人美蒂在棘窝镇开一大片荒地作为家园，或者坐在地埂上看看星空听听虫鸣，或者从池塘里捞几条野鱼炖汤喝，或者一个人守一场夜雨安静地读书，并且要安心居于妻子美蒂以将近十年之力开垦的二百余亩荒园、平静地写那部《丛林秘史》献给美蒂。美蒂是一只刺猬变成的精灵，她从丛林中出来就穿着一件金光闪烁的蓑衣，而且“浑身上下都被一层又密又小的金色绒毛遮裹了，它们在室内微弱的光线下弥散出荧粉一样的色泽”。但是，这些简单的理想却因遭遇到唐童这样的机械巨子就变得一文不值了，因为唐童在这里修造了“紫烟大垒”，运来了许多从洋人那里买来的高科技的机器，这些机器日夜不停、无休无止地放出毒气，它是机器放出的“屁味”。这种“放屁的机器”改变了棘窝镇人的生存秩序和生活生态，本来野性而温存、充满了魅惑的棘窝镇每一个生命都有其神性的光芒，现在面临灭顶之灾，就连安居乐业的廖麦也招致了一系列飞来横祸，他的田园被唐童霸占了，连所挚爱的妻子和女儿都莫名其妙地背弃了他……“人们进入了真正的沮丧期，他们彻头彻尾地沮丧了。”“眼看着唐童一寸寸吃光了山区和平原所有的庄稼地、村子、园子、水塘，心都碎了。他这个金矿主自从变成了天童集团董事长，就成了一个杂食怪兽。看看四周吧，谁能阻止他？他自己有一排排警车，保安跟在后边开过来，再要哭就晚了。”“山、海，还有平原，和人一样，都有自己的命啊！也不过七八十年的时间，这里由无边的密林变成了不毛之地！你从海边往南、往西，再往东，不停地走上一天一夜，遇不见一棵高高爽爽的大树，更没有一片像样的树林！各种动物都没有了，它们的死期一到，人也快了”。所以，他趁早要写下这部书，“因为如果不能一个字一个字记下来，山地和平原这些事就成了一场梦，我们家、我生生死死的经历也成了梦，完了也就完了。”在张炜这里，现代化的科技技术正是现代性的病症根源之一。

以《狼图腾》名利双收的姜戎曾经在蒙古额仑草原生活了11年，从民间朴素的文化遗存、特别是从《蒙古秘史》的阐释中认定，“蒙古民族是世界上最虔诚信奉狼图腾的游牧民族”,并推衍了一套游牧民族的“狼性法则”,认为中国“走错了路”就在于大汉民族没有草原文化精神,所以以草原游牧文明贬抑汉族农耕文明。作者的代言人陈阵从中国最发达的首都来到最原始的大草原,他觉得他的烈性此时才被唤醒真是太晚了,“他对自己作为农耕民族的后代深感悲哀”。《狼图腾》激烈批判了进入草原的汉人不懂草原的生命、更不珍惜草原的生命,对草原狼展开的罪恶杀戮:人们驾驶着吉普车端着步枪猎杀草原狼,无论狼奔跑得多快、无论它有多少战术、无论它有多么狡猾,终究它的飞奔快不过子弹飞射的速度、它的精明逃不过各种扫描仪、探测仪。世世代代做草原之王的蒙古狼的尊严荡然无存。

如果说以上几部小说涉及的都是“科技文明”作为破坏自然生态整体平衡的罪魁祸首的案例,是人类因为对自然的无知而故意发动的屠杀,那么有一些小说却是写人通过对自然密码的认识、试图借助“高科技”来保护自然的尝试。我们可以以杨志军的《环湖崩溃》为例。《环湖崩溃》写到男主人公和他的“花儿”在草场做的一个诱捕飞虫的试验。每年,草地都会生长许多毛毛虫,这些毛虫在历经蜕变后就变成了飞虫,飞虫成熟后又产出卵子,卵子再孕育成虫子,周而复始。虫子以小草的嫩茎嫩叶为食料,一旦哪一年气候适宜,就会大量繁殖,蔓延到整个场区,造成草木枯萎,对畜牧业不利。在科学实验者“花儿”看来,如果能有一种方法消灭虫卵、幼虫或飞虫,不管是哪一个环节,只要有效,就能让草木万古长青了。每一种生物都有只属于自己的性引诱方式,“花儿”决定利用高端科技“性激素诱捕”来帮助草原解决虫害这个问题。如果把提取的草虫性信息素到处放置,雄虫就会到处寻找母体,可又找不到。而它们的交配期只有一个多月,过期作废。失去了机会,第二年的毛虫数量自会减少,这比一般用夜间照明诱捕效果要好得多,或许将来可以建立一座青海湖性信息素研究站。“花儿”试验了纸壳型和水盘型两种激素诱捕器:

> 草地清新,阳光温和。我们坐坐站站,观察两种诱捕器的诱虫效果。……每个诱捕器中都有四个作诱源的雌性毛虫,不断散放激素向原野发出爱的呼唤。而那些进入诱捕器,被我和我的花儿及时灭杀的雄虫,大概就是虫类中为少年维特之烦恼寻找解脱的义勇军了。为爱殉难,似乎值得。没有哪只虫在被我们捉住后,会做出一副驯服的可怜相,或用垂危的哀求惹我们同情。

一天就要过去了，结果表明，纸壳粘胶诱捕器大大优于水盘诱捕器。前者一天诱捕了四百五十七头雄虫，而后者的诱捕量却只有六十六头。看来，这种“性引诱”是有效的、成功的。当然最后这种技术并未推广，因为在这种史无前例的“大革命”的年月，争取大量政府投资创建研究机构、保卫环湖的绿色，似乎是天方夜谭。

这里可以顺便谈到几部科幻小说，它们虽然不属于生态书写，但与科技批判的主题是相关的。谈到中国科幻小说，我们会想到晚清民初的新小说潮，当时有四大类型小说引进到中国，即政治小说、科幻小说（时称科学小说）、教育小说和侦探小说。作为舶来品，科幻小说之所以能盛极一时并流布广远，是因为现代科技承载着一个民族国家救亡图存到兴国安邦的梦想。首先是大量域外科学小说的译入。日本押川春浪的《空中飞艇》《千年后之世界》《新舞台》《秘密电光艇》等都在1903—1906年期间译成中文传入中国。鲁迅早年也曾经是一位科学主义的信徒，在出国之前他曾经就读于南京水师学堂和矿路学堂，之后在日本仙台留学期间又学习西医。当时他翻译有世界科学小说之父儒勒·凡尔纳的《月界旅行》和《地底旅行》，1905年，他还翻译了美国路易斯·托伦的《造人术》，而且还在《河南》杂志上发表了科学论文《人之历史》和《科学史教篇》，体现出自觉的科学意识。他从翻译科学小说而踏入文坛，一是和他的求学经历有关，鲁迅曾经说过：“我因为向学科学，所以喜欢科学小说。”①二则是和当时整个思想文化领域的启蒙思潮有关。在他看来，中国古代小说以言情、谈故、刺时、志怪为主，可谓汗牛充栋，但是却没有任何一个品类与智识相关，而要改变中国人“智识荒隘”的状况，引导中国人群“掇取学理”“获一斑之智识，破遗传之迷信”②，只能多翻译科学小说，但恰恰当时的翻译界对此不够重视。在翻译的推动下，新小说家开始尝试作科学小说，如荒江钓叟的《月球殖民地小说》（1904—1905）、吴趼人的《新石头记》（1905）、徐念慈的《新法螺先生谭》（1905）、萧然郁生的《乌托邦游记》（1906）。徐念慈是当时著名的科学小说作家，他的《新法螺先生谭》“戏撰”日本岩谷小波从德文本翻译成日文的《法螺先生谭》和《法螺先生续谭》。《新法螺先生谭》是一本既包蕴科学性、又有文学趣味的作品。新法螺先生对于科学与世界的关系一直百思不得其解，在苦思冥想中晕厥过去，导致灵魂与肉体分离。不可思议的是，法螺先生的灵魂化成一种发光原动力，即一种发光体，这种

---

① 《致杨霁云》，《鲁迅全集》第12卷，第409页，北京：人民文学出版社1981年版。

② 《〈月界旅行〉辨言》，陈平原、夏晓虹编：《二十世纪中国小说理论资料》第1卷，第67页。

动力比太阳力还要强万倍;这一发光体飞越水星、金星等行星,飞临宽广无边的中国上空。让法螺先生极其忧愤的是,他看到了一个浑浑噩噩的大陆世界,人们饱食终日、昏昏欲睡。一种急切的渴望改变现实的欲望油然而生,他恨不得把人们都唤醒,把这块大陆毁了。《新法螺先生》当然是一部有明显隐喻功能的文本,正如海外学者所论及的:“三个主要意象,光、热、力,不仅代表了中国对西洋科技、民性的总结看法,也是其踏上现代之门的必要物质与精神条件。”①后来发光体竟然落到一个老翁的炕上,开始了一场关于时空的对话,老翁的时间表述隐喻了中国民族的惰性。从这本小说可以看到,晚清民初的科学小说,其立意不在“科学”本身的播迁,而在于传布一种忧患意识,一种奋起的精神,也是对中国社会理想模式的一种探讨。

科学小说在整个20世纪或隐或显,但总算薪火相传,不过,随着科技机械与人的冲突越来越激烈、机械扩张的野心越来越狂妄,终有一日或许会引起新的更大的灾难,世界范围内对科学主义的反思风起云涌,科幻小说家也关注并表达了对科学技术无限扩张造成的生态环境和人类未来生存图景的忧思,例如美国好莱坞大片《阿凡达》,就是对科技力量盲目而狂妄的本质的批判。科技创新无止境的神话为人类对自然的无限制掠夺提供了后盾,人类征服完地球又去依靠高度发达的太空技术去侵略其他星球,那么科学技术的不断创新仅仅是为了满足这种对自然的无限荼毒吗?掠夺和开拓就是科技的唯一目的吗?《阿凡达》的震撼确实不仅在于大制作,其提出的生态思考也是震撼人心的。韩松、刘慈欣是近年来中国出现的有影响的科幻小说家,或者说是反乌托邦小说家。说到韩松,大家都会不约而同地谈到他的《地铁》。地铁作为现代科技解决城市交通问题的一个成功案例,在世界范围内被一一复制,但是地铁这个黑暗世界,或者说“人造的光明世界”所蕴藏的对生活的变形和扭曲却被我们忽略了。著名的话剧导演孟京辉曾说:“《地铁》散发出一股技术时代的妖风,它像一个新鲜、生猛而痛苦的幽灵。”微软亚洲研究院副院长张峥也说:“如果有一辆去天堂的快车,但只要还有一个我关爱的人留在站台,我一定不会上去。并不是我有任何崇高,而是因为我和韩松在本质上都是悲观的,上车对我没有意义。”连高科技时代的精英代表都如此“悲观”,看来科技真的走到了必须深刻反省甚至急刹车的当口,否则只能“车毁人亡”了。在韩松看来,作家的一支笔永远写不过现实,现实比作家的想象还要复杂和可怕得多。

---

① 王德威:《想象中国的方法》,北京:三联书店1998年版,第58页。

杨志军当初在“大湖断裂”系列小说中，曾经预言青海湖有一天将因为水位下降而“断裂”成几个小湖，这在当时遭到许多质疑和批评，甚至被谩骂为“心理阴暗”。无独有偶，中国科幻小说家韩松当年出版的《火星照耀美国》（又名《2066之西行漫记》）仅仅售出百本，且惹来无数非议，十年后有些故事变成了残酷的现实，或许人类也正往“另外的故事”中走。小说写自从20世纪末网络超文本数量急剧膨胀而超出人类的浏览能力之后，大家就在暗暗期盼一位帮助一百亿颗人脑管理和配置资金、能源、材料及信息的“全知全能超级引导者”出现，后来人们创造了阿曼多，人类首次与自己生造出来的一个非蛋白质高等技术智慧生命同存于一颗行星，并受着它无微不至的荫庇，人不再是存在的主体，不再作任何思考，一切都由阿曼多安排好了，阿曼多成为了星球的“第一生命”，或称“世界之心”。但是忧患很快降临：“阿曼多的智能发展过快会危及人类生存吗？它会控制人类吗？会把人类当做它的奴隶吗？它会驱使人们去做一些他们不愿做的尴尬事吗？它会要求全人类都变成同性恋吗？”万一哪一天阿曼多对人类撒手不管了，人类或许什么都干不了了。或许这就是“未来的现实”，我们也得跟着作家一起感叹：是啊，现实太科幻，人是写不过现实的！

科技在提高人的生存舒适度、安全度的过程中，它还创造了许多高科技怪物，像“阿曼多”这样预言科技依赖造成的人的功能退化，在韩松、刘慈欣的小说中屡有表现。刘慈欣《微纪元》讲地球大灾难之后的时代，人是由科技制造的。为节省资源，要把人做得足够小，人缩小到“纳米级”，创造了一个小人国的乌托邦；其《赡养上帝》，探讨的是老龄化社会，是不同文明间的关系，人与创造者的关系；《诗云》和《梦之海》，讲的是艺术在高技术时代的归宿，讲的是人类在宇宙中的渺小。刘慈欣的小说想象力奇幻无穷，人在里面有时不值一提，但反过来看，这或许是在探讨一种新的人性。同韩松对未来科技对人的控制的悲观认识不同，刘慈欣的创作就像是一个光怪陆离的光年尺度上的展览馆，内边还充满着对科学、对技术的激情。“对于以科技为本质和核心的现代文明所呈现出的不可逆转的进程，我信奉苏联诗人沃兹涅先斯基的一个说法：‘如果最终导致人的损毁，那么所有的进步都是反动和倒退。’”[①]这句话出自书写大地的文学家苇岸，不少生态写作正是站在这样的认知基础上，展开了对科技至上论的忧思和批判。这里再借助好莱坞电影大制作《阿凡达》，谈一下科技狂妄与侵略的关系。故事发生在2154年，科技已经发展到地球人可以驾驶飞行器运载

---

① 苇岸：《上帝之子》，袁毅编，武汉：湖北美术出版社2001年版，第109页。

大量机械飞往其他星球。双腿瘫痪的前海军陆战队员杰克·萨利被派遣去潘多拉星球的采矿公司工作,这是一桩拓荒的事业,他对此异常兴奋。潘多拉星球上有一种地球上没有的元素“Unobtanium”,据说能彻底改变人类的能源产业。潘多拉星球的气候环境不适合人类生活,但造就了一种高大的蓝色类人生物纳威族(Na'vi),他们的生活和大地的呼吸、大地的脉动是一致的,与自然和谐共生。纳威族不满人类驾驶着拓荒的机械飞到自己的家园,也不喜欢人类的机器在这个星球的土地上到处挖矿而留下的斑斑伤痕。人类为了征服这个星球,就用人类和纳威人的合成基因克隆了一个新的纳威人杰克·萨利,让他成为人类在潘多拉星球上的自由人、代理人,只有与其基因中的人类基因相同的人才能够控制他。这个地球人的代理人却被潘多拉星球上的奇特大美震撼了,之后人类入侵者与纳威族之间发生了许多残酷的斗争,最终后者利用智慧击败了人类的军队,伤痕累累的潘多拉星球终于躲过了一场大劫难。在《阿凡达》中我们看到,人类无止境的放任欲望、无止境的掠夺企图让他们失去理性,是科学技术例如飞行器、克隆等助长了他们魔鬼般的征服欲。对于人类对机械发明的痴迷,德国学者君特·格拉斯曾经愤怒地质问道:“人类可以停止只顾想到他们自己吗?他们——这些神一样的创造性的生命,拥有理性,成为越来越多的发明的创造者——敢于对他们的发明说不吗?他们准备弃绝可能的人性并对残存的自然表示一定程度的谦逊吗?”①

总体来看,中国当代小说文本对科学技术的批判还不够强烈,对生态理想的呈示则更为衷情,像卡森的《寂静的春天》对滥用化学药品即杀虫剂对环境的破坏和对人类健康损害的批判、像加拿大女作家阿特伍德的《“羚羊”与“秧鸡”》对人类贪欲驱动下的科技畸形发展的批判,在中国目前几乎没有如此深刻的生态书写。特别是《“羚羊”与“秧鸡”》这种反乌托邦小说对于科技造成的巨大灾难的“未来想象”式写作,给人们造成的震动是极为强烈的,据笔者有限的阅读,这种渗透着哲学理念的“后启示录小说”(post-apocalyptic novel)在中国还极为稀缺。王诺在谈到这个问题的时候不无愤激地认为,人类迄今对于阿特伍德所警示的问题没有给予应有的重视,或许“生态文学”的路还很长。但根本的原因,可能还是因为中国作为现代化的“后发”国家,一个世纪以来的“宏大叙事”就是富国强兵,科学是实现这一理想最为切实有效的倚赖,人们(或者也有意识形态的因素)对科学带来的弊端的认识远远没有对其带来的福祉的体会深刻,所以如前

---

① 〔德〕君特·格拉斯:《人类的毁灭已经开始》,黄灿然译,《天涯》2001年第2期。

文提到的生态批判文本对科技的声讨也还只是出于对枪械的暴力、汽车造成的掠夺的延伸的控诉，对科学主义造成的人性扭曲和异化的检讨还是稀缺物。

二、“多少算够”：欲望主义批判

无疑，科技的无限追求和人类的欲望无限息息相关，无论贵贱贫富，不断求新求多的欲望使所有的人无法满足和安宁。贫穷成为道德的负值，富者即贵，财富成为人人崇拜的对象，为了经济增长而形成的一系列市场秩序模式刺激人们狂热地炫耀消费奇迹，俗艳和拜金主义成为时尚。英国社会学家杰里米·西布鲁克经过大量的调查研究，认为贫穷不可能被“治愈”，因为它不是资本主义疾病的征兆，而是资本主义身强体壮、努力追求更多财富的明证。据西布鲁克调查，世界上最富有的人也总是抱怨他不能得到那些他必须放弃的东西，那些最有特权的人也总是不得不承受“渴望的折磨”①。“如果滥用日益增长的技术力量，人类将置大地母亲于死地；如果克服了那导致自我毁灭的放肆的贪欲，人类则能够使她重返青春。”②这是汤因比针对现代社会发展的弊端，在《人类与大地母亲》中指出的，他的矛头直指“放肆的贪欲”。总之，欲望化批判是生态批判的重要内容之一。

秦地老作家京夫“十年磨一剑”，在2007年初推出了生态小说长篇巨著《鹿鸣》，写林明父子两代放鹿人的生活。在民间传说中，鹿其实是一种非常灵异且通人性的特殊动物，人们对鹿怀有敬畏之心；从医学上讲，鹿又是具有极高医用价值的动物，它的全身都是宝，特别是鹿茸，据说对于男性有大补作用。在《鹿鸣》中，京夫虚构了一系列欲望喧嚣的故事。“父亲”当初是替村里放鹿，对鹿这种有灵性的动物也充满爱护，尤其喜欢鹿群中的那只盛年鹿王。当时有一位领导喜欢拈花惹草，性功能就出现一些问题，他身边的效忠犬族就向他进言可以用盛年公鹿配药。鹿群怎么能失去鹿王呢？况且是这样卑鄙的勾当！养鹿人断然拒绝了，但是他的鹿王从此却被人盯上了。一位尊贵的首长也看上了这只公鹿，他派了荷枪实弹的捕杀队设下阴谋诡计猎杀公鹿，在双方对峙中一只幼年公鹿被击中毙命。养

---

① 出自〔英〕杰里米·西布鲁克：《角逐财富：财富的人类代价》，本处参考〔英〕齐格蒙特·鲍曼：《全球化——人类的后果》，郭国良、徐建华译，北京：商务印书馆2004年版，第76页。

② 〔英〕阿诺德·汤因比：《人类与大地母亲》，徐波等译，上海：上海人民出版社1992年版。

鹿人愤怒之极，向猎鹿人开了枪，然后跳下山崖，并差一点因此丧命，这个事件成为林家一段屈辱又自豪的家史。从此老林更加小心地保护他的鹿群，并记下了许许多多关于鹿、关于动物异象的故事。当地的生存条件已逐渐恶化，父亲从丛林中收进一群野鹿，临终时嘱托儿子林明一定要把它们放归自然。林明大学毕业后本来要在大城市工作，且已经有了女朋友，但作为养鹿人的后代，他深深地懂得父亲对鹿的情感，于是放弃工作也放弃爱情，回到了山地故乡，成为鹿群新的放牧人，现在他的鹿群中的鹿王是有一架非常漂亮的犄角的鹿峰峰。时代变了，人们对鹿的那种猎奇的欲望却更加膨胀。例如贫困山区的领导希望引进外来投资，发展区域经济，但是外商却提出了一个非常怪异的苛刻条件：以峰峰那“红珊瑚一样美丽无与伦比的长角”来争取投资机会。当官的为了引进投资以换取政治资本，指挥公安机关组成全副武装的追捕队猎杀峰峰，使得林明带着鹿群走上了漫长而艰辛的逃亡生涯。在逃亡的过程中，林明见识了各种各样被欲望驱遣着的离奇事件。例如除了政府，还有各怀鬼胎的针对鹿群的劫掠，野生珍稀食物研究会就不惜出动武力团队来达到劫持鹿群的目的；还有沙漠腹地中的度假中心荒淫无道的人性丑恶更是欲望的大展览……《鹿鸣》作为作家在“世纪末的盘点”，暴露了写作者驾驭此类长篇时的某些力不从心，例如其叙事结构显得有些呆板，就是父亲与鹿群、林明与鹿群的故事并行穿插；故事主线相对清晰，情节设置过于借助偶然和离奇，沿着主线是许多纷乱的故事的杂陈，过于枝蔓和夸张；在叙述中作者总是从“文本”跳出来，连篇累牍地发表议论和激愤，这些都是其缺陷。但从整体看，这部以生态批判为主题的小说还是显示了京夫的宏大抱负，那就是通过鹿的悲鸣批判人类的欲望主义，唤醒人类的良知，以期改变野生动物的命运。

伟大的文学作品（特别是小说）必须能够挖掘精神痛苦的深度，找出罪恶的根源，以此建立人类的尊严。胡发云的《老海失踪》是一部打动人心的欲望主义批判之作。老海是一个纯粹的人，正直善良，无私无畏。作为一个电视台记者，老海在屡次自然探险中发现了乌啸边最著名的风景区——女峡，那里原本如同仙境，“瀑布溪流，奇峰异洞，石钟玉笋，花鸟鱼虫，古藤老树……”，植被与气候已接近热带雨林了。有着自然保护意识的老海马上发了一条消息：乌啸边发现一条神奇美丽的大峡谷。中央台在新闻联播里播了这条消息后，一时间，那个像人类“最伟大的出口处”的乌啸边女峡名声大振。女峡所在宁县地方政府贷了一大笔款子，开始旅游开发，一年之后，这里已成了旅游热点。继女峡之后，这里又陆续发现了几处景点，山里的时代变了：

> 那些世世代代靠种玉米红薯生活的村民们，高价让出了自己的地皮，在稍远的山脚下盖起了一幢幢小楼，然后再回到原先住的地方来卖小吃，卖旅游纪念品，卖胶卷，卖木耳香菌和各种山货……昨天还在问谁在当皇帝的山民，也学会了将甘薯刻成人形充作千年何首乌向那些兴奋不已的游客兜售了。

在发现女峡大半年后，老海又在乌啸边这一带发现了乌猴。这是一种灵长类动物，黑手黑脚黑指甲，一张乌黑的面孔酷似人脸，躲在蓬蓬松松的黑色毛发中间。一片绝妙风景，一种珍稀动物，给日益单调无聊的现代人一个神秘浪漫的梦幻，也让千百年来默默无闻的乌啸边迅速走红。在此之后的一年多时间，老海一头扎进山里，拍出了两部著名专题片，一部是《女峡探秘》，获得当年林业部"大森林"杯唯一金奖；另一部《乌啸边黑叶猴》，获得了世界自然基金会"人类与地球"奖。真的是事与愿违，老海把女峡和乌猴公之于世，带来的不仅是人们对自然鬼斧神工的欣悦和赞叹，更是虐杀和毁灭的开始，当地酒厂已偷偷摸摸地利用猎杀的乌猴开发了"三乌大补王酒"，而且有地方官员的暗中支持。带着深深的对自然的罪感，老海失踪了。他留下了一些录像带，在披露的日记中，老海写道："因为我的幼稚、无知、虚荣与妄想，人类开始了对乌啸边乌猴和大自然的疯狂虐杀与毁灭，不知道这些带子最终能否减轻一点我的罪过。"胡发云以深邃的目光和犀利的笔触，批判了人类欲望无止境的罪恶，也揭示了当今野生资源保护的复杂性和艰巨性，"女峡"的最终命运是否喻示了人类的忘本？自然的多元化生存只能在人们无休止的欲念中以毁损而告终吗？

《鹿鸣》和《老海失踪》都揭示了物质文明的进程与自然生态之间的矛盾，更是从人性哲学的层面深切反省了人类无知狂妄、自私贪婪对环境多样性的破坏，批判了地方保护主义的危害。"从历史的观点看，过度的消费主义是异常的价值体系。……不论是因为我们选择抗拒它，还是因为它毁灭了我们的生活依托，消费主义终将是一种短暂的价值体系。"①那么，面对这种欲望喧嚣，人类何去何从？美国生态学家艾伦·杜宁提出这样一种"合理化"生存状态：

---

① 艾伦·杜宁：《多少算够——消费社会与地球的未来》，毕聿译，长春：吉林人民出版社1997年版，第106页。

> 接受和过着充裕的生活而不是过度地消费，文雅地说，将使我们重返人类家园：回归于古老的家庭、社会、良好的工作和悠闲的生活秩序；回归于对技艺、创造力和创造的尊崇；回归于一种悠闲的足以让我们观看日出日落和在水边漫步的日常节奏；回归于值得在其中度过一生的社会；还有，回归于孕育着几代人记忆的场所。也许亨利·戴维·梭罗在瓦尔登湖边潦草地书写在他笔记本上的文字说出了一个真谛：“一个人的富有与其能够做的顺其自然的事情的多少成正比。”①

杜宁“回归式”的设想无疑具有很强的现实针对性。如果前文所谈及的《哦，我的可可西里》中测绘队初入可可西里“无人区”时对动物的猎杀，在很大程度上还是人类仰仗现代技术来满足生存需要，是有其合理性的，而“可可西里”的故事发展到“下部”，则已经完全脱离开“需要”而变成了无耻和贪婪。真正的悲剧是从州政府决策开发可可西里开始的。可可西里这个州经济落后，州政府为了改变这种状况，就同意开发地方的矿产等资源，这就像打开了围拦洪水的闸门，测绘队、开采队、成千上万的民工、装备精良的盗猎者蜂拥而至，再加上与这些工作配套的后勤服务机构，真是浩浩荡荡的开发大军涌进了可可西里，可可西里从此就再也不能有一点宁静了。在这一带，仅转业军人王勇刚就拥有十万名开采金矿的民工，其公司一天的收入是一千多万元，但是他依然渴望攫取更多的财富。外部世界的消费攀比风越来越盛，尤其是某些特殊的高端消费，如藏地野生动物皮毛成为一些阔人炫耀身份的标志，在无限度膨胀的经济欲望驱使下，拥有现代化猎杀设备的猎队不分季节、不分种群、不分繁殖期对野生动物大开杀戒。他们很多时候只是为了猎取皮毛，所以到处是遗弃的藏羚羊、野牦牛、黄羊等支离破碎的尸体，当初来的测绘队没想到事情会发展到这样惨不忍睹。更为可怕的是，金矿等矿产的开采极端无序，开采者好像生怕后来者会来争一杯羹，所以到处钻探，选拣好的矿脉肆意采伐，这种开采方法不仅造成不可再生资源的极大浪费，而且也对植被层造成致命破坏，“金矿盲目开采，植被层被大量破坏，草地减少，野生动物不被猎杀也要被饿死。绿地沙漠化，又直接影响青藏高原，气候反常，干旱、暴风雪、沙暴屡屡发生……”可可西里所在的青藏高原一带其实是长江、黄河的发源地，源头生态的破坏对整个江河流域的危害无法估量。就这样，当初测绘队初来乍到时

① 〔美〕艾伦·杜宁：《多少算够——消费社会与地球的未来》，毕聿译，长春：吉林人民出版社1997年版，第113页。

梦一样的可可西里真正变成了一场废墟，一场噩梦。

以上谈到的这些生态批判文本其实都提出了一个问题，那就是如果说人类开发自然难以避免，那么怎么开发才是合理的、科学的、符合自然规律也满足发展要求的？这一点越来越被提上议事日程。否则，在中国的西部区域，不知道该有多少个“可可西里”在人类贪婪的驱使下变成鬼域！

《狼图腾》把欲望与生态的冲突写到了顶峰。草原上的原住民、迁居草原的汉人、从大城市下放草原的知青各色人等均被欲望所挟持：老王头是汉族来草原的民工，对于他来说，除了家里的猪马牛羊和鸡鸭，没有什么动物尤其是野生动物是值得人去保护的，他就想把草地上的旱獭斩尽杀绝，让它们断子绝孙，他挖出狼群贮藏的越冬的粮食，这些其实是传统牧人所忌讳的；以陈阵为代表的知青群体更是没有和动物相处的经历，对它们来说，动物不是食物就是玩物，所以或打大狼掏或掏狼窝，有的收藏天鹅蛋准备作为返城的贿资；包顺贵是蒙古长住民，他渴望升官发财，草原上盛产一种名贵的药材野芍药，而栖息在草地上的天鹅煲成汤则更是可口美味，他就从这些东西上打主意，送给上级首长；包括最懂得草原的毕利格老人的后代也加入了破坏草场的行列，道尔基是地地道道的牧民后裔，他也联合外来户糟践草原上的动物，参加灭狼运动。狼等野生物种越来越稀少，草原生态慢慢走向了绝路；失去了与狼搏击的草原人，其生命力也逐渐退化，横刀勒马的剽悍雄风似乎风吹云散了。

陈启文《逆着时光的乡井》也有着精微之妙。陈启文是湖南作家，以乡土写作为主，他的创作在一定程度上可以视为向其湖南前辈作家沈从文的致意，长篇小说有《河床》等。在笔者看来，《逆着时光的乡井》可算陈启文短篇小说中的珠玉之作，这部小说蕴含着丰富的语码信息。“我们”这个村子叫石泉村，顾名思义，这里有一处终年汩汩冒着甘洌清泉的泉井，由于这眼泉边曾经有一只白鹤守护，所以人们名之白鹤泉。当然，这是很久很久以前的事了。就像阿来《空山·天火》中那个神秘的色嫫措湖被人为炸毁后，一对守护于此的金野鸭不知飞到何处一样，石泉村这口乡井旁的白鹤也被无知孩童的石子击飞了，随着白鹤惨烈的叫声消逝在村民的记忆中，白鹤泉慢慢干涸了。没有了泉水还叫什么石泉村？村民吃水成了大问题，村人开始到处掘挖水井，奇怪的是，以前到处都是流淌的水，现在到处都挖不出水来，而且每每挖出一口枯井村里就会为此死掉个人，莫名的惊恐开始在村人间传染。对泉井有着深厚感情的幺爸历经千辛万苦又挖出一眼石泉，幺爸为打这口井付出了极大代价，他“不再是个男人”。水是从石头缝里渗出来的，滴滴答答，小而细碎，在无边空旷的世界，那滴答声似乎带来了抚慰一个世界的寂静。这一次村人接受了教训,孩童们再也不能随意踏入井区,行为不够检点、不干不净的人也要离泉井远远的。渗水就像乳汁,虽然不多但细水长流,慢慢地慢慢地积下了一小洼,村人会拿了水瓢,一瓢一瓢舀到容器里。由于水洼很浅,人们需要跪在泉边才能舀到水,但是每个人内心都有着一种圣洁的情感,他们轻轻地放慢脚步来到井边,井然有序地等待着水洼溢满水,互相谦让着把水舀起来,没有吆喝,没有争执,就像和和乐乐的一家人一样。这口井不仅给村子带来了祥和和喜气,而且水质特好,煮饭特香,新嫁娘的初夜澡是一定要用这口井的水来洗的,据说这样洗出来的媳妇特别水灵温顺。作为全村人的福祉,这口井滋养了人,也教育了人,井也是幺爸的命,他小心翼翼地守护着它,所以这个村子几十年没有出现什么犯罪事件。“我”和麦秋与丙松的青春韶华就是在与这口井打交道的过程中慢慢悠悠度过的,那些表里如一的心灵故事也是在泉水边慢慢悠悠长大的,这就是“我”的乡村记忆,它似乎失去了时间坐标,成为一个乡村寓言。如果你认为《逆着时光的乡井》就是写这样一个简简单单的带着小神秘的故事,那你还是小瞧了陈启文,他要让他的笔触穿越“慢时光”和“快岁月”两个时代。

“我”的少年伙伴麦秋长大成人后,就在附近的山上开矿,矿业红火之极,麦秋也成为富甲一方的大红人,连县里的干部都要高看她一眼,因为矿业给县里和乡镇都带来极大利益。但是随着矿井开掘面积越来越大,石泉村的那口保命泉井竟然干涸了,石泉村再一次失去了泉井,就一下子像霜打的茄子一样蔫了,整个村子都不再有一点“活气”。“我”是村子里走出来的唯一一个大学生,而且和麦秋有着一种隐约的情感。当麦秋发财时,“我”在县城做一个小职员,看到乡井废弃,村庄一派死相,内心非常恐慌难受,“我”的内心其实非常复杂:正因为这口井,人们就被固定在了村子,在这个山窝窝里受尽了苦难,眼界也小得可怜,一切闭塞区域的残暴却并未把这里遗漏下——例如幺爸,他是村里神一样的人物,他对他的养子丙松可没有一点“神的博爱”,丙松受尽他的家长手段;“我父亲”,由于打井有功,他的凶蛮残酷就被人们所原谅,即便他作恶多端,村人还是敬着他;“我母亲”在这样的家庭暴君压制下一辈子忍辱负重,就像死守一口井一样死守着一个糟践自己的恶男人……而村人对这一切都是见惯不怪,习以为常的。这就是这口乡井创造的幸福吗?但是每当再看那眼井,就觉得它是有魂魄的,“我”是喝它的水长大的,它让“我”的情感沉在里边不能自拔。幺爸的痛苦更显而易见,他准备以乡情乡谊劝说麦秋“放下屠刀,立地成佛”,但那是不可能的。村里男人们被麦秋以相对优厚的待遇招进矿里做工了,他们有了收入,就不再咒骂麦秋坏了当地的风水。就这样,麦秋用金钱将全村人招安了,她又用风情摆平了上级,她成了村子新的权威和偶像,幺爸的时代一去不复返了。接着发生的事情势不可挡:女人们也不愿再守在村里,也带着孩子搬到了矿上,那石泉村就等于搬到了矿上,只留下了疯子一样的幺爸还在到处开挖寻找泉水,麦秋让山下的人给他送去粮食和水,"再过一些年头,那个像神仙一样的老人和那口枯井,又会变成民间的一段传说",换一种方式生活的石泉村又活出了另一番苦辣酸甜。

陈应松是书写神农架的知名小说家,他的"神农架系列小说"如《豹子最后的舞蹈》《神鹫过境》《金鸡岩》《猎人峰》《红丧》等都是他的名篇。在分析"城市化批判"部分,我们谈到过他的《太平狗》,这里来分析一下他的《松鸦为什么鸣叫》。《松鸦为什么鸣叫》的开篇是垂垂老矣的伯纬赶着羊群在公路边,看到人们冒雪砌护路水泥墩,他开始回忆"二三十年前"即上世纪60年代的事。当时伯纬和地主子弟王皋在神农架深山修红旗路,经历是残酷的,最胆小、最小气恋家也最爱偷唱神农架情歌的王皋,在炸石时炸掉了自己的半个脑袋——修路现场发生这种事就像一日三餐一样正常,而伯纬却因为曾经和对方开玩笑时的一个承诺,历尽难以想象的苦难把王皋的尸体从大山中背回了老家。俗话说:"要想富,先修路。"通往神农架的公路终于修通了,这对于地方交通以及山区发展经济而言无疑是一件好事。这里的林海在没有外界打扰的情况下在山上疯长了千百年,当公路修好后,有一个团的军人来到这里砍树,轰隆隆的大汽车开进山来,惊醒了沉睡的林木,木材开始从曲曲弯弯、时高时低的盘山公路上源源不断地输送到全国各地。这里不仅有上好的木料,还有成群结队的野生香獐,从这种香獐身上采下的麝香品质优良。团政委转业回家时,"不仅带了好香柏家具,还带走了五斤麝香",需要射杀近百只香獐才能获得这区区五斤麝香。麝香作为一种名贵的药材,一般用量极其微小,一个团政委怎么能用得了这么多麝香呢?在攫取麝香背后是满足其各种各样欲望的企图,例如送给高官可以谋求升官发财。在一串串车队进山运木材的隆隆声中,神农架的原始森林渐渐萎缩了,神农山区的山峰也好像渐渐地变矮了。"在夏天,山还是绿,绿得想再长成一个森林的样子,暴雨还是下,泥石流,也有把什么都晒干的干旱。"神农山区的生态系统毁坏了,世道人心也好像随泥石流冲垮了似的,作家痛心地写道:"什么都有,都在加紧与太阳勾结,圆满自己的野心。"

作为神农山间公路最早的修造者之一,伯纬担心的倒还不是自然生态的问题,他真正害怕的是人们的贪欲:进山的车为了赚到更多的钱,总是一次拉很多木头，还有很多其他车辆也常常在这一带出没，他们匆匆忙忙疾驰而过，一不小心就冲进了山涧沟，车祸越来越多，倒霉的付出生命的代价，侥幸的也会搞得头破血流。每当发生惨重车祸，山林里的松鸦就会发出凄厉瘆人的鸣叫。伯纬一次又一次出现在惨烈的车祸现场，他甚至养成了习惯，只要有空闲，就到公路边去看看，即便是在深夜，如果听到有车辆坠入悬崖的声音，他一定会跑去施救，他什么也不图，就为了尽一点义务，好像这样才能心里平安。伯纬想不明白，司机的胆子怎么这么大？难道他们是在赶杀场？人心不古，后来出现了“诈保事件”，伯纬实在不能明白这个新事物，医院里伯纬抱着小马求助，那真是一幅世态炎凉的人间缩影。在贫困的山区，人生的劫难层出不穷、无以防备，这种劫难也不断在伯纬的身上演绎，但它们从未磨蚀掉伯纬的古道热肠，伯纬的一生都在救助失事者，与一个个血糊糊的尸首打交道。松鸦还在继续鸣叫，它在隐喻灾难，还是在警示人心的贪欲？

爱尔兰作家乔伊斯就曾说道：“与文艺复兴运动一脉相承的物质主义，摧毁了人的精神功能，使人们无法进一步完善”，“现代人征服了空间、征服了大地、征服了疾病、征服了愚昧，但是所有这些伟大的胜利，都只不过在精神的熔炉里化为一滴泪水”①。在研究中我们也发现，把中外生态批判文本相比较，国外的生态批判更多关注欲望化、消费主义造成的人的精神危机，即批判物质主义在造成“人的异化”方面的罪恶，而中国小说的生态批判更多关注物质消费是否造成对自然原生态的破坏。生态主义将自然的浪漫崇拜与消费主义价值观对峙，在这种公共舆论下，谁要是胆敢质疑追求自然保育和清洁的理想似乎不仅有辱于当世，也将有罪于子孙后代，理所当然会受到一致的声讨。在波德莱尔的《巴黎的忧郁》中，他把不可摆脱的“欲望”比作一个压在人的背上的巨大怪兽，人们心甘情愿地顺从它：

> 他们被一种不可控制的行走欲推动着。……没有一个旅行者对负在他们背上和吊在他们脖子上的凶恶野兽表示愤怒，相反，他们都认为这怪物是自己的一部分。这些疲惫而严肃的面孔，没有一张表现出绝望的神情。……他们行走着，脚步陷入尘土中，脸上呈现着无可奈何的、被注定要永远地希望下去的神情。②

---

① 〔英〕乔伊斯：《文艺复兴运动的普遍意义》，《外国文学报道》1985 年第 6 期。

② 〔法〕波德莱尔：《巴黎的忧郁》，亚丁译，桂林：漓江出版社 1982 年版，第 18、19 页。

三、“零发展”“不发展”与生存悖论

科技主义、消费主义的问题其实也是发展观的问题。从 1962 年美国生物学家、作家雷切尔·卡森《寂静的春天》发表并引发了活跃的生态主义思潮以来，西方生态文学从科技至上、欲望动力观、消费主义等现代工业文明价值理念出发对生态危机展开了广泛而深刻的追问，把病根之一归结于人类社会发展模式的谬误。

首先，生态学家认为，目前的社会发展模式存在的不可饶恕弊端之一，就是它“忽视不可计算、不可变卖的人类精神财富，诸如捐献、高尚、信誉和良心。‘发展’所经之处扫荡了文化宝藏与古代传统和文明的知识”①。这可以简单理解为发展与传承的矛盾问题，也可以引发文化多元论的思考。杨志军的《环湖崩溃》、迟子建的《额尔古纳河右岸》、萨娜的《达勒玛的神树》、郭阿利的《走进草原的两种方式》等揭示了边地在被迫现代化的过程中原始经济的解体、古老生存模式的消亡。前边我们曾经在“城市化”和“单一化、同质化”批判部分以《额尔古纳河右岸》为例做过分析，这里不再赘述。

其次，现在的发展观是一种线性发展观，即“无限发展观”“唯发展观”，对增长率的一味追逐违背了自然新陈代谢的规律，“无限发展”的思路充满了盲目性和随机性，没有科学合理的整体规划，很多生态保护预案形同虚设，也没有做好相应的生态修复和保育准备，不仅对多样化生存造成威胁，也造成了自然资源的“稀缺”。这一点其实我们在日常生活中就有深刻体会，政府机构发布的 GDP(国内生产总值)信息、每一阶段的进出口资金总量、黄金储备、贸易顺差或逆差……这些数据都在提醒着我们无情的“数字政治”时代的到来。《鹿鸣》整个故事的起源就是地方官僚上任时立下了“军令状”，要为发展本县工业引进多少外资、建设多少工厂，没有顾及当地特殊的地理条件。所以，地方官员要以极大的环境代价兑换外资，而且他们还想以引进外资的名誉出国访问，没料到建成的选矿厂的污水库骤然崩毁，鹿群在头鹿峰峰的带领下逃逸，以鹿角作为投资交换条件这件好事成了泡影，这不仅毁了官员的出国梦，更毁了他的发展梦、升迁梦，所以他真是气急败坏。可笑的是，这样一个地方父母官，眼看选矿厂污

① 〔法〕埃德加·莫兰:《超越全球化与发展:社会世界还是帝国世界?》，见乐黛云、李比雄主编:《跨文化对话》第 13 辑，上海:上海文化出版社 2002 年版。

水库漫流成灾的大事故，竟然可以不管不问、一再搪塞，却不惜一切代价要追捕鹿群。对工业污染事件的漠视正是这种“唯发展是论”的心态作怪，好像发展的主旨只在于引进外资、拉动建设，和环境污染没什么关系似的。

第三，“发展”的光环下骇人的生态破坏极大程度上破坏了自然的宁静和诗意生存，嘈杂浮躁、物欲横流的环境刺激着人们的神经，使人性中灰暗的、隐晦的、恶劣的一面爆发出来，引发新的生态灾难，形成恶性循环。张炜曾经说过，自然是人类所有精神创伤的疗治良药，在青山绿水间的人其天性就会变得美好，就会更加和谐、平顺、热爱生活、珍惜生命，这可能也是《瓦尔登湖》的意义。

人类是不是必须“到此为止”了？究竟以后的道路该怎么走？有生态批评者提出：如果我们能够更多地思考“发展”的负面效应，沉思“不发展”“不增长”“零发展”的正面意义和价值，可能比“发展”本身更为迫切、更为可贵。① 有人认为，要想不发展，其实应该重回以往的生存模式中去，例如重回游牧文明。在对未来的忧思中，对于当下的中国来说，是否“不发展”“零发展”就是能够解决目前生态危机的必选良方，这一点其实还必须谨言慎行。生态批判质询全球化的现代性发展观念和模式，反思人类在工业革命以来对大自然无限度的掠夺欲望，这体现了人类作为富有理性的高级动物所具备的自省品格和纠错自觉。人类确实走到了危险的“十字路口”，应该对她所走过的道路不断反顾和回首，让传统中古朴、谨严的文化品格得以留驻，让虚浮喧嚣的欲望主义和掠夺心态稍安毋躁，使前行之路少一些误区、多一些福祉，这是一个世界性的大问题。

其实，从上世纪中期以来，伦理学、哲学、人类学、文学、社会学等诸多学科领域都在关注这个话题。“作为避免世界单一化、机械化、人类成为机械的奴隶的必须的解毒剂，艺术是必要的。”②安德烈·洛夫这句话，对于我们认识生态主义思潮中的生态文学和生态批判的意义和价值，都是一种温善的智慧的鼓励，作为其中的一部分，中国当代小说尤其是 80 年代末以来的生态书写，所蕴藉的反顾心理和反思精神同样值得肯定。不过，具体到某些写作，情形就变得复杂了。我们以姜戎的《狼图腾》为例，来探讨一下“反顾”究竟发现了什么、表达了什么。

在《狼图腾》中，作者提出了一个反思中国近代以来积贫积弱、屡被凌

---

① 王为群、刘青汉：《论生态文学的价值系统》，《文艺争鸣》2007 年第 9 期。

② 〔法〕朱里安·本达：《知识分子的背叛〈安德烈·洛夫的序〉》，孙传钊译，长春：吉林人民出版社，2004 年版，第 15 页。

辱的路径，那就是说中国“走错了路”就在于大汉民族没有草原文化精神，说白了就是不懂游牧民族的“狼性法则”，没有运用“狼性精神”，对于那些富有“海狼精神”、越洲跨洋来侵略的远方国家没有还手之力。从此观点出发，《狼图腾》展开了文化批判，以草原游牧文明极力贬抑汉族农耕文明。作者的代言人陈阵是一位特殊年代“上山下乡”、从中国最发达的首都来到原始偏远的蒙古大草原的知青，当然这有着姜戎当年的身影。他在适应草原生活中所感到的大草原固有的刚烈和雄强之风，尤其是听了对草原生态变迁烂熟于心的毕利格老人讲述“草原大命”，唤醒了他曾经被大城市生活所遮蔽的烈性，他觉得自己意识到这一点太晚了，他甚至为自己是一个农耕民族的后裔而感到羞愧，因为是农耕文明毁坏了草原文明，而农耕文明懦弱的本质又使其无法抵挡“海狼”们的入侵。农耕文明的败落就在于它对草原狼的屠杀，在农耕者看来，草原狼整天搅得草原人晨昏颠倒，寝食不安，灭狼是为了保护牧民的羊群等不受狼的糟践，但作者分析这其实是出自汉文化内在的害怕狼的心理。汉人不懂得，蒙古人正是由于有狼的存在才居安思危，他们的游牧生活就是不断地与狼对抗的过程，草原狼迫使蒙古人和蒙古马不退化，也控制了草原人口舒舒服服地发展，防止其超越草原的承载力。如果狼被灭绝了，草原的生态环链被人为断裂了，草原人和草原动物没有了天敌，就渐渐变得有气无力，草原的大命终于也奄奄一息了。所以，《狼图腾》主张重回游牧文明，重张草原精神，重塑雄性品格。应该说这种针对生态环链的批判有其科学性，农业耕作方式不适合运用在广袤的草原区域，那里土层稀薄，盲目地改草为耕使埋藏在草皮下的沙土滚滚翻出，那里的生态平衡持续受到威胁，必然扼杀了生物圈的多样化生存，破坏了草原生态系统。但有时需要换个角度来看问题：首先，平衡草原的“天敌”理念符合人性常理吗？人类谋求发展的目的是因为在生存繁衍的过程中屡有灾变，通过发展来使人类生活变得更安全、更健康、更舒适，而不是取其反。其次，历史的发展是可以逆行的吗？每个历史发展阶段都有各自内在的逻辑，即便今天我们愿意拿“狼性精神”来“驯化”人类，草原生态也是不可复制而可以更新的，这种更新也已经是人类社会发展到后资本主义时代的一种更新。姜戎只是拿现在的草原没落来想象当初的“悔不该”，但他无视一个现实：从世界整体格局上来说，当劳动工具逐渐进步、人口不断增长时，安土重迁的农耕文明取代漂泊流荡的游牧文明是历史的必然趋势。世世代代，游牧民族逐水草迁徙、烧牛粪饼、吃手抓肉、喝酥油茶或马奶茶，一成不变的生活在当今这个时代并不见得就是他们唯一合理的生活方式，定居生活、接受学校教育、改善居住条件无疑并非违反人道与人性，追求更舒适更便捷的生活方式是天经地义的。

我们不得不指出，某些小说文本的人文阐释有反人道反文化的嫌疑，它所提示的反顾传统、追求“不发展”或“零发展”的路子是走不通的，是于事无补的。我们人类确实到了必须深刻自省自己的行为方式并采取坚决行动的时刻，但是，我们还是应该对当代小说的社会发展观批判主题进行辩证分析，以寻求永续发展或可持续发展的道路。对于当下的中国来说，应该怎么理解欲望主义与生存胁迫的不同，是谈论发展观时绕不过的一个问题。

中国在进入20世纪90年代以后，经济发展持续保持增长势头，整体国力得以提升，我们不敢说“贫穷依然是自由最大的敌人”①，但总的来讲，广大的国土上前现代、现代、后现代这三种文化模态仍共时性存在，许多“旧的背景”并没有消失，物质也并没有极大丰富，不少区域的人们还在操用简单的器械和物件辛苦劳作换来基本生活条件，在很大程度上人们还是从与自然的搏斗中争得生存空间，贫穷还是他们面临的强大敌人。中国非常突出的环境矛盾是人口过多造成的资源压力（当然这种意见也有可能是遮蔽了社会分配问题而造成的假象）。陈应松的《牧歌》、温亚军的《作为祭奠的开始》、郭雪波的《大漠狼孩》、雪漠的《大漠祭》、卢一萍的《夏巴孜归来》、唐达天的《沙尘暴》等都涉及人类生存与自然保护间难以调和的矛盾。

陈应松以他的《牧歌》结束了神农架的“牧歌时代”：由于人口增长，粮食需求增加，为了多种粮食，生长于神农架低处的常绿阔叶林和落叶林带多被砍伐，种了庄稼；高一点的落叶阔叶林带因为过度砍伐也稀稀拉拉，慢慢退化了；高山上的大树全被砍光，原始森林和次森林也都不复存在。光秃秃的山峦让动物们无处藏身，都被打完了。年迈的、步履蹒跚的打匠（猎手）张打像不散的阴魂一样游荡在山里，常常都空手而归，最终不仅无奈地卖掉了自己的捆枪，而且连火药囊、子弹袋、芒筒、开山刀、香签筒、鞘也搭上了，他内心空虚、凄伤。《牧歌》揭示了人类生存与自然保护间难以调和的矛盾：如果一个地方的人能够吃饱肚子，他们就会觉得在他们周围的山林里游走的动物有它们“鬼鬼祟祟的尊严”；有的时候，如果你的心境愉悦，你也会觉得那些动物们就像你家里的一员一样，它们的行踪、它们的情绪、它们的喜乐和忧伤，你都能够感知得到。不过，一旦事情变成另外一种局面，例如你衣不蔽体、食不果腹，除了双手连一点生活的门路和尊严都没

① 〔美〕加尔布雷思：《在一个贫穷的世界中发现自由》，1991年8月27日《卫报》。

有，你除了算计你周围的这片山林，你还能做些什么呢？“每个人都是破坏者，只要你住在山中”，打猎、伐木也就成了可以“活下去”的一个支撑。“我们”现在和山冈成了仇人，砍伐过后，大风随即就毁掉了人的收获。《牧歌》写道：“我们要生存下去，就得学会社会进步中最可恶的东西，以否定咱们的传统，那灵魂深处中最让我们惧怕的东西”。陈应松的《金鸡岩》写老农宿五斗为了寻找到一处可以耕种糊口的薄地，爬上高高的“金鸡岩”，却被阻断山顶。他发出的悲号绝对是对生存艰难的控诉。这就是残酷的现实，在极其有限的生存条件下，自然环境的保护和人类生存的需要常常形成一对悖论。

唐达天的《沙尘暴》（中国友谊出版公司，2007 年）通过对腾格里和巴丹吉林大漠深处红沙窝村极度恶劣的自然生存环境的描述，揭示了沙尘暴中强韧而悲壮的生之精神。中国农村是历次政治运动和改革的前沿阵地，1949 年后的半个多世纪，在红沙窝村这片土地上，一场又一场的运动并不因为它位置边缘、环境恶劣就不降临：互助组、高级社、三面红旗、大跃进，一直到人民公社，然后又分田到户，又互助组，又大办村工厂……“村子原是充满活气的，炊烟袅绕，鸡鸣狗叫，孩子互相追逐，大人们互相调笑”；为了增加耕地，保障粮食生产，村里把荒滩开发成了崭新的农场，人口增加了，“当日子一天天好起来时，没想到生态失去了平衡”，水的问题没办法解决，过去对土地过度开发、过度放牧，地下水枯竭了，曾经汩汩的泉眼只是滴着小水豆儿，田苗被沙埋了。自此而后，人与沙的斗争从来就没有停止过，在沙坡坡上，年年种树，年年治沙，但干旱缺水，活了的树木还是死掉，老风一次又一次卷过，一片黑压压的防护林带，在这干旱的风沙线上消失了，荒漠化是必然的结果，沙尘暴一来，农田和农舍全部遭殃，它逼迫辛辛苦苦用汗水浇灌土地的人凄凄切切地背井离乡。在小说的《后记》中，作家说，“我”的家乡民勤是以生态环境太差、民风太淳朴、人民太勤劳这“三太”而扬名的，“由于生态环境日益恶化，许多村子已被黄沙掩埋了，地下水位每年在不断下降；上世纪七十年代只有两米左右，八十年代到了十米，九十年代到了二十五米，现在有的地方到了一百米，沙漠正以每年八至十米的速度吞噬这片土地”。怎么让自然适合人居，让人有个有吃有喝的安稳的家？这成了太大的难题！

是的，发展不是唯一和终极的目的，我们反对经济决定论，事实上合乎常规的、朴素自然的简约生活才是一种幸福境界，我们看自己身边那些富人，也不见得他们的生活质量、幸福指数就比别人高，但无论如何，一个 13 亿多人口的大国，很大程度上还是凭借靠天生产的农业模式来运作的，当你面对着中国刚刚解决甚至还没有解决温饱问题的8亿农民，来谈“诗意地栖居”一定是对牛弹琴，“采菊东篱下，悠然见南山”目前看来还不大可能会是他们理想的生存境界。《狼图腾》所揭示的农牧业的矛盾其实并非一朝一夕造成的，这一矛盾在中国已历史久远。郭雪波在《银狐》中认为，中国北部、西北部农业文化与牧业文化相对抗、相争夺的情况，在西夏党项人雄霸一方的时候就已经开始了。本来这个民族的人民过着一年四季游牧八方、逐水草而居的流浪生活，在辗转流浪中，妇女、孩子的死亡率很高，这和部族渴望人丁兴旺的理想总是背道而驰。到了西夏王国建立前，他们学聪明了，他们把广袤的草地翻开，学着像汉人一样播种粮食，这样就有了一片片民居、一处处城堡，这样才有了西夏的一时之盛。我们知道在蒙古帝国时代，骑马打天下的大可汗成吉思汗征讨了辽阔的疆域，包括大面积的汉民居住区。他对于农业生产方式极其鄙视，为了抗拒农业方式，他曾经下令把占领的农田都改为放牧场。但是，很大一片牧场才能养活有限的几头牛羊，人口却如潮水般猛涨，牧业这种很“不经济”的生产方式无法满足人的需要，造成祸端不断，纷争迭起，最后不得不放弃退耕还牧，再把草地变回农田，重新开始种粮。说到底，农业对牧业的侵入，把放牧草地改为开垦农田，这是历史发展的必然趋势，个人之力似乎无法扭转。

通过思考人类生存与自然保护的关系悖论、来直面生态危机的乡土生态小说，还可以谈到雪漠的《狼祸》。该小说被出版者称为“人类命运的大寓言”。与其说“猪肚井”是西部一个实实在在的地方，不如说它象征着人类与自然抗争的命运。猪肚井一看就是“沙漠里独有的井了：一个水桶，一峰骆驼，一副滑轮，一个水槽，两个汉子，三根立木，一群饮水的羊”，它“是沙漠里一个很特殊的所在，一是靠近麻岗，牧人们饮牲口方便；二是地形下凹，相对暖和，避免了风沙的直接冲击；三是有长城和土崖。说不清何年何月，这儿还是耕作的沃土，后来，那沙浪滚滚而来，淹了田，淹了地，淹了房屋，把沃土淹成了荒漠，并一路淹了去，这儿倒成大漠腹地了”。这眼井附近的人对待井的感情已经超越了生存的需要本身。当初孟八爷来到这片大漠时，猪肚井还水源较旺，不仅仅人们依靠这口井，那些野生鸟兽也都在夜间赶来喝水，“麻岗野物多，野兔啦，獾猪啦，黄羊啦，老鼠啊，跳跳啦……只要土地爷的狗张口，都赶紧往里钻。狼当然犯不着招惹那些叫‘人’的凶残动物，因为一旦惹躁人家，他们总要生些怪法儿来对付你，比如，举个铁棒儿朝你喷火，火里裹些钢珠或铁砂，哪儿碰上，都是血洞儿；再比如，弄些鸡皮，裹些东西，诱你去咬，一咬，嘣，腮帮子不见了；还有的，咬时也不爆，也软和，也香，但一到肚里，便翻江倒海，肠也断了，肝也烂了……索性，不去惹他们。”这里自然资源过于匮乏，生存艰难，为了保护牲畜，人和狼的战斗就一打再打，绵延不绝。后来猪肚井水位下降，人们用水只好排队，牲畜也是轮天喝水。随着时间推移，水量已经不能满足需要，争水事端不断发生，人且如此，畜生呢？野物呢？小说中描写到的群羊在饥渴威胁下抢水的场面惊心动魄，渴极的群羊疯了一样往井边冲，结果成堆的羊坠入深井。生活条件如此艰难，狼更成为人们的心头之恨，因为好不容易养活的牲畜被狼偷袭，最终是两条腿的人胜过了四条腿的狼。按照张五的说法：土里刨食，已养不了命了，而且人们越穷越生孩子多，大家才只顾眼前利益，频频向沙窝伸手，过度放牧或者猎捕。“这是个悖论，一句两句，说不清，打也罢，保也罢，都是为了生存，前者为了眼前，后者为了久远，简单地否定哪一个，似乎都不对”；而且，“打一匹狼奖一千五，老百姓奖。你国家保，可人家不保。人家的乡长给我算过账，五年来，我收拾的狼和狐子，叫他们少损失五千只羊呢。在那里，我是英雄呢。乡长开会时公开说：‘那张老汉来了，要好好招待。发展畜牧业，得欢迎人家来。’”但是，人们最终发现对自己威胁最大的，不是狼，却是水。即使井主人豁子一再努力把井挖深，但地下水位在下降，最终井在自然的残酷和人类的蛮横之下终于成了死井。从16岁就开始成为猎手的孟八爷在井边搭起火堆，完成了自己“放下屠刀”的仪式，井被填埋，人们被迫离开这个曾经充满希望的沙窝。

在另一项相关研究中，笔者曾经谈到过国外动物保护主义者彼得·辛格提到的例子，在20世纪80年代初期，欧美社会出现了两大健康杀手，即癌症与心脏病。美国康奈尔大学的柯林·坎贝尔博士于是在中国开展了一项调查研究，他和他的中国研究团队一共调研了6500位中国农民，对其饮食习惯和健康状况进行跟踪研究，后来发现了两个方面的问题：一、在中国广大的农村地区流行素食主义，奉行素食主义的中国农民健康状况普遍比较乐观，这给欧美社会一个忠告，即素食对抑制肥胖、减少心脏病和癌症的发生和威胁有重要作用；二、西方人最近开始意识到食用过多的肉类、蛋类和乳制品对健康无益，营养过剩只会增加患病的几率，但不幸的是这个错误却要在中国重新“错”一遍，随着中国经济的增长、人民生活水准的提高，不少中国人开始大量摄取高营养物质。本来，彼得在《动物解放》一书的序言①中举出这样的例子，是为了表扬中国奉行素食主义的农民、批评刚刚产生的对肉蛋奶等的消费倾向，但是在当时的中国人看来，他举出这样的例

① 〔美〕彼得·辛格：《动物解放》序言《致中国读者》，孟祥森等译，北京：光明日报社2003年版。

证来有点让人哭笑不得的味道。辛格并不知道,中国大量农村人口并非天生的或自觉的素食主义者,他们不吃肉食、不喝牛奶是因为他们穷困,那些“高档滋补品”不是他们想消费就可以消费的,对他们来说,健康的威胁当然不是营养过剩造成的肥胖症以及各类并发症,而是由于营养不良造成的各种发育不正常,如体型矮小、智力障碍、早衰、妇女病、关节炎、皮肤病等。①

除了这样一种现实矛盾外,有的时候人与自然的悖论也可能会是一个“理念”层面的问题。我们注意到一个事实是,在经济衰退期,会呈现更加赤裸裸的对自然的破坏,要消除污染和环境退化需要物质富裕做基础——除非我们认为我们应该回到“高贵的原始人”——像马歇尔(P. Marshall)在《人性和无政府主义》和罗斯扎克在《人与星球》中所认为的,美德只存在于自然生态的简单社会之中。

四、“发展”与“可持续”的辩证

选择不同社会制度、处于不同发展阶段以及不同文化传统的国家,对于可持续发展(Sustainable Development,或曰“永续发展”)的内涵的理解不见得会一致,这应了那句话:“经济基础决定上层建筑。”美国学者 G. 哈丁有过一个声名远播也臭名昭彰的“救生艇伦理”。G. 哈丁的理论基点是,地球是个空间、资源如此有限的星球,就像一个救生艇一样,盛不下太多的人;而从世界全局看,是弱国、穷国,人口比例大,发展欲望强,对生态的需求和威胁更大。所以,既然大家信仰进化论的“弱肉强食”原则,那么发达国家就不应该对那些穷弱国家的人民有任何同情心,最好让他沉入大海、自生自灭,别挤破了这艘“救生艇”。② 很明显,这是一套以冠冕堂皇的生态维护为理由的、明目张胆的文化扩张主义、霸权主义和种族主义思想。他忽略了这样一个事实:那就是现在所谓的发达国家虽然只占世界人口总数的 23%,但世界能源、木材、钢材的 70% 以上却被它们占有和消耗了,它们的温室气体排放量也占全球总量的一半以上。③ 从这个可怕的“救生

---

① 当然,这个问题要随着社会经济的发展、人们生活水准的提高分别看待。经过改革开放 30 年的发展,中国不少区域尤其是城市生活水平已经有极大改善,高营养摄入对人体健康的负面影响日益呈现,高血压、高血脂、高血糖等“三高”患者越来越多。一方面是高营养带来的疾病增多,另一方面则是土地减少、肉食生产需要耗费的土地供给远远高于粮食生产,现在在城市人群中宣传素食确实正当其时。

② 参阅〔美〕R. T. 诺兰:《伦理学与现实生活》,姚新中等译,北京:华夏出版社 1988 年版,第 448—451 页。

③ 傅华:《生态伦理学探究》,北京:华夏出版社 2002 年版,第 294 页。

艇”逻辑可以看出，对于发展中国家来说，回归传统生存方式（如游牧生活、渔猎生活）的“生态思维”，一方面无疑等于放弃发展，这在一定程度上正好迎合了西方某些学者的“后殖民”心态；另一方面，如果我们放弃发展，就等于为西方经济强国的环境污染埋单。显然，让还没有享受到现代化盛宴的后进国家来为强者埋单，这是不公平的，不符合生态正义的。

在我们的发展模式批判中，其实还蕴含着另外一个话题。我们看到许多生态叙事文本写到财富拥有者的贪婪造成了环境破坏，有的则是揭示贫穷者的不择手段、“自杀式”生产造成的破坏，那就是说既然生态问题和欲望主义有关，那么人性的批判应该是有两个层面的——一是对贪婪的批判，一是对无知愚昧的批判。如陈应松的《火烧云》、陈启文的《逆着时光的乡井》不仅深入揭示了穷困山区吃水难的惨状，更是尖锐地批判了人性或曰国民劣根性的龌龊。

县图书馆管理员龙义海被任命下乡到山地的骨头峰村扶贫，正好赶上这里两三个月不下一滴雨，土地、植物、动物包括人都嗓子冒烟儿，连石头都晒得嘣嘣开裂。猴子因为饥渴，把牙齿扎进桦树干里吮吸水分，却没想到无法拔出，在凄厉的叫声中把带血的牙齿留给了树干。人们不得不翻山越岭到二十几里远的沟岭里去背水，在耀眼的太阳下走在滚烫的路上，而且那里的水位也越来越低，汲水越来越难。小姑娘二英为了汲水而沉入河里，付出了年轻的生命；难以忍耐生活的艰辛，村长的儿媳又哭又闹三番五次逃回山下的娘家；一连的不幸迫压，加上又把好不容易背到家的水泼洒，好女孩儿桑丫选择上吊自杀；为了一台百来元的录音机，母亲逼迫十几岁的女儿嫁给几十岁的男人；田地里一个叫“一碗水”的地方渗水，一碗水招来人与兽的争夺；人们扎成草龙上山“烧旱魃”，祈求“两界神王”赐予“风调雨顺”“清水满缸”……无数双无助的眼睛让扶贫的“龙干部”如火烧眉毛，他不得不下山到县里求助。但是，很明显，对旱灾的描述并非陈应松的本意，起码并非文本的重要叙事动力，作家的抱负在于揭示出是什么造成了这片“人间地狱”？难道仅仅是“天”吗？一个图书管理员来扶贫，不可能带来实用的金钱或抽水机，他只能凭借自己的良心护卫弱者，但是却遭到恶人的欺辱甚至以生命相逼；当龙义海在县城求爷爷、告奶奶搞到一批救灾的塑料管子和二十袋水泥，等候运输队伍的却是疯抢的人群，为了抢一袋水泥，村长儿媳好不容易保住的几个月的胎儿流产了，村长说得好：“这些人素质太低”，“穷了，见什么都以为是救济……就是一堆狗屎他们也会抢的”；龙义海想劝说逼女儿嫁给老男人的马家妇女，结果发生的却是马克霞被抢亲，因为“这地方兴抢亲的风俗”；麦家父子占据了寒巴猴子的破屋,却一次次把主人打得鼻青脸肿,唯一敢于说一半句公道话的瞎子老米却连自己的女儿的贞操都保护不了;龙义海为村里带来了“现代文明”:一批图书资料,包括科技资料、农业种植资料、法律读本,却发现这些本子被撕破用做了手纸;村民们第一次知道自己有那么多“权力”,纷纷想告侵吞集体财产、为恶人做掩护的村长和为非作歹的麦家父子,本无心帮人打官司的老龙被村长要挟……祈雨仪式点着了山火,这个可怜的扶贫干部为了救火最终被烧成了一团,胸前却还紧紧抱着村民交给他的各种状子!“正义和秩序应该像江河滔滔,理直气壮”,但是,这里却没有。作品借村民之口对当下苦日子的控诉,揭出了事情的真相:这里的村人没有法律意识,恃强凌弱,懦弱愚昧,似乎是生活在封闭的原始社会;另一方面,这里的大小政府、父母官员何尝为下等人付出过寸心?读罢《火烧云》,仿佛自己的喉咙也干渴难耐,自己的眼前就燃烧着层层火烧云,就是一片干裂的大地,植物被炙烤得焦脆,一群灰头土脸、求告无门的村民狂躁不安……我不由得想到某位作家所说的,生活在绿树蓊郁、水草丰美地方的人们,心灵自然会变得宁静美好。

陈应松在《火烧云》里,比他在《牧歌》里更进一步的追问就是:不仅仅是“穷”造成了对自然的掠夺,同时也是由于民族性中一些卑劣的方面更加深了生之艰难。陈启文的笔力在温和中藏着血刃,前文谈到的《逆着时光的乡井》是在一种悲悯和忧患的气氛中收场的,它暴露了转型期的乡村本相与人性幽微。资本的诱惑是可怕的,它让人们不惜性命去换取,一些男人在矿上送了命,他们哭哭啼啼、拖儿带女的老婆从矿上得到的只不过是一点抚恤金,那是用一个活生生的命换来的。乡村的基本伦理和亲情都随着泉水的枯竭、矿山的开发而瓦解了,从县里到乡里,从麦秋到村人,成了一个以矿业利润为纽带的利益体,但权力和金钱的媾和注定了最下层的村人即矿工要付出最大的代价。当“我”对于这种现状向麦秋提出疑问,并表达对石泉村的一份眷恋时,麦秋认为“我”把自己降低到了“跟幺爸一样的水平了”,她对“我”的质问让“我”哑口无言:“你咋就不搬回来,只要你能守着这口井过一辈子,我天天往这井里灌矿泉水,干不干?”陈启文以一种审美的心态揭示了乡村的生存哲学,幺爸这一努力保守传统乡村秩序的人物其命运既可贵又可悲,具有象征意义的“乡井”映照出世易时移的人间万象,也让“精神”与“物质”、生态与发展的矛盾对立暴露无遗。

关于文化反顾和发展模式批判问题,这里想再谈到那本书:《后寓言:〈狼图腾〉深度诠释》。在一片驳杂的批评声音中,李小江竟然抛掷65万余字的巨大篇幅,来评价这样一本毁誉参半的畅销小说,这太出人意外了。

笔者一度揣测以女性主义批评与研究为主要学术履历的李小江会过于推崇《狼图腾》,幸亏在“引言”中有这样一段“宣言”:“就个人识见和审美趣味而言,我并不欣赏书中的血腥描述,不认同狼性崇拜,不赞同作者对农耕或游牧民族的简单评判,更不欣赏他以狼为楷模对‘国民性’进行批判的立场,对战争气氛或竞争的叫嚣我有一种本能的厌倦。”①实际上,《后寓言》是在尝试创立一种新的分析范畴,即“后乌托邦批评”,其间的许多杂谈新见包括对《狼图腾》偏爱有加下的“过度阐释”乃至其间批评家时隐时现的“批评障碍”皆出于此。

《后寓言》文本浩繁,涉及的知识系统和理论结构甚为博杂。其“上篇”为“文本分析”,著者从“《狼图腾》讲述了怎样一些故事?”“《狼图腾》为什么拥有广泛的读者群?”“《狼图腾》是怎样抓住人心的?”三个部分,分别剖析了作为“寓言”的《狼图腾》的品质与特点,作为“小说”的《狼图腾》体现的后现代语境中的主体易位,以及《狼图腾》在“美学”上所体现的后现代移情效应及其“示范性”。《后寓言》的“下篇”是“寓意索隐”,这是《后寓言》的主体。在“《狼图腾》承载着多少寓意?”部分,李小江从符号学、语言学、宗教学、人类学、性别学、生态学、文化学、经济学、政治学、史学、哲学、民俗学等12个诠释角度全面而细致地解剖了《狼图腾》所蕴涵的复杂的寓意系统;“下篇”还探讨了《狼图腾》何以引起阅读者截然相反的情绪和意见的问题,认为作为“后殖民批判”,《狼图腾》的寓意在“思想”中自我消解。研究文本最后以“小结:《狼图腾》内外的话语空间”结束,指出“后乌托邦批评”诠释和“必要的过度诠释”的必要性。

《后寓言》认为,在“文化大革命”等诸多乌托邦社会实践之后,在后现代、后殖民理论盛行的“后”时代,反省和批判社会主义乌托邦的《狼图腾》颠覆了传统的狼母题,将“难言之隐深藏在‘厚道’的面具背后,更接近寓言而非一般小说”②,确切说是一部“后”时代的长篇寓言小说。《狼图腾》的思维路径和价值取向都是非常后现代的,它的故事中弥漫着后现代的空气,但是在“‘对话’和‘讲座’中鲜明地表现出后殖民批判的政治走向”③,并尝试重新找回丢失已久的审美理想,同时又企图让失宠的乌托邦“重返现场”,远远偏离了创作初衷,其寓意“深陷在后殖民的身份情结和后乌托邦的意识形态中不能自拔”;那么,批评显得尤其重要——批评的目的即在

---

① 《后寓言——〈狼图腾〉深度诠释》,武汉:长江文艺出版社2010年版,第6页。以下有关《后寓言》引文同出此版。

② 同上书,第34页。

③ 同上书,第19页。

于还原“问题”,“让语言还乡”,将文本“纳入历史的认知序列”,得以重返“现场”。[①]《后寓言》躲开了生态批评的捷径,也错过了道德批评的坦途,径直走进了“寓言”的殿堂,“后乌托邦批评”登场了。

“后乌托邦批评”在回到文本本身的同时又试图挣脱批评文本和批评话语的束缚,其“还乡”之旅沉重且充满辩难的激情,带着拨开云翳就能重见天日的冲动,使得《狼图腾》的阐释空间和路径一下子纷繁多彩,所以如果单单把《狼图腾》看做一本“生态小说”或动物小说的批评者还真有点小瞧了它。借用拉塞尔·雅各比一本书的命名,《狼图腾》体现了“反乌托邦时代的乌托邦思想”,这也正是《后寓言》的批评策略和思想本相。

在整个阅读中,笔者比较关注《后寓言》对《狼图腾》体现出的在中西方文明对比上的殖民与反殖民话语、在国民性问题考量上扬游牧贬农耕的思想意识的看法。在《后寓言》看来,作为现代性反思思潮下的一个创作文本,《狼图腾》重新提示了后殖民主义的一个尖锐问题,怎么看待现代化全球扩张中造成的非西方文化的断裂。后殖民主义实质上就是殖民地和第三世界知识分子反对西方发达资本主义国家对发展中国家采用的文化霸权主义,而且意图使处于边缘状态的自己的民族文化在世界文化格局中找到应有的位置,甚至渴望使其成为新的文化中心。中国的百年现代化历程和民族国家的建构理想难割难分,所以后殖民主义批评在中国也不可避免地打上了“民族主义”的烙印,从后殖民理论出发正面来看《狼图腾》,可以看出它是由对中国在世界文化中失语的焦虑走向了对“狼图腾”的打造,并渴望以此来实现拯救中华民族的梦想。草原游牧文明面对的是“双重”的殖民主义:农耕文明和西方文明。面对西方文明,游牧文明和黄土地上的农耕文明均是人类文明史上“传统”的一部分,又均被“现代”这个自以为是的“殖民者”标签为“愚昧、落后”,同时那些传统的东西又总在现代化形式上不断寻求涌出的可能;但草原文化在西方文化到来之前已经有了农耕民族和农耕文明对它的“侵占”或覆盖,所以《狼图腾》中显示的是双重的传统缠绕,作家内心也有着双重殖民的悲壮情结。从后殖民意识形态出发,“草原”必须是左右开弓以全面抗击这双重遮蔽与覆盖,但在对“为什么在文化衍化的过程中失去了自我的探讨”中,《狼图腾》不仅为草原文明鸣不平,似乎更为农耕文明扼腕叹息,作者甚至更执拗于探求后一种文化陨落的深层原因:远则为“长期的农耕环境和儒教终于彻底教化和软

① 《后寓言·引言》,第10页。

化”①造成的华夏“羊性”，近则为上世纪中叶以后乌托邦社会实践的直接恶果，以致西方“白人狼”“文明狼”能远涉重洋、招摇而入。在否定“羊性”和“传统乌托邦”实践的基础上，新的乌托邦开始升腾——重张草原逻辑和狼性精神，培养“强悍进取、永不满足的民族性格”，同时又在尚武拓疆上把游牧精神与学习西方白人“文明狼”做类比。

《后寓言》在关注诠释《狼图腾》有可能被其他批评路径忽略了的寓意时，也关注到了它在弘扬游牧文明、贬抑农耕文明过程中出现的理念悖论。游牧文明是高等文明，如今世界上先进发达的民族都是游牧、航海和工商民族的后代，这就是汉族农耕文明终至被外来文明欺凌的原因。但恰恰在叙事文本中，作者又把游牧文明败落的罪魁祸首指定为农耕文明，是被视为“劣等的”农耕文明的进驻打败了游牧文明。以后殖民理论为凭，《狼图腾》强调真实地认识各种文化之间的差异或曰特殊性，要充分肯定现代进攻下的弱势民族深层性格，但是与其把狼书对农耕文明的态度看做一种维护草原文化个性的批判，毋宁看做是对西方狼的顶礼；与其把“羊性”批判视为国民性改造的康庄大道，毋宁说是复现强大的草原文化帝国的乌托邦在作祟！由此看来，所谓的对游牧文明、农耕文明、西方文明三种文明形态差异的强调被《狼图腾》自己消解了，他者话语和自我话语大面积重复，“自我本质”的定义失败，理念被切割得体无完肤，试图以传统的自我作为“恒”的建构被逻辑性地推向了自我的“变”的诉求。当然，《后寓言》在寓意诠释中更倾向于将《狼图腾》这些“缺陷”作为逻辑的混乱和叙事的矛盾来对待，对其体现出的文化观、伦理观等方面的悖谬有些避重就轻的意思。或许在批评家看来，批评总是无奈的，它无法给出答案，只是把那些矛盾纠缠放在那里，让读者自己去参悟。对于《狼图腾》后殖民的身份情结和后乌托邦的意识形态，其实《后寓言》在“上篇”已经有选择地凸出了《狼图腾》“寓意”中的某些“标志性文字”：“列宁是在听着人与狼生死搏斗的故事中安详长眠的，他的灵魂也可能是由异族的狼图腾带到纳克斯那里去了”②，“1966 年‘文化大革命’之(以)前”“自 1949 年新中国成立以来直到 1970 年代”这些词句不断出现在文本分析中。《后寓言》认为，白人“文明狼”之所以能够漂洋过海来到“群羊纵生的黄土地上找到了代言人，并不是因为它携带着强势的西方文明的气息，而是因为它经由苏维埃故乡而带来的社会主义理念”，是“‘十月革命’一声炮响之后的红色狼烟滚滚以及

① 《狼图腾》，第 387 页。
② 《狼图腾》，第 18 页；《后寓言》，第 28—29 页。

列宁及其追随者为‘白人狼’涂上了鲜红的色彩”,才使得作为社会主义中国的“革命接班人”和“白人狼”搭上了关系,“白人狼”在中国大陆“陡然多了血色”。[①] 这样,《后寓言》将狼书的寓意从打造“狼图腾”的险滩引向了威权年代的政治意识形态批判,这是《后寓言》时时要抵达的目的地,它与《狼图腾》英雄再造的宏大叙事有意发生了错位。

在《后寓言》浩繁的寓意分析中,我感兴趣的还有著者对其生态学寓意的分析,即“人类还有多少选择空间?”她的回答虽然带着形上的困惑但充满了批评的智慧:科学界的朋友告诉“我”,大量数据表明,天地的变化以光年计,所谓环境保护“于天地诸事无补亦无害”,倒是人类自己的生命生态可堪忧虑,可是谁愿意放弃舒适的生活当真在山林安营扎寨?“我不能”,即便“我已经做出了重返山野的选择,却最终还是回城了”。[②] 在这里,《后寓言》终于揭示了“复归传统”还是“走进现代”之间的抉择问题,其实也是一个伦理问题——我视之为《后寓言》对前文所分析的《狼图腾》逻辑悖论的一个回答,遗憾的是,《后寓言》并没有在《狼图腾》的历史观、文化观和伦理观上追问得太远。再回头看《狼图腾》的生态批判。《狼图腾》之所以这样大张旗鼓地批判农耕文明,批判大汉族主义,其实隐含其内的恰恰也是一种狭隘的民族主义、民粹主义激情。大汉族主义强权确实使草原民族历经了动荡,甚至可以说他们有被汉族同化掉的风险,但反过来,招摇狭隘的民族主义也同样并非一种建设性思路,而是一种报复性心理,对母文化的修复不但无益反而有害。对文化差异性的蔑视和诋毁已经罪恶昭彰,早应该弃在历史的垃圾堆里了。其实,从梁启超到沈从文,中国现代文学对于吸纳异族文化精华来为老迈的中华文化“补钙”的思路和探索就从未止步,他们寄望把少数民族文化气质中勇猛精进的精神输入到老大帝国的血脉中。这条探索之路本来是有益的,但到《狼图腾》这里达到极致,且走上了歧途。

归根结底,我们谈及的生态批判正是源自对人类是否能够“可持续发展”的忧思。“可持续发展”这个概念最早出自 1972 年在瑞典首都召开的联合国人类环境研讨会。此次研讨会云集了全球不少发达国家或发展中国家的代表,就人类如何在缔造一个健康和富有生机的环境时所享有的权利进行界定。随后,世界各国、各区域的政治人物、经济权威和专家学者都试图界定“可持续发展”的含义。1987 年,挪威前首相格罗·哈莱姆·布

---

① 《后寓言》,第 30—31 页。

② 同上书,第 266 页。

伦特兰夫人(Gro Harlem Brundtland)提出的界定,成为大家的共识。布伦特兰夫人是国际著名女政治家,曾三度出任挪威首相,也是挪威历史上第一位女首相。1984年,布伦特兰夫人被联合国秘书长任命为“联合国环境与发展委员会”主席,在1987年撰写的《我们共同的未来》的报告中,她郑重提出了对“可持续发展”这一概念的理解。布伦特兰夫人将“可持续发展”定义为:“人类有能力使发展持续下去,也能保证使之满足当前的需要,而不危及下一代满足其需要的能力。”①在1992年联合国环境与发展大会上,《我们共同的未来》写入了大会通过的《21世纪议程》等文件。现在,“可持续发展”已经成为全球环境保护工作的主题。我们可以从两个方面理解这一概念:首先,“可持续发展”是一个关涉生态公平的问题。地球上每一个国家的人都是大地的子民,发展不是发达国家的特权,也是发展中国家和不发展国家的权利,地球之子都有权利追求相对舒适的生活。其次,“可持续发展”也是一个代际正义的问题。地球上的资源既属于“当代人”,也属于“未来人”,我们的后代也有权利从我们这里分享大自然赐给人类的财富,所以,今天的发展不能是一种短视的“断子绝孙”模式。

19世纪末期俄国批判现实主义作家契诃夫曾经有过这样一个说法,他认为在人类历史发展的某些阶段,在“蒸汽和机器”中可能包含着比“贞洁和素食”更多的对人类的爱。美国三一学院的教授文贯中先生也曾经辩证地谈过“可持续发展”的问题,他认为无论是发达国家几百年来的经验还是经济学的规律,都证明了这样一个问题,即全球化和城市化是历史的必然趋势,是实现现代化的必由之路。“从文学的角度看,这个过程也许包含妻离子散、被人兼并、不断受到市场鞭笞的凄惨故事。例如,狄更斯催人泪下的小说,都是在诉说这个过程产生了无奈的移民、堕落、犯罪、贫民窟,使人觉得这个过程应该立即停止。但是从经济学的角度看,这是一个走向现代化的必然过程中所付出的代价。如果一个民族放弃全球化、城市化、现代化的必由之路,退回到传统社会的老路,那么,这个苟且偷安的民族将要付出更大的代价。”②因此,“可持续”和“发展”并非一对不可调和、二元对立的矛盾,甚至现代文明也并非生态危机所有层面的罪魁祸首。任何历史阶段都不可能是平衡静止的,无始无终、充满活力的运动才形成了人类历史,“可持续发展”是要承认发展,是要科学合理地发展,重回传统生活

① 〔挪威〕布伦特兰夫人:《我们共同的未来——从一个地球到一个世界:世界环境与发展委员会的总观点》,世界环境与发展委员会编:《我们共同的未来(绿色经典文库)》,王之佳等译,长春:吉林人民出版社1997年版。

② 马国川:《文贯中:往事何曾付云烟》,2007年10月1日—8日《经济观察报》,第47版。

模式和发展轨道是行不通的。一种科学理性的发展观不应该是遇到麻烦就扭过头来取其反向，在社会发展观问题上某些所谓的生态批判有点矫枉过正，起码是有点偏执，类似于将“孩子”和“洗澡水”一起倒掉。我们应该注意到有些批评层面忽略了中国当下文化土壤产生的生态问题和西方“后现代”意义上的生态问题之间有着相当的不同。从“发展”与“可持续”的辩证关系出发，我们必须汲取西方工业化国家在盲目追求经济增长过程中所造成的资源浪费、污染、稀缺等问题，否则我们也许就走向了反历史、反文化的立场，与和谐的生态理想的重建将背道而驰。法国生态主义者塞尔日·莫斯科维奇曾经提出过一个缓和当今世界范围内的生态危机的对策，即“平等（égalité）= 平衡（équilibre）= 生态（écologie）”①。塞尔日·莫斯科维奇的“三个对策”既考虑了机会均等的原则，又强调了整个生态系统保持均衡发展的准则，同时也指出了“平等”与“平衡”才是实现“生态”的必由之路。仔细分析，这一“对策”确实是一种充满智慧的总结。

总之，科学主义、欲望主义和唯发展论到了需要反省的时候。人类对科学的尊崇是有道理的，但我们必须警惕“科学至上论”在满足人类贪婪的同时可能带来的灾难；人类的基本欲望是合理的，但欲望主义应该受到批判，无限攫取的思路不仅会害了时人，也会遗恨万年；人类对发展的追求不会停息，但必须小心翼翼、谨言慎行，预防“唯发展”带来的弊端，因为很大程度上，生态问题是由发展方式、分配方式造成的社会不公转化而来的。

---

① 参阅〔法〕塞尔日·莫斯科维奇：《还自然之魅：对生态运动的思考》，庄晨燕、邱寅晨译，于硕校，北京：三联书店 2005 年版，第 33 页。

第五章 “动物书写”与人类中心主义批判

生态主义运动的主要内容除了自然保育外,动物保护也是其重要方面之一。在自然进化漫长的历史河流中,人类与动物既相互对抗又相互依存。在原初大地上,在进化出人类之前,今天被称为“动物”的那些物种是大地的“原住民”,作为迟到者的“人类”正是在与各种动物争夺生存空间的过程中慢慢地“自外”于动物,从而开始了向人转变的进化史。人类在标榜自己不同于其他动物的“新身份”——“万物之灵长”的同时,形成了以暴力征服、猎杀和利用对方为目的的观念,人成了自然动物的猎人,甚至成了自然动物命运生杀予夺的主宰者。在文学的演进史上,“动物”是世界文学殿堂里的常客,《伊索寓言》中那只找水喝的乌鸦、穆斯林中流传的阿凡提故事中那头驴子、《格林童话》中扮作小红帽外婆的大灰狼和青蛙王子、中国古老神话故事“奔月”中那只玉兔、牛郎织女七夕相会时搭桥的喜鹊等,都是这个殿堂内的“贵宾”;即使是非神话、非童话类文学,动物也常常是作者艺术园地的“常客”,如《水浒》中景阳冈的老虎、《西游记》中的白龙马……这些共同构成了世界文学经典文库的“动物世界”。从上世纪中后期以来,动物常常是以悲剧的角色出现的,不少野生动物成了这个逐渐被现代化格式化的地球上的悲情物种。近年来,越来越多的生态文学家开始用另一种角度看动物,他们批判人类以自我为中心的观念,认为一个个悲剧的上演正是人类不可饶恕的罪恶,在文学中他们重塑了人与动物的关系,期待人能善待动物并与之和谐共处。所以,“动物书写”是生态批判中人类中心主义批判的主要引题。

与此相关的是,在人类中心主义批判中,生态书写应“努力保护并加强人的自由”[1],维护人之尊严,使之有积极之信念可以担负起恢复人与自然和谐发展模式的责任,这样,整个人类自然家园和精神家园的重建才会拥有不竭的魅性活力。所以,笔者在“绪论”部分就提出了“弱式人类中心主义”的概念,作为对“强式人类中心主义”的批判和修正。

---

① 第十届国际人道主义和伦理学会世界大会:《相互依存宣言:一种新的全球伦理学》,见〔美〕保罗·库尔兹编:《21 世纪的人道主义》,肖峰等译,北京:东方出版社 1998 年版,第 411 页。

一、“动物书写”与生态批判

人类在自我进化中“外在”于“自然”的过程是漫长的、渐进的，人类作为自然界之一员为了自身的繁衍生存，时不时要猎杀其他动物来满足自己果腹的需要。但是，人类返祖的倾向使之没办法忘掉自己“出身”于动物家族，高于万物而孤独地存在，并不符合人类的情感需求——渴望互探、交流是动物世界的共同特征。所以，人类又学会了驯化野生动物。驯化动物一个方面是为了作为工具，在仰赖天地生存的渔猎、游牧和农耕时代，人类需要动物的协助才能活下去，例如需要驯养鹰隼以协助狩猎、驯养鸬鹚帮助捕鱼、驯养骡马牛驴等作为“劳力”，还需要看家的放牧的或拉雪橇的狗；另一方面，驯化动物也满足了人类排拒孤独、渴念交流的需要，毕竟，在进化的历史上，人类和动物特别是哺乳类动物有着“血缘性”的关系，或者说在整个自然界的进化图谱中，人类作为动物的“后代”，和某些“通人性”的动物天然地容易产生情感，甚至人类也会崇拜那些生生不息的动物。就这样，人类和动物在相容与对抗之中共存，世世代代。

人类和动物真正隔膜得越来越深、相离得越来越远，则是到了近现代工业社会。工业化为人类追求物种福利提供了技术和机械保障，统治自然、征服自然的雄心壮志随之高涨，牺牲自然成为人类达到自己目的的重要手段。已然脑满肠肥的人类作为智力上的胜利者，高尚惜生的情操多有失却，对自然或动物的友爱和正义感业已沦丧——这个时候，可以说被叫做“人”的这个物种忘掉了自己源于“动物”的出身，为了寻欢作乐、制造刺激、满足某种私欲，而对动物滥开杀戒，仅仅是从自我中心出发为所欲为，正如1988年2月4日美国诗人斯塔福德在一次诗歌朗诵会上所吟诵的：

> 充满光明的动物们
> 穿越森林
> 向瞄枪人走去，枪里
> 装满黑暗。①

我们在前文曾经谈到《哦，我的可可西里》等小说文本所写到的人类操持枪支机械对动物的屠杀，或许，武器对于动物来说只是致命的危险品

① 张子清：《20世纪美国诗歌史》，长春：吉林教育出版社1995年版，第746页。

之一,现代化的“污泥浊水”是更大的更具杀伤力和灭绝性的东西。我们常常看到类似的各种报道,某处河流工业废水污染,野生鱼类和鸟类等纷纷毙命。人类非得要以自己为中心来思考问题、一定要让自然界的动物遭殃吗?一个没有动物做伙伴的寂灭世界真的是我们心甘情愿的结果?

历史常常会给我们留下一些遗训,例如一种思想或观念,当它发展到极致的时候,就会出现一种悖反的力量,对动物的伦理学说的出现正是如此。人与动物间的伦理关系是否成立是“生态小说”必须面对的话题。西方世界的反思首先是从传统基督教教义出发的,犹太—基督教传统总是把人(自己)和动物区别得界限分明,人和动物之间的鸿沟无法跨越。他们认为,只有人是按照神的形象创世的,而且灵魂不朽,所以,人既是肉的,也是灵的。因此,生态主义者认为,上帝一开始就犯下了不可饶恕的错误,因为在古老的教义中,天主为诺亚和他的儿子送上了这样的祝福:“要滋生繁殖,充满大地。地上的各种野兽,天空的各种飞鸟,地上的各种爬虫和水中的各种游鱼,都要对你们表示惊恐畏惧;这一切都已交在你们手中。凡有生命的动物,都可作你们的食物;我将这一切赐给你们,有如以前赐给你们蔬菜一样。”博爱仁慈的天主赐给诺亚无上的权威:各种飞禽走兽都必须听命于他们,随时可以拿动物来作为食物,就像吃蔬菜一样。正是这种教义,剥夺了动物的权利,让人凌驾于所有自然界的动物之上成为一切的主宰,催化了人类对动物世界的野蛮和屠戮。这种反思等于从根源上认定基督教文化是人类中心主义文化。在一些西方现代哲学家例如康德看来,动物的存在只构成我们的工具,因为人类天生的尊严自成目的,“人权”一词其实正是我们对于人自外于其他生物的“界”的尊严和权力的强调。正由于此,伦理学探讨的都是人与人所构成的社会之间的伦理关系。在现代伦理学家弗兰克纳看来,伦理学的首要任务是“提供一种规范理论的一般框架,借以回答何为正当或应当做什么的问题”。道德既是个人性的,也是社会性的,它是整个社会的一种契约关系,是一种行为规范。

在人类曾经的文明发展史上,还没有出现过以人对动物的情感伦理为判断标准的文明形态,而生态文明却要求如此。作为新启蒙运动核心内容的生态主义,改写或者说扩大了伦理学的性质和任务。本来,伦理学的思考并非优先考虑如何达到快乐和幸福,而是优先考虑和关注人的那些较为严重的不幸,以期这种不幸不致继续发生,那么,关于动物的伦理学从开始出现即挑战或曰改写了“传统伦理学”只关注人与人之间关系的范畴与内涵。著名的动物解放运动推动者彼得·辛格解释道:“我们所关怀的是防止动物所遭受的痛苦与不幸,我们反对不加反省地将动物和人以不同态度看待;动物毕竟是生命,虽然非我族类,但让他们承受不必要的痛苦,我们认为是错的;我们认为动物受到人类无情而残忍的剥削,我们要改变此种情况。”①动物题材小说从人与自然的和谐共处、从生物种群的多样化来思考人与动物的关系,甚至有的从动物的价值立场以及意义思考动物,远远超越了人类以功利眼光来评判动物之间的关系、善恶、高低、是非。这种对动物的情感的产生不是过去的童话故事,而正是人类面对动物世界的日渐残缺时产生的新的伦理情感。这种从整个自然生态系统的平衡出发产生的生态伦理,或更多偏向于动物价值所生成的动物伦理学说,成为乡土生态小说动物书写的重要理论基点,甚至可以说它对于整个生态理论体系的建立是一个根本性问题。

生态伦理学说倡导人类只是自然万物中的一员,地球是人类和自然界其他物种的共同家园,在自然界中,人与其他生灵位置同等,并不特别享有可以统治、征用、消费、虐待其他动物的权力,更不可能独自拥有地球。人类只图谋自己的发展,却拿出要将其他动物赶尽杀绝的可怕雄心,这是人类对自然、对动物、最终也是对自己犯下的罪恶。人类只有重新塑造自己的伦理观念,才能重回大自然,才能从欲望的邪恶和精神的恐慌中挣脱出来。伦理学与其他人文学科包括文学关系紧密,“文学家常常能更敏锐地感觉时代和提出时代的道德问题,同时也提供丰富的材料,保留道德现象原本的生动性、完整性和复杂性”②。上世纪中后期以来,世界范围内文学领域的“动物书写”正体现出人类观念重造的努力。

由于对动物的伦理观念的变迁以及人类心灵的需要,世界范围内以叙写动物来进行生态批判的小说层出不穷,在处理人和自然的关系以及与此相关的道德问题时,这些作家表现出了令人敬佩的才华,或许在他们内心已经养成了与最阔大、最天成的大自然休戚与共的深厚感情。其中美国海洋生物学家蕾切尔·卡森的《海风下》(*Under the Sea Wind*)、前苏联著名作家鲍里斯·瓦西里耶夫的《不要射杀白天鹅》、前苏联诗人伊萨耶夫的长诗《猎人射杀了仙鹤》、加拿大著名作家法利·莫厄特的《被捕杀的困鲸》《鹿之民》和《再也不嚎叫的狼》(或译为《与狼共度》)、吉尔吉斯作家钦吉斯·艾特玛托夫的《死刑台》等等,都是这一创作领域在世界范围内产生良好影响的经典之作。

蕾切尔·卡森关于海洋的作品有三部,除了第一部作品《海风下》

---

① 〔美〕彼得·辛格:《动物解放·1975年初版序》,北京:光明日报出版社2003年版。
② 参阅何怀宏:《伦理学是什么》,北京:北京大学出版社2008年版,第44、51页。

(1941),还有《我们周围的海洋》(1951)和《海的边缘》(1955),被誉为美国20世纪自然文学的经典。《海风下》运用科学的方法精确地描述了海洋及其生物的生活,引领读者认识海洋和它所孕育的生命,体验海洋生物的感受。创作了《这里的黎明静悄悄》的瓦西里耶夫,在小说《不要射杀白天鹅》(1973)中,警告人们要以理智和爱心来对待自然和自然孕育的生物,随意向自然开战一定是人类进行的一种危险游戏。伊萨耶夫的《猎人射杀了仙鹤》(1985),详细地抒写了一位老战士在射落一只仙鹤后负疚的心情。他不仅感到良心上深深的谴责,并且感受到来自那些早已葬身疆场的战友们的谴责。诗人动情地写道:"人不是自然之王,而是自然之子。"并以此作为长诗的结句。艾特玛托夫《死刑台》(1986)另译为《断头台》,描述了生息于莫云库梅荒原母狼阿克巴拉一家在人类惨绝人寰的掠夺和杀戮下悲惨的命运。母狼家族本来在荒原上过着无忧无虑的生活,但是人类不可能容忍一个地方无人干扰、生生不息地兀自"活着",他们动用种种现代化交通工具和武器开始了残忍的猎杀。在逃命中失去3只狼崽的阿克巴拉夫妻跑到了一处湖滨,再次产下5只小狼。但是,人们在这个区域发现了稀有金属矿藏,于是新的开发开始了,烧芦苇、修公路、开矿产。这对狼夫妻又一次失去孩子后,再次逃难到另一处山区,在山岩下安下家,生儿育女。生活极其艰难,因为可供狼果腹的食草动物在人类猎杀和骚扰下越来越少,它们不得不远出觅食,狼崽又被牧民偷走卖掉。从此,这对狼日日哭嚎,绝望之余开始了对牧民的报复,在公狼被打死后,母狼偷了牧人的孩子想要养育他,结果母狼和孩子同时中弹而亡。在这个故事中,狼家族失去了一对成年狼和12个孩子,人类丧失了1个孩子,惨烈的悲剧是否在提醒人们,人类对自然无限制的残忍掠夺最终将是同归于尽?在人类把自然推向"死刑台"的时候,其实自己也慢慢走到了"世界的末日"。《死刑台》《被捕杀的困鲸》等等这些国外书写动物的小说,在各个层面揭示了人应该怎么与自然相处的道理,对于推动中国小说的"动物叙事"有着深刻的影响。

汪树东曾全面而细致地将中国当代文学的"动物叙事"梳理为11种类型,即"野生动物作为负面形象的动物叙事""使动物仅有工具价值的动物叙事""展示人与动物互相伤害的动物叙事""展示猎人与野生动物关系的动物叙事""关注驯养动物回归自然和野生动物被驯化的动物叙事""展示人与动物间亲密关系的动物叙事""讴歌驯养动物的忠诚的动物叙事""讴歌野生动物的高贵与庄严的动物叙事""以动物为价值标准对人类文明进行批判的动物叙事""关注保护野生动物的动物叙事以及展示动物自在生命状态的动物叙事”①。从这些分类可以看出，当代文学以动物为主要书写对象的小说种类繁多、内容丰富，展示了人与动物（或代表自然）各个层面上的关系。按照本人的有限认识，以上分类存在着一些交叉，例如“展示人与动物间亲密关系”和“讴歌驯养动物的忠诚”的动物叙事文本，难免有大面积重复；更关键的问题是，并非所有书写动物的小说都着意在探讨生态问题，也并不一定具有生态意识、体现生态伦理，我们这里所要关注的是“乡土生态小说”中的动物书写，要涉及的小说文本是具有生态内涵的动物书写。

和世界各古老民族的文学一样，中国文学中的动物书写也是源远流长，或神话，或童话，或江湖世界，不一而足，但具有初步生态意识的“动物小说”则产生于上世纪80年代初，较有影响的有《野狼出没的山谷》和《白茫茫的雪原》（王凤麟）、《七岔犄角的公鹿》（乌热尔图）、《蓝幽幽的峡谷》（白雪林）、《沙狼》（郭雪波）、《狼行成双》（邓一光）、《红崖羊》（丁小琦）、《灵缇》（刘醒龙）、《猎熊》（梁晓声）、《猎杀天鹅》（中杰英）等。20世纪末新世纪初，中国文学的动物书写达到一个高潮，代表作品则有陈应松“神农架系列小说”中的《豹子最后的舞蹈》《松鸦为什么鸣叫》《神鹫过境》《太平狗》《红丧》，郭雪波的《银狐》《大漠狼孩》《狼的家族》《狼子本无野心》《天海子》，另外有叶广芩的动物系列《老虎大福》《狗熊淑娟》《熊猫碎货》《黑鱼千岁》，贾平凹的《怀念狼》，姜戎的《狼图腾》，杨志军的《藏獒》，夏季风的《该死的鲸鱼》，郭阿利的《走进草原的两种方式》，胡发云的《老海失踪》，迟子建的《额尔古纳河右岸》和《一匹马两个人》，袁玮冰的《红毛》，李宁武的《落雁》，邓刚的《大鱼》和《狼行成双》，雪漠的《猪肚井里的狼祸》（《中国作家》2004年第2期，之后出版作品集命名为《狼祸》），格日勒其木格·黑鹤的《黑焰》和《狼獾河》，张洁的《一生太长了》等等，不胜枚举。另外，李传锋、金曾豪、沈石溪、张永军、刘先平等也是上世纪末以来的动物题材小说家，他们所写多为儿童文学，其小说并不着重于生态意识，如刘先平的“大自然探险长篇系列”《呦呦鹿鸣》《千年谷追踪》《大熊猫传奇》等，只不过作家笔下动物的可爱、聪灵、敏捷以及动物之间的亲情、秩序，也能唤醒人类对大自然的挚爱之心。

以上所例举的这些叙事文本写到的动物也是样样俱全，最常见的是写虎、狼、豹等凶猛动物，写狗、马、牛、羊、鹿等温顺动物，写山林一些珍稀动

---

① 参阅汪树东：《生态意识与中国当代文学》，北京：中国社会科学出版社2008年版，第123—151页。

物如乌猴、黑熊或带有神秘色彩的动物如鹫，或写一些鸟和鱼类。这里应该专门提及的是，1990年代以来的中国小说出现了一个“狼来了”的热潮，汹涌澎湃、绵延至今而不衰。这类写“狼事”的小说可以粗略划分为四类：

第一类主要写忠勇义气的狗被人的恶性逼成了狼，代表性的作品有郭雪波的《沙葬》、牧娃的《狼狗之间有条河》、董立勃的《狼事》等，这些作品都有追踪美国作家杰克·伦敦的《野性的呼唤》（或译为《旷野的呼唤》《荒野的呼唤》）的意思。第二类写狼的小说重在突出狼与人的共处，如郭雪波的《天海子》、李治邦的《在我们眼前消失》、单士杭的《君子兰和狼》、范稳的《悲悯大地》、李汉平《孤狼》、吴尚平的《母狼还情》、贺清华的《红狼》、敏奇才的《狼王》等。这其中还可以分化出写到狼养育人子的，如郭雪波的《大漠狼孩》、徐大辉的《雪狼》，或写到人养育狼子的，如姜戎的《小狼小狼》、龙冬的《与狼同啸》、郭雪波的《大漠狼孩》；或者可划分出人与狼友善或人与狼为敌的两类。第三类侧重于体现狼在整个草原生态平衡中的作用，如贾平凹的《怀念狼》、张学东的《石头跑》、姜戎的《狼图腾》等。第四类把狼作为自然之子，比较单纯地写那些荒野狼事的动物小说，如张永军的《狼王闪电》等等。在这四类“狼事”小说中，前三类比较富有生态伦理意味，特别是第三类更能体现生态关怀，但是第四类狼事小说也正是通过对狼丰富的内心世界拟人化的描摹来唤醒人类对动物的再认识，特别是呼唤农耕文明以来对狼深怀恶意的人类对这种动物的理解、爱护之情，因为它们和我们一样，也懂得爱情，懂得亲情，也有非常复杂的情感取舍。

新世纪小说的“狼烟四起”和贾平凹的《怀念狼》、姜戎的《狼图腾》很有些关系，尤其是2004年长江文艺出版社推出的《狼图腾》更起到推波助狂澜的作用。对整个生态系统的失衡和自然界生命力萎缩、人种退化的焦虑构成这两部小说的叙事基调和叙事动力。在作家看来，焦虑的缘起归根结底是由于后进的文明方式破坏了自然生态系统的平衡法则：在整个自然生态系统的生命链条中，“狼”是其中的重要一环，狼适应性好，在高山大川或森林草原都能生活；狼本性极为顽劣，善于奔跑，攻击性强，善于捕捉食草动物，例如黄羊、兔子等，对于限制食草动物过度繁殖、维持草原载畜量、促进人类进化和人口均衡起着重要作用。农耕文明和工业文明到来以后，其文化本性是安居乐业，对于狼群不断侵扰家畜和人口极为反感，慢慢形成了人与狼的势不两立。在一次又一次的灭狼运动后，狼这种强悍的动物渐渐稀少，草原上的整体平衡被毁灭了，生态灾难接踵而至。本章主要是从狼作为生态平衡的媒介的功能来谈论《狼图腾》和《怀念狼》，对于文本体现的文化伦理的蜕变将会在其他章节做更细致的论述。

《怀念狼》怀着对生态失衡与人种退化的忧思来谈狼,把全球性环境话题和东方神秘主义重新整合为生存危机的审美观照和理性审视。故事中的“我”在大城市西京生活久了,觉得哪一天或许就会像一枚落叶一样坠落西京,是狼重新激起了“我”对商州的激情和对生活的热情。“故事的背景材料是这样的:因为气候的原因,商州的南部曾是野狼最为肆虐的地区”,历史上,人和狼的战斗就从未结束过,甚至曾经发生过群狼围攻“景阳”城池、将之洗劫一空的大乱。狼祸一次次降临村庄,这里的人们也组成捕狼队一次次猎杀。早些年,商州捕狼队荷枪实弹,队伍庞大,“最多时上百人,他们经年累月,走州过县,身上有一种凶煞之气,所到之处,野物要么闻风而逃,要么纠集报复,演出了一幕幕壮烈又有趣的故事在民间传颂”。商州应运而生了许多熟皮货店,养活了众多的人,甚至于商州城里还开办了一家狼毫毛笔厂,由于用的绝对是真正的狼毫,生意自然兴旺。但是,狼却越来越少了,行署成立的生态环境保护委员会要保护狼了。捕狼队最后一任队长傅山的任务竟是协助收缴散落在全商州的猎户的猎枪,以及负责普查全商州还存在的狼的只数。“我”就是接受了这样一项跟随普查的任务回到商州,亲历了在普查过程中狼的命运和人的危机。自从商州禁止猎狼后,猎户们不用再在山林溪涧间狩猎,应该可以过上和其他农民一样的安坦日子了,但蹊跷的是大家一个又一个地身染怪病;接着大家就发现,那幸存的15只不再遭受人类捕猎的野狼,也并没有因为失去人类这个对手而更好地生存,倒是都变得萎靡不振,上级划拨经费进行抢救性“保护”,它们依然在这种保护之下一一死去。从猎人与野狼这种关系变迁中,贾平凹生发出万物平等和自然自主调控的生态伦理观:万物遵循一种相克相生的宇宙守恒法则。作为一对对抗性力量,是对方的存在体现了自己存在的价值和意义,人不打狼了,狼没有了,人与狼都陷入了委顿的窘境,所谓的保护动物有时也许是走向它的反面,寻不着对手的“无敌之阵”则是最大的悲哀。

州行署专员对“我”说:“你知道商州的山地有野兔、獾和黄羊吧,商州的黄羊肉是对外出口的,可狼少了下来,你一定认为黄羊会更多了吧,不,黄羊也渐渐地减少了,它们并不是被捕猎的缘故,而是自己病死的。狼是吃黄羊的,可狼在吃黄羊的过程中黄羊在健壮地生存着……老一辈的人在狼的恐惧中长大,如果没有了狼,人类就没有了恐惧嘛,若以后的孩子对大人们说:‘妈妈,我害怕,’大人们就会为孩子的害怕而更加害怕了。你去过油田吗,我可是在油田上干过五年,如果一个井队没有女同志,男人们就不修厕所,不修饰自己,慢慢连性的冲动都没有了,活得像只大熊猫。”世界上最孤独的动物应该就是大熊猫，大熊猫保护和繁殖基地的施德主任跟“我”说：“大熊猫之所以成为国宝，就是因为它逐渐失去了对生存环境的适应能力，缺少性欲，发情期极短，难以怀孕，怀孕又十分之九难产”，“一百多公斤的大熊猫母亲产下的婴儿仅十克左右，存活率也只是百分之十”。

> 我听了大为震惊，首先想到了狼，接着就想到了人，人类有一天会不会也沦落到这种境地呢？我是读过一份研究资料的，其中讲到，人类已开始退化，现在的一个正常的男人排精量比起五十年前一个正常男人的排精量少了五分之一，稀释度也降低了百分之二十。初读时我只是嘿嘿笑了几下就完全淡忘了，在大熊猫保护和繁殖基地里，我却真真切切地感到了一种恐惧，也使我更看重了记录大熊猫生产状况的意义。

作家特别着意描述了大熊猫研究中心里大熊猫艰难而带着荒唐、辛酸的生育过程：生育前两三天开始，“施德主任和他的一帮科技专家对那只名字叫后的大熊猫进行了许多激素检测、数据分析和产前行为状态的观察”。生育这天，从九点五分羊水破到十一点三十三分，终于诞出一个老鼠那么大的幼仔，而旋即，大熊猫和大熊猫仔都死去了，留下一群研究大熊猫的专家！在大自然的自然生命遗传过程中，生育后代是自然而然、毫不费力的事情，但是到了今天，生儿育女竟然成了一件让人颇伤脑筋的事！《怀念狼》中，贾平凹为了更生动形象地阐释人与自然这种相克相生的关系，还铺张了红岩寺老道与狼极为亲和却匪夷所思的故事，例如老道为狼看病、放生狼崽，狼是懂得感恩、知道回报的，当它找到了宝石，就结草相报。丁帆在《“新汉语文学”的尝试——〈怀念狼〉阅读断想》中认为：从“我”梦中梦到自己“前世就是一只狼，而我的下世或许还要变成只狼的”境遇，到“舅舅成了人狼了”，贾平凹不是在叙述一个寓言式的神话，而是揭示出人类未来的悲剧。向往自己变成狼，来拯救人类可怜的灵魂，或许正是这部小说形而上的最高“虚境”。“当人类站在十字路口时，他应该怎样去选择呢？一方面是都市里的觉醒者们对自然生态环境的保护意识，保留物种成为一种精神的时髦和奢侈；另一方面，受尽了狼患的山里人，在不断地与狼作斗争的过程中，要求获得物质的丰富和生存的安宁。”[1]或许这是人无法面对却必须面对的矛盾！

---

① 丁帆：《“新汉语文学”的尝试——〈怀念狼〉阅读断想》，《小说评论》2001年第1期。

《狼图腾》这部毁誉参半的小说对动物性的赞美、对人类的批判可谓单刀直入。姜戎从民间朴素的文化遗存、特别是从《蒙古秘史》阐释中认定:"蒙古民族是世界上最虔诚信奉狼图腾的游牧民族。"《狼图腾》里屡次出现蒙古语词"腾格里"(tengri),"腾格里"这个词的意思是"长生天",即阿尔泰语系各民族萨满教的天神。他借《狼图腾》推衍了一套游牧民族的"狼性文化法则",以草原游牧文明贬抑汉族农耕文明、以狼性贬抑人性。我们暂且不谈其文化伦理方面的恶俗与极端,应该承认,在揭示狼作为荒原图腾在草原生态系统中的价值和意义方面,像《狼图腾》一样淋漓尽致地表达出作者椎心之痛的作品不多:一是农耕方式对牧区的渗透,"农区的人来管草原牧区,真是瞎管";二是现代枪支弹药对狼的灭绝性杀害,"火药对于仍处于原始游牧阶段的草原,绝对具有划时代的杀伤力。一个民族的图腾被毁灭,这个民族的精神可能也就被扼杀。而且,蒙古民族赖以生存的草原也可能随之消亡"。

在"狼烟滚滚"之中,新世纪中国小说的"动物书写"可谓如火如荼,形成了前所未有的"动物风流"的写作景观。不少民间社团和组织也参与到动物保护中来,中国野生动物保护协会组织选编了《生命的喟叹——作家为生灵代言》一书,2007 年由中国林业出版社出版,收录有邓友梅、陈建功、张抗抗、哲夫等 50 多位作家的 50 余篇散文、纪实文学作品和诗歌,被媒体称为"一本绿色的大书"。这么多功成名就的老作家一起参与到野生动物保护协会的工作中,一方面说明当代作家创作的关注视野越来越广阔了,另外也说明"人与动物"的关系确实是当代人和当代文学难以回避的一个问题,"动物小说"这一具有人类中心主义批判意识的小说品类在未来可能会更加兴旺发达。

二、"动物书写"的主要类型及生态批判内涵(上)

世纪之交的"动物书写"和其他生态题材小说比较起来,有一些比较独特的叙事特征,这些特征和它们所传达的生态重塑信息是一体的,而且不少小说表现出多个层面的生态意蕴。概括起来,这些小说大致可以分为以下几种类型:

一是不少小说家注重深入揭示动物复杂的内心世界、灵魂天地。这是一种非常常见的表达生态批判的动物小说类型。小说家从生物社会学出发,通过对动物心灵复杂情感的描摹来声张动物尊严、权利或其道德主体地位,通过动物行为描述来表达创作主体的形上思考,以灵性的动物折射或隐喻人类社会，展示动物自在的生命状态，直指现代人的精神异化。

在以动物为主角的世界文学长廊中，美国作家杰克·伦敦的《野性的呼唤》毋庸置疑是一部震撼人心的杰作，据说也是拥有最多读者的美国小说。作为对“动物解放”理论的呼应，小说写一只叫作巴克的狼狗的命运遭际。巴克曾经经历几次转卖，每一次都是一种刻骨铭心的冒险，因为它永远不知道它的新主人是一副什么德性，最后它被卖到一个残暴贪婪的恶人手下做雪橇狗。做雪橇狗本不是它这种高大狼狗的强项，一般是用矮壮的雪地犬，但既然沦落至此，也只能好好做一只雪橇狗了。但无奈主人过于恶劣，从来不把狗当做有生命的东西看待，在极度严寒的气候下狗队拉着很重的货物却得不到食物吃，还常常被皮鞭残酷抽打。作为前导犬，巴克忠诚强干、尽职尽责，但拼尽全力也不能赢得主人的肯定，除了忍饥挨饿就是皮鞭伺候，完全丧失了自己的尊严，甚至差一点丧命。怀着对人的极度恐惧，巴克那来自遥远祖先的原始野性萌发了。对于荒野自由的向往助它逃离了人的魔掌，跑进了一个幽僻的峡谷，凭借着聪明智慧终于成长为一只令人恐怖的魔狗，一只威震四方也让人感到威慑的“狼王”。《野性的呼唤》出版后，产生了巨大影响，它不仅是劝导人们重新思考人与动物的关系，巴克那种反抗强暴、不畏大棒以追求生命尊严的激情，也点燃了无数读者内心的热血，所以，它也是一部鼓舞斗志和潜力的励志之作。“风俗的链条锁不住游牧部落跳跃的古老渴望；寒冬萧条，沉沉睡去，野性将唤醒凄厉的诗行”，这句诗激励人心。

牧娃的《狼狗之间有条河》一定程度上借鉴了杰克·伦敦的《野性的呼唤》，也体现了动物尊严的一面。故事发生在1968年，那一年“我”作为上山下乡的知识青年到内蒙插队。由于粮食供应紧缺，因为考虑到养狗也费粮食，地方政府就发动了“打狗运动”。在“运动”中，“我”无意之间捡到了一只小狼狗——即雄狼和母狗所生的后代，据说这种狗长大后彪悍无敌，是狼的克星。当时这只被弃置于野地的小狗“眼睛似睁似闭，皮皱皱的，还不大会走路，出于一种求生的本能，正磕磕绊绊努力地在杂草中向前拱着”，在为人看家狩猎的过程中这只小狗成长为一个忠诚的英雄，它是非鲜明、疾恶如仇，能够辨别真伪、拒绝诱引，也曾经舍身救主、奋勇迎敌，尽心尽力驱赶外来狼群，守护家园。因为它有狼的基因，也会招来狼群袭扰，有时会让牧区有所损失，这一点使它备受逼迫。“正像草原上那首古老的民歌中唱到的‘狼狗之间有条河……’，狼狗是被人逼得越过了那条河。”人心卑劣，牧区有人用火药、猎枪围攻它，狼狗绝望了，那被压抑在它体内的野性被迅速唤醒，它逃离了自己一心服务的人群，超越狼与狗之间的“河流”,跑向了狼山,成为狼族中的一员。

无独有偶,蒙古族作家黑鹤的《黑焰》(接力出版社,2006年)以藏北高原苍凉、壮美和辽阔的地貌为故事背景,以藏獒格桑的“第一人称叙事”叙述了自己曲折跌宕的生命传奇——在人类社会中绝望和惨烈的经历。格桑的母亲在一个雪夜与雪豹恶战,重伤不治,留下幼獒格桑。格桑渐渐成长为一头高原牧羊犬,醉酒的主人在神志不清之下将其卖掉,心属雪域的格桑从此被囚禁,在拉萨非常意外地获得自由,艰难的生存唤醒了它与生俱来的荒野气质,为了活下来它和各种流浪狗大战,从此它见识了人类的能力,特别是枪的威力。由于疏忽,它又一次遭遇禁锢,在几乎陷于绝望时,一头绝食的老藏獒唤起了它对远方对草原的向往。在一头发狂的牦牛冲撞下,它重新冲出禁闭逃向荒原,遇到了后来难舍难分的韩玛,他为它锯开了脖子上沉重的项圈,使得它真正恢复了活力。格桑跟随韩玛来到陌生的北方城市,在分分合合之间它曾经成为著名的超市保安犬,也曾经作为导盲犬帮助盲童导盲,最后追随着韩玛的援教生活,来到广袤的北方草地。黑鹤成长于内蒙草原,幼年曾经有过与两头白色狼犬相伴和在森林长期游历的人生经验,他有着对动物生存秘密悉心洞察的能力和对一切生命敬畏的情怀。小说赋予了格桑高傲、冷峻的性格气质,它以聪慧而尖锐的目光打量着人类,展现了原始狂野与现代文明的交锋。作者通过对坚忍的动物心灵的书写,试图召唤人类细细体悟多元世界的瑰丽,同时,小说也表现出对于人类文明的深切理解与尊重。如果我们不从“动物解放”而从人文角度来看《狼狗之间有条河》《黑鹤》,也可以说这一类有关动物的叙事文本是出于批判人性之恶。或许列宁从个人英雄主义的角度赞扬《野性的呼唤》“犷悍而富正义感”是有道理的,在很多情况下,人也是会轻而易举地变身为野兽的,那一般是属于“大棒政策”的功劳,这是当代中国的“前车之鉴”。

邓一光的《狼行成双》和董立勃的《狼事》也是在生态视野下写动物的小说,二者更注重对动物和人一样的情感世界的细腻描摹。《狼行成双》小说写“我”在大兴安岭当兵时,经常和柱子一起带枪携犬在无边无际的森林中巡逻,也常常能带回一些野味。后来“我们”见证了一对相亲相爱、同甘共苦的狼夫妻的故事。这对狼患难与共相处了9年,它们一直渴望远离人烟、返回森林,但是浩瀚的适宜狼生活的森林几乎成了梦中的一个想象,林地越来越少,梦想终究破碎。一次,它们又来到一个村庄边,公狼陷入了猎人的陷阱,母狼绝不放弃,一旦找到食物就送来喂公狼,自己却空着肚子。公狼被“我们”发现,没有被杀,仅仅被打断了脊梁,用来诱捕母狼,公狼担心母狼上当,而母狼仍然趁人不备把一只黄羊扔给公狼。这样又过了两天,公狼为了让母狼彻底放弃不能得救的自己,选择了撞破脑袋自杀,而伤心至极的母狼也迎向了猎人的枪口。

同样写动物世界的情深意长的是董立勃的《狼事》。《狼事》写古尔图荒原狼精神世界的一面,文笔细致温存,感人至深,让你不得不相信动物和人类一样会一见钟情,会谈情说爱,会渴望海枯石烂。古尔图荒原上有一个以老公狼为狼王的狼群,狼群中所有的母狼都是它的妻妾,除非它愿意,否则它不会轻易让一只妙龄母狼获得其他公狼的宠爱。有一只青年公狼正在发情的季节,它看上了狼王的一只青年母狼,为了求爱它付出了生命,这场偷情的代价还不止如此,后来那只怀孕的母狼也被迫离家出走,因为狼王必须保证狼群血统的纯正。就这样,当这只母狼就要在孤独中产下狼崽时,老公狼又来找茬。大狗黑风像巴克一样,是从人类的"棍棒和刀枪"之下逃出来的,伤心之际它偶遇就要遭遇不测的青年母狼,帮助母狼打败了老公狼,但是老公狼还是找机会咬死了幼崽。很快,漫天飞雪的冬季来了,黑风和母狼在"漫天飞舞的雪花中,一起写了一首美丽的爱情诗。爱情诗在草滩上开满了野蔷薇时,变成了一只身上有黑毛也有黄毛的四条腿的东西"。这是狗和狼的骨肉,它既懂得狼又了解人,当它独立门户时,它没有狭隘的种群观念,宽容大度、凶猛狡猾,这帮助它很快组织了一个新的狼群,而且不断壮大。作为头狼,它总是"能躲开猎人们的埋伏网和布下的各种陷阱",而且会袭击人们养的羊。

或许我们可以把《狼行成双》和《狼事》这种具有寓言性质的小说看做人类已经遗失的爱情童话的仿写。作家对动物心理情感的拟人化描写,不仅是对动物野性奔放、蛮健豪迈的爱情的赞赏,也是对萎靡沉闷的人类精神世界的反衬;不仅是要唤起富有同情心的人们对动物情感的尊重,也在于提醒人们动物具有自己的道德自足;更为重要的是,人文环境的变化催发了人心久远的原始情怀——人,和动物一样,只有在自然中才能撷取大地精华,享受生命的灿烂饱满,严寒或酷热的恐惧和黑暗的神秘磨砺了灵性,但这正是人类草创生活的时代的激情,没有退缩,生命才能在永不放弃中获得自由,正如杰克·伦敦在《热爱生命》中所说:"筋肉每次钢铁般坚硬的收缩里,蕴含着以后钢铁般坚硬的爆发,一次次的周而复始,无穷无尽。"在生态文学创作中,有的作家到荒野中去寻找浪漫诗意,而有的作家则是去寻找喧哗与骚动,寻找高亢与野性,但从生态重塑的视野来看,他们的批判意义是共同的。

第二类书以动物为书写对象的生态小说更偏重人文阐释,一般通过描写动物的肉体遭遇与心灵挣扎,来拷问人性的标度,以期重新唤起人类的道德良知和对弱者的人文关怀。这一类书写特别多,也特别能够表达人类中心主义批判的本质,因此我们将做重点解读。

“文学是人学,写动物不过是从别一样的角度表现人。”[1]动物题材小说常常选取“动物看人、看世界”的“第一人称”叙事视角,如陈应松的《豹子最后的舞蹈》等,其“内视角”叙事更容易揭示动物的内心世界,而且“从动物这个特殊的角度去观察体验人类社会,或许会获得一些新鲜的感觉。现代动物题材小说很讲究这种新视角,即用动物的眼睛去思考去感受去叙述故事去演绎情节”[2];反过来说,动物对人类的注视,也给人类提供了认识自我的一个参照,在这种参照中,人类可以反省自己亲手创造的动物之殇。陈应松的《豹子最后的舞蹈》和张洁的《一生太长了》虽然都只是中短篇,但因其丰沛的审美力量显得别有特色,尤其是陈应松抒情浪漫、真实动人的文字和张洁冲荡犀利、富有张力和激情的叙述,更增强了这两个文本在探究人类中心主义批判问题上的感染力。《豹子最后的舞蹈》和《一生太长了》均采用了动物第一人称叙事。《豹子最后的舞蹈》的“引子”是这样的:“某年某月,神农架一年轻姑娘徒手打死一只豹子,成为全国闻名的打豹英雄。当人们肢解这头豹子时,发现它皮枯毛落,胃囊内无丁点食物。从此,豹子在神农架销声匿迹了。”然后,正文开始了,神农架那最后一只豹子“斧头”登场了:

> 在我生命的最后几年里,我整日徜徉在神农架的山山岭岭。我老啦,这种衰老是无法用言词来表达的。衰老就是衰老,包括我生命中的各种欲望。我现在唯一的欲望是进食,除了水,我需要肉,带血的肉,嚼它,品尝它,伏在某一棵天师栗树下,或是一处灌木丛中,头上悬垂着紫色的“猫儿屎”和通红的老鸹枕头果。然后,我舔食那些动物们的血肉,带着满腹的胀意美美地睡上一觉,不惧寒露和星星,在沉沉的山冈上,在山谷里,重温往日的旧梦。我是一只孤独的豹子,我的同类,我的兄弟姐妹,我的父母都死了,我是看着他们死去的;有的是无声无息地消失了,像一阵又一阵的岚烟,像一片掉落进山溪的树叶——它们是不会回头的。孤独,我们的天性。我们天生是孤独沉默的精灵,我们偶尔吼叫,那也是在没有同类的时候,用以抒发我们内心

---

① 朱宝荣:《动物形象——小说研究中不应忽视的一隅》,《文艺理论与批评》2005年第1期。
② 沈石溪:《漫议动物小说》,《儿童文学研究》1998年第2期。

> 的心事，还有豪气。我们只想听听我们的回音，在山壁上的回音，在茫茫的夜空中的回音。那是我们期待的回答。也就是说，我们只喜欢听我们自己；有好几次，在我得意时，我看我喷发出去的吼声是否震落了天上的星星。我以为，我总能震落那些高傲的星星的。后来应验了，在我的一声吼叫后，我看见西南角的星星像雨点一样滑落下来，半个时辰后还稀稀落落地往下掉。可是，我们的孤独是幸福的孤独，是知道在某一处山谷里还有着我们的族群，有着我们的所爱，有着我们的血亲……而如今，我的孤独才是真正的痛苦的孤独，没有啦，没有与我相同的身影，在茫茫的大山中，我成为豹子生命的唯一，再也没有了熟悉的同类。我有一天意识到这个问题时，好像掉下了一个无底的深渊，永远地下坠下去，没有抓挠，没有救助，没有参照物——那一定是时间的空洞，是绝望，是巨大的神秘和恐慌。

之所以要引用这么一大段，实在是这篇小说充满了感性力量的文字中间渗透着理性的拷问，豹子的倾诉敲击着人类的感情之门："在林木被砍伐过的地方，大蓟从海拔零米的地方开始了疯狂的翻山越岭，占领着那些只留下树桩和哭泣的空地，俨然成为了山岭的主人。"又饥饿又寒冷的"斧头"在贫瘠的土地上跋涉，它"步履蹒跚"。天上飘起了雪花，落在它已经有些剥落的皮毛上，更加重了它的孤独和寒冷——想想从前这种落雪就是一种抒情，真是时过境迁，今非昔比。"蝼蚁似的人群"已经蚕吞了适合动物生长的区域，从"远处的千沟万壑"到"高高的峰顶"，"斧头"找不到一只同类，在这个世界上，再也没有一双注视它的"同类的眼睛"，甚至连其他兽类的眼睛也难得一见。生存已经惨不忍睹到这种地步了，猎人们还在到处布下各种套子和垫枪！到处都是豹子的仇人呢，这是过去怎么也预料不到的可怕！"斧头"轻轻地诉说："我们和人类的对峙已经有若干万年了，现在这种对峙愈来愈强烈，最后的结果是，我们失败了，我们的亲人，都带着仇恨闭上了他们的眼睛，他们至死也不明白，人类为什么会有这么强大，会对我们恨之入骨？"

《一生太长了》的蕴涵则更为复杂。小说写一只头狼"我"在时移世易、环境逼仄的困境下厌倦了自己的领地，在对"活着的意义"甚至"死亡的尊严"的追问中，放弃头狼的责任去寻找宁静，却在丛林中与一个遭受了莫名枪击、仰面朝天、绝无生还希望的人不期而遇。"头狼"怀着"悲悯、友善和毫无戒备"走向人，它隐隐"期盼"人能举起枪成全它"美妙的死亡"，也更渴望和这个正在逝去生命的人沟通心灵，或一起重新审视"人"这个

“至尊至贵”的头衔。为了安慰这个人的恐惧,它甚至把扔在地上的猎枪推到人身边让他心理上有所倚重。但是它失败了,它看到的是人“说尽道貌岸然的真理与谎言的嘴”,是人对狼毫无来由的仇恨和害怕。于是它决定放弃沟通,并朝雪原深处跑去,就在此时,枪声在身后响起,它完成了生命最后的“飞扬”。

在对人类中心主义的批判以及生态伦理基点的探寻上,首先,两部小说通过对比呈示了豹子和狼等野物“今非昔比”的生存情状,传达出作者对自然危机的忧思,从自然物惨烈的生存景况推衍出逼仄的人类生存境遇。“斧头”面对的是“伐木的队伍,正在飞快地卷上山来,各种套子和枪口都在搜寻着我们,还有与我们共同逃难的熊、野猪、豪猪、九节狸、麂子、大羊和鬣羚”,到处都是“炸山的炮声,树木倒下的哀鸣”,兽类被迫“从一个被砍伐干净的山头迁徙到另一座山上,然后再迁徙,迁徙,迁徙”,没有可以果腹的猎物,豹子在贫瘠的土地上“步履蹒跚”,轻盈的雪花落在皮毛上,“过去是抒情,现在是寒冷”;而更加可怕的是在这“高高的峰顶”及“远处的千沟万壑”,除了“蝼蚁似的人群”,再也不会有一双“同类的眼睛”注视它的孤独!《一生太长了》中“头狼”的祖先们生活过的地方曾经“山峦起伏,绿树成阴,鲜花盛开,参差错落在绿树丛中……那时的山河,没有一点破损”;如今,由于人类对自然灭绝式的杀戮,很多动物近乎灭绝,即便不被杀,也会因饥饿而绝迹。生存却成了难题,“寻找食物已经变得越来越艰难”,作为首领,“我不得不为替我的狼群寻觅一方不让一只狼汗颜”“可以延续我们生命的生存之地而绞尽脑汁”,但颜面扫地的不堪比比皆是,活着真是“寡味、无聊,甚至绝望”。小说对饥饿的描写触目惊心。“斧头”自始至终在饥饿中煎熬,活着比死还要痛苦,好多天没有进食的情况下,看到追捕了它一生的猎人小孙子的耳轮,突然想起“这是美味!”结果为此付出了生命。“头狼”因为实在饿极了,有一天冲进灌木丛去吃一个蜂窝,不但被蜇得鼻青脸肿,而且一根木刺扎进了前爪里,永远流着脓血,疼痛难忍。面对困境,它只能没完没了地琢磨一些问题:为什么河流可以“无阻无拦地去它想去的地方,而我却得死守在我们这个狼群的领地上”?生存越来越难以应对,那么,“什么叫‘活着’”?“这一切的一切,难道是一只狼应该思考的吗?难道你还想成为哲学家不成?”狼的困惑又何尝不是人的困惑?

其次,小说借兽类对生存境遇的追问挖掘了人类面对自然时的灵魂镜像——仇恨与恐惧。“斧头”生活的那个地方,遍地都是豹子以及其他野物的仇人,它的兄弟、情人、母亲和妹妹都成了猎人的战利品,特别是“我的母亲”在被追捕中早产,一个妹妹死掉,另一个妹妹被送进了动物园。“我们和人类的对峙已经有若干万年了，现在这种对峙愈来愈强烈，最后的结果是，我们失败了，我们的亲人，都带着仇恨闭上了他们的眼睛，他们至死也不明白，人类为什么会有这么强大，会对我们恨之入骨”？——这或许由于“人类如此凶恶，而野兽又毫不设防”，或许由于“人类坚持什么都不能持久，他们总有惧怕的时候”。《一生太长了》中写道，在茫茫大雪中，人们连续追杀狼群多日，要“把我们赶尽杀绝”，在每一次血腥的屠杀后面，都藏匿着“复杂并难以传言的气息”，那是“永不可能到达的彼岸”，其实也正是人对自然无限制的欲望，欲望应该有一条底线，但人类总是跨越。当那个不知是自杀还是被暗算的人生命垂危，他仍然没有放弃对狼的恶意、嫌恶和拒绝，还有毫无道理的恐惧——这些恐惧并非出自了解，而“由成见而来”，并最终以卑劣的暗算满足了“杀死我的愿望”。狼最终明白了，人和狼都有残酷、厮杀、血和弱肉强食，但人终究是那样一种动物：面对自然，他们卑琐、阴暗、贪婪、下流，信奉的是“只有你死，才是我活”的信条，“总要置我们于死地，即便在我们无碍于他们的时候”。

更进一层，小说深刻地揭示了人类和自然分离的终极命运——孤独与绝望。两部小说以纯净忧伤的语言赋予动物以人性化的情爱、生死、尊严，那丰富饱满、自尊自爱的本性饱含着对爱情的渴念和坚守以及对亲情令人惊叹的留恋；它们的族类在人类的残暴屠杀下悲惨逝去的镜头历历在目，它们纤毫毕露的、寂寞忧伤的心灵世界透着惊心的凄美和彻骨的悲凉！豹子“斧头”和“头狼”都在生活的逼仄下厌倦了生存：豹子不再害怕死，甚至觉得“活到如今是一个悲剧”；“头狼”认为“对坚守一份尊严来说，一生是不是太长了？”！孤独，骄傲，绝望，渴望爱情、友谊尤其是尊严，是豹子和狼共同的品性；同时，它们蔑视着人类的虚妄、狂躁、无边的欲念与纷争。豹子和头狼的每一声反省和太息都敲击着人类的感情之门，其充满感性力量的倾诉渗透着理性的拷问，逼问着我们的人性，而动物的追问也许正该是人类的追问：我们为什么痛恨这些和我们一起生存于这个星球的同伴？对应于动物孤独悲哀的心灵，人类在自然面前的恐惧、暴戾或许证明了他们自信的虚妄和内心的无聊——在对自然宰割的过程中他们的欲望何尝真正获得了终极满足或快乐？没有！只不过越来越不懂得自然、越来越缺乏安宁和依靠而已。无疑，《豹子最后的舞蹈》和《一生太长了》也可以作为寓言来读，喻指了人类和自然被迫割裂的终极命运——孤独和绝望。“斧头”如泣如诉的每一声反省和太息都在逼问着我们的人性，豹子最后的追问或许终将成为人类的追问：我们为什么要对生存于同一个星球的同伴痛下屠刀？

我们也看到,在对“人性恶”的批判上,《豹子最后的舞蹈》和《一生太长了》侧重面有所不同。陈应松是专心致志在创作动物小说,并试图由此达致对人与自然之间共存关系的揭示,所以《豹子最后的舞蹈》更多面对的是“当道德主题与自然主题相遇”时人类该怎么办的问题,这种思考的传达单纯而明透,它将人类与自然作为相对应的两个方面来写,触及了自然与人性悖论的一面,即恶劣残酷的生存环境造就的山民的生活习惯和心理定势与自然生态本体之间有着内在的冲突。而《一生太长了》却更多透过一只狼的视角关注“存在”的主题,即从生命哲学的角度来探寻人类对自然的暴虐心态,进而揭示人性的本质。小说赋予了狼更多心灵层次,它的思虑更为深远复杂,它对自然大地衰相的困惑传达着对人类“斗争哲学”的悲悯——对自然的暴虐其实也正是人类这种“斗争哲学”的翻版,无疑是对人类中心主义更为有力的质疑。

山东作家李宁武在创作“动物小说”方面也别具一格,《落雁》和《远去的深蓝色》是他这方面的代表作,而且都是写大雁的。《落雁》这篇小说有着和《豹子最后的舞蹈》一样震动内心的力量。小说以鸟祖母的视角写一个大雁家族在迁徙期间所遭逢的无数磨难,到最后的“妻离子散”“家破人亡”,以及雁们对生命的绝望和坚持,尤其感人。在大雁一生匆匆忙忙又秩序井然的飞翔中,生命风险时时存在,飞在城市上空,工业浓烟也许迷幻了它们的眼睛;飞过江河湖海,污染的水源可能使它们再也不能展翅蓝天;飞在平原滩涂,暴力的枪口或许在某个瞬间就会猛然震响,再美丽的鸟儿也躲不过坠落的命运。这个雁群家族,自打“从遥远的南方那片越来越小、越来越干涸的沼泽地上起飞,半个月来,总是在人类目之难及的高空里无声地躲过黄昏,掠过炊烟飘浮的村庄,等天完全黑下来,才敢找到一片开阔的麦田,或者一片荒凉的湖滩,总之越开阔越荒凉越好,这才开始向地面接近,无声地盘旋滑行,在祖母不动声色的暗示里,鬼影一般滑下来,慌慌忙忙啃几口麦苗,饥肠辘辘卧下睡觉”。这个晚上,祖母颇费心机地安排了值夜和睡觉的排位后,“朝周围用心倾听好一阵,自己最后一个人睡。她把祖父安排在自己身边来,想在夜里暖着他一点。祖父又瘦又小,而且老了”。大雁家族睡熟了,“只要今夜没有危险,大家好好睡一觉,只要明天天气好,一天又可以搜索至少一百公里范围,也许能够找到一片没有人类、暖和一点、水草也稍微像点样子的地方。可凡是那样的地方,就都先有人类了。好地方早都叫人类占净了,无论如何,你很难找到一片罕无人迹的荒凉了。而且只要有人类,就有明显的或隐蔽的枪口,就有套子和网,就有捕捉和屠杀”。这个飞翔得疲累的家族经过辗转寻找,终于飞达了一处洼地,饥饿、困顿使雁群箭一般降落休整,但祖父在一个很偏的视角发现了芦花丛中乌黑的枪口。死亡悄悄靠近这个家族,祖父来不及做出其他选择,猛然独自一人起飞转移目标,雁群受惊起飞。祖父成功营救了家族,但他为此付出了生命。带着悲伤的雁群再一次开始寻找栖息地,整个历程饥寒交迫,但更可怕的是人类的各种诱捕。当它们在河滩觅食,发现了一丛嫩绿的苜蓿草,还没等祖母的厉声阻止喊出口,小孙女的长脖子已经被拴在橛子上的一根细丝线扯直了,无论怎么痛苦挣扎也挣脱不了,在暗处等待战利品的人狞笑着来了,祖母不得不放弃营救,逼迫家族的大雁重新起飞。悲伤逆流成河!它们在黄河滩上平沙落雁,以此纪念祖父和小孙女,祖母内心"温柔的情感淡化了悲愤",然而就在这时,地面火光一闪,大孙子和他的父亲消失在黑暗里了!失去了丈夫和一对儿女的女儿一路悲痛得几乎死去,无力飞行,它们发现了城市,降落在城市的一处湖泊边,城市豢养了这群鸟类。大家兴奋不已——这个雁家族不再缺吃少喝,也不再有被杀戮的命运。当启动的大地密码传来西伯利亚开春的消息,衰老的祖母飞不动了,女儿必须带着余下的一双儿女恋恋不舍地飞往北方,因为它们"天生要飞"!次年,在城市苟存的祖母迎回的竟是形单影只的孙女——它生过小雁,把它们养大,却全部死在了路上,可以想象它一路的艰辛和痛苦!高贵、冷傲、尊严的大雁从此开始了渺小、奴性、寄生的生活,"我们背叛了自己而投靠人类,永远离开广阔的原野和森林,离开绵长的河流和美丽的湖泊,离开苍茫的山脉和斑斓的高原了。我们的后代,将无情地失去祖先们为之骄傲的种族本能"!李宁武这篇《落雁》写出了小鸟和我们一样丰盈的情感、智慧和品格,其亲人间细腻的情爱让我们惊叹,鸟间的温情体恤反衬出人类的冷酷和贪婪,它们任人杀戮的命运让我们心生感慨,也使我们不得不沉思:像大雁这样的候鸟疲惫不堪、孤独挣扎的行旅,难道不是这个大移民时代我们自己的缩影?我们与这些迁徙流浪的鸟何其相似乃尔?!那么,我们人类真应该"推己及鸟""爱屋及乌",学会和动物和平相处!而更为深刻的是,故事的最后,大雁在万般无奈下归于城市的观赏园,这似乎是唯一一个安全可靠的归宿,但祖母的悲叹并非没有道理:飞翔是鸟的宿命,人类按照自身的愿望以爱鸟的名誉把鸟类圈养在了城市中,这是违背自然规律的,最终必将带来这个种类的灭绝。如果真爱,为什么不能让它们自由安全地展翅蓝天?

像《落雁》这类动物叙事文本具有强烈的人文色彩,因为对动物"人性"一面的揭示强烈冲击到人类的悲悯情怀。这其中有一批小说是写忠义之犬的,更有着震撼心灵的审美力量,这一庞大的形象系列如《野狼出没的山谷》里的猎犬贝蒂、董立勃《狼事》中的黑风、宗璞《鲁鲁》里的鲁鲁、沈石溪《第七条猎狗》中的赤利和《灾之犬》中的花鹰、王华《一只叫耷耳的狗》中的耷耳、李传锋《退役军犬》里的黑豹、郭雪波《沙葬》中的白孩儿、杨志军笔下的“藏獒群体”、张永军《狼王闪电》中的闪电、牧娃《狼狗之间有条河》中的“狼狗”、陈应松《太平狗》中的太平等，其中如贝蒂、黑风、闪电、“狼狗”等都是像杰克·伦敦笔下的巴克一样，是被人性的龌龊逼上狼山的狗。在创作《太平狗》时，作家陈应松理性上是一个动物解放者，他以白描的笔法淋漓尽致地描述了在杀狗场狗们的痛苦、绝望、疯狂，这里选摘几段：

> “扑——哗——”一盆铺天盖地的赃物从笼顶上泼进来，狗们顿时淋了个五花八门，呜呜的躲着不知为何、受何东西的打击，再一细看，狗身上、头上都挂着一根根的鸡肠、鱼肠子。……
>
> 面目狰狞的范家一气歪了鼻子和帽子，手拿着一根把狗皮打松的铁条，朝笼中一阵乱捅，巨人(狗名，笔者注)的唯一一只好眼给捅瞎了。太平看见那根通条刺中了巨人的眼睛，再一猛力的拔出来，那喷起的鲜血就刹那间布满了笼子，好像笼子里在下一场红雨。……
>
> 范家一暴虐生气戳给它(太平)的血洞除了灌满疼痛外别无其他。狗们堆叠着来抵挡寒潮中的北风，因为饥饿，体内的热量所剩无几，一只只狗都有气无力的，像一群难民，在黑夜中张着无望的眼睛，或是闭目如死去一样。……
>
> 吃了一些或者没吃饱一些之后，又一阵冷水来浇透。范家一的自来水管就势将笼里的狗一个个清洗了一遍。狗们趁机大口的舔咽着冷水，又躲着冷水的冲击，一个个像落汤鸡，被寒风一吹，就像进了冰窟。

这场景实在是让“体面地”坐在酒席面前大快朵颐的人类过于难堪，当我们的味觉在享受着动物的肉食美味的时候，怎么没有联想到屠宰场的血腥？当然，我们并不认为陈应松是个反对食肉的素食主义者，我个人当然也不是，按照“生态主义伦理关怀”，当然也是按照人道主义原则，我们是应该在尽可能的情况下减少动物的痛苦，这应该是人面对其他物种时的一项准则，而不是如陈应松笔下的范家老板一样没有一点怜悯之心。

三、"动物书写"的主要类型及其生态批判内涵(下)

表达人类中心主义批判议题的第三类"动物书写",是从生态整体主义出发,着意探索动物在维护大自然动态秩序和促进人类生存进化过程中的价值和意义,批判农耕文明的滥垦草原和现代文明的欲望主义、消费主义对多元生态的破坏以及造成的物种灭亡。

动物在人类进化史和发展史上有其重要的促动作用,在维护生态系统平衡中的作用更是难以替代。张学东是近年来宁夏作家群中的佼佼者之一,其中短篇小说《获奖照片》《坚硬的夏麦》《跪乳时期的羊》都引起良好反响,长篇小说则有《西北往事》《妙音鸟》《超低空滑翔》等。在张学东的小说中,有一些篇章有较为自觉的生态意识,例如《石头跑》就是揭示动物在维护生态平衡方面功能的精致短篇。在大西北阔大无边的区域,曾经是草肥马壮的一处处天然牧场,在军垦之后都变成了荒漠或沙漠,现在四野里"没看见什么人,没有野兔拼命逃窜时的影儿,也没有鹞鹰展翅划过天空",有的只是飞沙走石。军队需要派人在这些杳无人烟的"牧场"守护,条件险恶,守护者自然要在与自然的搏斗中才能生存。方电杆这年立了"军令状",到了一处一年到头风沙狂舞的沙漠,他要拼命地在黄沙窝中栽种红柳树苗子和草籽,以求"牧场"能生长出一点绿意来。这注定是"一个人的战争",孤寂,单调,索然无味,只有一匹马陪伴他,就如生活在人间地狱般。但方电杆毫不气馁,他播下草籽,像个孤独的帝王每天查勘着自己的领地,他甚至幻想最终能使黄沙窝得到合理治理,再次长得绿意融融。盼星星盼月亮似的,好不容易看到淡淡的绿色在黄沙上连成片儿了,他不由得有些激动。接着他发现,只要有草就挡不住有野兔,这些鬼机灵以前杳无影踪,现在居然就闻到了草味儿,成群结队而来,把这个可怜人辛辛苦苦种下的小草和苗木刚刚发出的嫩芽都糟蹋了。正当他痛心疾首之际,发现野兔招惹来了一只沙漠狼,随后带来几只小狼仔。有了狼的出没,野兔们不是成了狼的美味就是变得老实多了,于是在狼与兔的较量中,草又绿了,树又翠了,方电杆也窃喜起来了,他渐渐悟出了一个道理:草木、兔子和沙漠狼是一个奇异的圈子,它们相生相克,兔子再馋嘴,它也抵不过狼,所以草和树在这里就能好好生长,黄沙窝就能治理好。可关键因素不是狼,而是人!正当草木渐渐有些葱茏之际,有一天,民兵大队长骑着马扛着枪就来了,他来不是来陪方电杆种草植树,是要打兔子。但是,他看到了一只正在哺乳的狼妈妈,于是"大显身手"把狼打死了!方电杆视母狼如草木的“救命恩人”,他震怒了,怒骂了队长。本来,他就要有了从这片黄沙窝调换回去的机会,这一下子可捅了马蜂窝,只能在茫茫沙海里坚守一辈子,方电杆要变成“方石头”了!

鹰、狐狸等动物在草原生物链中也都有着调节生态平衡的重要作用,它们会捕杀破坏草地的兔子和地鼠。张抗抗的《沙暴》写到了鹰在生态平衡中的作用。故事的男主角是一位知青辛建生,他去参加当年队友的婚宴,意外地碰上了老朋友吴吞,同时也回忆起他在内蒙插队时打鹰的往事——这件往事曾经长久地折磨着他。当时他是一个热血奔涌的年青人,渴望荣耀,爱面子,猎杀号称“王者”的草原雄鹰能够满足他这种虚荣心。但是,无知的他们没有料到的是,鹰是草原鼠类的天敌,一旦鹰没了,老鼠随即大量繁殖,明目张胆地肆虐草原,吃草籽,又啃草根,鼠患爆发。草原终究不是知青的家园,在城市的召唤下他们的插队生活结束了,把灾难留给了草原。多年后,辛建生内心产生了悔悟和自责,他甚至不敢面对那一片草原牧场,他害怕那锐利的鹰眼。但是,当他了解到鹰爪子可以治好风湿病时,他又一次跳上了开往牧场的车。如果说当年知青打老鹰是出于无知,也出于在物质的极度匮乏下为了改变自己命运不得已的掠夺,那么现在的辛建生呢?草原变成沙漠当然并非辛建生一个人的罪,但毕竟草原破坏后漫漫的黄沙跟着席卷了整个城市:“如同面目狰狞的黄风怪,扑进了这座北方城市。天空在它尖利的呼啸声中一点儿一点儿塌陷,像一个爆炸的水泥仓库,飘落下铺天盖地的细密而浑黄的粉末。城市在这疯狂旋转的黄色烟雾中渐渐模糊,似乎正被风怪吐出的气流一口一口吞没。狰狞的黄风怪应该是草原鹰棕黄色的眼睛逼射出的怒火吧;是鹰灰褐色的脊背贴地时健硕的翅膀拍打尘世的哀鸣;是鹰麻黄色的胸脯朝天时永远归圣洁的释放!”

对人的贪欲造成的动物灾难进行批判是乡土生态小说的一大特点。在科尔沁旗草原流传着这样一句谚语:“银狐是神奇的,遇见它,不要惹它,也不要说出去,它是沙漠的主宰。”如果说郭雪波的《银狐》是从自然神秘主义出发揭示了“人类的贪欲可能是破坏动物生态守恒的最关键因素”这一规则,那么,雪漠的《狼祸》借人物孟八爷猛烈批判了人们的贪婪邪念造成的猪肚井的生态危机,认为最可怕的事情是人们那一颗“蒙昧的心”;陈应松的《神鹫过境》谴责了人类反自然的行为,更是对人类“雁过拔毛”的丑恶灵魂的声讨。邓刚可以称得上一位“海味作家”,作为“海碰子”,他非常关注海边或岛上人物的生存情况,抒写他们在大海面前那自然单纯的情感,《迷人的海》《龙兵过》《白海参》《山狼海贼》等作品都与大海有关,他的《大鱼》叙述了辽东半岛的南端海域对菊花鱼过度捕捞造成大海空阔死寂的恐怖景象。蒙古族作家满都麦成名于上世纪80年代，他的“火”系列即《圣火》《元火》《祭火》曾震撼文坛。90年代以后，满都麦将文化反思与生态主题进一步融合，致力于深入思考传统文化和现存的人类存在方式，并从传统的蒙古族文化中挖掘灵与美的主题，揭示富于少数民族风俗的生态理念。《三重祈祷》《四耳狼与猎人》《娅玛特老人》《碧野深处》等是这一时期他的代表作品，集中揭示了存在方面的神性以及由于神性缺失导致的人类生存危机，那种“无穷思爱”的意识渗透着浓重的宗教文化精神。叶广芩的《老虎大福》同样是关注野生动物灭绝问题的文本，该小说选择的是人类的叙事视角，写陕西秦岭一带最后一只华南虎被猎杀的故事，虽然读起来不像陈应松的《豹子最后的舞蹈》那种动物视角凄婉动人，但是也充满着令人幽然浩叹的力量。温亚军的小说《驮水的日子》和《寻找太阳》，马福林的中篇小说《一只俄罗斯狗在中国的遭遇》，也涉及了自然、动物与人之间的生态关系问题。

第四类“动物叙事”类型偏重于从动物中心主义出发，通过“人化动物”手法，以动物的神秘来警戒人类对动物生命的掠夺。

自远古神话开始的“动物叙事”一直就存在着将动物神秘化的倾向，这种“人化动物”的母题存在于每种文化的神话系统中，有时“人化动物”和“动物人化”又相互交叉，表现出人兽不分的原初鸿蒙时代的生存情状。德国哲学家卡西尔说：“如果神话世界有什么典型特点和突出特征的话，如果它有什么支配它的法则的话，那就是这种变形法则。”①关于“人化动物”的母题，如古罗马作家阿普列尤斯的《马达多拉城的阿普列尤斯的变形记》，集中讲述了200多个人物变形故事，被称作欧洲小说的开山之作；中国远古神话故事多出自《山海经》，如蚩尤之女化为精卫、鲧变身黄龙的传说，源远流长，成为后世诸多文学故事的发祥。

“自欧洲启蒙运动以来，人类的理性精神得到弘扬，科学思想彻底地统摄到社会、自然和文化的各个角落。由此而来自然的神秘性不复存在，人类‘天人合一’信仰逐渐解体，人在面对自然生态时的敬畏心理也消失殆尽。”②人类这一思想的转变或许可以算是马克斯・韦伯所总结的“世界的祛魅”。在现代乡土生态小说中，动物的“人化”远远不同于启蒙运动前“人化动物”的变形法则，或者说不是通过“变形”来完成的，书写者从伦理

① 〔德〕恩斯特・卡西尔：《人论》，甘阳译，上海：上海译文出版社2004年版，第144页。
② 赵树勤、龙其林：《新世纪生态小说论》，《文艺争鸣》2007年第4期。

学的视野出发观照动物，将其作为有主体行动能力的个体，写动物与人之间的“善”和情分。在这些作家中，郭雪波可谓一个“极端动物保护主义者和理想主义作家”①，这可能与其出生的科尔沁旗草原的民间宗教信仰萨满教有关系，他的一系列作品如《沙葬》《沙狼》《银狐》《天海子》等都将动物做“人化”处理。其《大漠魂》中，荒野风沙大作，老双阳与狗蛋被风沙埋在了小马驾里，就在他们几乎窒息时，跳兔“黑老总”一家打洞通气，救了他们的命；《沙葬》中，已经极其疲累的白狼在原卉昏迷时，不离不弃，终于将其拖离危险的流沙地带；《天海子》中，在冰河边，有意保护老狼的老人将要坠入冰窟，老狼用嘴死死叼着他不丢，最终老人和老狼一起变成了河边的冰雕；《银狐》中，珊梅受银狐“魅惑”，神志不清，变得人不人狐不狐，她拼命地追随银狐到了沙漠腹地，银狐最后拼命救下她，把她拉到有流水暗渠的古城堡废墟……这些描写的目的不仅仅是为自然“复魅”，更多是对“天人合一”的理想主义境界的追溯。

还有一批出类拔萃的少数民族或丛林作家的“人化动物”书写则是另一种叙事方法，即是通过极力渲染动物的神秘性、报复性，来警戒人类对动物生命的掠夺，唤回人们对自然的敬畏之心。哈尼族自古以来生活于我国云南西双版纳丛林地带，世世代代和山林野物打交道，不过这个民族一直没有书面文学。到20世纪七八十年代初，哈尼族作家开始陆续出现，到90年代已经成为一个小小的充满活力的创作群落，这里边有朗确、存文学、白茫茫等，其中朗确被认为是哈尼族有史以来真正的一位作家。他们的长篇小说如存文学分别发表于1992、1999和2003年的《兽灵》《远方的峡谷》和《悲怆之城》，冯德胜分别发表于1993、1997、1998年的《远方有个世界》《死亡的诱惑》《沸潮》，艾扎发表于1996年的《阉谷》，白茫茫发表于1998年的《苍茫的分水岭》，毕登程发表于2001年的《无量山》等，朗确发表于1998年的《最后的鹿园》，都曾引起文坛侧目。这些作品不少都是写一些具有神话色彩的、鲜为人知的故事，这些故事里动物总是利用智慧报复人类的残酷，例如《最后的鹿园》就是如此，由此批判了经济主义价值观，鞭挞了狭隘的人类中心主义造成的生态灾难。

蒙古族作家袁玮冰的《红毛》极写了一只红毛黄鼬对一个猎人的报复。那个中年猎人“嗜血如命”“耐力无比”，曾经残忍地杀害了黄鼬的父亲，整个过程血淋淋不忍目睹，但当时年幼的黄鼬还是亲眼目睹到了：红毛的父亲是一位称职的丈夫和父亲，它有着坚毅、冷峻的个性，也有着聪明、

① 周水涛：《略论近年“生态乡村小说”的创作指向》，《小说评论》2005年第5期。

智慧的头脑,但它怎么也斗不过猎人——猎人对其毛皮已经垂涎数日了。有一天阳光明媚,他带着妻儿在一片金黄的麦田里寻找田鼠,猎人偷偷跟踪而来,他的手里提着一杆威力很大的枪。"哐"的一声巨响,黄鼬父亲中弹了。为了保护妻儿,它拼命地咬住猎人的手。猎人兴高采烈地得胜还朝,他用一根细铁丝穿过黄鼬的鼻孔,挂在枪管上晃悠悠地走了,把无数惊骇和愤怒留给了黄鼬母子。惨烈的表演还在继续进行,因为要播下黄鼬闪光的皮毛必须"趁热打铁"。这对鼬子看到猎人把猎物吊在一根柱子上,把它的头骨砸碎,嘴巴切开一个一个缺口,然后翻过来一撕一拽,整张鼬皮就干干净净剥下来了,柱子上留下一具血糊糊的肉体。"别放过这个猎手",这是红毛小黄鼬感应到的母亲的心灵暗示。红毛跟着母亲在田野上躲避着猎人谋求生存,发现田野上发生一桩接一桩的怪事,首先是田鼠们悄没声息地就一个个死去了,接着是落在田野上啄食的小鸟也一群群倒地毙命,正在黄鼬纳闷之时,老天鼠告诉了它相关的秘密:人们得了疯病了,只想自己在这个地球上活着,不允许其他动物活命,他们肆意妄为,到处都用上了农药,还砍伐森林,破坏草原。不幸终于再次降临到红毛头上,它的母亲一不小心中毒身亡。就像《豹子最后的舞蹈》里"斧头"所感到的一样,"在这个世界上,它们黄鼬的生命宛如一根枯草"一样脆弱,谁都"可以随意将其折断,将其毁灭"!红毛终于长成了一只大鼬,他记着与那个猎手的"杀父之仇"。有一天它趁猎人不在家,跑到猎手那个神经质的老婆跟前,愤怒地从胯间放出它特异的气体,那个女人闻到黄鼬的味道就犯病了,最终变得骨瘦如柴、生不如死。

陈应松的长篇小说《红丧》所极力渲染的那种动物世界的阴霾,读来令人有窒息之感。小说依然是写作者熟悉的神农架地区的故事,那里有个地方叫白云坳,那里有个老打匠叫白秀,他虽然一辈子以打猎为生,但是深知动物的神秘甚至神性。他的二儿子白中秋却不理他老父亲这一套,违背过农历年春节时"畜生也有三天年"的规矩,偏偏要在这个好日子出猎。在狩猎的路上,白中秋看到野猪打架,其中一头被打死了,他就趁机背回了家,结果野猪的气味弥散到山林里,招致了一系列诡谲的恶事:野猪闻到死猪的气味来报复白家,一群猪一起要拱塌房子,不敢轻易越出狩猎规矩的白秀万般无奈之下开了枪,这就招惹了以后更大的麻烦——野猪跳进家猪圈,家猪与野猪交配生了一窝野猪崽子,这成为白家内心的一道阴影;山林里一头白毛野猪吃小兽,这种反常情况惹得白秀惴惴不安,他只好带了舒耳巴等几个徒弟上山打野猪,结果不熟悉野猪习性的舒耳巴中了老猪的计谋,被竹子从肛门穿过。野猪更加肆意妄为,白秀下决心铲除这一带的野猪,这个名声远播的神枪手这次竟然用枪打到了自己的大儿子白大年。白大年从此成了吃猪奶、睡猪圈的傻子,这时谣言四起,传说中白大年是个山混子,被红毛野人安了山棍子筋。傻子白大年找到了一只虎与豹的杂交品种“呼”,剁死了献给镇政府,死乞白赖地要向政府换个老婆,镇长制止释放了他。白秀和孙子白椿去山上寻找白大年,结果遭遇了野猪群,双方发生恶战,而且正好赶上百年不遇的瘴气,狼狈逃回;远房亲戚引荐孙子白椿当兵,这是白椿梦寐以求的事,因为山里人只有当兵才有机会走出大山,成个“人才”,白大年却认为侄子的眼是神眼,把他拉到咕噜峡谷抠出了眼珠……这一系列诡谲的恶事发生的缘起,就在于人对山林的冒犯。

京夫的《鹿鸣》除了写到被称为“神鹿”的头鹿峰峰的神性聪灵,还写到动物世界其他神秘的现象,这些都出现在老养鹿人的故事中,如秦岭的主峰叫太白山,顶上有一个冰湖,那里栖息着一只神鸟,这只神鸟每天在观察着冰湖水面,一旦发现哪里有杂弃物就会飞过去衔于荒野。作为牧人,“父亲”本来有猎杀鸟兽的习惯,但他被这只小小鸟儿所具有的生态自觉打动了,从此灭绝了射鸟的念头。奇事怪事还有很多,放牛的小山与豺狗达成“默契”,不但不要向对方进攻,而且关键时候还能互相救助;一对白蛇在瓜园地头戏耍,当人把雌性白蛇捉住投进爬行动物馆展览,它历月郁郁寡欢,终于死去,似乎有一种心灵感应,就在雌蛇死掉的当天,当初逃脱捕捉的那条雄蛇竟然也在瓜园毙命;在这片山林里,还有黑老大与野猪群秋毫无犯、白鹭为伴侣殉情、狐母子懂得报答人的恩情……更是显示了动物的神秘灵异。满族作家叶广芩的《黑鱼千岁》中,那条黑鱼费尽心机要为同类复仇,或许它的内心集聚着对人的无限仇恨。夏季风的《该死的鲸鱼》也写到神秘的野物或水中精灵对人的无知无情的报复。

第五类动物叙事以人与动物的温情和煦、以动物与人之间的“善”,表达“天人合一”的理想主义境界。

人类道德和审美精神的溃败是破坏人与动物共享自然的平衡秩序的重要因素,这正是人类中心主义批判的重要议题。河南籍作家刘庆邦的《喜鹊的悲剧》《大雁》《鸽子》暴露了动物界残酷的生存图景,而对应于这种可怕景观,绅士风度的作家在《遍地白花》《梅妞放羊》《野烧》《种在坟上的倭瓜》《红围巾》里展示了另一乡野色调:在素朴的大地上,各种鸟兽各得其所。放牧的农村少女梅妞童心流灌,人畜相谐;山东籍作家单士杭的小说《君子兰和狼》写上世纪 50 年代末,到柴达木的钻井队与一只白脖狼友善相处,人与兽之间产生了一种令人心动的情谊;蒙古族作家白雪林的《霍林河歌谣》中,诺日瓦以舔犊情深的胸怀收留照料一头奄奄一息的老牛莫日根,莫日根慢慢恢复强壮并养下了一大串子孙,作为对主人的回报;迟子建《额尔古纳河右岸》中的主人公认为自己能够怀孕"与水狗有关",三年来他们一直渴望有一个孩子,有一天她的丈夫正要猎杀正在哺育一群幼崽的水狗妈妈,她制止了丈夫的行为,因为她想象那些小水狗失去母爱该多么可怜,丛林之神或许知道了这件事,让新生命很快孕育在她的肚腹。迟子建的《一匹马两个人》中,羸弱的老马具有人格的存在,"它在别人家是马,在他家就是人"。在这些生态叙事文本中,人护佑弱小动物,动物的灵性又反过来带给人福祉,传达出一种宝贵朴素的生态意识。

人与动物的温情、人与动物的"共善"是作家们在生态意象重构过程中常常书写的重要一面,有几篇作品的名字就特别有意思,《跪乳》(岳恒寿,1996)、《作为祭奠的开始》(温亚军,2001)、《跪乳时期的羊》(张学东,2000)都不约而同地用"跪乳"来表达"鸦有反哺之意,人有跪乳之情"等人畜共有的"良善"。这里我们把吕阳明的《黄羊草原》(《骏马》2006年第2期)稍稍展开分析。《黄羊草原》开篇是一小段非常富有草原地域色彩的叙述文字:

> 特力根苍凉悠长略带嘶哑的吼声掠过覆盖着皑皑白雪的草原,像无数只孤独的小鸟一般飞向遥远的天边。西斜的太阳从云缝中站出来,给这片雪原镀上了一层清凉的颜色。

这段文字不仅点出了故事发生的时间、地点、人物,而且带来一种旷远苍凉的心理体验,把"吼声"的"苍凉悠长略带嘶哑"比拟为无数只"小鸟"的"孤独"飞翔,透露出这将是一个凄美悲凉的人与自然的故事。寂静的草原上响起的特力根的"吼声"是传向"远方的草原"的,寂静不应是草原的本色,他期盼着"草原深处的回声",但是,没有,他看到的是"远方边境线上那被高高的铁丝网分割成两部分的茫茫雪原",高高的铁丝网割断的那边是外蒙古,这边是巴尔虎草原。在前些年冬季到来时,边境线方向那片蒙语称作"古勒斯壕来"、汉话称之"黄羊沟"的洼地,会有成群的黄羊过来越冬,那滚滚涌动的黄羊群是何其壮观动人,而此刻,草原剩下的只有寂静。就在这空落落的失望中,猛然看到"在边境线的那一边,草原和天空交界的地方,一片黄褐色点缀着无数白点的东西如轻盈的云朵一掠而过,在淡淡的暮色中消失在那片叫做'古勒斯壕来'的低洼地带",妻子达丽玛一句话暴露了夫妻俩无尽的牵挂——"说不定我们抚养的孩子回家来了"——一个真正动人的故事就从"远方边境线"慢慢拉近了:几年前夏季的晚上,特力根无意间发现有人开着汽车盗猎黄羊群,他跳下马背大呼“盗猎的”而吓走了猎杀者,几百只黄羊逃散,留下了一雄一雌两只晕头转向的小黄羊。特力根夫妻把小羊收留在夏营地里,那是他们夫妇最快乐的时光,“要知道他们的两个孩子几年前都考上师范学校走出了草原,已经在城里工作了,在他们的生活中,这两只小黄羊就像是自己的孩子,为他们的生活带来了无限乐趣”。在其乐融融的家庭生活中,小黄羊长成了大黄羊,有时白天加入其他黄羊群疯跑,晚上才回蒙古包,后来偶尔回来一次也焦躁不安地注视着边境线,特力根知道,他们的“孩子”要重回自然了。在这个过程中,中蒙两国为了加强边境管理、控制边地走私,开始在边境线上修建铁丝网,从外蒙来过冬的黄羊越来越少,最后彻底阻断。而此刻,在这样一个暴风雪将要到来的时刻,他们又看到了黄羊群,无疑会激动不已。但是,它们是怎么跨越了高高的铁丝网呢?“特力根骑上马跑过去,眼前的景象使他惊呆了:十几只健壮的黄羊死在了边境线的铁丝网前,最前面的一排黄羊尖尖的羊角挂在铁丝网上,倔强地保持着站立的姿势,站在中间的正是夏营地上长大的那只雄性黄羊。后面的一个挤着一个,有站立的,也有半蹲和倒下的。它们就是这样以生命架起一座返乡的桥梁,让无数的同伴踩着自己的身躯跳过人类架设的铁丝网。”人类由着自己的性子,无视草原黄羊的迁徙,轻而易举地就将铁丝网拉起了,羊群以悲壮的越栏试图超越命运,酿成了一个个悲剧,特力根“长生天啊……”的哭嚎也无法再触动屠杀者的灵魂:随着羊群悲壮地南迁到巴尔虎草原,宝进这样的牧民就开始了诱捕,而他首先诱捕到的正是人工饲养长大的当年的小黄羊,因为它最信任人类。失去了“孩子”的达丽玛压抑的哭声从蒙古包中隐隐传出来,让寂静的草原更显苍凉……在《黄羊草原》中,特力根夫妇养育小黄羊、小黄羊时走时回终至汇入黄羊群、铁丝网阻隔使人羊相隔天涯、夫妇俩对小黄羊的挂念、偶见羊群时的激动、小羊被牧民诱杀,这整个过程,人和自然的相联性不是出自物质的需要,而是出自心灵的需要、精神的需要。

在某些社会生物学家例如爱德华·威尔逊(Edward Wilson)的认识中,有“亲生命性”(biophilia)①这样一个词汇,意思是人天生就有一种对同类——即像自己一样有生命的物种的亲近,这似乎说明了在人类这里,我们把道德价值或者道德关怀赋予非人类并非没有根基。也许正如1952年诺贝尔和平奖获得者阿尔贝特·史怀泽所说的:同情动物是真正人道的天然要素。但这里我们要举证一个相反的例子。与许多具有生态意识的小

---

① 参阅〔美〕Edward Wilson, *Biophilia*, Cambridge, mass. Harvard University Press, 1984。

说家呼唤人类对动物“予以关怀”不同，东北作家阿成（王阿成）的所谓笔记小说《小菜驴》展示的却是对戕杀牲畜的鉴赏。小说写“阿成”在某地因交通不便买了一头漂亮的小菜驴作为代步工具，几十里烂路差一点把小驴累趴下，到达目的地后“阿成”又笑吟吟地把驴卖给了小店，在这个小店里，“阿成”享用了一顿美餐，即“生剐驴肉”。小说中买驴、骑驴、卖驴、杀驴、吃驴的情节以欢快的节奏嗒嗒前奔，作家的内心也是一路欢悦，但是我们在阅读的过程中感到的却是人性的丑陋，试看以下杀驴和吃驴的情节叙述：

> 老板把小菜驴逗到四根木桩中间，这厮真是个好手把，麻利地捆牢了驴四脚。方回头，喊阿成过去，问：“吃屁股，还是腰盘？”
>
> “屁股吧。”阿成说。
>
> “妥了！”
>
> 老板取来一瓢沸水，鸭步过来，朝驴之臀部缓缓地泼浇下去。然后，扔瓢在草地上，草地上，野花遍是，嫣红姹紫，只见老板将烫过的地方，用手别样地一刮，毛全下来了。再然后，取一柄锋利尖刀，迅雷不及掩耳，刷！片下一片儿厚厚的驴肉，驴便开嘴大唱。驴肉被老板托在掌中，奔下的两极，活活地，吃力往上跷，跷，终于力竭疲软下去，叫人愉快……
>
> 阿成便开始吃，肉嫩极了，香极了，太有咬头了，似能在牙与舌之间感到一种“活”的存在与妙趣。真不枉“天上龙肉，地下驴肉”之美誉也。

这段文字活现了饕餮之徒毫无怜悯之心、麻木不仁的行径。《小菜驴》中，与自己相伴一程的小驴被活剐之后于木桩内痛不欲生地惨叫，在兴高采烈的食客听来是“唱得正猛，亢奋的嘶鸣声”，食客“吃饱了，喝足了，‘新月已生飞鸟外，落霞更在夕阳西’。美好的一天将要结束了，便起身告辞，又紧紧握了老板的手”，“走出二里路，犹闻那小菜驴的唱，只是愈加柔了，轻轻，轻轻，充满仁慈与好意地与大自然喃喃诀别着，阿成不觉一笑”。面对残忍的屠杀和死亡，作家竟有如此美好的心境，真是令读者大惊失色、胆战心惊！我们且不论生态伦理学说，就是普通的看待牲畜的同情之心，在《小菜驴》中也全然没有，也就失去了最基本的人的伦理底线。古训有“君子远庖厨”，即便是多么的不合时宜，多么的唯心主义，毕竟还有一份恻隐之意在，不料人类又进化了几千年，倒变得颟顸残酷如此！由此看来，怎么看待人与动物的伦理关系确实还是一个颇有分量的话题。

四、文化伦理的蜕变及“弱式人类中心主义”的建构

在《动物解放》一书中，彼得·辛格明确表达了这样的伦理观念：我们人类没有任何理由认为只有我们人类有心灵，动物却不存在所谓心灵。既然人类的利益与活动关联到它的意识与感觉，那么动物也情同此理。对此，我们不应该有所怀疑，否则也是怀疑人类自己。① 可以猜想，同样出于动物伦理，边沁认为，一个生物是否有权利受到平等考虑的最关键的标准，是它是否具有感受痛苦的能力(the capacity for suffering)，只要某个生物能够感知痛苦，人类便没有道德上的理由拒绝把这种痛苦的感受考虑在自己的行为之内。② 叶广芩也表达过类似的想法：“能感受快乐和痛苦的不仅仅是人，动物也同样，它们的生命是极有灵性的，有它们自己的高贵和庄严。我们应该给予理解和尊重。”③在西方，动物解放甚至和种族解放、人权状况、性别歧视等社会问题密切联系，形成一股政治意味颇浓的社会思潮。

目前而言，中国小说的“动物书写”良莠不齐，对生态小说家伦理观念的嬗变确实是一次考验，有的小说以后现代的生态主义为凭借，所暴露的文化伦理的蜕变值得充分关注。《狼图腾》在国外是商业操作成功的畅销书典范，已签下十几个语种的翻译版权，风行世界。《狼图腾》小说的“编者荐言”有这样一句招牌性的宣扬“狼文化”的话：“如果不是因为此书，狼——特别是蒙古的草原狼——这个中国古代文明的图腾崇拜和自然进化的发动机，就会像某些宇宙的暗物质一样，远离我们的地球和人类，漂浮在不可知的永远里，漠视着我们的无知和愚昧。”在整个故事叙述中，更是极言了蒙古狼的狡黠、尊严、智慧、不凡的“军事才能”，善战的“团队精神”，不屈顽强的性格特征，极写了游牧民族对狼的至尊崇拜，奉之为兽祖、宗师、战神与楷模，而且极尽羞辱了汉族文明和农耕文明。

据2006年12月11日《重庆晨报》报道：德国汉学家顾彬在接受《德国之声》采访时，炮轰中国文学和中国作家。他批评姜戎的《狼图腾》：“对我们德国人来说是法西斯主义，这本书让中国丢脸。”《狼图腾》之后，带来的

---

① 参阅彼得·辛格：《动物解放》第一章，孟祥森等译，北京：光明日报出版社2003年版。

② Jeremy Bentham, *An Introduction to the Principles of Morals and Legislation*, ed. J. H. Burns & H. L. Hart (London: The Athlone Press, 1970), pp. 11—12.

③ 叶广芩：《老虎大福》，西安：太白文艺出版社2004年版，第226页。

不仅是小说界的"狼事汹汹",而且整个社会都"借东风"张扬"狼性文化",大倡扩张意识。在对被动的、后进的现代化的思考中,不少作家痛心于中国曾经的苦难和贫弱,致力探索中国民族性,这样的观念从晚清起就不绝于耳。在梁启超时代也曾经强烈呼吁改良民族根性,梁启超身体力行翻译了《十五小豪杰》,弘扬坚韧、勇毅、好武的精神,以解构中国人的惰性和奴性。那个时代文学风尚的理想是英雄主题、尚武小说,许多关注小说之工具作用的文人、政客,多认为中国以往文学"言情谈故刺时志怪者,架栋汗牛"①,"儿女气多,风云气少"②,提倡把"描写才子佳人旖旎冶游之情"的小说主题改为"好武喜功,宏扬拓边开衅,刚毅气旺,具丈夫态度"的小说。梁启超甚至把中国国力上的窳败归罪于总是吟咏征旅之苦和优雅裕如、以悲凉之美为审美标准的中国古典诗词。在民族危亡的浓重阴影笼罩下,20世纪初期的读者(也包括那些首先阅读了外国文学的译者)对文学功利性的期待,在文学视野中居于支配地位。在那样一个被打得晕头转向的时代,对于民族强力的热切呼唤自有其道理,但是谢冕在《1898 百年忧患》中曾经毫不客气地批评,这是"狭隘民族主义法西斯"。30 年代的沈从文在《龙朱》等文本中也表达了对于民族精神再造的热愿,但那种热愿提倡的却是勇毅、诚信、守诺、自尊,而不是复仇和侵略。我们当然提倡民族的雄强,提倡一个民族的阳刚,但必须是发扬传统文化中的善性骨气,而不是发扬它的恶的因素,例如像狼一样的复仇意识。当下国运日昌,有人在民族主义的旗号下醺醺然做起了大国美梦,我们必须清醒地意识到这里边反文化、反文明的因子。

《狼图腾》许许多多的章节完全就是一种对狼性文化的顶礼膜拜,《狼图腾》之后更出现了一个恶俗的社会热潮,经济领域"狼来了"的势头更"振聋发聩",各种商业文化的"狼性法则"都被公然奉为圭臬,不断炒作推广,例如王宇的《狼道:社会生活中的强者法则》和《狼道:人生中的狼性法则》(中国物资出版社,2005 年)、鲁德编著的《狼性的精神》(中国商业出版社,2007 年),还有网上风传的《企业狼性文化大揭密》《如何打造狼性营销法则》《狼性员工》《狼性团队》等等不胜枚举,在对商业规则的迎合中越来越违背了"文学是人学"的宗旨。如果每个人都富有凶残的进攻性,那么生态不仅不会好,恰恰会更恶劣。攻击成为高贵的品性,那么人就更成为万物之生杀予夺者。狼之所以有助于草原生态平衡不是狼的作用,恰好

① 周树人:《〈月界旅行〉辨言》,日本东京进化社 1903 年版。
② 饮冰:《论小说与群治之关系》,《新小说》第 1 号。

是富有理性的人的本性决定的。有意思的是一本小说《怀念羊》(路生,北方文艺出版社,2007年),无疑是借助于“怀念狼”的高潮(也含着对“怀念狼”的一种误解)的炒作,事实是无论提倡狼性文化还是提倡羊性文化大概都太偏颇——它和我们的现代人文精神也是背道而驰的。

主张重回游牧传统、大倡狼性精神的《狼图腾》的“尾声”,写牧区过上了衣食无忧的好日子。很显然,“好日子”不是由原始的游牧生活方式造成的,而是以一种“安居乐业”的方式实现的。即便这种“好日子”反过来又对草原自然新陈代谢造成怎样的破坏,对草原自由精神是一种怎样的亵渎,似乎多余的指责是非人性、非人道的。正如前文所谈到的,发展的目的理应是使人更安全、更健康、更舒适地生存,而不是更加不安全。即便我们必须批判科学完美主义,并愿意拿狼来“驯化”人,那种原始生态也是不可复制的,每个历史发展阶段都有各自内在的逻辑。既然如此,我倒是觉得不必追问“人类还有多少选择空间”,而想追问“我们还有多少发展空间”?《狼图腾》“重回草原”的叙事对“发展”的质疑和批判又蕴含着怎样的“寓意”?从根本上来说,生态问题不仅仅是一个环境问题或自然问题,也是很复杂的社会问题和政治问题,在发展的道路上,当道德主题与自然主题相遇的时候,如果人类对自然犯下了罪恶,“现行的社会经济制度是更加可能的原因”①,天灾之外,战争、殖民掠夺、富国与穷国的贫富差距是最大的生态灾难。那么,重回传统又意味着什么呢?回归传统生存方式对于发展中国家来说无疑等于放弃发展,我们说了,这在一定程度上正好迎合了西方学者以生态维护为理由的文化扩张主义和种族主义思想。这究竟是《狼图腾》所追慕的,还是它所批判的?《狼图腾》说:“生命是战斗出来的,战斗是生命的本质和血脉。”②但我和《后寓言》的作者李小江有着同样的质疑:“这与人类对和平的追求以及文明的发展趋势背道而驰。”③《后寓言》在对《狼图腾》生态寓意的诠释中也可以更多关注到其蕴含的社会人口学问题,这样能够从另一个偏门穿过经济学、生态学的屏障看透“文明的较量”的本质、“选择空间”逼仄的原因。不过,还是要指出,《后寓言》在对《狼图腾》寓意系统的诠释中有意弱化其体现的文化伦理蜕变的属性,其偏爱有加下的长篇大论、旁逸斜出相比于对其思想谬误的批评只不过是“温柔一刀”,当“残忍”的审美拯救成为权力所压的“话语”时,批判的力度或许就

---

① 〔英〕戴维·佩珀:《生态社会主义:从深生态学到社会正义》,刘颖译,济南:山东大学出版社2005年版,第355页。

② 《狼图腾》,第18页。

③ 《后寓言》,第264页。

被抵消了,反思的通道出现了新的被阻碍的可能。《狼图腾》果如《后寓言》诠释出的那么深刻伟大,它似乎可以在当今多元价值确立的学界渐次扩大的自由主义队列中对号入座了,也似乎可以自此开创一门“狼学”了——那岂不荒谬!《狼图腾》在对民族受难、草原蒙羞问题的思考上,相对于第一世界,把中国作为反思主体,批判了西方霸权以及一个世纪以来对西方的顶礼膜拜中,中国阐释和中国自我阐释的不足,《狼图腾》对草原狼和“狼图腾”的打造是对“后殖民”困境的突围;反过来看,《狼图腾》以西方狼和海洋狼为仰望的对象,暴露的狼性精神和草原逻辑的“富国强兵”的乌托邦理想下不仅仅是反思,更是追慕,在“民族重造”的幻境下充斥着暴力迷雾,不仅是在为草原传统招魂,也在为殖民主义张目。

法国小说家欧梅希克(Homeric)的历史小说《蒙古苍狼》(王柔惠译,广西师范大学出版社,2006 年)同样写到蒙古民族的“狼图腾”崇拜,同样以极其礼赞的口吻书写成吉思汗扩边拓疆的丰功伟业,甚至两部小说的整体叙事结构都基本一样:《狼图腾》结构中以汉族知识青年陈阵与狼文化的认识冲突以及被蒙古狼性文明征服为主体;《蒙古苍狼》以作为铁木真的挚友和功臣的“我”博尔术对成吉思汗掠地开边、多疑狠辣的佩服、激赏、怀疑为主线。但仔细品味,两部创作自有高下之别,也可见出作家精神品位的高低之分。《蒙古苍狼》加入了作为叙事主体的“我”更多的人道和人性的悲悯思考:“我”在不得不支持成吉思汗开辟其创世功业的同时,深含着对这种蒙古苍狼文化“恶”的反思与批判,人性矛盾的揭示使整个文本更有张力,丰满深厚。这里我们也可以拿杨志军的《藏獒》与《狼图腾》做一点简单对比。二者都是写大型荒野动物,都是写人如何看待自己与自然尤其是与动物的关系,文字之间也都充满着对狼或藏獒所潜在的某种精神的颂扬。但是有意思的是,杨志军似乎故意与姜戎“唱反调”,他笔下的狼已经不是人类生活不可或缺的一员,而是与人类道德对立同时也和藏獒精神对立的恶的代表。从主题上看,不同于《狼图腾》,《藏獒》是以呼唤人性为中心的,所以作者极力凸显和弘扬藏獒的忠诚、勇猛、义气、团结等——这些是狼性所不具备的,狼在作品中只不过成了衬托藏獒品格的“道具”。毕竟杨志军具有浓郁的自然意识,对人与自然的关系思虑较深,所以《藏獒》还是带给我们不少生态启示:关爱动物就是关爱我们人类自己的心灵。不过,通过这部小说我们看出了杨志军美学上的矛盾。当我们批评《狼图腾》对狼文化的宣扬带有民族或种族扩张的嫌疑时,其实《藏獒》则走到了另一个极端,其间对驯良的“獒神”的极度夸扬同样让人反感,这和作者推崇动物的自然、野性背道而驰。作者一方面对敢于直面残酷的“不屈灵魂”进行歌颂，一方面又彰显人类对自然生灵的驯服，作家的瞩望不得不犹疑和游移。但正是这犹疑，我们明白了杨志军所一贯秉持的文化尺度，也是无论在市井还是在荒野，他对人性的期许，即道义良知、悲悯仁慈、勇猛精进。有学者从审美精神出发，认为《狼图腾》《藏獒》等动物题材小说表现出的是环保意识与民族和谐、暴力与欲望、历史反思与人性反思，以及蒙藏两族人民的民族心态和宗教信仰，都是多元格局的注释与体现，这两部作品的出现模糊了精英文学下顾或是大众文学上攀的过程，体现了“精英文学和大众文学的结盟”，这一意义要比它们在历史与道德领域产生的影响更大。① 这种批评未免有拔高之嫌吧。

罗尔斯顿的生态整体主义思想被认为是生态文学重要的思想资源，批评者可以站在生态整体主义的理论基点重审《狼图腾》。“自然生态系统和谐的动态演进，决定了所有物种必须不断地贡献出个体生命。食肉动物对食草动物的捕杀是必然的、合理的，杂食的人类食用其他动物也是必须与合理的，关键在于合度，合度的就是生态的。”这是生态整体主义者所主张的，笔者也同样认可这一论述。不过，我们会发现这一“合度”的论述里边确实存在着另一个危险：“既然生命共同体的所有成员均为平等，那么牺牲个体以维护整体系统的理论可否用于人类？”②这可以从两个方面来分析，一个方面，我们假定这种假设即“牺牲个体以维护整体系统的理论可适用于人类”是正确的，那就等于说“动物为了生存夺取人的性命应被视为合理”；进一步讲，如果拿一个民族来做类比，要强调种群的整体利益，遵从生态平衡和自然进化的规约，就像蒙古苍狼一样，那么强势的民族吞噬弱小的民族就成为合理，显然这种伦理思想也是危险的。反过来说，如果主张“动物为了生存夺取人的性命不合理”，那么等于认为人和动物并不平等，这又回到了“人与动物的伦理关系是否成立”的起点。很显然，生态主义陷入了自我伦理的悖论。由此可见，虽然应该承认《狼图腾》从维护草原生态系统平衡出发对于环境恶化的忧患和反省意识具有重要现实意义，但它正体现了前文所分析的文化伦理的悖谬，其褒狼性而贬人性、倡弱肉强食而轻个体生命的极端理念完全违背了社会历史的发展规律，对于重建自然生态和人文生态的参照价值就变得可疑。

还有一种关于人与动物伦理关系的思考，我们可以拿满都麦的《碧野深处》为例。小说探讨了人、狼、黄羊在生命的绝境相遇时的伦理话题。

---

① 艾翔：《动物小说：精英文学与大众文学的结盟》，《文艺报》2007年8月2日。

② 朱宝荣、丁曦妍：《面对动物的伦理困惑》，《文艺报》2006年1月7日，第3版。

"我",纳吉德,一个小有名气的"马上阎王",正在原野上纵行放马,莫名其妙地从马背上摔了下来小腿骨折,这是一个男子汉的屈辱。这时"我"看到一只中了枪弹的雌黄羊,它也在前边拖着伤腿挪动,为了保全男子汉的神威,"我"希望带伤捉住这只黄羊。但是,在黄羊恐惧的眼神导引下,"我"却发现一大一小两只狼一直追踪在黄羊身后。"我"作为"人"的理智醒来,"善良淳朴的牧民们将白黄羊成群视为吉祥兴盛的象征",忌讳伤害雌黄羊,因为黄羊安守本分,从不伤害其他族类;但是不猎捕白黄羊的规矩现在坏了,人们把杀戮驯良的动物作为荣耀,连奶毛未脱的黄羊羔也不放过,使得白黄羊濒于灭绝,"我"如果杀了这只雌黄羊,不是和狼同类了吗?想到这些,"我"感到内疚和悔愧。在这种情况下,恐惧的羊似乎在向人求救,"我"杀掉小狼吓跑了大狼,黄羊用布满泪水的眼睛看着"我"魁伟的身影,"我"想:你拼死拼活的逃命,还不是和人一样期望同同伴和骨肉相聚?……小说以人最终替弱者行道结束,其中的伦理抉择在生态整体主义者看来恐怕是有误的。

在人类中心主义批判的乡土生态小说中,我们注意到近年来出现的塑造"生态人格"的偏向,这丰富了乡土小说的人物画廊。其中,如郭雪波《沙葬》中的云灯喇嘛和白海、《大漠魂》中的老双阳、《狐啸》中的老铁子父子、《苍鹰》中的老郑头、《沙狐》中的老沙头、《空谷》中的秃顶伯、贾平凹《怀念狼》中红岩寺的老道、姜戎《狼图腾》中的毕利格老人、京夫《鹿鸣》中的日本爷孙和林明父子、雪漠《狼祸》中的孟八爷、尤凤伟《幸运者拾米》中的《石老汉》、苗长水《自然之泉》中的《廖廷杨》等等,这些具有"生态人格"的人并不是对自然逆来顺受,而是努力以平等的姿态接纳尊重其他生物的生命权利,意愿用主动性的探索来改善人与自然共存的困境,唱响了一阙阙"天人合一"的祈歌。

"大漠之子"郭雪波的作品常常充满浓郁的地域特色,同时又不失强烈的艺术感染力,这恐怕和他善于将自己的创作灵气与北部大漠的神秘、雄浑、野性、地域风情、人类生存境遇与发展问题有机结合有关系。郭雪波写到的沙漠区域过去属于契丹族的发祥地,那里曾经是辽阔无际、水草丰美的草地平原,但是这里的文明后来被大漠吞掉了,流沙埋葬了辽阔的草原、丰美的水域和繁华的城池,一个拥有自己灿烂文明的民族就这样消逝在茫茫沙海中,变成了一处处废墟。对这段历史有深入了解的郭雪波内心最深切的痛楚就是"大漠从前是草原",所以他的小说给人印象最为深刻的自然景观就是大漠流沙以及在大漠地带艰难求生者的众生相。《大漠魂》中的"安代王"双阳和安代娘娘荷叶婶之所以被郭雪波称为"大漠之魂”，是因为他们能够把科尔沁沙地信仰的萨满教民间歌舞形式“安代”流转为爱和生命，“安代”的精髓、“安代”的魂、“安代”超越时空的流传基因，“只有同这漠野、绿苗、烈火、生和死、爱和恨、劳动和果实联系起来，才显示出了它全部的内蕴、全部的意义、全部的光彩”。老双阳在大漠中认识自然从而开辟一片绿色，荷叶婶跳“安代”为村子祈雨祝福，体现出人对自然的敬畏以及在敬畏中那份探求相合之道的坚持。郭雪波的《沙葬》中具有生态人格者是诺干·苏模庙的云灯喇嘛。肆虐无度的热沙暴袭击了村子，诺干·苏模庙就像狂海怒涛中的一叶小舟，那些生活在这一带的各种沙漠生灵狐狸、鹰雀、沙斑鸠、野兔等一下子被风沙吹得东倒西歪、瑟瑟发抖，它们惊恐万状地聚集在小庙的院子里。庙里剩下的饮水不多了，但云灯喇嘛颤巍巍地舀出一瓦盆水，放在外面让这些小鸟小兽饮用，因为在他看来，人平时以万物之灵自居，不可一世，狂妄自大，似乎世间一切不在话下，说胜天就胜天，说胜地就胜地，好像自己是这个世界上最重要的动物，那完全是人一相情愿。在这可怕而神秘的大自然面前，所有的生灵都是平等的，人其实是很渺小的。沙漠里的生存条件如此恶劣，而这些小生灵还能够生存繁衍其中，就一定有它们应该存在的天道。所以凡是有生命的东西都一样可贵，不分高低贵贱。《母狼》中，郭雪波发出这样的呐喊：“天啊，谁能体会哺乳期母狼涨奶的痛苦？那唯有同样处于哺乳期的涨奶女人了，她们肯定会明白这种痛苦。”另外，读者会注意到，郭雪波很多小说都存在着这样一种人物关系，即一位当地历经沧桑怀有宗教情结的老人和一个外来的对民间文化颇有兴趣的年轻知识分子，如《大漠魂》中的老双阳和雨时，《沙葬》中的云灯喇嘛和白海，《银狐》中的铁木洛孛和白尔泰。这长者和年轻人除了在宗教文化层面上有共同语言，性格方面也会有一致性：长者一般历经人间沧桑，他们看似对人冷漠无情，不动声色，但在自然的灾难面前却充满大慈大悲，同时又具有与自然周旋的生存智慧；他们年轻时代的某些功力在岁月的磨蚀下悄悄潜隐，他们对此讳莫如深，那些辉煌或磨难如今也都已经化为一种坦然和坚毅。年轻人一般是落难知青或者乡里、县里的基层文化干部，他们出于保护科尔沁旗草原宗教风俗的目的，千辛万苦希望借助这些老人将其“复原”并发扬光大。《大漠魂》中，雨时是一个到“安代”之乡哈尔沙村考查、抢救安代这种地方文化遗产的文化局“干部”，他不仅仅从荷叶婶等老人那里了解了“安代”的兴衰史，保存了口述资料，而且组织一次“安代”演唱会，模拟祭沙祈天、驱邪求雨活动，邀来了电视台的人录像，保留极其珍贵的“安代”的舞姿艺术资料，否则，随着那些老人的去世，这种舞蹈就失传了。这些老人因为饱经风霜，都有些孤僻，同时拥有忍辱负重、宽厚包涵的美德，这些年轻人在与老人交往的过程中寻求合作，一起探索民俗文化与自然生态的关系。

生态小说批判性之外的另一根本特征是超越性，“生态人格”的塑造正体现了这一努力。进入近现代社会以来，“人定胜天”“人治自然”“战天斗地”“人有多大胆，地有多大产”等，曾经是人类认识自然、对待自然的基本思路，生态小说试图超越这一思维路径，在对“生态人格”的塑造中，发掘人类思想另一维度的丰富和包容。这类小说所写的故事差不多都发生在地老天荒的边远区域，那里雄奇的边地草原、大漠、高山和丛林带着自然最初的阔大、蛮野和伟力，那里的人们更天然地接近于自然本真，也更崇拜自然力量，因为他们更大程度上要倚赖自然而谋生，对他们来说，自然是神圣的，也是严苛的。面对荒野，小说家所感到的是自然的生命飞扬，是大地对灵魂的招引，而随着中国中西部、北部加快开发步伐，这些区域的自然资源必然要面临极大考验，本来就很恶劣的生存环境要为发展付出很大代价。所以，写作者面对着新一轮开发狂潮，书写这里的生存情态，既是一种生态现实，也是一种立场，他们把批判的矛头指向人对自然的暴虐掠夺，表达对古老神奇的“荒原”的向往，谛听来自大地深处的呐喊。

雪漠《狼祸》中孟八爷是作者倾力塑造的具有“生态人格”的人物。孟八曾经是一个得到猎神垂爱的猎人，但是随着人生经验的丰富，孟八终于意识到其实这里的一草一物都是与命运相关的，比如“狐子吃老鼠，乱打狐子，老鼠就成精了，铺天盖地，到处打洞，草皮啥的，都叫破坏了。一刮风，满天沙子，那沙山，就会慢慢移来，把人撵得没处蹲了”。一旦意识到打猎对草地的危害，意识到沙漠边缘脆弱的生态环境非常容易就被破坏了，孟八就转变成了一个拥护动物保护的牧人，甚至差一点被猎人鹞子杀害，因为又穷困又无业的鹞子要是不打猎，生活就变得更加绝望。所以，孟八非常清醒地认为：“那最大的威胁，不是狼，也不是水，而是那颗蒙昧的心。心变了，命才能变；心明了，路才能开。”

我们看到，乡土文本中具有“生态人格”的人物多是老一代农民或牧人，例如我们提到的孟八爷、毕利格、老双阳、古老汉、铁木洛……这是一个非常有意味的问题。我们可以追问：为什么为子孙后代主张生态正义和代际生存权利平等的乡土生态小说，恰恰这么钟情于老人而把年青一代农人、牧民作为批判对象？其中几条因素大概是值得思考的：第一，这些老人历经沧桑的人生记忆中有着自然生态未曾破坏时的存档，换言之，他们都有着与大地亲善的经历——绿野草浪滚滚，天空湛蓝清爽，河流汹涌清湛，青山绿水间人与动物悠游其间，对比当下，当然痛心疾首；第二，这些老人具有比较丰富的生态智慧,懂得大地的生态平衡规律和不遵守这一规律将造成的灾难,又亲眼目睹了在消费主义狂潮袭来、欲望膨胀下人们对自然资源的屠戮——这些“破坏者”多是商品经济时代新成长起来的一代人;第三,中国民间伦理有尊老敬老的传统,乡土生态小说在对大地的复魅中又比较注重重现民俗与自然相共生的经验形态,必然会以具有生态情怀的老人为书写对象。

从以上论述可以看到,当下的动物题材小说无论是从生态系统的平衡出发一味声讨人性的自私、人力的委琐,或从动物中心主义立场出发,褒扬野性的强悍、喧哗弱肉强食的既定法则,集中体现了社会转型期文化伦理的蜕变,理清这些在中国社会意识形态中所处的理论位置,以及它对新世纪文化走向的影响,当是文学创作以及批评都应该面对的问题。动物题材小说有着朴素的敬畏生命的非人类中心主义意识,以理解与同情的心态看待其他生灵,但它也暴露了人类面对动物时的伦理歧境,特别是对于“人”的解放和启蒙还没有完成的中国来说,伦理抉择尤其如此。“无视自然的生态规律,否定所有生物的生存权利,残酷地大量灭绝生物物种,大肆侵占生物的栖息地,严重破坏和污染它们赖以健康生存的生态环境,导致了对所有生命和生物圈生存的野蛮侵犯,最终也构成了对人类自身生存权利的侵犯。”①这是东方生态伦理学者为一系列恶性环境事件所找到的病因。关于对非人类存在物包括动物的伦理关怀和批判问题,并非这短短一个章节内容所能详论的。但需要再重复强调两点,第一,对“人类中心主义”进行批判不能走向片面和极端,不能因为“人类中心主义”存在偏见就取其反,一旦跨越了这一点,“动物解放”“动物中心主义”的立场不但不能达到保护动物的目的,而且必将带来人类精神的滑坡,对于生态重建也不具有建设性意义。第二,不管是生态伦理学说内部怎样矛盾冲突,人类对于动物的关怀必须突破传统的人道主义伦理,在努力减轻动物的痛苦方面做出思考。

这里希望能再次谈到陈应松的《豹子最后的舞蹈》和张洁《一生太长了》。作为具有丰富内涵和象征能指的生态叙事文本,《豹子最后的舞蹈》和《一生太长了》真正的卓异之处不仅在于把反思和批判人类中心主义这一沉重的话题横陈出来,更在于诱发我们重新思考动物叙事和生态批评的核心性问题:我们到底应该葆有怎样的伦理基点?陈应松和张洁并没有像《狼图腾》的作者姜戎一样,站在动物的伦理立场,武断否定人类对自然的

① 佘正荣:《中国生态伦理传统的诠释与重建》,北京:人民出版社2002年版,第286页。

必然需求，而是针对人类“嗜血的渴望”、残忍的杀戮进行批判。反过来说，如果人类能够控制自己虚妄的恶欲，人与自然就不可能成为仇敌。所以，两部小说在呼唤人与自然关系的重建上观念比较一致：在肯定动物或整个自然的作用和生命价值、批判人与自然二元对立的意识形态时，并非从人类中心主义批判走向非人类中心主义，否定人类生存与自然之间的某些悖论；或者说像某些动物小说一样，以动物中心主义置换人类中心主义，进一步否定人类存在的价值。小说在肯定动物生存权的同时排除一元论思维，尝试引导一种“有限度的人类中心主义”，笔者称之为“弱式人类中心主义”。

所以说，《豹子》《一生太长了》通过对“武器”的批判极尽了动物心灵的悲哀和痛苦，来唤起读者内心的共鸣。武器，特别是枪支，是豹子和狼群生存的环境里无法躲避的存在。《豹子》中，那杆猎枪是猎户的骄傲，在动物生活离不开的小水窝周围布满套子和黑洞洞的枪口，“滚珠，钢筋头以及更迅猛的铜弹”不经意间就会在某个角落里炸起，“不要惹他们，他们有枪”，这是兽类在提心吊胆的生活历练中悟出的警语，以致“我不再害怕死亡……，死亡是迟早的事”。人对待动物的手段极其残忍，例如老关杀死“我的兄弟”的目的在于一种炫耀的心理，他把爪子砍下来，将其掏空做成烟袋，自己一只，另几只送给了大队书记和公社的武装部长；再如，老关用牛卵子皮制作火药囊，喜欢用熊油炒饭而拒绝用猪油；老关的三儿子 15 岁时就极其残忍，他“敲击过一头猪獾的脑壳，两下就将那脑壳敲碎了。敲碎的脑壳还在发出凄惨的叫声”；母豹在山火漫延时逃命，飞奔中突然生下两只小母豹，一百多个救火的人放弃救火追赶母豹，狂呼“打死它”，与山火的损失比起来，一只产仔的豹子又有多少危害呢？人对动物施虐似乎出自本能！即便如此，“斧头”也并非把整个人类作为声讨的对象，在它看来，猎人总是“鬼鬼祟祟”“一声不吭，且心事重重”，而“农人总是欢乐的”，人要是对动物没有“斩尽杀绝”的恶欲，两者就会相安无事。“武器”不仅是人类残害兽类，也是人类相残的最重要工具，甚至人类为了自我保护制造的“武器”最终成为自己失去安全感的最重要源头。《一生太长了》中携带武器而受伤的人离开武器就变得恐惧、无助，但是拥有武器同样走向灭亡！这是作家对于“武器崇拜”造成的人与自然最终割裂的深刻反省。“头狼”认为，“或许这不是人类的错，他们像我们一样需要食物。不是吗，由于饥饿，我们同样会捕杀那些比我们柔弱的动物。要知道，这本是一个弱肉强食的世界”。但是，人类对动物的无情杀戮有时并非出自生存的需要，而“是他们的信条使然：‘只有你死，才是我活。’”“他们不像我们，在我们的天地里,每时每刻,我们和多少兽类缓缓地擦肩而过。有时甚至同时、同饮一江水,如果我们能够像人类那样,可以种植粮食,可以烹调食物,我们肯定不会为了饥饿去攻击掠杀其他生物以维持自己的生命。”

看来,不管生态伦理学说内部怎样矛盾冲突,人类对于动物的关怀必须突破传统的人道主义伦理藩篱,承认人也是和其他动物一样的自然性动物(natural creatures),和非人类世界有各种各样的重要的连续性,也绝对需要与其他物种共享地球福祉,在努力减轻动物的痛苦方面做出思考。同时,也必须肯定,完全站在“动物解放”“动物中心主义”的立场对“人类中心主义”进行批判也是片面而极端的,不但不能达到保护动物的目的,而且必将带来人类精神的滑坡,对于人类发展前行也不具有建设性意义。也就是说,肯定人类是一种“具有更高层次道德关怀的生命形式”,并不是说人类可以不反省自我的恶欲,不诉求人与自然的和谐共处;反过来讲,人类的悔恨之意不能作为他可以消灭自己例如集体自杀以成就“纯粹的自然”的正当理由。为了维护生态圈的完整,要求被证明为“如癌细胞一样在世界各处繁殖”的人类大规模死亡,这种“强势生态主义”(strong ecocentric)等于把人类放在了道德的次要位置,更是生态批判的极端。无论我们多么迫切地需要敬畏自然、尊重动物,也不得不承认人与其他生物的差别,我们所具有的理性、激烈而复杂的文化活动使得我们无论如何也没办法把自己真的当做一棵树,或者一头梅花鹿。所以,玛乔里·加伯指出,关于“动物的争论”总是表现为诗歌与哲学之间的争议:“将人类与动物比较时是可以用语言哄骗的吗?是傲慢的表现吗?是一种亵渎?还是一种必要的表达方式?假如用文学术语来表述,这是对人本主义的挑战。”①生态书写如果致力于人类欲望和狂妄的批判,并不意味着应该借助人与自然关系的迫切思考把动物原生态的“恶性”奉为圭臬,那样也许会“让人们认为‘道德本性是一种虚荣,在残酷的生存竞争中是一种障碍’,从而退回到精神上的蛮荒世界里去”②,必然导致道德本性的蜕化与解体。

也有西方学者如理查德·莱沃廷、史蒂文·罗斯和莱昂·J.卡明等人,从另一方面来看待人与动物的伦理,他们认为,将动物情感类比为人是一种“虚假比喻”。《与我们基因不同》一书指出:“在社会生物学理论中存在一个逆向的词源学过程:先是人类的社会制度被比喻性地加在了动物身

---

① 〔南非〕玛乔里·加伯:《解读〈动物的生命〉》,见〔南非〕库切:《动物的生命》,朱子仪译,北京:北京十月文艺出版社2006年版,第104页。

② 孙法理:《译者序》,见〔美〕杰克·伦敦:《野狼·野性的呼唤》,孙法理译,南京:译林出版社2002年版,第20页。

上,然后有关人类行为的解释又再度从动物那里获取,就仿佛是一种普遍现象的个例,就仿佛是独立地从别的物种那里发现的。"①也就是说,他们提醒人们,社会生物学对真正的本体使用比喻不应该忘掉了比喻的来源。因此,人与动物的"道德关怀应该是一模一样的道德平等"这有可能是一个伪命题,"为了保护具有更高层次道德关怀的生命形式的繁荣条件,某些更少道德关怀的生命形式可以适当地做出牺牲"②,这一道理在实践中更为可行。

生态文学创作和生态批评必须理智看待人类中心主义批判的边界和限度,以使文学发展在遵从"自然伦理"的同时,不违背"人是自然的一部分"这一前提,人类在推进自身文明前行的过程中,反躬自省种种失误所造成的自然不可持续为人类发展提供共享空间的现实,是理智的,这也正是人的主体价值的体现,只有当"人"作为人与自然协调共处的主体价值被凸显出来的时候,自然的被保护才真正有所依傍。"文明的目的"是为了保障作为自然存在的人的生活、保障作为社会存在的人的自由,所以,"弱式人类中心主义"应该成为生态批评的伦理基点,它应该是以人为本而不过度僭越的。

在"绪论"中,笔者提出将生态主义思潮作为新启蒙运动的核心部分之一,来检视其引导的思想嬗变对人类"新文化"生成的影响,不过我们不得不承认,生态书写中,在生态保育与生存苦难、在原始信仰与科学理性、在自然平等和物种权益之间,关于动物的道德关怀时常就会呈现为情感伦理与认知理性的两极,甚至会出现文化性格的严重分裂,这也是启蒙理性的困境,因为它一旦遭逢道德的处境就会有些力不从心。生态批判就有必要探索本土批评理论,使生态批评越来越切近于"中国经验"。

---

① 〔南非〕玛乔里·加伯:《解读〈动物的生命〉》,见〔南非〕库切:《动物的生命》,朱子仪译,北京:北京十月文艺出版社 2006 年版,第 108 页。

② 〔英〕布赖恩·巴克斯特:《生态主义导论》,曾建平译,重庆:重庆出版社 2007 年版,第 156 页。

第六章　生态批评的偏误与批判精神审思

生态主义理论的传播和“生态文学”的大量出现，开启了乡土文学批评的新空间——生态批评(Ecocritcism)。很显然，仅就文学学科范畴而言，在这个课题的研究中，我们偏向把乡土小说传达的对于生态危机的关切和批评称为“生态批判”，它体现的是内在于文本的作家主体的生态观、伦理观、价值观等；我们把文学批评家以某种生态理论为批评理据，对这些生态书写所做的文学研究与批评，称为“生态批评”。生态批评对于生态文学批判主题的深入具有重要的启发和引导作用，当然，生态批判的推进也在不断地促进生态批评的开拓。

一、生态批评的现状及其趋势

生态的话题是一个与现实生存关系极为密切的话题。在此前的文学批评中，我始终关注不同发展阶段的国家生态文化建构的不同思路，注重让自己的批评立足于中国当前的发展现实和中国文学生态批判的现状，努力从文学的立场体现出阐释“中国问题”的意图，力求使研究对“建设的后现代主义”及“道德理性”理论建设有所裨益。因此，理清当下生态批评的现状及趋势，辨析其得失偏误，才能对新世纪的文学书写有更好的介入作用。

生态批评发端于英美。在蕾切尔·卡森《寂静的春天》发表16年之后的1978年，美国学者威廉·吕克特(William Rueckert)发表了《文学与生态:生态批评的一个试验》一文，在这篇论文中他提出将生态及生态学的相关理论运用到文学研究之中的批评方法，这是此一文学批评方法第一次被提到。不过，威廉·吕克特当初并没有提出一个明确的“生态批评”的概念，直到1989年，在“西部文学研究会”上，美国内华达大学的谢里尔·格洛特费尔蒂倡议以“生态批评”取代狭义的“自然文学”的研究，这是这一概念第一次被郑重提出，所以谢里尔·格洛特费尔蒂被视为“生态批评”真正的创始人。在这次“西部文学研究会”上，美国学者格伦·洛夫也作了《重新评价自然》的演讲，他也用到了“生态批评”这个概念。这次会议后，“生态批评”一词渐渐频繁见于美国的论文、专著、评论中。英国著名的生态批评实践者则是乔纳森·贝特，他于1991年和2000年分别出版了两部研究专著。1991年，乔纳森·贝特出版了《浪漫主义的生态学：华兹华斯与环境传统》(*Romantic Ecology: Wordsworth and the. Environmental Tradition*)一书，在这部专著中，贝特从生态学角度全面分析了浪漫主义作家华兹华斯的创作，并将其批评方法自称为“文学的生态批评”(1iterary ecocriticism)。《浪漫主义的生态学：华兹华斯与环境传统》的问世，标志着英国生态批评的开端。2000年，乔纳森·贝特出版了生态批评专著《大地之歌》(*The Song of the Earth*)，这也是一本引起极大关注的学术著作。它以英国浪漫主义传统为基础，批评视野从古希腊到20世纪整个西方文学，并开始深入到对生态批评理论的探讨。这两部书在西方生态批评中占有重要开创地位。就是在上世纪90年代到新旧世纪更迭之际，生态批评逐渐成为英美文学研究重要的思路和方法，有一系列相关著作相继出版，其中2003年格伦·洛夫的《实用生态批评》和2004年英国学者格雷格·加勒德的《生态批评》是生态批评理论的翘楚之作。

中国早期的生态批评筚路蓝缕的开拓有两个层面，一个层面是理论援引与本土化，一批从事文艺理论研究的学者如徐恒醇、鲁枢元、曾繁仁、王先霈、曾永成等较早开始将西方相关理论引介到中国，并试图结合中国传统文艺理论观念建构中国的生态批评理论，并提出了生态文艺学、生态美学等学术概念。鲁枢元近年来致力于生态文艺学的开创，出版了《陶渊明的幽灵——自然在中国文学中的地位及其演替初探》等一系列优秀成果，《自然与人文——生态批评学术资源库》上下两卷也是推动生态批评的重要文献。在研究中，鲁枢元将“自然生态的危机”和“人类自身精神危机”这两个论题相融汇，认为自然生态的问题归根结底是人的精神生态的问题，在系列论文《文学艺术与生态学时代》《文学艺术与社会生态》《文学艺术与精神生态》《生态批评的知识空间》及《生态文艺学》等专著中阐释了“精神生态”的特质、属性和价值意义。“生态美学”实际上是从生态学的理论方法研究美学问题，是审美与生态的结合。2000年，工程师出身的徐恒醇出版了我国第一部生态美学专著《生态美学》，无论对于生态批评的深入开展，还是对于美学视阈的进一步拓宽，都产生了重大影响。曾繁仁也是国内生态美学早期的开创者，他的《生态美学导论》一书是这方面研究的代表性著作。曾繁仁从生态美学的生成背景及意义、理论资源的援引与重建、内涵范畴等方面进行了卓有成效的研究，为生态美学学科在中国的创立进一步奠定了牢固的基础。在生态批评观的建构上,鲁枢元、曾繁仁和王先霈都注重从中国传统文化"天人合一"的思想中探究理路,注重挖掘古代文学中蕴涵的生态意识和生命智慧。这种建构思路可能使中国生态批评更富有本土传统文化质素,也是试图用提冶中国传统文化的精华为整个人类的生存境遇提供一种参照。

生态批评另一个层面的研究当然是具体的批评实践。中国生态批评从无到有并逐渐壮大至今已经有 20 余年,《文学评论》1985 年第 1 期发表的徐芳的《人与大自然关系的艺术思考——兼评近年来小说创作的一种倾向》《文艺争鸣》1986 年第 4 期发表的曹天成的《对近年来小说中自然意识的探讨》、1987 年 1 月 17 日《中国环境报》副刊《绿叶》发表的张韧的《环境意识与环境文学》等文章,标志了中国生态文学批评的萌芽。到 90 年代以后,王诺、陈茂林、陈晓兰、韦清琦、刘玉等学者的学术活动无疑推进了中国本土生态批评的兴起。他们从不同的视阈对海外生态批评的发展流变、研究内容、精神实质、价值意义、局限性以及学科化等问题进行了探索,其中有些研究成果如王诺的《欧美生态文学》影响比较广泛,成为国内生态批评实践的重要著作。在新旧世纪转换之交,随着人与自然关系主题书写的丰富,越来越多的研究者特别是年轻学者加入生态批评这一行列,不少博士、硕士研究生和博士后研究人员开始涉足这一研究领域,将其作为学位论文或出站报告研究对象。在中国知网"中国硕士博士学位论文库"搜索 2000 年以来近十年的学位论文,以"生态文学"为题名的有 23 篇,以"生态小说"为题名的有 65 篇,以"生态批评"为题名的有 80 篇,涉及生态理论与书写研究的则更多。生态文学批评渐渐成燎原之势,特别是乡土生态小说批评取得了可观成绩。这些生态批评实践文本,有的是从人与自然和谐关系重建的角度阐释乡土小说的生态意蕴,肯定其温情的文字下流淌的对于自然秩序的复魅。

国家级课题的立项显示了生态理论探索与生态文学批评的最新成果。如苏州大学鲁枢元的"自然在中国文学中的地位及其演替——关于中国文学的生态批评"、湖南师范大学赵树勤的"当代中国'生态文学'研究"、东南大学李玫的"新时期文学的生态伦理精神"课题分别获准国家社科基金项目立项,说明了学界以及国家社科管理部门对相关论题的重视。另外,一些高等院校也开始开设生态文学研究的相关课程,山东大学成立了生态美学研究中心,苏州大学成立了生态批评研究中心;不少学术刊物如《文学评论》《文艺理论与批评》《文艺争鸣》《当代作家评论》《南方文坛》等也都给生态文学研究留下一定的空间,《文艺报》也用大量篇幅关注这一"新批评”的动向。大型学术会议的召开无疑对助推某些“生态文学”研究的课题具有重大意义。新旧世纪转换之交,国内文学研究界召开了数次与生态学相关的学术会议,如“人与大自然——环境文学”国际研讨会(1995,威海)、“生态与文学”国际研讨会(1999,海南)、“21世纪生态与文艺学”研讨会(2001、武汉)、“生态文艺学”研讨会(2001,武汉)、“全球化与生态批评”专题研讨会(2001,北京)、“文化生态变迁与文学艺术发展”学术研讨会(2002,武汉)、“中外文学对话与西部生态文化建设国际学术研讨会”(2007,兰州)、“生态文学与环境教育国际学术研讨会”(2009,北京)、“全球视野中的生态美学与环境美学国家研讨会”(2009,济南)等等,其中,生态文学和生态批评成为这些会议的主要议题。

生态批评应该是立足本土的,同时也应该是放眼全球的,以朴素的辩证视角摆脱狭隘的地方主义和民族主义。从世界范围来看,生态主义思潮正作为一个社会运动从书斋走向广场,关于永续发展、生态正义、绿色民主等众多重大问题越来越成为一些国家政治领域不得不面对的切实问题。文学书写把“自然”的定义由自然扩展到“生态”,这样,生态批判和生态批评就必然要定位在一个更广阔的思想空间。生态文学创作在理论带动下对生态批判问题有更多深入思考,但从另一角度来看,文学文本的生态批判意识缺乏对生态主义思潮“新启蒙”形态的充分认识,不能更为理性地把握西方舶来的生态学说的“西方语境”,遮蔽了中国现代性发展和生态危机更为丰富和独特的“中国经验”,生态批判变得驳杂而游移。中国目前从较为宽泛的理论引进转向中国生态批评理论体系的初步建构,并出现了具有不同建构思路的一批学者,形成了不同的学派和流派;生态批评的范畴也越来越广,生态批评将文学和生命科学联系在一起,使生态批评的跨学科特征更加明晰;生态批评从当代生态意识化的角度来重审文学经典是生态批评的又一趋向,但在阐释中,文本蕴含的生态批判精神被过度放大。

“文学批评的价值就在于批评者通过批评的言说来达到对社会和人生的文化批判,对艺术和审美的再造。批评是批评者思考的武器,批评者用它去获得与社会人生对话的权利,用这个权利去完成对社会人生精神病灶的窥视与割除,不能把批评过分学理化和学术化,也不能把它世俗化、功利化,这样才能凸显批评的主体价值”①,因此,“面对地球生态

---

① 丁帆、黄轶:《以文化批判者的独立精神面对历史和未来》,《江苏社会科学》2009年第2期。

系统中已经出现的严重危机，生态批评应当是一种拥有明确目的和意义的批评，一种富有显示批判精神的批评”①。生态批评如何处理全球化与生态批判之间的关系？生态批评如何尝试在绿色人文科学和环境科学之间建立一种建设性的关系？这些问题是摆在生态文学作家和生态批评学者面前的挑战。

生态书写和生态批评是相互推动的。就中国目前的乡土生态小说创作而言，也还存在着很多缺陷，例如在哲学资源和理论支撑上，我们还缺乏坚实的哲学资源的支持，其现代理念的建构也似乎过于“生搬硬套”，在宇宙观、生命观、发展观、伦理观上也还有不少需要审慎思考的局限；在具体的批评实践上，生态批评的“囫囵吞枣”“虚张声势”也时时可见，社会文本研究和实证性研究更为不足。西方的生态批判和生态运动息息相关，常常形成影响政府决策的力量，也就是环境运动，其实环境运动是一场“绿色民主运动”。再如，西方生态批判流派纷呈，学说林立，新论迭出；又如，西方生态文学诞生于现代性反思与批判的文化语境，而中国的则萌芽于80年代的启蒙思潮中，是历史反思和政治批判的结果。

作为21世纪一种重要的批评方法之一，生态批评是生态学和文学的交叉学科，无论是针对于现实环境问题的“杞人忧天”、指点江山，还是渴望人与自然和谐相处的桃源梦回，都体现出一种深切的人文关怀，既具有重要的现实意义，又有着相当重要的学术价值。虽然，生态批评还未能进入学术研究的主流话语系统，但预期时日不远了。不过，在生态批评表面上的热闹之下，我们深入生态批评的深层，就会发现存在着的一些偏误：不是过分宣扬和依赖中国“天人合一”的传统文化所意含的生命意识，就是盲目跟着西方的“后现代”理论走，生态批评落于空泛，涉及中国现实的生态批评并没有真正落实在中国国情上，也未能紧扣当前文学创作中的生态书写。换言之，当前的研究过多追逐西方理论话语，也疏于理论与文学创作实际的结合，对当代文学中的“生态批判”主题的深入揭示也不够，这些都将成为生态批评走向深入的阻碍。所以，生态批评缺乏应有的敏锐目光和思想锋芒——而我们认为这些恰恰应该是生态主义新启蒙性的人文意义所在。

---

① 鲁枢元：《生态批评的知识空间》，《文艺研究》2002年第5期。

二、传统“天人合一”思想资源的援引与历史经典重读

在生态批评中，一部分批评家和乡土生态小说家一道，接续了庄子、陶渊明式的对“大地”的解读方式，极大地丰富了来自西方的生态理论学说，不过有些研究者夸大了中国传统文化中的“自然”倾向，也过度夸张了其“天人合一”等观念对当下重建人与自然和谐的功用。

简言之，“天人合一”是中国古代的一种政治哲学思想，也成为现代中国的主要概念范畴。这种思想发源于周代，到春秋战国时期子思和孟子的“性天相通”奠定了最初的“天人合一”观念，在《中庸》中，子思说：“天命谓之性。”天赋予人命，人由至诚而可以通天。孟子进一步解释说，诚是天之道，思诚是人之道。到汉代董仲舒“罢黜百家、独尊儒术”，并以阴阳五行说认为天有阴阳上下，人有贫富尊卑，这就是“人副天数”。到了宋代，理学家张载揭橥“民胞物与”的伦理观，在《正蒙·诚明》中指出“天能为性，人谋为能”，使得“天人合一”的观念最终达致成熟。中国道家的自然观更具现实超越性和自然性，庄子的“齐生死，泯物我”“天地与我并生，万物与我为一”都体现出道家对天、地、人关系的深刻思考，尤其是对自然的尊重。中国的茶文化、酒文化、书法艺术、诗词绘画、气功、太极等其实也都体现出一种亲近自然、自然为上的观念。在中国古代典籍中，也有很多篇章涉及人与动物的关系，《孟子·梁惠王上》中有：“君子之于禽兽也，见其生，不忍见其死；闻其声，不忍食其肉。是以君子远庖厨也。”《礼记·玉藻》中有：“君子远庖厨，凡有血气之类弗身践也。”这些都传达出一种原始素朴的“贵生”“惜生”之思想，亦内化为中国文人的精神品格。

作为中国当代文学生态意识的来源之一，中国古代文人意趣和哲学思想散见于历朝历代的文学著述中，渗透在历朝历代文人的血脉中。古人云“仁者乐山，智者乐水”，这从一个侧面说明了中国知识分子与山水自然亲近的关系。中国的读书人宿命般地都要诵读《桃花源记》这样的千古名篇，它描述的那样一种“芳草鲜美，落英缤纷”“不知有汉，无论魏晋”“黄发垂髫并怡然自乐”的自由之地，也成为每一代读书人内心的“桃花源”。而在急剧动荡和分裂的变革时代，士人常常有两种人生图景，或入世弘道，或避世守节，前者为当世道德楷模，后者虽无关于天下，却有关于后世。这两种人或许都可谓“见道之大”者。所谓“高洁雅士”，他们怀抱无功名利禄的朴素之心，追求与山、水、湖融为一体的境界。我们翻查中国文学史，可以看到从陶渊明、王维、杜牧到晚近的龚自珍、郑板桥、苏曼殊，再到现代的

周作人、废名、沈从文、林语堂等，几千年来中国文人对生存生态的选择变化微弱，或士或隐，或通或穷，他们遭逢乱世和易代之时所期待的最理想化生存是能够皈依大地，在与大自然任情自由的相依相偎中慰藉灵魂、抚平创伤、对抗浮躁。所以，中国文学史上咏叹大自然雄奇瑰丽、秀美精妙的山水诗文会成蔚然大观。

上世纪末以来的社会激变期，一代文人再次骤然遭遇了从历史惯性中甩出的剧痛，历史的诗意与历史的荒唐结伴而至，逢缘时会的狂热和英雄失路的悲凉相映而生，他们不得不在困惑、痛苦与焦躁之中重新寻找并建立起自己的价值标尺，“天人合一”的古代生命理想在中国当代文学中获得了复活的机遇。如日本著名学者岸根卓郎所说：“立足物心一元论，承认自然本身具有灵魂，天（神和自然）与人在根源上为同体，来自这种万类共存思想立场的对自然权利的扩张是根植于东方天人合一思想的共生性伦理。”①当上世纪末期，西方大谈特谈人与自然关系以及生态批判这一论题时，东方或者说中国人的自然观、生命观获得了大量拥泵，其魅力被充分认同甚至扩大，成为现代生态理念建构极为重要的参照对象。其实，“天人合一”的思想远远要比我们如今述说的复杂得多。从中国传统文化脉络来看，“天人合一”的观念一方面探讨天与人的自然关系，使人更尊重自然性，或者说使人更懂得随性，但更为明显的一方面则是，在儒家训诫中，“天人合一”其实已经是统治者为了巩固自己的统治地位将“天”对人的支配作用无限夸大，夸张自然界与人的统一关系，进而解构自然人的意志而依附于“天意”“圣意”的伦理道德，例如如何看待“天命不可违”的问题等等。

“天人合一”思想无疑也是具有当代意义的，但西方生态主义运动“发现”了东方“天人合一”思想作为生态理论资源的魅力，在一定程度上强化了一面而遮蔽了另一面。作为生态批评的重要理论援引，“天人合一”观念与现代文明批判结合，归趋传统士子生存形态的潜意识，诉求现实生活的荒野化、陌生化，这在一定程度上割裂了作家与时代的关联，也割裂了作家主体的人格。其实，一切关于乡土的诗意表述都难脱一个现实主义意义指向，“知识者的‘土地’愈趋精神化、形而上，农民的土地关系却愈益功利、实际”②。生态批判是一种现实批判，但从古代“天人合一”的理想出发，造成了作家与现实的疏离和隔膜，当我们的作家欲以醇厚的乡土精神

---

① ［日］岸根卓郎：《环境论——人类最终的选择》，何鉴译，南京：南京大学出版社 1999 年版，第 293 页。

② 赵园：《赵园自选集》，桂林：广西师范大学出版社 1999 年版，第 224 页。

批判生态危机、回归自然本真时，他们和真正的乡土渐离渐远。

这里边还有一个纠缠不清的问题，就是生态批评“天人合一”的自然理想与文化怀旧的关联。在普遍的浮躁的文化失落中，乡土浪漫作家对“大地”与“田园”的回首顾盼、对于逝去的生活秩序的怀恋，饱含着一种以不复存在的虚幻为浪漫的、匪夷所思的哀怨和愤激，这有时显得一厢情愿、莫名其妙，因为一不小心，对传统的怀旧就走到了文人所期待的相反的路径，那未免亦为悲剧；而且，还有一个值得追问的问题，即生态书写怀乡主题的乡思是否发自深渊似的心灵。一旦造作的、矫饰的、虚情的浪漫主义情绪控制了作者和批评家的审美自觉，生态批评就可能沦为意义空洞俗滥的符号，成为“伪感伤主义”的廉价点缀。就拿张炜来讲，张炜从《九月寓言》以来就有意构造“另一种”乡村田园，它是诗性的、诗意的、生机勃发的、野气喧腾的，这片乡村既不同于现代文学史上“丰收成灾”的大地，亦不同于当代文学史上“热火朝天”的劳动现场，也不同于当下现实乡土的“千疮百孔”。作家、批评家如果一味沾滞于传统伦理消失的迷茫和愤怨，感慨着“世风日下”，没有认识到如果文学过于关注“世外精神”，其实是对现实的迟钝和逃避式拒绝。张炜的“野地”色调之斑驳被蒙上了幻梦的迷纱，似乎卓异之极，他的妩媚处也越来越多了执拗——与其说是现实的压迫，不如说是历史的重负成为张炜的文字(抑或思维本身?)重负。张炜始终血脉贲张，呕心沥血，忘情决绝，不能自拔，他的精神似是拉满的弓，你担心着是否会戛然崩断，那拧着眉头左冲右突的形象多是张炜的自画像，永远不会带来熨帖的抚慰，让读者相信“思索”对张炜是一种太重的折磨，借用张炜的字，那是一种“罪”。比较起来，贾平凹等似乎参透世相，终究明白“世道人心”的不可逆回，有些超脱的余裕甚或雍容气。而李佩甫对未来的瞩望也慢慢变得超越，他在守望乡土精神、寻求生命资源的同时，其《羊的门》《城的灯》等等体现了作家对历史与道德二律背反的审慎思索，但局限很多，“平原三部曲”的第三部《生命册》借助吴志鹏这个角色终于冲破了以往城乡对立的认知局限。阎连科则能够坚持批判传统痼疾、直面乡土愚暗，坚定探寻现代文明。这些都是我们当前一味为“传统复魅”的生态批评应该好好思考的。

笔者本身很尊重那些带有原始的文化守成倾向的乡土作家对生态问题沉重的忧患意识，他们志存高远，梦扬云天，回归传统的“天人合一”的“浪漫”本身就是对波澜不惊的庸常世俗和确定规范或意识形态钳制的反叛之一，它闪耀着对独立心灵的终极关怀，更为可贵的是，这些乡土生态小说创作以浪漫主义的激情想象了人与自然和谐共存的图景，在为大地复魅的过程中恢复了乡土小说的诗性和神性的美学特征;对于生态抒写中的宗教文化的回归笔者也同样怀着敬意。但我也试图把生态书写中的作家和批评家放入“知识分子的批判立场”这一话题中进行论评,进一步呼应我们在“绪论”中所谈到的知识分子的阶层分化话题。在大量阅读乡土生态小说文本之后,批评者会发现这样一个现象,就是从事此类写作的作家总是更为注重将文化守成和德性卫护作为一种道义职责,为此,他们常常以“乡村的代言人”自居。不过,当知识分子一再混迹于“民间”、自称“乡下人”时,就会出现另一种悖反:在当代中国一系列社会变革中,知识分子身份的合法性是需要接受农民的改造才能实现的,因此当知识者宣扬自己的“乡下人”身份时,有可能是另一种潜在心理的“不言自明”:只有来自乡村、出身底层才能够证明自己的主体情感是来自“大地”、立足人民的,它的合法性才是无可置疑的。这种寻求意识形态的身份认同是否知识者“集体无意识”的一种赎罪心理?另外,知识者的这种乡人自居心理也有可能向解脱知识分子的义务和“使命”发展。在处理人与环境的关系时,功利性仍将是可资实践的指导思想。这一点需要辩证看待,正是由于其“功利性”本质,才需要理想主义与之制衡,对功利主义保持一种超越性批判;也正是由于其“功利性”本质,就要避免生态书写成为不再富有人文性和现实感的“乌托邦”,那样,“生态人物”将成为脱离“人”与“世”的孤独之神,“自然”也将是虚假的自然。

所以,生态书写应避免把“现代”和“传统”对立起来,停下脚步蜷缩在前一阶次的文明社会生活形态之中,而是应该探寻在社会发展的进程中人性的最佳表现形态。对于“农民的中国”前行的迟滞与艰难,费孝通曾经有过形象的表述:“从土里长出过光荣的历史,自然也会受到土的束缚,现在很有些飞不上天的意思。”①有人认为,“农村人口转移之日,也即退耕还林、退耕还湖、退牧还草之时”,到那时,“数千年不堪重负的衣食乡土、实用乡土、功利乡土,才可能成为诗画乡土、精神乡土、审美乡土”②。或许,中国知识分子深深的逃世情怀内部是那种翩然行吟于人间烟火之外的乡土诗意栖居,这最有可能在现代化实现之后的“后现代”语境下得以兑现。

谈到生态批评对传统文化资源的援引,必然会面对一个历史经典重审的话题。生态批评活动本身的一项重要内容就是倡导从生态的角度来阅读古往今来的文学作品,从而诱导人们的忧患意识,建立坚定的生态观念。

---

① 费孝通:《乡土中国・乡土本色》,上海:上海人民出版社2006年版,第5页。

② 简德彬:《新现代性崛起与乡土美学建构》,《文艺报》2005年5月19日。

不过，需要强调的是，我们认为"生态文学"是伴随着现代化过程中生态危机的全面到来而生成的，它是一个现代属性的概念，当然也是一个历史性概念。在生态批评中有这样一个趋向，就是拿舶来的西方生态伦理学说，把中国从老庄以来对人与自然关系有所反映的都归入生态写作范畴，拿现在的生态观念去牵强附会古人的生命意识，不免有些削足适履之嫌，这显然需要再行商榷。那些古代文人创作或许具有一种可贵的生命意识，但并非现代或后现代才出现的生态文学。陶渊明的《归园田居》是生态批评者常常拿来作为"诗意栖居"的生命理想的代表作，其中"采菊东篱下，悠然见南山"的名句也确实让饱受现代化的洪水猛兽追赶的都市人有一种醍醐灌顶、幡然悔悟的清醒。不过，陶潜咏叹的"误落尘网中，一去三十年"并非是"现代生存"的困境，而是"官场文化"的尔虞我诈、明枪暗箭，也就是说，他的诗中是一个宁静的"自然"的概念，而不是动态的"生态"理念；也没有关于诗意栖居与都市化的对抗意识，也不是从人与自然关系的角度来观照风景，更不是从自觉的生态理论来探讨人类生存的窘境。

这样说，并非否定用生态理论去诠释古代经典中的生命意识，笔者完全赞同把中国古代文人作品中体现的"天人合一"的哲学美学思想作为当下人类在反思自己的过去、瞻望自己的未来时充分借鉴的精神资源，而且在一定层面上讲，这是生态理论学说"本土化"的重要依据，也是中国古代哲学思想对于今日世界的贡献。只不过，无论诠释或曰重审，如果其结果是把古人的生命意识等同于现代自觉的生态意识，将其作为救赎"人类沙文主义"的万能良药，从而否定了生态主义学说的"现代性"或"后现代主义"的特质，那么，这种自我陶醉的"夸张"式重审就走向了故步自封、画地为牢。

我并不认为揭示生态灾难、批判现代性弊端、呐喊生态保护、呼吁天人和谐就体现了生态主义知识分子比他们批评的对象更为警醒，因为当一个学者把"回到荒原、回到神"作为终极理想或者历史想象的归宿时，他的批判力不是强了，而是弱了，甚至可以说这种"融入大地"的思路已经脱离了真实的大地，真正的弱者——那些被盲目的城市化夺取了生存空间的弱势群体、那些由生态危害殃及的动物、植物的利益不可能仅仅通过重回自然的理想就恢复生态正义和公平。生态书写不能是作家无关痛痒的"白日梦"，也不应该是只站在道德的情感的角度悲天悯人，有针对性的批判是其赖以存在的本源，生态批评则更是如此。或许，如一个世纪前欧内斯特·勒南所说，"沉湎于过去"是一种逃避当下沉沦时代的最好方法，因为在反顾者看来，过去的一切"都是美的、文明的、真实的、高贵的”,在这个思想乐园里,人们可以稳稳当当地以不变应万变。生态文明必然是人类文明的新阶段,是一种新的文化造就,目前还只能是一种限于自觉与非自觉之间的“意识”。但是,生态文明是人类对现代文明的超越和批判,是对科技文明的质疑和修正,并非重回前现代农耕文明的时代去,否则生态理念的塑造只能是一种新的“乌托邦”。在对“生态”的再造中,中国的乡土小说本源着太深的传统文人意趣,例如贾平凹在长期的文化追思和人性开掘之后,尝试通过《怀念狼》提供给文坛关于自然的启示,但不无遗憾的是,文本中那旧式文人的诡异兴趣严肃销蚀了生态批判这一主题,同时也阻碍了小说家更深远的审美视野。人类历史在某些段落会有惊人的相似,我们在一味前行的过程中也应该不断回首捡拾那些被有意无意丢弃的精彩和精粹,但整个人类史却是无法逆转的。人类无法回头重来,这很残酷,但却是真相,但或许正因为其本质上“无法重来”,人类每走一步都必须小心翼翼地保持清醒,掌控节奏,排拒盲目。很明显,寻访古人的言论和思想是为了不再重走错路,而不是为了回到过去,况且过去永不可回。

笔者的意思是,“文学的乡村”的语义是极端复杂的,一个生态批判者不应该像一个话语霸权主义者一样,不加分析笼而统之地把一切罪责归于“现代”一身,与其反思现代性本身的缺陷,不如反思我们自身在“现代化”的行程中有哪些失误则更加实际。

三、西方批评话语的借鉴与“中国经验”阐释的有限性

当前生态批评的另一不良倾向是脱离中国社会主义初级阶段的发展现实,盲目追随西方生态批评理论话语,没有意识到蕴含在生态伦理学说间的“西方逻辑”,也使生态批评产生了偏差。

生态理论学说作为一种舶来的文化思潮的产物,与中国在地的文化衍变、社会土壤相结合,产生了生态写作与生态批评,这是上世纪中后期以来文艺领域的巨大收获。不过,由前论而知,西方的生态批判产生于后工业时空下,中国某些区域虽然在消费文化方面显现出了“后现代”的超前演练,但工业化进程启动的时间还不长,生态危机的产生与发达国家也有所不同,所以中外“生态批评”的目标应该有所不同。文艺理论界在推介所谓生态伦理学说时与当下中国文学创作和批评脱节,它“高屋建瓴”的理论研究并非植根于文学现状,甚至也脱离了中国大地——中国当前所处的发展阶段——前现代、现代、后现代并置的历史时期注定了我们不能盲目

迎合后现代盛筵下出炉的西方生态学说,我们必须有立足于本土的辩证思考。

作为一种跨学科研究,生态批评的理论借鉴应该立足于我们自身的学科根本,立足原典,不能盲目追随西方文论。首先,所谓“哲学走向荒野”以及“伦理学的生态转向”,是20世纪末以来西方人文社会科学理论界常常谈到的话题,但是它并非不言自明的“真理”。第二,西方生态文学的生态批判一种主要的理论背景就是“全球化的文化保守主义思潮”或曰“现代性反思”,一般被认为是对传统启蒙运动的反思和批判,但是中国具有生态意识的乡土小说却是在1980年代启蒙主义思潮中生成的。第三,西方生态伦理学说的“利己主义”本质是西方意识形态话语浸淫的结果,它是以西方、以富国为利益中心的,中国生态批评在对“唯发展论”和“科学主义至上论”等西方发展模式的批评中,不应该忽略不利于中国“可持续发展”的个体因素。

生态批评关涉到生态正义,而生态正义一个方面要考虑到世界各国目前发展的状况,追求均衡发展,尊重发展中国家和落后区域人们的物质欲望和发展权利。前文在谈到“欲望化批判和可持续发展辩证”的话题时,曾经提到动物保护主义者彼得·辛格对中国农民“素食主义传统”的赞扬,那无疑是一种滑稽。发达国家总是一再强调全球性生态危机的程度,叫嚣并批评发展中国家推动发展的计划,排斥发展中国家的物质需要,批评经济弱国渴望实现小康生活的正常要求;并且向发展中国家输出有害的技术,推脱承担“发达”所造成的资源稀缺和环境破坏的责任。事实上,环境危害更多的是由这些发达国家或者说经济帝国造成的,从资源掠夺到污染输出再到战争控制,西方大国对环境的践踏一步步升级。在资源掠夺上,不谈发达国家资本原始积累阶段的罪恶,在目前,只占世界人口总数23%的发达国家,占有和消耗的世界资源占能源消耗总量的75%、钢材总量的72%、木材总量的85%,单是美国,其人口占世界人口的不足5%,却消费了25%的商业资源,其温室气体排放量占世界总排量的25%。在发达国家市场规则和专制制度天衣无缝的包装下,是他们对稀有资源市场日重一日的垄断。从财富占有份额来看,只有22%的全球财富属于占世界人口大约80%的所谓发展中国家,其实指定给穷人的财富份额还要更小:1991年,85%的世界人口只获得了15%的收入,30年前20%的最穷国家所占的2.3%的全球财富现在又下降到1.4%。[①]污染输出方面，西方大国更是不遗余力，世界银行首席经济学家劳伦斯·撒莫尔（Lawrence Summer）在给一个参加环境问题讨论会的同事的“备忘录”中写道：“不要让其他人知道，难道世界银行不应该鼓励把肮脏的企业转移到不发达国家吗？我有三个理由。”他的三个理由分别是：一、衡量污染成本的尺度取决于污染所带来的疾病和死亡的那些人的收入，所以，把污染企业转移到工资水平低的国家就是把污染降到最低的良方；二、第三世界国家，如一些非洲国家，人口稀少，污染程度低，因此可以把污染企业更多转向那里；三、对清洁环境的审美要求和健康要求总是和收入成正比，一些发展中国家5岁以下儿童的死亡率达到200‰，这些国家的人们对环境的要求就很低。[②]从这三个理由，我们看到了赤裸裸的环境侵略理念。在战争掠夺方面，美国为了缓解国内的资本权力争端和环境压力，建立一元化的世界格局，通过发动或操纵一场场战争，造成了极其严重的生态后果。

生态正义的另一个层面则关涉到财富分配，即发达国家以及财富拥有者如何限制自己无限扩张财富的欲望，让生活在这个地球村上的人们都能获得基本的生存条件，以减免人类对自然的掠夺。生态文学站在“弱者正义”的立场探究自然奥秘，表达人文关怀，倡导生命高贵，主张人与自然的和谐共处，将恢复大地的生机与活力、呼唤人类诗意的栖居作为终极诉求，这种诉求是全人类都应该珍视的，不过不能统而论之。世界各国经济发展很不平衡，各个国家理应做出的“环境义务和承担”也应有所不同，所以“欲望化批判”首要的对象应是发达国家，最重要的是那些财富巨人。中国文化界面对日益严峻的环境问题，产生了深深的忧患意识，因而促发了生态书写的勃兴。不过，西方生态理论绝不是一种纯学术的思想财富，其背后暗藏着西方的生态殖民主义和生态帝国主义意识形态，如果我们的作家和研究者生吞活剥这些所谓的“纯学术”，可能就会产生一种对于中国历史现实的游离与倒错，甚至背离了人性底线，而产生恶劣的影响。

从根本上来说，生态问题不仅仅是一个环境问题或经济问题，更是一个很复杂的国际政治问题。天灾之外，战争、殖民掠夺、富国与穷国的贫富差距是最大的生态灾难。不发达国家的现代化成本很高，它们也想在现代化的盛宴上分一杯羹，但是这些赴宴的“迟到者”却被西方生态主义者告

---

① 参阅〔英〕齐格蒙特·鲍曼：《全球化——人类的后果》，郭国良、徐建华译，北京：商务印书馆2004年版，第67页。

② Foster, J. B., *Ecology against Capitalism*, Monthly Review Press, New York, 2002, p.61. 本处引自时青昊：《20世纪90年代以后的生态社会主义》，上海：上海人民出版社2009年版，第89页。

知:你们不该砍伐森林!你们不该梦想美国式的生活,因为那会使地球毁灭,地球上的宴席不能邀约大家都去赴宴。这是发达国家的话语霸权,所以在发展中国家,发展不仅是一个与环境危机不断抗争的过程,也是一个不断揭出真相、抵制外来指责的过程。"在意识形态上,绿党人士也分裂为现实主义者和纯粹主义者两派。前者愿意在'体制内'逐渐创建更多的保护区、公园,来净化空气,后者全盘反对整个技术—消费主义社会,虽说它还弄不清怎么毁灭这个社会。"①当西方生态主义者在宣扬"重归荒原""动物解放"等理论时,我们一方面为他们真诚执著的责任感和博爱而感动,另一方面也真的需要看清事情本质性的"另一面":美国有3000万人因肥胖而痛苦,而世界上却有1.5亿个孩子处于严重营养不良。"只要我们愿意分享,地球上的人类就都可以拥有足够的粮食、金钱和药品。这个世界一些人撑得肚子疼,一些人饿得双手颤抖,行将饿死。"联合国在南非全球首脑会议上发表《南非宣言》,提出尽快消除世界贫困问题,"最应该积极行动的美国和欧盟成员国,始终对贫困国家保持漠不关心和不合作的态度"②。发达国家占用了世界上最广大的物质资源,制造了最严重的工业污染,理应承担更大的生态责任。当然,责任并非只是发达国家的,每个国家都需要直面自己的危机现状,探究其生成原因,积极谋求修正之途,才能使整个地球的生态系统不致瘫痪并慢慢恢复元气。

中国生态批评的形成和文艺理论界一批学者的努力分不开,是他们筚路蓝缕引进了西方的生态理论学说,并将其运用于文学批评之中。当然,生态美学和生态文艺学领域的研究者理应正视"实践性是环境伦理学的精华"③这一论题,更不能将舶来的生态理论生搬硬套到一些文学批评中。无论是从本土传统经验出发、美化遥远的"田园牧歌",还是以宗教情怀、神秘主义讲述自然"复魅"的故事,或者借助超前的文化理念建构生态和谐愿景,这些审美梦想的实现必然是有其条件的,那就是必须站在中国现实土壤上发言。在生态批评中,我们需要谨记全球生态整体是关联的、多样并荣并枯的,需要各国通力合作,才能从根本上解决环境问题,而不是只把批评和责任推给后进国家。《鹿鸣》在写日本老人铃木在中国沙漠腹地进行生态保护的科学研究时,写到了日本本土的"黑雪":

---

① 〔美〕罗兰·斯特龙伯格:《西方现代思想史》,北京:中央编译出版社2005年版,第581页。

② 〔韩〕金惠子:《雨啊,请你到非洲》,薛舟、徐丽红译,北京:中国三峡出版社2009年版,第136、138页。

③ 余谋昌:《实践性是环境伦理学的精华》,《光明日报》2004年6月22日。

> 有人推断，那雪中的黑色来自黑土地上的扬尘。次年春，又下了一场有色的雨，是黄褐色的，来自于更远的大陆的北方。岛国不平静了，富裕的岛国以为自己四面环海，植被丰茂，气候温润，四季分明，极具地利，沙尘只在遥远的外域，而这时才感到了切实的危机。地球实在太小了，小到是一个村庄啊，村东头感冒，村西头保不住不打喷嚏。如果这样下去，沙漠化加剧，有一天势必吞噬了整个地球，花木变色，人也土头灰脑，河流淌黄沙，风沙漫天肆虐，世外哪得桃花源？

在研究中会看到，有人利用西方生态伦理理论过度阐释一些文学文本，例如有人分析洛夫浪漫地把烟囱想象为抒情写意的大笔："顺便请烟囱/在天空为我写一封长长的信/潦是潦草了些/而我的心意/则明亮亦如你窗前的烛光"(《因为风的缘故》)；而朦胧诗代表诗人顾城，则把烟囱比喻为"耸立的巨人"："烟囱犹如平地耸立的巨人/望着布满灯火的大地/不断地吸着烟卷/思索着一种谁也不知道的事情"(《烟囱》)。有批评者认为这些浪漫奇崛的想象，象征着诗人对现代工业文明的美好憧憬和神往，因而在当下的生态话语下应该被批评，这显然就是一种"过度阐释"，如果说"烟囱"是一个带有现代化的意象，洛夫和顾城只是借助了这个"物喻"而已，和工业化没有关系，更谈不上将烟囱作为一种工业化象征加以赞美。但是台湾诗人非马的《烟囱2》却是另一番意味："被蹂躏得憔悴不堪的天空下/纵欲过度的大地/却仍这般雄赳赳/威而刚"。非马把烟囱比喻为男性的阳物，对烟囱所代表的以牺牲自然环境为代价的工业文明，进行了无情颠覆和辛辣嘲讽。

生态批评在以宏大视野揭示生态危机的现状和原因，以远大抱负关注人类共同命运的同时，应该立足于中国现实，扬弃西方伦理理念，建立自己的生态批评话语系统，并以批评促使中国文学写出中国现代化进程中的独特经验，人与自然的书写才真正能够体现出富有主体性的反省自身的深刻动机和良好愿望。

四、生态文学的历史反思、现实批判与生态民主

根据本课题对现代生态文学的概念界定，它的意义是直指当下的，现实批判性是其根本属性。要探究中国生态危机的确切根源，就必须强调生态批评的批判性，让思想时时刻刻"在场"并"醒着"。在研究中之所以称"探讨人与自然的生态关系是新启蒙运动重要核心部分之一"，这是其主

因。当前的生态批评在把批判视点聚焦于传统文化魅力的再发现时,在沉迷于强烈的原始浪漫主义色彩时,恰恰忽略了或者说遮蔽了中国生态危机发生的深层原因,生态批评和生态批判的批判价值就淡化了。

当生态批判追溯中国当下生态危机的严重性并对“我们究竟从哪里开始走错了路”进行反思的时候,作家和批评家一道对盲目追随西方的“发展模式”进行了批评,同时也探讨了最不利于中国可持续发展的某些“个体”因素,认为进入近现代社会以来,中国最严重的环境破坏阶段,一个是上世纪 50 年代到 70 年代,它所留下的“后遗症”之后慢慢发作;一个是 80 年代中期以后特别是 90 年代末经济大发展以来。所以,中国生态危机的根源或许和中华人民共和国成立以来几十年革命意识形态控制下缺乏民主的政治集权体制和极端的人类中心主义不无关系,改革开放后技术官僚体制和一言堂的家长作风依然是重要因素。也就是说,几千年来的专制主义等级制的官僚主义政治文化传统对于生态危机的产生“功不可没”,更坦白地讲,中国的生态危机一定程度上是复杂的人力干预以及“伪发展”的诸多政策举措造成的。

现在看来,1949 年以后 1950—70 年代 30 年的政策失误在环境方面的影响非常巨大深远。一个新生的国家面临着政治经济上的诸多困境,它要打破压力、突出重围,以一些自以为是的甚至“假大空”的口号来提振民心似乎是一个不错的选择,于是“在短时期内赶上世界先进的科学与技术水平”“15 年内超过英国和赶上美国”“在本世纪全面实现农业、工业、国防、科学与技术四个现代化”就成为政府高层提出的“发展战略”。在中国社会与经济全面停滞期,这些口号无疑是鼓舞人心的,但是无论是“大跃进”大炼钢铁,还是大批军团的边地屯垦,抑或知识青年上山下乡的宏伟壮举,造成的违背自然规律的无序“发展”其破坏性是巨大的。这些历史的“罪过”未必应由那一代人承担,但我们不得不质疑那些运动的荒谬。

具体到小说,刘庆邦《平原上的歌谣》写到“大炼钢铁”时村子里所有“稍微像点样儿”的树木都被砍伐填进了炉子,而三年自然灾害造成的饥饿更是使人们吃树叶、啃树皮、挖草根,“榆树露着骨头,成了白树……恐怕它们不会有春天了”。毫无科学依据地对边地的开垦,如变草地为耕地,最后造成在地下沉睡了千万年的黄沙从犁尖下被翻出来,草原最终变成了沙漠。阿来《天火》中写到机村色嫫措神湖,是护佑机村幸福安康的自然之赐。从前,机村这一带一向干旱、寒冷、荒凉,草木不荣,动物不生,后来一对金野鸭飞临色嫫措,金野鸭负责让机村风调雨顺,无限生机,机村的人则必须保证给它们一片寂静清爽的绿水青山,这就好像人与自然一个心心相印的约定。因为是神的赐予,所以机村人对森林饱含感情,他们除了做饭煮茶、烤火取暖、盖新房、添畜栏外,绝不额外索取。但是,这个"成规"被一个充满功利和仇恨的时代所摧毁:据说一个"可以万寿无疆"的人要"建造万岁宫",需要机村贡献出最好的林木。"建造万岁宫",这是多么大的政治驱动力!外边的伐木队来了,电锯罪恶的巨响震动了林子,也震动了机村人的心。森林在一片一片消失;甚而,寻矿队围绕这神湖开始到处探寻矿藏,色嫫措再也无法安宁!灭顶之灾终于降临到机村:森林失火,人们忙于政治运动,开会、吃饭、呼口号,再开会、吃饭、呼口号……根本顾不上去扑灭林火。当火势蔓延无边,从"外边来的"、根本不懂得色嫫措和森林的汪工程师建议炸掉色嫫措湖,让湖水漫流以扑灭森林大火,结果随着一声巨响,色嫫措湖底塌陷了,湖水下沉了,灭火的梦想破灭了。但是,在这样荒唐的灭火过程中却戏剧性地产生了三位烈士,也成就了一个"灭火"英雄,还抓住了四个破坏革命的罪犯。在机村,最热爱森林的村民应该是多吉,他曾经因烧荒被判为"反革命",又因为偷偷用民间巫术扑灭林火而被恶斗,他在为森林祈雨时被大火焚烧,就连一点遗骨也得接受审查,历史是如此荒谬如此让人不寒而栗!一个发源于北京的盲动的政治声浪很快传到阿坝,而且造成了无以挽回的恶果,这是作家所激愤和痛恨的。阿来从政治文化、经济体制的角度切入了生态破坏的主题,带给我们震撼的答案:森林之火是那熊熊燃烧的权欲之心点燃的,是"文革"的红色激情点燃的,是异化了的人性、畸变的政治点燃的!

红柯笔下的"坎土曼"和"推土机"的故事、杨志军的《环湖崩溃》在演绎着同一个话题:当年边地的"农垦"大潮所造成的触目惊心的自然灾难。《环湖崩溃》中,"我"和父亲的垦荒队来到青海湖,对于这片"处女地",他们既怀着敬仰之情,又带着征服意志。但是,这片屯垦者所借以发泄生命力的湖地,在"收成不如种子数量"之后重新复归为一片荒地,并引发了沿湖周遭一系列生态事故。一些生态报告文学更是直言不讳地谈到这个话题,例如朱鸿召的《东北森林状态报告》中认为,东北森林被严重破坏有三次,一是沙俄在20世纪初对东北森林的掠夺,二是日据时代,三是更为彻底的掠夺性开采,即20世纪50年代以后。作者在分析其中的深层原因时指出:半个多世纪以来,我们的国家"以无产阶级政党意识形态扫荡一切旧传统旧民俗,无所畏惧,为所欲为,兵法文化,矛盾对立,相信战天斗地,人定胜天。没有敬畏也没有诚信,我们因此受到了残酷的报复”①。

阿城的《棋王》、史铁生的《插队的故事》、陈凯歌的《龙血树》则集中描述了诸多毁林开荒、滥伐森林的例证，似乎凝结着千千万万热血澎湃的知识青年血汗的伟大事业就是砍树、挖坑、栽树、水土流失，或者烧山、开荒、造田、再荒废，这是一种杀手的生活。“自然，作为一种古老而常新的价值范畴，最大的特点在于摆脱了人的存在的限制，从而使人达到一种自足的、无目的而又合于目的的自在而且自为的精神状态”②，人在尊重自然规律的基础上利用自然才能自在自为。《狼图腾》在对商业规则的迎合中违背了“文学是人学”的宗旨，不过也要注意到作者对那一历史阶段的一些反思。从北京去到内蒙古额仑草原的下乡知青在与草原人和草原狼的接触中，处处表现出对草原生态整体系统的陌生、不解甚至无知，例如当狼群猎捕黄羊群时，在陈阵们看来，食草动物黄羊温顺可爱如母鹿，草原人为什么站在嗜杀成性的狼的立场，而恰恰不去保护美丽温柔、热爱和平的食草动物？黄羊只是温顺地吃草罢了！而草原人毕利格老人则说道：“难道草不是命？草原不是命？在蒙古草原，草和草原是大命，剩下的都是小命，小命要靠大命才能活命，连狼和人都是小命。……把草原的大命杀死了，草原上的小命全都没命！”这些话使知青出身的陈阵“震撼不已”，原来草原的逻辑“包含着保护人类生存基础的深刻文明”。但是，这些外来人做出了许多违背草原规律的事情，例如知青们在打狼运动中偷掏狼窝，触犯了草原大忌。外来人包顺贵等更是只顾眼前利益，不顾草原大命，大肆捕杀草原狼，放火烧毁苇地，偷猎天鹅，为了挖掘白芍药使大片草原被毁，额仑草原和天鹅湖草地就是在这些知青兵团和其他外来者蛮横的劫掠下逐渐退化，并在几十年后进一步沙化。在北京知青赴额仑草原插队30周年之际，陈阵和杨克故地重游，“草原的腾格里几乎变成了沙地的腾格里”，草原无狼鼠称王，“原连部所在地竟是一片衰黄的沙草地，老鼠乱窜，鼠道如蛇”，草原彻底毁掉了。杨克反省自己曾经掏狼崽的事情，觉得自己欠下了草原很重的债。其中，关于当年“刚解放，全国没有多少汽车，军队需要马，内地种地运输需要马，东北伐木运木头也需要马，全国都需要马”时，国家亟须马匹与蒙古草原生态的矛盾，姜戎有这样一段话：

> 为了多出马，出好马，额仑牧场只好按照上面命令把最后的牧场

---

① 朱鸿召：《东北森林状态报告》，《上海文学》2003年第5期。

② 张福贵：《“活着”的鲁迅》，北京：社会科学文献出版社2010年版，第151页。

拿来放马。内地人来选马、试马、买马，也都在这片草原上。人来马往，草场快成了跑马场了。从前几百年，哪个王爷舍得把这块草场养马啊。几年下来，马群一下子倒是多了，可是这片大草场就成了黄沙场了。

同样，王泽恂的《逃亡》并非站在生态整体主义的出发点来反思知青生活，但是，主人公刘争对“文化大革命”时期“上山下乡”的兵团知青在“建设”的名义下造成的生态灾难也有所反思。主人公因言获罪，不堪折磨开始逃亡，耳闻目睹了太多人性的荒诞与罪恶。多年后重返塔里木，主人公眼目所见却是另一般“罪恶”：当年所见到的一切生灵和生机——马鹿、黄羊、新疆虎、野猪、鱼群、水鸟，白桦林、梧桐林、灌木丛，水沼、河汊、河湾——荡然无存了，他不禁自问：千千万万“支边”青年抛掷几十年光阴，亲手铸就的事业原来如此吗？人遇到劫难可以逃亡，而大自然呢？可以说，大自然以其沧海桑田、触目惊心的面目报复了人的愚妄！《平原上的歌谣》《狼图腾》《逃亡》《环湖崩溃》这些文本内蕴含的、对生态问题的沉重忧思，是时过境迁后的翻查旧账，但“历史感”终究是与现实和未来的对接，从生态批评的理论来看，其反思与批判的意义是可贵的。

对于人口政策失误的批判在世纪之交的小说中也屡有出现。人口政策失误表现在两个方面，一是政府大力鼓动生育，毫无计划地滥生多生，越生越穷，越穷越生，结果造成土地负载过重，人的需要与自然生产力急遽冲突；一是由于移民屯垦、上山下乡、灾变流民等原因，使得曾经是牧区或者生态脆弱的地方拥挤了过多的人口，仅有的脆弱的生存条件也被破坏掉。这两者其实也是相互关联的。雪漠的《狼祸》即揭示了猪肚井一带最终沙漠化的重要原因之一，即是从农耕区所来移民太多，又盲目生育，人口增长后土地负重太大，又加上自然资源本身匮乏，当官的乱收费，百姓只好以牺牲环境为代价。唐达天的《沙尘暴》、陈应松的《牧歌》、姜戎的《狼图腾》等也都或深或浅地触及人口无节制繁殖、大移民与土地、牧场承载量的问题。

如果说《平原上的歌谣》《天火》《环湖崩溃》《东北森林状态报告》《棋王》《插队的故事》《龙血树》《狼图腾》等生态文本的批判视阈重在“历史反思”——“以历史照亮未来”，那么有些小说如阿来的《轻雷》、漠月的《青草如玉》、陈应松的《独摇草》、京夫的《鹿鸣》等则重在观照“现实”，这些创作从不同侧面揭示了当下经济发展的盲目性与“可持续发展”的整体目标之间的激烈冲突：或者批评当下技术官僚以牺牲环境为代价、盲目追求政绩，或者批评政治行为经济化、片面突出经济指标，包括已然传承的“一言堂”的家长制作风均使发展脱离了科学指导，造成“伪发展”的乱象。

《轻雷》作为阿来《空山》中的一部，上承机村在“解放”后发生的变化，写20世纪90年代的机村人事。比起前一时期“国家”和“红色”运动到来时机村人心的微妙变化和人事更迭，“走进新时代”的机村真的是今非昔比了：新一代的机村人再也不会以色嫫措神湖保佑的机村人为豪，除了相信金钱，任何神灵在他们心中都失去了位置。人们开始肆无忌惮地做木材生意，从上到下形成一条条黑暗的金钱交易链条，县里的官员、乡里的警察、村里的木材检查站、各地奔来的商人、机村的盗林人都参与了毁林，“保护森林资源！严禁滥砍滥伐！”只是一句可笑的空话。人们不再种庄稼了，山上涵养水分的森林快要砍光了，那个远在机村水系上游叫做“轻雷”的地方现在改名为“双江口”，那里原本双泉汇流，现在却再也听不到水声的轰鸣。机村所在的县领导对于生态的破坏不仅不加以有效治理，反而雪上加霜，他们为了追求政绩，要在这一带开发山林风景区，要修路、建农场，县委书记亲自坐镇，砍伐了机村最后一片原始森林，且美其名曰“生态保护”！就这样，机村整体的生态系统瘫痪了。漠月的《青草如玉》更是揭示了地方领导为了自己的升迁私利而巧立名目的“发展规划”，作家不动声色地让一个田园牧歌式的乡土守望故事与经济、权力的角力纠缠起来，呈示出西北阿拉善荒漠草原开发“悲情”的一面。故事写宝元在60年代初东湖湾大旱灾后穿越腾格里沙漠去寻找土地，他找到了阿拉善草原，是这片草原将其从一个农民的子弟塑造成养护一处天然牧场的好把式。安然的生活让他常常回忆起饥馑的岁月饿死人的家乡，他怀着一种“自卑和赎罪”的心理回到老家，找了个姑娘带到阿拉善做媳妇，他觉得这样总算有一个家乡人和他一样过上了好日子。但宝元却不知道，他做了副镇长的大儿子蒙生就要在他守望了30年的西滩草场展开一场退牧开耕的运动了。这场“西滩开发”的政治闹剧只是个权谋，是“忤逆的儿子”的一场表演，宝元老汉只不过是蒙生政治攀爬道路上的一枚棋子罢了。自然牧场消失了，一片片农田开垦出来，但仅仅过了十年，田里的土壤刚刚养熟，来自乡镇的又一盘棋局已经开下了：蒙生并没有如愿以偿升任镇长，新的领导需要新的政绩撑持脸面，他们又“反弹琵琶”，在“可持续发展”“奔小康”的名誉下，要把刚开垦的田地再次改造成草地！阿拉善草原时而“开荒种田”、时而“退耕还牧”的轮番出演，无疑就是大开发时代西部区域一个又一个地方政绩工程的缩影。陈应松的《独摇草》也揭示了目前中国普遍存在的“伪发展”现象。小说叙述外地来的金老板为了谋求商业利益，与高村长一起策划了一系列荒唐的“开发山谷”计划，这些计划是成立“重修王家寨悬楼委员会”、修建“老爷岩狩猎度假村”、创办“金金生物制品公司”和“金金绿色食品开发公司”、划定“野生动物驯化场”……这些乍听起来冠冕堂皇的发展规划,只不过是官员和投资商的潜规则同盟,最终以损坏农民的利益和破坏生态环境为收场。陈应松的《牧歌》不再借助隐藏的叙述者之口,而是禁不住以“我们”为称谓站到了前台,来质问“财富究竟去了哪儿”?京夫的《鹿鸣》写出了一种恶性循环——“父亲”生活在一个“大集体”的时代,动物和自然生态不能得到爱惜;当下建设时期,人们同样以各种表面上冠冕堂皇、其实罪恶昭彰的理由围困和猎杀动物,掌握话语权的官员们向环境的进军总是“正当”的。《狼图腾》在历史批判之余也批评了当下政策对草原的定位:“重经济,轻生态”。

以上谈到的这些生态叙事文本确实触及了中国生态危机的一些内在症结,即“发展”的背后,其实常常是“伪发展”的暗影,自然生态的灭顶之灾有时候并非来自“发展”本身,一定程度上是非人文性的扩张、资本权力的操纵造成的。至此我们可以来回答那个令生态批评家们揪心的老问题了:“我们究竟从哪里开始走错了路”——错误的不是基于人本主义的“发展”,而是违背人性和文化发展规律的发展方式和手段,在贫穷落后和人口众多的压力导致的现代化焦虑下,我们的“可持续发展”观还缺乏深层的本土化的生态伦理内涵,在西方传统的“先污染、后治理,先发展、后保护”的发展模式下亦步亦趋;在具体的环境实践层面,唯利是图的发展规划、政策指令的诸多偏误造成的浅层的环境保护、盲目的资源开发层出不穷,生态环境局部改善、整体恶化的趋势难以改观。或许如陈桂棣借《淮河的警告》所发出的呐喊——“官清之日,水清之时”。

在这种情况下,知识者应该立足于自己的岗位,正如美国学者理查德·佩尔斯(Richard H. Pells)在《激进的理想与美国之梦——大萧条岁月中的文化和社会思想》(上海外语教育出版社,1992 年)一书中所表达的:知识分子应该永远做一个个人主义者,一个坚持原则的孤独者,但作为这样的人,他能够提出人类文明面临的基本问题并就这些问题进行比任何政治活动家更有说服力的辩论。这样他就能够保持自己的独立性、长于批判的智力和合乎道德的理想,同时又能履行其社会责任——因为知识分子的天职就是批判。问题的另一个难以解开的节结是,文学批评“专业能力”即学院化程度的巨大提高,是以牺牲其广度和厚重以及现实感为代价的,其权威性也终究会丧失,对于这一点,美国老资格的批评家格拉海姆·霍夫早有预言。当我们感叹当今文学、学术包括生活的四分五裂、碎片化时,我们不得不警惕批评的思想标准——当然也意含生态批评。张炜在《泥沙俱下时我会让文字更坚硬逼人》的访谈中说过,“如今无论是身边的生活,还是整个的世界,处处都是两难。我们一觉醒来,突然发现自己走到了怀抱刺猬的十字路口,走到了需要更多智慧和勇气的时候了”,这确实是一种真相。有人认为,当今公共性、社会性的文人已经成了濒危物种,知识分子不是大学教授就是媒体的雇员,即成了“封闭作坊里的文人”。知识分子思想的阳痿已是不争的事实,他们正在文化批判与文化守成间、在精神与物质的体用间、在启蒙理想与回归民间和自然间进退两难。本来,独立的知识分子阶层的形成是和现代化同步的,现代化使得智识生活方式成为可能,这也使其在多方面脱离了社会人等。有人称这一变化是“世纪末现象”。但是,文化世界的饥饿的心灵如果被拙劣的流行货色所迷惑,那才是真正的“世纪末”。1969 年,有学者即警告说:“你必须接受一种掺杂各种方言的新语言。你必须训练自己从借喻和重新编码、边缘化和困境、快乐和差异(拉康的术语)以及轻蔑权威等角度去看待世界,作为一种部分恢复元气的方式……”①我把这读解为一种自嘲,也视为一种自我提振。

还需要强调的是,生态批评仅仅具有“批判性”还是不够的。乡土生态小说作家以及批评家在拒斥流俗中高扬批判精神、探寻危机病源,彰显了文学的血性和良知,不过批判是为了积极建设,不是为了指责和逃避,不是为了躲进带有士大夫情调的“精神堡垒”中自命清高。在一个民族文学正常生长的状态下,一个方面,必须关注正面精神价值的建构,如果把对现实的仇恨即等同于批判现实主义,那一定是一个误区,把批判当成文学的立场意义也一定有误;另一方面,回避现实、遁入“原始”、躲进审美一元论的窠臼,一定是更大的误区。只有把“故事”推向“存在”、把“忧愤”提升为“悲悯”,才能体现文学超越现实的精神。这些正说明了作为中国新世纪文学批评新的增长点,生态批评还有待长足发展。

很显然,在生态批评实践中,我们不愿意对生态问题和生态写作就事论事,不愿意简单地为生态主义思潮的“工业化”背景定罪。在这部书稿中,我并没有更为广征博引地把那些骇人听闻的生态案例一一列举以力证生态危机的严重程度,我也并非仅仅为了四平八稳、面面俱到地叙述“生态小说”在中国发生发展的原因、脉络、现状、类型以及特征和不足等,在做以上研究工作的过程中,我努力想表达的一面是:中国乡土生态小说的生态

---

① 约翰·格罗斯:《文人的兴衰》1991 年版前言《封闭作坊里的文人》,*The Rise and Fall of the Man of Letters*,本处引自〔美〕罗兰·斯特龙伯格(Roland N. Stromberg):《西方现代思想史》,刘北成、赵国新译,北京:中央编译出版社 2005 年版,第 591 页。

批判以及学界的生态小说批评必须立足于中国实际国情，探析生态危机的现状与根源——他们常常是不同于西方的现代性造成的恶果，也就不同于西方站在“后现代”理论上的危机探源，重回传统也并非缓解生态危机的良策，因为我们一直在强调的就是：中国历史上最为轰轰烈烈的自然破坏甚至生态毁灭既是最近这些年工业化造成的，中华人民共和国成立以后那二三十年也有责任。有论者可能觉得我专注当下、关注中国经验、怀疑“重回野地”的思路缺乏形上的精神性。是的，我也相信生态文明是一种超越现代文明的文明形态，是一种新文化、新启蒙，但我拒绝将乡土小说的生态意识“升华”成一部“启示录”，因为生态书写有可能是一种“在地”的、批判的艺术。所以，对于非建设性的、消极的“生态批评”，我们应该稍稍予以规避，我们试图找出风起云涌的生态思潮更广阔的社会因素和文化因素，例如它与文化守成主义思潮、和知识分子的介入模式、和“宏大叙事”的破碎及重建等等，站在“更中国”的认识视野，我们赋予生态主义思潮以“新启蒙”的需求或声誉。

在多重文明形态共存的中国，推进物质现代化的工作任重道远，如何在物质现代化的过程中避免“资本主义文化矛盾”带来的弊端，尤其是如何有效规避生态破坏，这需要很大的思想智慧。多年前，法国学者多明尼克·西蒙内（Dominique. Simonnet）在《生态主张》一书中就“生态主张”的未来前程发出这样的吁问：“它会像18世纪资产思想体系一样，也将散播一个展现其他生活方式的新文化吗？它也会像19世纪工人运动所做的一样，也将参与制定一个修正政治领域的新社会空间吗？或者像众多思想体系一样，很快地与其他过时的思想体系埋没在同一坑内，以作为其他希望的沃土？”①总之，问题已经提出来了。这样的提问其实也暗含了生态主义思潮的多个走向，其中有两个很有代表性：一是专家学者和作家的生态主张观念与批评参与，一是由社会右翼自由主义知识分子所倡导的绿色环境运动。在这个课题的研究中，我们一直在围绕前者即“如何看待一种新文化的发生”而发论，这是由研究对象和内容的规定性所决定的。不过，或许就在不久的将来，后者也必然提出“环境运动与绿色民主”的大课题，生态话题将是一个“全民的”“大众的”问题——在全球化与民族化的角力中，环境运动将是本土化运动的重要部分。知识分子、草根民间会在这场运动中相遇，他们都将是议题的制造者，二者的欲望表达既统一又冲突，前者拥

---

① 多明尼克·西蒙内：《生态主张》，方胜雄译，台北：远流出版事业股份有限公司1989年版，第151页。

有更多的创新能力及影响力，有可能参与具体的社会实践，成为运动的组织者，后者有可能根据自己切实的经历和利益扮演“观念”的再阐释者角色，通过草根联合的社会能量，结合地方资源脉络，提出有效的行动动员，进而借助政治民主运动的渠道，获得尽可能多的政策呼应，促成“生态民主”的诞生。自从 1995 年美国评论家罗·莫里森出版《生态民主》（*Ecological Democracy*）一书，“生态民主”这个词汇就赢得了生态批评界的认同，不过，“生态民主”在中国还是一个耸人听闻的词眼。

进入 21 世纪，越来越多的人开始站出来要求自己的“环保”权利。我们看到，随着“环境保护”的诉求日益扩大、深入，它在环境政治学领域所起的发酵作用甚至有些“乱花渐欲迷人眼”了，个人、民间组织、集体行动、媒体报道、环境评估、公开宣言、团体起诉、国际合作、学术研讨等，诸多类型的参与和活动开始出现，甚而成为公民维权、促进社会自治的一个领域。生态问题归根结底是政治的问题，是政治如何智慧地、科学地、有效地处置经济问题的问题，所以，将生态批判称之为一个民主议题也确实有一定道理。笔者在课题的研究中，不遗余力地企图指出中国生态危机发生的“个体因素”，主张清醒地辩证地看待“发展”与“伪发展”的问题，但笔者无意把主权国家描述为“无所作为”的政治行为体，或是指责其为造成持久性生态破坏的“主谋”，我个人对“生态灾难与政治”的论题更是持相当保守的态度。做出这种判断也还需要慎重，这至少有两个方面的原因，一是在全球范围内，国家力量依然是目前人类应对环境危机和生态灾难的政治制度制造者，怎样促进其采取更加现实性也更具合理性的立场，需要生态学者、环境主义者当然也包括生态文学创作者和研究者的正面参与和合作。二是因为仅就生态规划来讲，民众是否受过足够的环境教育以至于有能力去对自己社区的未来进行合理规划，这是个让人头疼的问题，一旦走向极端，就成为毫无理性的“起哄”。在这个方面，澳大利亚墨尔本大学社会与政治学院教授罗宾·艾克斯利（Robyn Eckeealey）《绿色国家：重思民主与主权》的某些观点还是值得借鉴的，例如他的“批判性建构主义”观点，罗·莫里森的生态批评名著《生态民主》中的某些观点倒是显得偏激了。

生态主义思潮作为一种“新文化”正越来越渗透进我们的经济、政治、文化、日常生活等诸个领域，生态理念正一步步深入人心。说实在话，在自然危机面前，有时人真的无力。有科学家说，人类无论对自然是作恶还是保护，其实从整个自然进化的过程来看都是微不足道的。这可以从两个方面理解：第一，自然具有自己的修复力；第二，自然太有力了，你拿它没办法，人对着它张牙舞爪，只是因为自己太渺小了。是啊，你看，一场飓风、一场海啸、一次地震、一场暴雪、一次星球碰撞的力量！天太辽阔了，无际无涯；地太深沉了，无言无语，这让我明白为什么许多物理科学家最终都转向"神学"研究，人，真的无能为力。有时我也会相信这种论调，不过，我们并不能因为这种论调就产生虚无感、幻灭感，作为自然之子之一的人类，面对自然的伟力不能选择自暴自弃，人确实在改变自然，那就应该运用自己的智慧把它改得更好，而不是更坏。若一个人没有能力向自然行善，那你起码尽量做到不去"施恶"，消除"反生态"倾向，不是万不得已就不要践踏自然，就像我们对于自己家族的祖坟总是怀着敬畏和神秘一样。

生态文学绝不仅仅是花鸟虫鱼、阳春白雪的"大地之歌"，绝不仅仅是"瓦尔登湖"畔的浅吟低唱和"寂静的春天"里的深深忧患，它所理应揭示的和能够抵达的思想彼岸也正变得越来越鲜活丰富。我曾经怀疑生态写作和生态批评的学术价值和现实意义，不过，随着研究的深入，我更加认识到生态文学研究真的是一个切迫于"现实"的课题，"生态现实"就在那儿，文学创作和批评也就"该"在那儿。

事实已经越轨，原有的文学批评模式其实无法"合槽"，这正是生态批评必须前行的理由。

2009 年 10 月初稿

2012 年 6 月二稿

2012 年 12 月三稿

参 考 文 献

〔美〕哈沃德·葛登纳:《自我更新——个人与革新的社会》,马毅志译,三山出版社1972年版;

〔英〕罗素:《西方哲学史》,商务印书馆1976年版;

中国社科院外国文学研究所编辑委员会编:《欧美古典作家论现实主义和浪漫主义》(一),中国社会科学出版社1980年版;

〔德〕黑格尔:《美学》第1卷,商务印书馆1981年版;

〔美〕R. T. 诺兰:《伦理学与现实生活》,姚新中等译,华夏出版社1988年版;

马丽华:《文化人类学的十五种理论》,贵州人民出版社1988年版;

〔意〕图齐等:《西藏和蒙古的宗教》,天津古籍出版社1989年版;

〔埃及〕穆罕默德·高特卜:《伊斯兰艺术风格》,一虹译,中国人民大学出版社1990年版;

殷海光:《殷海光全集·论认知的独立》,(台北)桂冠图书股份有限公司1990年版;

富育光:《萨满教与神话》,辽宁大学出版社1990年版;

〔日〕池田大作、〔英〕B. 威尔逊:《社会与科学》,梁鸿飞、王健译,四川人民出版社1991年版;

〔美〕艾恺:《世界范围内的反现代化思潮——论文化守成主义》,贵州人民出版社1991年版;

〔美〕霍尔姆斯·罗尔斯顿:《环境伦理学:自然界的价值——对自然界的义务》,叶平译,邱宗仁主编:《国外自然科学哲学问题》,中国社会科学出版社1991年版;

〔英〕阿诺德·汤因比:《人类与大地母亲》,徐波等译,上海人民出版社1992年版;

陈玉峰:《人与自然的对决》,晨星出版社1992年版;

〔美〕爱默生:《自然沉思录》,博凡译,上海社会科学院出版社1993年版;

〔德〕狄特富尔特编:《人与自然》,周美琪译,三联书店1993年版;

赵园:《地之子》,北京十月文艺出版社1993年版;

〔美〕弗洛姆:《健全的社会》,贵州人民出版社1994年版;

〔美〕梅·戈尔斯坦:《喇嘛王国的覆灭》,杜永彬译,时事出版社1994年版;

罗国杰主编:《伦理学》,人民出版社1994年版;

张子清:《20世纪美国诗歌史》,吉林教育出版社1995年版;

中共中央马克思恩格斯列宁斯大林著作编译局马列部编译:《马克思主义选集》,人民出版社1995年版;

逄增玉:《黑土地文化与东北作家群》,湖南教育出版社1995年版;

佘正荣:《生态智慧论》,中国社会科学出版社1996年版;

高瑞泉主编:《中国近代社会思潮》,华东师范大学出版社1996年版;

高雄市绿色协会:《南台湾绿色革命》,晨星出版社 1996 年版;

郑杭生等:《转型中的中国社会和中国社会的转型》,首都师范大学出版社 1996 年版;

陈玉峰:《生态台湾》,晨星出版社 1996 年版;

〔美〕丹尼尔·贝尔:《后工业社会的来临——对社会预测的一项探索》,新华出版社 1997 年版;

〔美〕艾伦·杜宁:《多少算够——消费社会与地球的未来》,毕聿译,吉林人民出版社 1997 年版;

世界环境与发展委员会编:《我们共同的未来》,王之佳等译,吉林人民出版社 1997 年版;

谢冕主编:《百年文学总系》,山东文艺出版社 1998 年版;

梁启超:《清代学术概论》,上海古籍出版社 1998 年版;

於幼华主编:《环境与人——环境保护篇》,远流出版事业股份有限公司 1998 年版;

马丽华:《雪域文化与西藏文学》,湖南教育出版社 1998 年版;〔美〕保罗·库尔兹编:《21 世纪的人道主义》,肖峰等译,东方出版社 1998 年版;

〔美〕查尔斯·哈珀:《环境与社会》,肖晨阳译,天津人民出版社 1998 年版;

〔德〕奥·斯宾格勒:《西方的没落》,陈晓林译,黑龙江教育出版社 1998 年版;

〔荷〕斯宾诺莎:《简论上帝、人及其心灵健康》,顾寿观译,商务印书馆 1999 年版;

〔德〕费尔巴哈:《宗教的本质》,王太庆译,商务印书馆 1999 年版;

〔美〕唐纳德·沃斯特:《自然的经济体系——生态思想史》,商务印书馆 1999 年版;

〔日〕岸根卓郎:《环境论——人类最终的选择》,何鉴译,南京大学出版社 1999 年版;

盖山林:《蒙古族文物与考古研究》,辽宁民族出版社 1999 年版;

谭桂林:《20 世纪中国文学与佛学》,安徽教育出版社 1999 年版;

赵园:《赵园自选集》,广西师范大学出版社 1999 年版;

黄万华:《文化转换中的华文文学》,中国社会科学出版社 1999 年版;

鲁枢元:《生态文艺学》,陕西人民教育出版社 2000 年版;

余谋昌:《生态哲学》,陕西人民教育出版社 2000 年版;

曾永成:《文艺的绿色之思》,人民文学出版社 2000 年版;

吴晓东:《记忆的神话》,新世纪出版社 2000 年版;

〔美〕奥尔多·利奥波德:《沙乡年鉴》,侯文蕙译,吉林人民出版社 2000 年版;

〔意〕卡尔维诺:《未来千年文学备忘录》,杨德友译,辽宁教育出版社 2001 年版;

〔德〕乌尔希里·贝克:《自反性现代化》,商务印书馆 2001 年版;

〔德〕乌尔希里·贝克:《自由与资本主义》,浙江人民出版社 2001 年版;

程虹:《寻归荒野》,三联书店 2001 年版;

刘小枫:《拯救与逍遥》,上海三联书店 2001 年版;

张英:《文学的力量》,民族出版社 2001 年版;

雷毅:《深层生态学思想研究》,清华大学出版社 2001 年版;

吴晟:《一首诗一个故事》,台北联合文学 2002 年版;

傅华:《生态伦理学探究》,华夏出版社 2002 年版;

佘正荣:《中国生态伦理传统的诠释与重建》,人民出版社 2002 年版;
乐黛云、李比雄主编:《跨文化对话》第 13 辑,上海文化出版社 2002 年版;
许志英、丁帆:《中国新时期小说主潮》,人民文学出版社 2002 年版;
何怀宏主编:《生态伦理:精神资源与哲学基础》,河北大学出版社 2002 年版;
刘胜伟:《文化霸权概论》,河北人民出版社 2002 年版;
金元浦编:《多元对话时代的文艺学建设》,军事谊文出版社 2002 年版;
吴锡德主编:城市乡土生态文学,台湾麦田出版社 2003 年版;
〔美〕彼得斯、江丕盛、本纳德编:《桥:科学与宗教》,中国社会科学出版社 2002 年版;
〔美〕叶维廉:《道家美学与西方文化》,北京大学出版社 2002 年版;
〔美〕杰克·伦敦:《野狼·野性的呼唤》,孙法理译,译林出版社 2002 年版;
〔美〕詹明信:《晚期资本主义的文化逻辑》,三联书店 2003 年版;
〔美〕彼得·辛格:《动物解放》,孟祥森等译,《光明日报》出版社 2003 年版;
王诺:《欧美生态文学》,北京大学出版社 2003 年版;
郭吉军:《自然的信仰》,中国社会科学出版社 2003 年版;
孔范今:《孔范今自选集》,山东文艺出版社 2004 年版;
丁帆主编:《中国西部现代文学史》,人民文学出版社 2004 年版;
钱俊生、余谋昌:《生态哲学》,中共中央党校出版社 2004 年版;
王治河主编:《后现代主义词典》,中央编译出版社 2004 年版;
〔美〕大卫·雷·格里芬编:《后现代精神》,中央编译出版社 2004 年版;
〔美〕大卫·雷·格里芬编:《后现代科学》,中央编译出版社 2004 年版;
〔法〕朱里安·本达:《知识分子的背叛》,孙传钊译,吉林人民出版社 2004 年版;
〔德〕恩斯特·卡西尔:《人论》,甘阳译,上海译文出版社 2004 年版;
〔德〕乌尔希里·贝克:《风险社会》,译林出版社 2004 年版;
〔德〕马克斯·韦伯:《学术与政治》,钱永祥译,广西师范大学出版社 2004 年版;
〔英〕齐格蒙特·鲍曼:《全球化——人类的后果》,郭国良、徐建华译,商务印书馆 2004 年版;
〔美〕塞缪尔·亨廷顿、彼得·伯杰主编:《全球化的文化动力——当今世界文化的多样性》,康敬贻等译,新华出版社 2004 年版;
〔美〕罗兰·斯特龙伯格(Roland N. Stromberg):《西方现代思想史》,刘北成、赵国新译,中央编译出版社 2005 年版;
〔法〕塞尔日·莫斯科维奇:《还自然之魅:对生态运动的思考》,庄晨燕、邱寅晨译,于硕校,三联书店 2005 年版;
郑欣:《乡村政治中的博弈生存:华北农村村民上访研究》,中国社会科学出版社 2005 年版;
韦政通:《伦理思想的突破》,中国人民大学出版社 2005 年版;
朱立元:《当代西方文艺理论》(增补版),华东师范大学出版社 2005 年版;
〔英〕戴维·佩珀:《生态社会主义:从深生态学到社会正义》,刘颖译,山东大学出版社 2005 年版;
〔英〕拉雷恩:《意识形态与文化身份:现代性和第三世界的在场》,戴从容译,上海教育出版社 2005 年版;
彭锋:《完美的自然:当代环境美学的哲学基础》,北京大学出版社 2005 年版;

朱冬生:《东西方人居环境比较美学:欧洲·杭州·苏州》,解放军出版社2006年版;

张华:《生态美学及其在当代中国的建构》,中华书局2006年版;

〔加〕卡尔松:《环境美学:自然艺术与建筑的鉴赏》,杨平译,四川人民出版社2006年版;

〔美〕艾伦·卡尔松:《自然与景观》,湖南科技出版社2006年版;

鲁枢元:《生态批评的空间》,华东师范大学出版社2006年版;

鲁枢元:《自然与人文》,学林出版社2006年版;

费孝通:《乡土中国》,上海人民出版社2006年版;

赵一凡、张中载、李德恩主编:《西方文论关键词》,外语教学与研究出版社2006年版;

黄轶编选:《张炜研究资料》,山东文艺出版社2006年版;

〔美〕里夫金(Jeremy Rifkin):《欧洲梦——21世纪人类发展的新梦想》,杨治宜译,重庆出版社2006年版;

〔加拿大〕简·雅各布斯:《美国大城市的死与生》,金衡山译,译林出版社2006年版;

中国野生动物保护协会编:《生命的喟叹——作家为生灵代言》,中国林业出版社2006年版;

〔美〕梭罗:《瓦尔登湖》,徐迟译,上海译文出版社2006年版;

〔美〕卡尔·博格斯:《知识分子与现代性的危机》,李俊、蔡海榕译,江苏人民出版社2006年版;

〔英〕拉曼·塞尔登、彼得·威德森、彼得·布鲁克:《当代文学理论导读》,刘象愚译,北京大学出版社2006年版;

〔美〕约翰·贝拉米·福斯特:《马克思的生态学:唯物主义与自然》,高等教育出版社2006年版;

何明修:《绿色民主:台湾环境运动的研究》,台湾群学出版有限公司2006年版;

〔英〕布赖恩·巴克斯特:《生态主义导论》,曾建平译,重庆出版社2007年版;

〔美〕丹尼尔·贝尔:《资本主义文化矛盾》,严蓓雯译,江苏人民出版社2007年版;

〔德〕马克斯·韦伯:《新教伦理与资本主义精神》,康乐、简惠美译,广西师范大学出版社2007年版;

〔美〕爱德华·W.萨义德:《知识分子论》,单德兴译,三联书店2007年版;

〔美〕苏珊·格里芬《女人与自然——她内在的呼号》,毛喻原译,重庆出版社2007年版;

杨平:《环境美学的谱系》,南京出版社2007年版;

岳友熙:《生态环境美学》,人民出版社2007年版;

〔美〕阿诺德·伯林特:《环境与艺术:环境美学的多维视角》,刘悦迪等译,重庆出版社2007年版吴音宁:《江湖在哪里?——台湾农业观察》,INK印刻文学生活杂志出版有限公司,2007年版;

薛晓源、李惠斌主编:《生态文明前沿报告》,华东师范大学出版社2007年版;

汪树东:《生态意识与中国当代文学》,中国社会科学出版社2008年版;

何怀宏:《伦理学是什么》,北京大学出版社2008年版;

〔美〕蕾切尔·卡森:《寂静的春天》,吕瑞兰、李长生译,上海译文出版社2008

年版；

〔德〕顾彬：《二十世纪中国文学史》，范劲等译，华东师范大学出版社 2008 年版；

〔韩〕金惠子：《雨啊，请你到非洲》，薛舟、徐丽红译，中国三峡出版社 2009 年版；

郑永年：《全球化与中国国家转型》，郁建兴、何子英译，浙江出版联合集团、浙江人民出版社 2009 年版；

王雨辰：《生态批判与绿色乌托邦：生态马克思主义理论研究》，人民出版社 2009 年版；

中国行政管理学会课题组编：《中国群体性突发事件——成因与对策》，国家行政学院出版社 2009 年版；

时青昊：《20 世纪 90 年代以后的生态社会主义》，上海人民出版社 2009 年版；

〔加〕玛格丽特·阿特伍德：《道德困境》，陈晓菲译，南京大学出版社 2009 年版；

赵红梅：《美学走向荒野：论罗尔斯顿环境美学思想》，中国社会科学出版社 2009 年版；

程相占：《中国环境美学思想研究》，河南人民出版社 2009 年版；

曾繁仁：《生态美学导论》，商务印书馆 2010 年版；

〔美〕理查德·瑞吉斯特：《生态城市：重建与自然平衡的城市》（修订版），王如松、于占杰译，社会科学文献出版社 2010 年版；

〔美〕欧内斯特·卡伦巴赫：《生态乌托邦》，杜澍译，北京大学出版社 2010 年版；

姚晓雷：《乡土与声音——民间审视下的新时期以来河南乡土类型小说》，山东教育出版社 2010 年版；

吴琳：《美国生态女性主义批评理论与实践研究》，人民出版社 2011 年版；

宁梅：生态批评与文化重建：加里·斯奈德地方思想研究，南京大学出版社 2011 年版；

蒋高明：中国生态环境危急，海南出版社 2011 年版；

王学俭、宫长瑞：生态文明与公民意识，人民出版社 2011 年版；

王明初、杨英姿：社会主义生态文明建设的理论与实践，人民出版社 2011 年版；

吴琳：美国生态女性主义批评理论与实践研究，人民出版社 2011 年版；

〔日〕岩佐茂：《环境的思想与伦理》，冯雪译，中央编译出版社 2011 年版；

〔美〕J. J. 克拉克：《东方启蒙：东西方思想的遭遇》，于闽梅、曾祥波译，上海人民出版社 2011 年版；

〔美〕本尼迪克特·安德森：《想象的共同体 民族主义的起源与散布》，上海人民出版社 2011 年版；

吴明益：《自然之心——从自然书写到生态批评》，台湾夏日出版社 2012 年版；

李凡：《当代中国的自由民权运动》，（台湾高雄）巨流图书股份有限公司 2011 年版；

〔美〕戴维·佩珀：《现代环境主义导论》，宋玉波、朱丹琼译，格致出版社、上海人民出版社 2011 年版；

季芳、张玉能：《从生态实践到生态审美：实践美学的生态维度研究》，人民出版社 2011 年版；

曾繁仁、〔美〕阿诺德·伯林特编：《全球视野中的生态美学与环境美学》，长春出版社 2011 年版；

〔加〕艾伦·卡尔松：《从自然到人文：艾伦·卡尔松环境美学文选》，广西师范大学出版社 2012 年版；

陈望衡、丁利荣:《环境美学前沿第 2 辑》，武汉大学出版社 2012 年版；

陈炎、赵玉、李琳:《儒、释、道的生态智慧与艺术诉求》，人民文学出版社 2012 年版；

吴明益:《台湾现代自然书写的探索 1980—2002》，台湾夏日出版社 2012 年版；

〔美〕卡斯珀:《变化中的生态系统——全球变暖的影响》，赵斌、郭海强等译，高等教育出版社 2012 年版；

吴明益:《台湾自然书写的作家论 1980—2002》，台湾夏日出版社 2012 年版；

〔澳〕罗宾·艾克斯利:《绿色国家:重思民主与主权》，山东大学出版社 2012 年版。

后记 · 自然的恩宠

夕阳下
看 细水长流
枫红杉黄
大地静好

璀璨的星辰
在日暮的卷轴里
　　轻眠
岁月不前呢

呣,如果有来生
就做一棵树吧
就嫁与秋光
在大自然的潋滟里
静立缄默　淡然枯荣

深深感恩一些时光,一些心灵,一些玫瑰之手,以及关于信仰的长夜嗜读。谨将此书献给我的父亲黄文汉先生和母亲金文蕴女士。

黄　轶

2013 年 11 月 16 日于苏州独墅湖畔